# 新历史小说研究资料

程光炜 主编

白亮 编

中国当代文学史资料丛书

百花洲文艺出版社

BAIHUAZHOU LITERATURE AND ART PRESS

**图书在版编目（CIP）数据**

新历史小说研究资料／白亮编. — 南昌：百花洲文艺出版社，2017.8
（中国当代文学史资料丛书／程光炜主编）
ISBN 978-7-5500-2195-2

Ⅰ.①新… Ⅱ.①白… Ⅲ.①历史小说 – 小说研究 – 中国 – 当代
Ⅳ.①I207.42

中国版本图书馆CIP数据核字（2017）第090714号

# 新历史小说研究资料

XIN LISHI XIAOSHUO YANJIU ZILIAO

白亮 编

| | |
|---|---|
| 出 版 人 | 姚雪雪 |
| 责任编辑 | 童子乐 杨 振 |
| 书籍设计 | 方 方 |
| 制 作 | 何 丹 |
| 出版发行 | 百花洲文艺出版社 |
| 社 址 | 南昌市红谷滩世贸路898号博能中心一期A座20楼 |
| 邮 编 | 330038 |
| 经 销 | 全国新华书店 |
| 印 刷 | 江西千叶彩印有限公司 |
| 开 本 | 720mm×1000mm 1/16 印张 19.25 |
| 版 次 | 2018年4月第1版第1次印刷 |
| 字 数 | 290千字 |
| 书 号 | ISBN 978-7-5500-2195-2 |
| 定 价 | 39.00元 |

赣版权登字 05-2017-138

邮购联系 0791-86895108
网 址 http://www.bhzwy.com
图书若有印装错误，影响阅读，可向承印厂联系调换。

# 总　序

◎程光炜

## 一

中国当代文学史（1949—2009）有"前三十年"和"后三十年"之分期。后三十年中，又有"七十年代文学""八十年代文学"和"九十年代文学"等不同段落。本丛书的选编对象，是后三十年文学。然而，文学发展脉络除不同段落之外，还应有先后出现的流派、现象和社团将之串联成一个整体。在中国现代文学史上，仅二十年代的文学就有文学研究会、创造社、沉钟社、未名社等大大小小的社团或流派，从这些现象中，既可观察这一段落文学的起伏跌宕、相互排斥与前后照应，也能对它们的纹理组织和贯穿线索有清楚的了解。

由于当代文学史的历史沉淀不够，研究者与研究对象之间的历史距离还较短，它作为一个历史河床的激流险滩就来不及显露出来，供研究者做准确的测量、计算和评估。按照我做历史研究的习惯，凡是漂浮在文学批评和各种文坛传说中的文学现象，都不会列入研究目标，我会耐心地等它逐渐沉淀下来，待纹理组织和脉络线索都清楚显露出来之后，才把一个个作家作品这种单位摆放进去，设置一个位置。观察思潮，也应该强调它的历史稳定性，否则宁愿放着不做。但是我们知道，自所谓新时期文学开始运作之后，被文学批评推出的文学现象就层出不穷，例如伤痕文学、反思文学、寻根文学、先锋小说、新写实小说、女性文学等等，而且它们大都被已经出版的许多文学史著作所采用，在大学中文系文学史课堂上讲授了几十年。我没做过统计，关于它们的各种论文不说上千万字，少说也有几百万字。更值得注意的是，有很多研究论文详细讨论它们之间的承传关系①，或者对某现象的内涵外延加以界定②，也分析到某现象在向另一现象转型过程中出现的种种问题③，如此等等。由此说明，当代文学史历史分期、段落传承、概念界定、现象、社团和流派等等的历史化研究，也并不像有些悲观者认为的那样犹如散兵游勇，布不成阵。④

因资料整理和学术研究没有跟上来，从伤痕文学、反思文学、先锋话剧、朦胧诗、寻根文学、先锋小说、新写实小说、女性文学、第三代诗歌、文化散文、九十年代长篇小说到60后作家三十年来的文学史序列，除作家主动提倡、文学批评和杂志组织等推动因素外，是否还有社会思潮的刺激、外国文学的影响和文学圈子的催发，还都没有被认真清理和反思。关于现代文学史上的文学研究会、创造社、太阳社、沉钟社、新感觉派、乡土小说、京派、海派等社团和流派的文献史料，是经过几代学者数十年来默默无闻地爬梳、搜集、辑佚、整理和研究，才逐渐浮出历史表面，最后被确定下来，成为学科的概念、术语、范畴的。而我知道，对当代文学史上这些重要现象文献史料的收集整理，还只是处在启动的状态，更不用说以一所大学之力，几代学者之力，开辟为研究领域了。虽然如上所说，零星的"关系""转型""段落传承"等研究已有不错成果，但与现代文学史如此大规模、长时段和投入几代学者之力的宏大工作相比，远没有提到议事日程上来。这个事实，必须引起学界同人足够的重视。

二

本丛书的编撰是一项进一步充实当代文学史文献史料整理的工作。它分为《伤痕文学研究资料》《反思文学研究资料》《改革文学研究资料》《寻根文学研究资料》《先锋小说研究资料》《新写实小说研究资料》《新历史小说研究资料》《女性文学研究资料》《朦胧诗研究资料》《第三代诗歌研究资料》《先锋话剧研究资料》《文化散文研究资料》《九十年代诗歌研究资料》《茅盾文学奖研究资料》《九十年代长篇小说研究资料》和《外国文学译介研究资料》，总计十六种，基本涵盖了当代文学史后三十年的重要现象。如果按照本文第一部分讨论现代文学史社团、流派、现象的观点，可以将十六种资料略作分类。第一类为文学现象，如"伤痕文学""反思文学""改革文学""新历史小说""先锋话剧""文化散文""茅盾文学奖""长篇小说""外国文学译介"等；第二类为社团，如"朦胧诗""第三代诗歌""九十年代诗歌"等；第三类为流派，例如"寻根文学""先锋小说""新写实小说""女性文学"等。所谓文学现象，是指受到当时社会文化思潮和文学思潮的影响而兴起的一种文学创作现象，集中反映着当时作家、批评家的思想状况、文学观念和审美意识，尤其是文学探索的精神。随着这些思潮的转移、跌落，这些现象也随之弱化和消失。所谓文学社团，按照既定的文学史认知，它一定有社团章程、组织、文学主张和相对固定的文学圈子，有固定的批评家和文学受众，关于这一点，"朦胧诗""第三代诗歌"和"九十年代诗歌"都符合这些条件。

从文学史的角度说，凡文学社团都有社团章程、组织、文学主张和固定的文学圈子，有固定的批评家和文学受众。例如"朦胧诗"，它源于1969年出现于河北白洋淀插队知青中的"白洋淀诗人"，主要成员有姜世伟（芒克）、栗世征（多多）、岳重（根子）、孙康（方含）、宋海泉、白青、潘青萍、陶雒涌、戎雪兰等，在北京工作或在外地插队的北岛、江河、严力、彭刚、史保嘉、甘铁生、郑义、陈凯歌等，也曾与这些诗人有交往。1978年12月，创办了诗歌小说和美术杂志《今天》，而以发表诗歌为主。杂志主编是北岛、芒克，成员有方含、江河、严力、食指、舒婷、顾城、杨炼等。由北岛起草的"发刊词"代表了该杂志的章程、组织和文学主张，他们宣称：该杂志是要"植根于过去古老的沃土里，植根于为之而生、为之而死的信念中。过去的已经过去，未来尚且遥远，对于我们这代人来讲，今天，只有今天！"⑤《今天》这个文学社团从1978年到今天，已经存在了三十七年，是中国当代文学史上存在时间最长、杂志延续至今的一个社团。虽然，它的主编、编委和成员几度变化，该杂志后来还转移到国外，但仍然一直坚持了下来。在我看来，"寻根文学""先锋小说"和"新写实小说"是可以作为文学流派来研究的。首先，它们都曾有自己的"文学宣言"，固定的作者圈子，相对统一的创作风格，不仅影响了后来一代作家的创作，而且通过创作转型，当年的创始者后来也一直延续着当年的文学主张、审美意识和创作风格，例如莫言、贾平凹、韩少功、李锐（寻根），余华、苏童（先锋）等。

鉴于上述社团、流派和现象的史料非常分散，缺乏系统整理，本丛书拟以"资料专集"的形式出版。作为同类著作的第一套大型工具书，我们力图通过勾勒后三十年文学发展的基本脉络，展现大量而丰富的历史信息。同时意识到，这套丛书的出版，将为下一步更为细化、具体的史料整理工作开辟一条新路。如果从当代文学史文献收集、辑佚和整理工作的长远考虑，中国当代文学史的"社团史""流派史"等，也应在不远的未来启动和开展。比如，"白洋淀诗人群"与《今天》杂志的沿革关系，至今还是众说纷纭，有一些模糊不清的诗人回忆文章，但缺乏详细可靠的考证。又比如《今天》杂志编委会在八十年代的改组和分裂，也是各执一词，史料并不可靠。"寻根文学"的发起是1984年12月在杭州召开的那次文学的"当代性"会议，然而这次会议由哪些人发起、组织，具体策划是什么，与会人员名单是如何选择、确定，没有翔实材料予以叙述，零星片断的叙述倒是不少，仍不能令人满足。另外，散会后，韩少功、阿城等是如何产生写作那些"宣言式"文章念头的，具体情形包括活动情况，研究者仍然不得而知。在我看来，如果没有大量的建立在考证基础上的"社团史""流派史"史料丛书的陆续问世，仅凭简单材料写出的同类著作不仅价值不高，历史可信度也很低。这套书的工作，仅仅是为这一长期并意义深远的学术工作，打下一点初步基础而已。

三

在编选体例上，我们在遵循过去文学史史料丛书规则的前提下，也对这次编选提出了自己的要求。

一、每本书的结构，分为主选论文和资料索引两个部分。主选论文是全文收录，资料索引只选篇目和文章出处。在资料索引部分，要求编选者尽量穷尽能够找到的资料，当然非正式出版的报刊不在此列。

二、视野尽量开阔，观点具有历史包容性，强调点与面的结合。主选论文，应以当时文学思潮、论争文章和后来有价值的研究文章为编选对象；突出主要作家作品，一般作家作品可放在资料索引部分，作为对主选论文的陪衬，但也要求尽可能地丰富全面。

三、鉴于每本资料只有三十万字左右规模，这就要求编选者具有"选家"的眼光，用大海淘沙的耐心和精细触角，把对于历史来说，值得发掘和发现的文献史料贡献给各位读者。

　　由于各位编选者都在大学工作，承担着繁重的教学科研任务，尽管这套丛书筹备了好几年时间，还经过开会商讨和电子邮件的多次协商，但展现在读者面前的丛书，仍有不少遗憾之处，它的疏漏也在所难免，望读者批评指正。

2015年5月11日于北京

**注释：**

①杨晓帆：《知青小说如何"寻根"》，《南方文坛》2010年第6期。这篇论文运用详细材料，叙述了阿城1984年发表短篇小说《棋王》后，被仲呈祥、王蒙等归入知青小说。1985年提倡"寻根文学"后，更多的批评家开始按照对寻根文学的理解，认为它是这种现象的代表作之一，之后在接受各种访谈时，阿城也有意无意根据采访要求，重新讲述这篇小说是如何寻根的故事。这个案例，一定程度上说明，"知青小说"向"寻根文学"转换过程中的某种秘密。

②旷新年：《写在"伤痕文学"边上》，《文艺理论与批评》2005年第1期。作者力图在五十至七十年代文学和九十年代文学的关系脉络中，分析"伤痕文学"产生的原因，以及它如何在九十年代全球化大潮中逐渐衰老的深层背景。

③吴义勤的《告别"虚伪的形式"》（《文艺争鸣》2000年第1期）论及余华八十年代/九十年代小说的"转型"问题。还有很多学者，都有这方面的论述。

④从事现代文学研究的赵园，一次就曾当面对笔者谈到"当代文学"就像一个"菜市场"。这种认为当代文学史研究状况，始终没有自己的学科自觉和秩序的看法，在现代文学研究界十分普遍，一方面说明当代文学史研究确实存在问题，与此同时，也表明许多学者在耐心阅读已有成果之前就下结论的草率。

⑤《致读者》，载《今天》1978年12月23日《创刊号》。

# 目　录

# 新历史神话：民族价值观念的倾斜

　　——对几部新历史小说的别一解

李　星

　　进入本文视界的是几部在民族危机的背景上展现民族苦难和民族凝聚力的中篇小说，他们是顾汶光的《江阴八十日》（《山花》1987年12期）、周梅森的《国殇》（《花城》1988年第12期）、邓友梅的《据点》（《人民文学》1986年第5期）。按照马克思关于原始神话就是"已经通过人民的幻想用一种不自觉的艺术方式加工过的自然和社会形式本身"的定义，我们也可以给这几部作品找到他们所依据的精神原型——这是积淀在民族灵魂深处的历史神话的现代复活。然而最终使我们注意到的，却不是这几部作品中昂扬的古典精神和浪漫风格，而是它们在对民族精神的自我陶醉、自我欣赏中的一股清醒的战栗、一种自觉不自觉的困惑。作者表现出对敌对民族、敌对政治营垒中不同人的理解，或是对向来受推崇的"气节"的绝对性的怀疑，或是由对理想人格的怀疑而进入对历史理想主义的否定，都具有一种或强或弱的民族价值传统的批判意识，民族历史的深刻的反省意识。与当前文学中某些先锋派作品相比较，这些作品对民族传统所持的态度无疑要温和得多，但是因为他们的批判不是那种先进观念的演绎，而是必然态势下的审美情感的倾斜，所以比那些极端的非此即彼的纯理性选择，更能见出民族价值标准的迁移轨迹。他们传达的已经不是风摆树梢动式的概念的偏移，而是如岩浆冲动地壳般的新的价值体系的萌生。如果将忠义、气节这些以往建构民族历史的柱石也拨到了文学的刀斫斧凿之下，就会导致对一部中国历史的重写。一向生活在安乐和自信中的中国人，将如远望在洪水中沉没的旧日的家园一般，并开始一种重寻精神家园的远征。是的，我们所提到的几篇作品还远不是现代意义上的小说，作者们的伦理观念或文学观念更趋向于对传统的认同，所以导致了作品的观念和情感的深刻矛盾，然而他们的认识价值和审美价值正产生于这种不和谐之中。在人的审美实践中，常常出现这种情况：高度的稳定与和谐往往体现出主体生命力的静止和凝固；内容和形式、思想和情感的矛盾与不和谐，却往往昭示了主体生命力的深沉运动。从《据点》《江阴八十日》《国殇》对民族历史神话的复活趋向与否定趋向中，我们确实感觉到了如大震将至地声可闻的民族心理的大变迁。

中国共产党领导下的民族精英和日本侵略者以及他们的帮凶汉奸卖国贼的斗争，一直是建国后的中国新文学的主要题材，在极左思潮的影响下，这种题材的文学也陷入了千部一腔、千人一面的僵死套式。在新时期中日友好的高潮中，这种题材又复活了一阵，但它在表现上的出新，又与这种题材的复活一样，出于一种政治实用主义的单纯动机，昔日的侵略者和杀人犯不仅具有了人性的面孔，而且在今天以赎罪的虔诚，诚心帮助中国人民的"四化"建设。邓友梅的《据点》既不同于这些作品，又不同于此后出现的奉行另一种政治实用主义的作品，它的创作动机既不是中日友好，又不是追究侵略战争的罪恶，所以更具有一种尊重历史的真诚。他的目的显然不单是谴责侵略者，而是通过对一个据点内外的历史生活氛围的重现，表现在一种非常条件下的民族生存状态和民族心理。这种在创作心理上对政治实用主义的摒弃，使邓友梅笔下的抗战生活呈现出一种久违了的熟悉感——凡是有两个人以上的人类群落中就会存在的人情世态，任何人都会有的类的归属要求和情感要求。这是人类的文化共性，在其现实性上又具有民族性和地域性。即使在阶级和阶级，这一民族和那一民族的尖锐对抗中，这种人类的文化共性也会以不同形式表现出来。我们从《据点》中看到的正是这种人性的弱点和优点，正是它决定了敌我双方的互相渗透和互相利用。在这里人的品位的高低不只决定于他站在冲突的哪一方，也不全在于他的政治信仰和民族信仰，而在于他以何种方式与态度来处理一般的人际关系。我们大可怀疑《据点》的作者究竟在多大程度上自觉到他写的是一场人与人的战争，而不是一场人与兽的战争（这在比喻的意义上是可以用的），他在多大程度上超越了教科书中的民族战争模式。但是《据点》中的民族尖锐对抗的历史究竟具有了互相交叉的另一面，不论是铁杆汉奸还是木杆汉奸都生活在由民族文化和人类文化所决定的人情世态中，而不只是生活在政治立场和民族态度中，从而显露了一种新价值标准的端倪，这是由政治学向人类学的过渡，由社会学向内在的人格情感的过渡。这里并不存在后者和前者的否定关系，它只是对一种单一的价位标准的补充。重大的民族外来危机已经成为过去，一种多元的价值观和历史哲学的建立，不仅会对发展民族文学有益，而且也会对克服狭隘的民族情绪，发展国与国、民族与民族的合作与交往有益。它不仅不会导致民族的虚无主义和民族自尊心的消失，反倒会有助于一个强大的民族以强健的心灵平等地走向人的世界。

比起《据点》来，《江阴八十日》的结构更接近于我们观念中的民族历史神话原型，它的价值倾向更接近于传统。在我们民族的每一个危难之秋，都有一些仁人志士在正史、野史或民间传说中被保留下来，作品中的明末义士阎应元、许用、女丐等是又一批民族英烈的形象，作者的写作更像史实的钩沉、还原、复制的工作。在今天的民族振兴中，召唤不屈不挠、可歌可泣的民族之魂，是完全可以成立的并且耳熟能详的思想逻辑。然而没有思维主体参与，完全客观的历史是不存在的。作者顾汶光也难逃这一规律的约束，我们从作品中既看到作家意识中潜在的解释结构对传统历史观的认同，又看到了今日时代的哲学思潮和文学思潮不可避免地浸入，从而使作品溶进了作者新的历史感受和人的思考。它没有离开受命于民族危难之秋的义士——和可能出现的投降派的斗争——杀身成仁的模式，然而对人的理解、尊重乃至对死亡意义的敬畏，却拓展了作品的生命空间，扩大了它的历史阈值。阎应元在特殊情况下的选择的艰难，何尝不是作家伦理价值观的倾斜："投降么，一死不足惜，于气节却有亏……，拒绝投降么，一己的气节是保住了，代价却是十万人的生命，难道一个人的气节重于十万人的生命么？"尽管"孔孟之书""君国之恩""史阁部英风余烈"最后占了上风，全城人因之成为英风厉鬼，但作品中这种一人之于十万、"气节"之于无辜生命的尖锐对立却难以令人忘怀。我们生活的地球虽然不断进步，但离世界大同之境尚为时很远，以至我们今天不得不把人类生存和民族利益既相联系又相区别。既然存在着各民族利益的差别和事实上的不平等，民族交往中的气节、操守就是一种合理的道德规范。但是任何一种道德如果完善到一种绝对的境界，被奉为人生的终极目的，它就会成为窒息历史生命力量的绳索。"气节"在阎应元这样读孔孟之书、受君国之恩的士大夫身上出现的正是这样的情况：十万人的生命重要，但却比不上一个人的名节，于是十万人的生命，都成了神圣祭坛上的供品。当我们读到许用、阎应元、陈明遇几家上至高堂老母下到弱儿幼女，都如羔羊般悲惨地死于一家之主的忠君（这个君曾经酷虐人民，而现在已经不存在了）报国（这个大明国家也已土崩瓦解，多半已为满族人所建立的大清国所占领）的理想和信念的时候，当我们看到城破之时尸横遍野、流血漂杵的时候，我们或许在一刹那间产生出民族的自豪感、人类信仰精神的悲壮感，但很快地就会陷入长久的迷惘和怀疑，应该给气节这种士大夫发明的，而又更多为士大夫们所实践的道德信条怎样的位置？怀疑了它是否真的会导致民族精神的委顿、民族凝聚力的消失？鲁迅曾经猛烈地抨击过吃人的旧礼教，这旧礼教、三纲五常难道不包括与神圣的民族联系在一起的"气节"吗？如果一方面批判君臣、父子、夫妻关系中的封建礼教，另一方面却又把源于同一价值体系的与国家、民族相联系的气节奉为立国之本，这不是价值倾向的自相矛盾，就是对旧的价值准则的顽固认可。这种自相矛盾的现象，不正是中国社会精神的普遍特征吗？

浸入民族骨髓的中庸之道使我们对于死者、尊者特别宽容，它不允许我们如此苛刻、如此毫无良心地对道德的实践者指东道西，议论他们的血是新鲜的还是腐败的，是为公还是为私。《江阴八十日》的作者也并没有找到一种新的价值标准，他是在为民族英烈立传、歌功的情感推动下陪着主人公走完生命的里程。冷静的白描手法、充满文化意味的语言，这种艺术表现上的理性，不仅压不住，反倒更含蓄而深沉地倾泻了作者对历史人物的内在热情。为了突出人物选择了"名节"的道义基础，作者精心设计了女丐这样一个神秘的民意代表，这正是当代作家所惯用的证明自己笔下的历史不容置疑的合理性的方法，也等于获得了"历史唯物主义"的通行证。其实这种民意代表究竟在多大程度上代表了民意是大可怀疑的。然而借助他们的神力却可以把一个凡人变成英雄，把一个自私的人变成一个高尚的人。尽管《江阴八十日》成功地复制了一部当代的历史神话，但我们却从中看到了它的矛盾、它的价值准则圆满中露出的裂痕。有了这个裂痕，我们也会失去判断的自信，我们不知道在"义士"的阎应元和沽名钓誉的阎应元中间何者更真实，更反映了作者的观念，我们只能指出：从作品以审美形式呈现的历史画卷中，人们究竟捕捉到了神圣下面的渺小、名节背后的狰狞，这是道德伦理同人性、人道主义冲突，是理智和情感冲突，是传统和现代两种价值趋向冲突的折光。

如果说《据点》和《江阴八十日》价值天平的倾斜更多来源于一般人性对

作者的呼唤的话，《国殇》中新的价值观的袒露，旧的道德理想的崩塌则更多来源于一种新的历史哲学的建构。周梅森曾经在《沉沦的土地》《军歌》等作品中无情地撕毁了人的道德面具，在生死存亡的关头给了虚幻的人的尊严以越来越致命的打击，企图在更加坦率、真实的对人的考察上，建立自己的历史哲学观念。生死存亡的人生大限，激烈尖锐的矛盾冲突，将平日隐藏在意识底层的人的善与恶、怯懦与勇敢充分地暴露出来。就像将人剥了皮，现出下面的肌肉、血管、神经一样，历史在这里也露出了血淋淋的狞厉面孔：它不再是庄严华衮下的温情脉脉，也不再是由必然和规律支配的冰冷的客观，它是欲望和热情、理想和行为、恐惧和无畏、勇敢和怯懦的人的生命力量所偶然留下的时空印记。自然，任何个别和偶然可能最终都逃不脱普遍和必然的支配，但是周梅森笔下的历史究竟失去了往日的尊严，具有了像人的生命和心灵那样丰富、那样不确定、那样变幻莫测的性质。"在史料的书面语言之下也隐藏着另一种语言，即在日常生活中使用的但被忘掉的那种语言。在有意识的和有记载的历史之下还存在着一个无意识——或下意识的——历史，这个历史没有被记载。"（杰弗里·巴勒克拉夫《当代史学主要趋势》）周梅森所执着的正是对这个无意识的历史的还原。与史料和书面语言相比较，他更相信历史的本相存在于对最一般的人性、人的生命力的体察，存在于日常生活中的那种语言中。

在以诗学的形式还原或虚构与自己的历史哲学相适应的历史的时候，周梅森遇到了比邓友梅、顾汶光更深刻的矛盾：他要忠实于自己心中的历史就不能不冒着亵渎神圣的民族气节的风险。面对历史和价值、理智和感情的矛盾，周梅森并不比顾汶光与邓友梅更彻底、更勇敢。这里也有一个女丐式的虚幻的民意代表——小报的女记者，所不同的是，她没有女丐式地强加于人，而与她相对应的还有一群希望保全乡土和生命财产的"父老乡亲"，他们那种"仗是可以打的，但不要在陵城打"的呼声可能更具有代表性。然而众寡悬殊、援军无望的处境已使处于重围下的新二十二军军长杨梦征别无选择：要么投降，以一己之名节换二十二万生灵的生命；要么血战到底，以二十二万加一个军的生命给民族留下又一可歌可泣的精神的绝唱。"扬州十日""嘉定三屠"的历史又从军中师爷的口中道出，不过他不像女丐那样是对决策者的激励，而认为那是不可效法的前车之鉴："大势去时，风扫残叶，大丈夫岂能为一人荣辱，而置一城生灵于不顾呢？"尽管小说中的叙事人不只是作家，作品中的人物也不是作家的传声筒，但作家或明显或潜在的价值倾向总是会在叙事中表现出来。作品中，杨梦征最终选择了投降，我们能感到作者对他的充分理解和同情，作者并没有苛求他。作者对他的责难可能仅在这里：既然选择了投降，就应该为自己的行为负责到底，而不应该怯懦地开枪自杀，将选择的后果留给别人。但是当笔触由杨梦征转向白云森的时候，我们则发现作者所给予杨梦征的知其不可为而不为的识时务者的理解，也随之消失。到作品的后半部，杨梦征终于成了应该被诅咒的事实上的民族叛徒。一种同样艰难的判断出现了，可能这就是作者自己的两难处境：识时务的人道情怀和最高的民族道德热情何者更应该受到尊重？可能我们原本就不应该这样要求作者，因为文学家并不是判案定刑的法官，他可以歧道两端：既可以理解投降者人格的高尚，又可以给他以代表民族道义的审判，把道义的冷峻和人性的慈悲一起留给自己。白云森终于带领大家冲出日军包围的事实，更强化了对杨梦征的批判：他原本就不应该那样惊慌失措！到这里，我们又要怀疑原来非此即彼的严酷形势究竟是杨梦征判断错误，还是作者改变了初衷：因为倘若有一线生机，杨梦征决不会在投降书上签字，没有杨梦征的签字即不会有他的自戕，也就不会有白云森的死，也就不会有杨皖亭糊弄重庆、糊弄国人、糊弄历史的电报。没有这份电报也就不会有我们前面说过的作家建构着的历史哲学。不过对于作者的叙事圈套，我们似乎也不应该过分认真，指出这一点，也是为了从这种情势的设置中发现作家自己的矛盾，就像集邮爱好者所珍视的错票一样，它往往能提供更准确的社会心理信息：周梅森悲哀于历史事件中的当事者所给予我们的蒙蔽，但在揭穿这种蒙蔽的时候，他又找不到可以说服自己的价值标准。他陷入了一个人甩不掉自己的影子的痛苦之中。他比邓友梅、顾汶光都更清楚这一点，所以他的痛苦更为尖锐深刻。

《据点》《江阴八十日》《国殇》等作品所暴露出来的矛盾，虽然也包含着历史主义和道德主义冲突的内容，但却具有更为深刻的对历史价值的文化反思意义。前者只回答道德和历史的关系，后者却要回答人和历史的关系，即人在历史中的地位和意义的问题。前者只具有方法论的意义，后者却具有本体论的意义。对于传统文化价值观念的反思是对在历史中失落了的人的价值和意义的重新寻找，它最终将导致一种新的现代意义上的历史哲学的产生。人的存在是最高最根本的存在，人类的一切实践活动，其最高价值都在于肯定了人的生存与发展，所以本体价值是一切价值中绝对的最高的尺度。气节作为一种人的内在的精神价值尺度，虽然也是人的自我实现自我发展的一部分，但它却不具有绝对的终极的品格，既不能以损害他人的生存和发展为前提，也不能以对某种非人的力量奴隶般地屈从为前提。但是在中国的传统文化价值体系中，气节却被赋予至高无上的绝对人格的意义，它不仅同物质需要的"利"相对立，也同"生"相对立，气节的最高完成，就是对"利"和"生"的绝对舍弃。且不说"饿死事小，失节事大""一女不嫁二男，一妇不事二夫"，曾经使多少无辜的妇女成为封建礼教的牺牲品，也不说"一仆不事二主，忠臣不侍二君"曾经培养出多少封建统治者忠顺的奴仆，单说民族"气节"二字不知造成了多少人的悲剧和历史的谬误！价值标准的绝对和封闭，导致了历史评价的教条和偏狭。在一切正统的历史著作中，所有的主战派都毫无例外地成了民族的英雄和功臣，所有的主和派都成了民族的罪人，给人的印象是在国势贫弱的情况下，任何的让步和策略思想都要不得，全然不顾历史事件的演出和历史人物的活动是受着敌、我、友复杂的时势的影响的，不能"一刀切"。近年来人们越来越明白"左"的思潮和政策是建国后中国社会发展的主要障碍，文学作品对"左"的批判和反思寻本溯源到五十年代，甚至党领导的现代革命战争年代，但是还很少有人从中国传统文化心理结构和价值观念中找原因。其实"左"的更根本的原因即在重精神轻物质、重主观轻客观、重人格理想和人格完整而轻人的自由和个性发展上，既然主观精神、人格理想、伦理规范是至高无上的，那么人的生存和发展，以及与人的生存和发展相联系的对外在世界的科学分析、对历史发展进程的总体思维就不会成为一种实在的价值目标，如此而然，出现那种思想脱离实际，感情代替现实的对人和事的理想主义评价就势所必然了。中国是一个以层层服从为特征的伦理价值中心的社会，忠义、气节已经内化入民族的集体无意识之中。如果说在外来的军队威胁中，它还有可以炫耀的积极作用，那么由此而来的封闭的群体意识不仅窒息着人的个性，而且排斥着一切外来的物质文明和精神文明，古代的"夷夏之辨"，现代的"中体西用"正是这种精神的毒果。今天中华民族已经从自己生存的危机中选定了改革开放的基本国策，然而重义轻利、重伦理理想轻发展创造的传统价值观念仍然束缚着国人的灵魂。在一种强大的文化反思潮流中，《据点》《江阴八十日》《国殇》远远称不上先进之作，但他们却同样折射出了历史的光芒。人们总是从过去寻找着未来的诗意的，既然他们已经将人的价值的觉醒之光投向历史，那么在他们的心中已经酝酿着一个崭新的未来。

我们并没有忘记我们谈的是文学。文学与历史的联系不只在于文学的历史题材这一部分，而在于我们观念中的文学就其总是以一定时期的社会生活、社会心理为内容来说，它也是一种"历史的写作"。文学和历史学"都是我们探索人类本性的最有力的工具"，都是人们"自我认识的一种形式"。（卡西尔《人论》）《据点》《江阴八十日》《国殇》等历史小说中燃烧着的正是现实的热情、时代的热情。对历史价值的困惑，也正是对人的现实价值的困惑。一个找到了历史的伟大奥秘的人，也必是找到了人的价值和奥秘的人。历史学—人学—诗学之间原本就没有不可克服的障碍，或许我们原本就不应该把他们之间的区别看得过分重要。

原载《当代文坛》1988年第5期

# 历史颓败的寓言

## ——当代小说中的"后历史主义"意向

当代中国文学在1986年画下一个段落，不管这是一个多么无力的结尾，或是多么勉强的开端，至少它有一点是特别值得注意的：那就是先锋小说群体不约而同热衷于书写那些家族破败的故事，或是那些残缺不全的传说——这些破碎的往事在油灯将尽之时突然闪现出隐隐的光亮——这也是历史，或许这是一种更真切的历史情境。

这些关于"历史颓败"的故事标明（或隐含）什么意义呢？福柯说过，重要的不是话语讲述的年代，重要的是讲述话语的年代。然而，作为丧失了"历史性"的一代，先锋小说群体却在构造一种"后历史"（Post–history）的话语。在这个"历史颓败"的话语情境中，他们显然感受到一种对"历史"的阉割与补充的双重快感：一种在沉迷于"后悲剧"（Post–tragedy）状态中的救赎与恐惧的欢愉。不管把他们看成是对"寻根"的反动，还是对拉美魔幻现实主义的挪用，或是对西方后现代主义的效优，他们无疑是在我们这个文明的领地上举行的特殊的庆典——这个企图在"新写实主义"旗帜下完成的逃逸的仪式。只要进入他们构造的那个"历史颓败"的话语情境，就足以感知、体验到激动不安的历史无意识——这个讲述话语的年代又消融于那个话语讲述的年代，历史与现实巧妙地缝合，而那些裂痕正是我们理解的插入点。

## 一、颓败的故事：历史性、家族与往事

作为复活"历史"的一种方式，文学在那已死的久远年代里一直作为民族的史书、圣经而广为流传。最古老的文学或许就是文字本身，岁月的磨砺使人类的记忆淡漠如烟，然而那些碑碣铭文却依稀而见，那是死亡凝聚而成的文字，它是永久的故事。

因而，故事就是已死的往事，正是对"已死"的过去的书写，文学才具有沟通人类与历史、个人与民族、生存与原型的永久力量。如果说文字可能具有一个永远不变的因素，或者说具有一个最内在的特质的话，那就是"故事"。不管文字玩弄什么样的革命，它最终还是逃不出"故事"的怪圈。当然，我在这里说的"故事"是指那种"故事性"，已死的往事重新复活，这不仅对于历史本身来说是一件激动人心的事，并且对于生活在这个历史中穷人们，对于书写历史和感受历史的人们，都无疑是一次膜拜与痛悔交织的秘密仪式。

如果说"寻根文学"在80年代中期出现，是基于对文化挑战作出的反应，试图修复历史与现实的断裂带而去寻找一个历史延续性的活的源流的话；那么，1986年以后的先锋文学则因为失去了这种雄伟的现实冲动而专注于"历史故事"的构造。因为现实动机的明确与执着以及传统固有的叙事模式，它不可避免进入意识形态主体中心化的再生产过程，在历史与现实之间构造简单必然的连续性。很显然，苏童、叶兆言，格非、余华等人的出现打破了这种连续性（其中的过渡阶段当然有马原、洪峰，这里不加详述）。故事时态的单一模式随之瓦解，故事作为已死的往事从那些破碎的时间流程中随意涌溢而出。丧失了现实的往事才是纯粹的故事，它用它的"死亡"证明了它曾经拥有的存在。

苏童在1987年以前写的小说，算不上是那种"历史的"或"家族的"故事，但是，它们有一个显著的特征（除了少数几篇），那就是叙述人的"非成人"视角。苏童后来作为一个成人，作为一个拥有现实本质的叙述人来叙述那些故事，并且获得超距的历史感，显然得自苏童开始写作时就采用的这种"非成人"视角。苏童作为一个成人在叙述少年时代的故事，这使他的那些故事不仅具有回忆的历史性特征，更重要的在于他的叙述视角一开始就制造时间的陌生化距离。叙述的历史感并不仅仅取决于故事本身的历史时间，更主要的来自叙述约定的视角。这个视角显然具有二重性：作为一个"成人"的自我回忆的

视角与作为一个"非成人"的审视他者的视角。这种双重性有效地把"故事"推进一个时间的深渊。"遥远的"童年时代与"遥远地"观看到的外部世界的重合，无疑制造出一种时间的诱惑。回忆使往事在时间的隧道里变得更加遥远，而童稚的目光掠过外部世界的广袤空间无法找到理解的插入之点。这个回忆的视角在时间与空间的交合线上留下盲点，使苏童的故事具有那种特殊遥远悠长的感觉。

那都是一些亲切而温馨的往事，然而，由于"回忆"的先验性质，由于叙事的间距和角度，那些不过是童年或少年时代的往事却变成"许多年以前"的故事，它们获得一种"历史性"——无法进入的时间之流在异域的河床上缓缓流动，而沉静的历史之光总是在那些偶尔开启的瞬间闪现，它不仅使历史变得遥远而且使现实变成虚无。

苏童1984年写下处女作《桑园留念》（直到1987年才正式发表），这篇看上去十分稚拙的小说显示了苏童故事的叙述方式的原型（它的精神气质，它的角度和距离，等等）。回忆的气氛和"非成人化"的眼光，使这篇名为《桑园留念》的小说具有一种悠长而纯净的意味，故事在普鲁斯特式的"追忆逝水年华"的情感思流中沉着地呈现出来。这篇类似散文的小说不过叙述了少年时代一些最简单和基本的生活事相，正是那种纯粹的生活事实，那种不可复活的逝水年华，它在记忆的坟墓里亘古如初，因而它是真正的历史。苏童凭借"记忆"进入历史，因此他在"记忆"的隧道中摸索前进则要选择那些突出的标记——这些标记构成了苏童故事的关键性意象，它们作为苏童故事反复呈现的标志，作为叙事话语无意识的泄露，无疑具有特殊的含义：

我们那个城市有许多古老或者并不古老的石拱桥……

"古老的"这一意象在苏童的故事中随处可见，这并不仅仅在于现在已是成年人的叙述人的记忆中那些少年时代的往事都已经是"古老的"，而且在于那些故事本身与一种"古老的"过去（历史）联系在一起。尽管叙述人在童年或少年时代停留，然而，童年或少年不过是一个象征，一个进入历史长河的码头，记忆之舟在这里偶然停靠。"古老的"喻示着故事连接着"很久很久以前"，记忆中的世界已经打上历史陈迹的烙印。"古老的或者并不古老的……"，对于苏童来说，"古老的"乃是那个世界存在的基本特征，"并不古老的"不过是以否定意义再次肯定了"古老的"优先性。

因而"传说"这个语词被重复使用乃是理所当然的。尽管"传说"在这里作为动词来运用，它不过是"传播"的意思，然而，"街上传说"这种叙述并不仅仅让人想起博尔赫斯或马尔克斯的语式，这个"传说"作为一个动词它确实只表达了一个行动，然而，它一旦植入这个"古老的"世界中作为不断重复的行动，它们本身构成了这个"古老的"世界中的内容。苏童的叙事并不仅仅是关于童年或少年时代的故事，更重要的是在这个回忆的情境中插入了各种各样的传说。"传说"在叙事中与回忆的往事时间平行同一，但是，"传说"具有一种抽象的意味，它使回忆的往事在那个"古老的"氛围中深深扎下根。"传说"这个行为本身就是历史，从久远的过去不断绵延而至的历史。

"古老的"作为定语先验性地决定了苏童叙述的故事性质，"传说"作为一种习惯性的行为构成这个古老世界的表征，而"死亡"作为一个决定性的事件，作为故事的关键性环节，它是"古老的""传说"的实际内涵。"死亡"是叙事期待已久的目标，它使"传说"真正成为故事，成为无可挽救的颓败的历史。

"死亡"作为故事的高潮和终结来书写，然而，它的情感意向却被最大限度地压制了，"死亡"不过是类似失踪的偶然行动，不过是故事在其客观行程中的一个夸张的动作，它是"历史"的暂时停顿，一个无可奈何的终结，因而故事的高潮也实际被阉割。事实上，主角或主体的弱化乃是所谓"大写的人"的萎缩的理所当然的投影，而"人"的萎缩，它的无缘无故的失踪与历史的终结的位格转换，正好表明历史颓败的情境。对于当代的先锋群体来说，构成"死亡"的机遇总是"差错"，这个差错不过是以非解释性的动机掩盖历史的命定劫数而已。不管历史（生活）总是一再出差错，还是说"差错"构成了历史运作的或个人生存的基本法则都表明历史之颓败的命运。因此，不难理解，"古老的""传说"与"死亡"三要素事实上是当代先锋群体（是一个非常模糊的指标，然而在我使用中却是有着明确的所指，它是指苏童、格非、叶兆言、余华、北村、孙甘露等人）叙事话语中隐含的基本的（也是根本的）元素，尽管这些元素有诸多变体，但都不难看出它们之间的血缘联系。

如果说《桑园留念》还只不过隐含历史叙事的形式因素的话，那么，在

《飞越我的枫事树故乡》（以下简称《飞越》）中，历史真正变成一个故事、一个家族颓败的故事。《飞越》表明苏童开始进入历史不可释义的隐秘结构，正是这种历史的通灵触及历史的劫难——那种由来已久的颓败命运。这篇被标明叙事讲述的年代为"五十年代"的故事，其实为更为古老久远的历史所湮没。"五十年代"在这里不过是历史的残骸，那片罂粟花地，那片被猩红色大肆入侵的原野，正是历史废墟上的景观。"五十年代"不过是一个空洞的时间容器，它迅速就被那个苍老的"祖父"填满，所有发生在这个"五十年代"的事件都不过是久远往事的投影。这既不是"现在"，也不是"五十年代"，准确地说，这是凝固的死亡，是从久远的过去遗留至今的一些散乱的传说。

《飞越》除了散乱记录了幺叔的那些杂乱的历史之外，贯穿于故事始终的事件就是"幺叔之死"。尽管幺叔之死不断为那些涌溢而出的描述性情境所修饰乃至淹没，但是历史颓败的主题却压抑不住在这个着力刻画的死亡事件中显露。幺叔这个家族的罪恶精灵，这个无力承担家族破败后果的叛臣逆子，他既是一个反历史（家族）的末路英雄，也是一个拙劣的乡间自由主义者和无政府主义者。幺叔与穗子的交媾不过表明了一个破败的家族再也不可能拥有自己的历史（和现实），与其说这是一种放浪乖戾的行为，不如说是一次自觉的历史赎罪仪式。这两个丧失了人类理性和智能的怪物回到盘古造物的温馨之乡，这是一个无法持续的轮回，其起源的起源性也被彻底否定，那些怪异的婴儿在欲望的河流上随波逐流，只留下古老的声音在生存的荒野上空洞地飘荡——这无疑是一幅末世学的画面。

《一九三四年的逃亡》表明苏童抓住了书写历史情境的特殊感觉，或者说形成了苏童特有的叙述情境。这篇小说与其说叙述了一个人或一个家族的逃亡，不如说表达了溃败的农村向新兴的都市逃亡的历史图景。30年代在古旧的中国不仅是一个政治纷争的年代，同时也是一个历史迁徙的年代。当那些高大的类似欧洲18世纪的巴洛克建筑在那半新不旧的都市拔地而起时，那些南方小镇怀着那颗破碎的心灵，不仅投去惊惧的目光，而且迅速坠入都市的诱惑。"1934年"在这里与"五十年代"一样，不过是随意截取的一个时间片段，一个空洞的时间容器，然而，对于中国历史来说，它确实浸透了愚昧与狡猾、屈辱与梦想的时间标志。农村的灾难与城市的罪恶一道汇入历史的川流。都市的尖拱顶向蓝天升腾而表达的渴望不过是历史原罪的一种新的形式，而那片投射在农村土地上的阴影却是更加深重的历史痕迹。溃败而灾难深重的农村投奔都市之路在1934年伸延终究是一条绝望之路，陈宝年逃脱了农村的灾变，然而又坠入都市的罪恶。陈文治这个乡村的精灵，无疑是农村破败的永久象征；这个蛰伏的幽灵，吸吮着历史原罪的汁液，那个白瓷罐不再是生殖力的象征，相反，它是生命枯竭的预示，是灾难之源。恰恰是在农村与都市交汇的历史道口上，1934年的枫杨树乡展示出了无比瑰丽的破败情景。历史不得不以这种方式延续下去，都市的巨大石像树立在每一种文化的废墟上，而农村和它所浸含的久远的历史不过是用以奠基的石料，这是全部历史颓败的崇高的死亡象征。

《一九三四年的逃亡》因为过于激越的感情而给颓败的情境镀上了一层悲壮的色彩，《罂粟之家》与《妻妾成群》（尤其是后者），以一种纯净舒缓的风格，标志苏童的叙事趋于成熟。在这里，家族的颓败已经是对历史情境进行有意识的书写的一块立足之地，那种历史的感伤之气从颓败的情境的纵深之处掩饰不住散发出来。

很显然，并不仅仅是苏童着力去叙述那些家族颓败的故事，叶兆言、格非、余华，乃至孙甘露和北村，各自都以不同的方式，或者以特殊的变体的叙事方式深入到这个情境之中。叶兆言的那些追求古朴写实性的故事，总是在三四十年代的破落家族中展开，他像古钱币收藏者一样琢磨着那些古旧往事，历史没有在叶兆言的叙述中复活，而是在客观性的自我呈现中走向宿命论的终结。与其说叶兆言写了中国现代初期的故事，不如说他写了中国古代最后的时光里的事情，这是一次无望的书写，作为我们时代少数几个怀旧者之一，叶兆言刻意的"古典性"正是历史诀别馈赠的纪念。相比较而言，格非没有直接描写家族破败的故事，然而在格非的叙事话语中可以轻易读出那些隐约浮现的破败的历史背景，它与那个无所不在的叙事"空缺"融合一体，不仅仅隐喻式地表达了生活世界的不完整性，生存没有着落与归宿；而且转喻式地表现了历史的本源性、过程及其结果的匮乏。因而生活之不可弥合的破裂正是历史颓败情境的现实结果。格非后来写出《敌人》那样纯粹家族颓败的故事乃是顺理成章的事。在余华的那些没有明确的时间和地点的叙事中，历史不是被阉割，而是自行萎缩成超验性的"原罪"。个人的历史、人类生存的历史在余华的叙事话语中全部被剔除。我是谁？我从哪里来，我要到哪里去？全部被余华强制性地改变为形而下的本能冲动，非理性的和不可知的劫难支配那些丧失了历史性的可怜怪物，它们徒劳无益地在生死的边界挣扎。作为原罪的历史性与被剥夺历史性的个人在话语的欲望领域达到强制性错位的统一。

总之，描写家族破败的故事或是以某种变体的方式表达历史颓败的情境，乃是当代先锋小说群体值得注意的动向，苏童不过是一个显著的表征而已，其叙事话语隐含的"古老的""传说""死亡"三要素也是先锋群体叙事话语隐含的基本的"历史性"因素。因而他们书写的三四十年代的故事其实与一个久远而古旧的历史文化一脉相承，毋宁说末世学的情调使那话语讲述的具体年代成为进入历史颓败情境的一个入口处，某种蛰伏在叙事中的历史通灵术抹去时间的皱褶，只有纯粹的话语从那颓败的情境涌溢而出。

## 二、颓败的话语情境：对话与抒情

"历史颓败"的观念在先锋小说的写作中并不是一个明确的概念或某种现实的价值判断，它不过是作为一种集体无意识隐含在话语的运作之中。而作为一项实际的写作活动，话语的欲望表达是其内在的原动力。只是在无意识的水平上"意识到"历史颓败的命运，话语的欲望表达开启了再生产的阀门（显然我审慎地使用"话语的欲望"这一概念是植根于"无意识"结构中的，因为迄今为止我所分析的还只是话语及其表达方式），因而潜藏已久的话语欲望在"历史颓败"的情境中找到表达的理想场所，当话语的欲望表达成为压倒一切的需要时，对历史的追忆也就不得不变成是对历史的掠夺。因此，毫不奇怪，"表达"不再是重新构造历史或还原历史的本来存在（历史本无所谓有，也无所谓无——它终究是现实的一种改写形式），而是与历史对话或在颓败的历史边界插入抒情性的描写组织，于是，与历史对话和抒情性描写是当代先锋小说构造的历史话语的两个显著特征。与其说"历史"是在本文之外命定地颓败，不如说是在话语的欲望表达，在与之对话与不相协调的抒情描写中呈现为一个颓败的情境。在这里，以写作构成的历史实践活动至少包含了三个结构层次：

A. 话语构成方式…………表层（话语）

↑

B. 话语欲望冲动……转换结构（写作）

↑

C. 历史（颓败）之无意识…………深层（集体无意识）

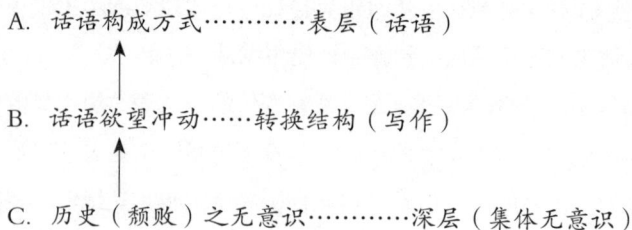

关于"历史颓败"之无意识这里暂不作泛本文的阐释，这里先就话语的欲望表达方式（亦即历史颓败的话语情境的构成方式）——与历史对话以及抒情性表达作一简要解析。

作为话语的欲望表达，作为一种自我表白的话语，叙述人"我"当然是理解的插入点。"我"这个曾经大写的人，在新时期文学崭露头角，它一度怀抱理想主义的理念在"现实"的广阔背景的映衬下踌躇满志（如张承志张贤亮）；或者它走向另一个极端，在现代都市的街头巷尾落落寡合，愤世嫉俗，以一种唯贵族的姿态自我欣赏（如刘索拉、徐星）。很显然，"我"的萎缩在当代中国文学中是由所谓"新生代"诗人率先发出唏嘘之声，他们蛰居于生活的某个角落，意识到生活无可挽回地破碎，不再做徒劳无益的挣扎，而甘于咀嚼那些无聊的快慰，既不怨天悯人，也不自我陶醉，他们不过是随遇而安的歪斜的个人，有如某种木块结构在生活的河流上无目的地漂泊。"新生代"诗与先锋小说在书写自我的现实状态时有相通之处，例如苏童的《平静如水》《井中男孩》、孙甘露的《我是少年酒坛子》《请女人猜谜》、格非的《褐色鸟群》等等。然而，在现实与历史的岔道口，先锋小说与新生代诗却分道扬镳：新生代诗继续蛰居于现实一隅，而先锋小说大都走向历史的纵深之处。这是两次奇怪的双向背离：当1985年的所谓先锋小说沉迷于现实的都市焦虑时，那时的现代派诗却穿越过历史废墟，用那些考古学的彩陶碎片在高原黄土上垒起历史的纪念碑；而当新生代诗走向自白在实现的琐屑之中寻找灵感时，先锋小说却向着历史的领域逃遁（也许人们会排出另一种对比组合，例如，把杨炼为代表的历史诗派与韩少功等人的"寻根文学"划归一体，我以为这完全是"同床异梦"的两种东西）。因此，先锋说的叙述人"我"，不管是直接出现还是间接的或变换的方式出现，它改变了那种在现实中强制性错位的状态，剔除了现实的焦灼与困窘，在与历史对话的情境中，找到使话语合法化表达的方式。在话语的欲望表达与欲望的话语表达之间，在历史与现实的转型之间，先锋小说的那个叙述人"我"没有在压制性状况中变形，恰恰相反，它从容而舒缓地在历史的裂缝中游刃有余。

在历史话语的构造方式上，先锋文学与传统写实主义文学存在叙事方法上的差异。传统写实主义的第三人称"他"作为全知全能的叙述人，这个隐含在故事的自我起源、自我发展的情节中的"他"，最大可能地构造了现实的客观历史性，"他"始终暗含着一种纯历史的过程。按照罗朗·巴特的看法，这种与动词的过去时态结合一体的第三人称意指着一种由于简单的再生作用而能增加具有不同远近或虚构性的秩序。这个全知的"他"退隐到历史之外，"他"把互有联系的同有方向的行为组合全部交付给"现实"本身，——对此，巴特在《写作的零度》里写道："动词在时间性和因果性之间维持着一种含混性，它引起一种事件的过程，也就是一种叙事的可理解性，因此它是一切世界构造的理想工具，它是有关宇宙演化、神话、历史和小说的虚构时间，作为其前提的这个世界是被构造的、被制作的、独立自足的，被归结为直线意指序列的，而不是被抛入的、被展现的或给予的。"[①]当然，汉语没有动词时态的语法特征，通过把"过去时"改变成现在进行时，汉语的写实主义特征获得了直接的历史性，"历史"在纯客观性的自我呈现中获得了现实的实在性，它使意识形态的再生产过程无可置疑地变成真实的历史本身。

也许先锋小说与传统小说的差异并不像人们所期待的那么严重，然而要在理论上作夸大的表述（像巴特那样）也未尝不可，至少这种说法是真实可信的：叙述方式或叙述视角的改变表明先锋小说在寻找一种远离意识形态主体中心化的自我表白的话语。当然，任何话语都不可能完全脱离意识形态的再生产过程，只不过进入这个过程的插入点改变了，这种话语与意识形态的主体中心化的关系也大不一样。那个全知全能的"他"，那个创造了现实的自明历史的上帝，现在被改变为与历史对话的"我"，正是这个不断偏离意识形态主体中心化的"我"与历史的对话，构造了特殊的叙事方式，——颓败的家族（或历史）故事不再是一个连续性的历史，而是当代文明特有的"对话情境"。关于这种"话语情境"的特征可以作如下的解析：

（1）这种对话情境被作了"现在"的改写，融入了叙述人的历史颓败意识。因而历史故事不是在现实的起源性上来构造，而是在叙述人"我"的强烈的历史感的对话过程中被给予的，那些历史故事总是在现在与过去的交错网络中得到书写。"历史的事实"被化解为一些瓦砾似的碎片，在颓败的情境中它们铰合在一起，而叙述人的感觉、叙述方式，不断从这些铰合的缝隙中透示出来。在这一意义上，苏童的《一九三四年的逃亡》以其激越的历史冲动与话语表达的欲望，显示了开放性的对话语境。当然，发表于1987年的《一九三四年的逃亡》多少打上了莫言式的寻根的痕迹。莫言的"我爷爷""我奶奶"的叙事方式，把叙述人首次推向历史对话情境。莫言作为寻根文学的最后一个作家，他难以承受文化蕴涵的那种深重的苦难意识，它更乐于在感性的生命形式里寻找"弘扬"民族生命的情绪突破口。莫言的那个"我"不过是契合1985年左右的时代心理，那个叙述人更像是期待被主流意识形态认同的代言人——他幻想着一种超文明的自然蛮力给萎靡的民族注入新生的激素。因而历史在现实的幻想基础上得到重新书写，历史与现实在对话的情境中得到双向肯定，其相互关联的语境功能是肯定性的而不是否定性的。1987年以后的先锋小说在与历史的对话情境中已经解除了超越现实的幻想，叙述人"我"不过是一个"对话"的角色，叙事视角的"回忆"性质其实失去了"现在"与"过去"之间的意识形态的同一性或延续性的关联。沉迷于话语情境的叙述人与其说是运用"现在"的感觉瓦解历史存在，不如说是在历史的颓败事相中获得现时的感悟。因此，"与历史对话"是在叙述人（或写作者——在这里二者可以重合）与历史相遇的插入点上开始书写，这是一种偶然相遇的对话，这个情境既被剥夺了历史自身的起源性，也被割断了现实的本源性。强调这一点是很有必要的，这是偏离意识形态主体中心化的先锋性话语的基本规约，也正是在这一意义上，当代先锋小说那些看上去已经没有美学意义上的革命性的话语却依然维系着"先锋性"。在"历史""现实"与"我"之间，"我"成为话语实践的历史插入点，对历史的"现在"改写始终是"我"的现时的叙事。

（2）这种对话情境损毁了历史自我起源生成的逻辑行程之后，"对话"在叙述话语的运行中实际变成对"历史"痕迹，乃至是对历史缺席的追踪。这个"我"一旦不去修复历史与现实的连续性环节，那么，其极端形式便是历史的迷失，"我"寻找历史的对话行为本身表明历史的实际缺席。正如格非在《青黄》里所做的那样，对"青黄"的词源学考据转化为关于"青黄"失踪的历史，而实际构成一部"青黄"的历史，也就是关于九姓渔户的残缺不全的历史。在这里，叙述人"我"所处的"现在时"不断渗透进"历史"，历史是被"我"的现在时所再度构造的，历史起源性的缺乏，其存在的不可靠性只有在我现时与历史不断对话中才浮现出来，然而，历史是对话的产物，在对话中被不断地损毁改写。不管是苏童、格非、叶兆言，甚或是余华、北村，其叙事的显著特征，就是把历史变成一些可供辨析的"痕迹"，正是在"现时"与痕迹的对话中历史才可能生成。对"痕迹"（或"不在"）的追踪促使话语／欲望不断转化，历史、叙述、话语在这里可能变成一个无终结的开放领域。这样不仅仅是导致故事的整合链不断破裂或异化，而且话语在叙事中的构造方式经常为那些补充性的结构所侵占。话语在"所指"层面上的偏离延搁与在"能指"层面上的差异分解——这种双重的分离使关于"历史颓败的"话语情境变得十分空旷而虚幻，作为一个"历史本来不在"的情境，作为一个纯粹的话语情境，先锋小说不得不把自己推到历史与话语双重迷失的领域。

（3）这种对话情境为了强化叙述人的"现时"，经常采用了"许多年以前，许多年以后"这道语式（关于这道母题语式我曾在《后新潮小说的叙事变奏》中论述过，参见《上海文学》1989年第7期）。叶兆言的《枣树的故事》当推这方面的代表作。这道来自加西亚·马尔克斯的《百年孤独》的语式在先锋小说寻找历史对话的情境中提示了自由开放的契机。借助这道语式，"对话"打断了故事的自然起源，促使"历史性"中断。叶兆言的《枣树的故事》就是利用这道语式不断把叙述变成拆解故事结果的逆反时间运动，故事时间的突然中断与叙述的纲领性预示达成对位的二重组合，它使一个阶段的终结成为预示另一阶段的开始。在这里，历史总是被"现时"不断先验性地预见，"对话"恰恰是在可预见性的（可知的）前提下把历史纳入不可知的神秘性之中。被叙述人先验性地预示的历史结果不仅没有使历史变得合乎逻辑的可理解性，而是颠倒了这种可理解性：预示变成了历史的宿命论。

（4）这种对话情境因为历史的起源或过程的"空缺"而进入到历史迷失的疑难领域。与其说是叙事方法论活动造成了历史的残缺，不如说历史本身的破败使历史无法在自我意识里统一构成，它只能处于对话的情境之中。很显然，这种"空缺"来自博尔赫斯的启示。在格非的《迷舟》《褐色鸟群》《大年》《青黄》《风琴》乃至《敌人》中，故事的空缺不仅是有意为之的情节性的遗漏，也不仅仅是叙事得以转换、进行的机制，更主要的它转喻式地表达了与历史对话的欲望难以实现的空白。历史本身无法自在自为地存在，历史的起源性被阉割之后，唯有在与历史对话的情境中触摸到历史破碎的心灵，故事的"空缺"不过是生存历史本源性破裂的寓言式的书写。在叙事层面上对故事的空缺的修复、补充，结果却使生存的历史变得更加破败。生存是如此坚韧地在不堪弥合的破碎中默默伸展向前，与历史对话当然不会彻底损毁历史，因为历史在其最隐秘之处保持永久性的缄默，那些构成生存最内在的东西永远被排除在生活（历史）之外，只有这样，历史才是可能存在的，可以讲述的，可以与之对话的——然而，在这样的意义上，"历史"还成其为历史吗？

（5）由于叙事中的抒情性描写，这种"对话情境"在历史与现实交合的水平上产生一种"后悲剧"时代的震惊力量。叙述人经常由于一种无法遏止的话语欲望，一种弥合历史与现实的时间沟壑的巨大冲动，以一种直接抒情的方式表现"历史情境"。在1987年，先锋小说以一种过于激越的感情与历史对话（例如苏童的《一九三四年的逃亡》），以"我"为主语的长句式强调现时此在的"我"的主观化感受，这个"我"的激情多少难以摆脱那个时期的意识形态幻想特征。1988年以后，这个直接抒情的"我"已经萎缩，转变为更为沉静的质素渗透到叙事的描写性组织中去（例如苏童的《罂粟之家》《妻妾成群》、格非的《青黄》《风琴》《敌人》等等），与历史的直接对话，叙述人"我"在历史与现实的交界处任意往来的叙述方式改变成更为隐蔽的、潜在的对话方式，即把关于自我对历史的感情的抒情性表达改变为历史客观情境的自我呈现——那些瞬间的情态"历史性"地呈现出来，其被给予性再次转变为历史的自在情境。"我"与历史的对话融入"历史"现时之中的存在，当然这不是简单回归传统的故事模式，回到故事的自我起源的完整性之中，正是因为这种抒情性的描写组织的大量渗透，那种客观性的情境不再是被构造为一个仿真的故事，而是一个不可逾越的历史情境，其自我显示的客观性正是自我讲述的主体性存在，历史成为一个"情境"，它如此鲜明地实现在眼前，它不再是一个被动的被给予的对象（即在传统小说意义上的仿真性和过于激越的"我"的话语给予），它也是一个对话的主体，"我"的话语冲动全部转化到历史的情境构成中去。历史在生存论意义上的本原性破裂与叙事话语的描写性组织构成解构式的悖论：历史愈是破败，它愈是充满话语表达的欲望，它无限期待于被构成一个完整的情境。其内在的存在性是如此倔强与深邃，它具有一种来自人类生存深处的本源性破裂的震惊力。

值得注意的是，当代先锋小说的叙事普遍转向了更为沉静的客观情态的描写。苏童的《妻妾成群》和格非的《风琴》是值得注意的两篇作品，尽管它们风格迥异，但是那种改写历史的欲望已经为沉静而舒缓的古典情调所替代。如果说格非的《风琴》还运用了一系列的背反，通过偶然的偏差使人物的行动与结果颠倒，从而使整个生活瓦解，其叙事与生活的存在情态构成又一级别的反差；那么苏童的《妻妾成群》则是完全平实疏淡的描写，其话语的抒情性描写组织不过是不注意地从讲述故事的边界流露，话语与故事唯一辨析的反差几乎使它们融为一体。事实上，不管是格非有意制造话语与故事的巨大差异，还是苏童有意抹去这种差异，都压抑不住那个颓败的历史情境在话语沉浮的边界呈现出来。恰恰是那种偶然的、不经意的细微差别引起的解构力量，那种纯客观性的描写性组织隐含的改写历史的欲望，为话语所构造的客观性情境愈来愈成为先锋小说所追求的语言境界。在这里，先锋小说讲述的故事不过是偶然与故事讲述的话语形成偏差。事实上，当代小说已经厌倦夸张的结构性和反语言的实验；然而，如果当代先锋小说与传统小说的区别仅只在这一点"细微的差别"上，那么这种"细微的差别"能否支持先锋小说走下去？这是一种认同，还是一种自我超越？

## 三、后历史主义：逃逸者的寓言

历史的颓败感由来已久，那种"原型意识"可以一直追溯到公元前4000年—公元前3000年的美索不达米亚文明；可以在公元前3000—公元前2500年的克里特岛的米诺斯文明与迈锡尼文明默默对峙中体验到历史的渴望与阴郁的心理。（而在罗马风教堂的幽暗沉重里；在哥特式建筑的尖拱顶与耀眼的彩色玻璃反射出的光圈里；在巴洛克建筑的豪华外表掩盖下的那些狂怪的曲线与圆形图案的张力中；在十九世纪巴黎街头或咖啡馆里的诗人那忧郁的目光里……；历史是如此倔强而又无可挽回地颓败了。）然而，作为一个现代主义者，本雅明无疑是第一个在理论上敏锐感觉到历史颓败并与之对话的人。在本雅明的精神史的现象学空间里，历史之颓败乃是构成寓言写作的生存底蕴。与其说寓言式的书写瓦解粉碎了历史之整合性过程，不如说破败的历史——内涵与外延无法确定的非精神的历史系列——选择了寓言作为它自我书写的形式。对于本雅明来说，历史之颓败是一个时代的艺术风格上的纹章，是打开隐蔽的悲剧世界的寓言意义的关键所在。然而说到底，这种历史之颓败感与其说是本雅明笔下艺术史的自我书写的寓言艺术，不如说是本雅明作为一个现代主义者的批评家敏锐感到的现实。事实上，不仅是本雅明，而且是整整一代的现代主义者为历史颓败的现实景观而感到震惊，他们那孤独而忧郁的目光久久注视着历史废墟（当然这里面包含着反工业主义的浪漫主义传统与反对资产阶级意识形态的社会革命意识），其思想的睿智与狂怪更为隐秘的目标在于寻求拼合这些破碎的寓言意义的途径，因而构造永恒轮回的时间观念和历史观，找到超越性的永恒的精神价值正是一代现代主义者的根本目标，而那个象征性的深度世界也就成为修复历史颓败的永久有效的诗性空间。

尽管拉美的魔幻现实主义也追寻轮回的时间观念，但是，轮回的或某种永恒性的时空不再具有类似现代主义的那种形而上的抽象意义，那种轮回的时间观念就是现实存在的本来形态，那些轮回的历史在不断的重复中趋向于死亡的停滞，轮回是重复式消解的一种方式。也许未必像弗里德里克·杰姆逊所认为的那样，第三世界的话语是一种纯粹的民族主义寓言，浸含着对西方文明的种族主义的敌视。不过，在拉美的历史传统中确实没有创造出一整套持之有效的经典文化和价值体系，作为民族生存的指针，其文化完全以世俗化的形态蛰伏于日常生活中。恰恰由于这种文化的日常性，因而它也只具有现实性而无法确立其历史性的经典价值，它永远是一种"传说"，与生活混淆在一起的传说——不如说它的生活本身就是一部永久的传说。随着这种现实被西方文明强行侵蚀，拉美的"历史"（民族存在的内在延续性）事实上已经断裂，因而，那些现实性的文化，不过是在西方文明侵蚀下变形的文化现状，它的本土文化愈来愈像是"传说"——它是一部残缺的因而也是更加神秘的"传说"。拉美的现实不过以一种无历史的状态负隅顽抗西方文明（和文化）罢了。拉美的文化（现实）从来就没有历史，因而，它的那种循环、轮回的时间观念不过是一种"无历史"的永恒形式，不过是以一种消解历史的方式来把死亡的现在充当永恒的现实——它其实是在西方文明的侵袭下寻找（确定）自我历史的一种尝试，一种无可奈何的倔强的自我认同的模仿形式。其历史已被先验性阉割，使得这种无目的、无结果的寻找变成历史的自我否定，变成历史的虚假死亡，变成现实对其空缺的历史进行的一次无终结的模拟回忆。

因而，拉美魔幻现实主义的话语讲述的年代中隐含的时间轮回观念不过是其讲述话语年代历史颓败的现实形式，它既不具有形而上的超越性意义，也不具有修复历史的功能，作为"无历史"的破碎现实，其神秘性的力量以话语讲述的方式不仅表达了对西方文明的拒绝，而且表示对本土的军事独裁的专制主义的反抗；其叙事习惯使用的重复把日常生活推到无意义的边缘而消解文化隐含的深度性。从拒绝走向自我认同，而自我认同却又无法确认其意义，因此，时间的能指滑脱了其所指的历史性之后只能转化为空间的所指——这个虚无的神奇的然而续不出任何所指意义的空间无疑是已死的历史与破败的现实共存的最后领地。总之，受过西方现代主义文学熏陶的绝大多数拉美魔幻现实主义作家诗人实际表达了一种与现代主义完全不同的历史景观与艺术风格，因而某些后现代主义实验作家，例如约翰·巴恩在拉美魔幻现实主义那里看到出路。尽管这里存在不同文化之间的误读，但是，多少表明，作为无历史的现实书写形式的魔幻现实主义与后现代主义更有可能是同路人。

对于后现代主义来说，历史已经随同永恒性的价值观念与绝对的真理权威一同死去，"历史之终结"为后现代主义进入语义学游戏领域扫除了最后的障碍。不管现代主义与后现代主义之间存在什么样的联系，"拒绝历史"无疑是后现代主义与现代主义的根本分歧之一。战后的实验小说把好斗、暴行、色情、自我分裂、错位等等主题推向极端，把生活的"不完整性"作为生活的"本来内容"接受下来，不管是生存观念意义上的"历史"，还是在话语讲述中的故事的历史，或是角色的自我本质的连续性统一的历史，都被推到了一个不断错位的、无中心的非连续性的领域。意义、个人乃至话语的生成失去确定性的起源和结果。因而，毫不奇怪，对实验小说家来说，生活的碎片和话语的碎片乃是他唯一信奉的方式（例如约翰·巴恩、巴塞尔姆、巴勒斯等人）。实验小说的这种近乎恶作剧的捣毁历史的写作方式难以持久，而后结构主义"拒绝历史"的主题则把后现代主义推到一个理论的高度，这不管是在德里达的解构哲学对形而上学的逻各斯中心主义的解构中（他的方法论向着缺乏起源的非历史的游戏领域开放）；或是在福柯的"知识考古学"反人类学、反人道主义和反结构主义的前提中（福柯拒绝以历史的连续性为主题，在为话语的邻近成分的外在关系所规定的推论关系中建立摆脱人类学的历史分析方法）；或是在拉康、德留兹和列奥塔德的精神分析学中；尽管立场和方法论各异，然而，寻找一个与历史起源、与自我呈现（在场）的过程决裂的开放性的思想领域，一种交付给话语的差异性的意指活动的思考方式——总之，拒绝历史的连续的主题是其共通的理论姿态。

不管后现代主义是否在其讲述的话语中实际消解了历史——这都无关紧要，重要的在于，历史在后现代主义的话语中已经成为一个"问题"，成为一个被谈论的对象，历史突然间"死亡"或"迷失"，这当然不是历史的实际状态——因为历史从来就没有过它的实际状态。正如罗朗·巴特早在1968年所说的那样：历史话语本质上是意识形态的产物（或者更准确些说，是想象的产物）。正是经由想象性的语言，历史才从纯语言的实体转移到心理的或意识形态的实体上。结果，"区别历史话语与其他话语的唯一特征就成了一个悖论：'事实'只能作为话语中的一项存在于语言上，而我们通常的作法倒象是说，它完全是另一存在面上某物的、以及某种结构之外（extra-structural）'现实'的单纯复制。历史话语大概是针对着实际上永远不可能达到的自身'之外'的所指物的唯一的一种话语"②。巴特的描述同样也适用于后现代主义的立场，这是一个永远无法证伪的悖论：如果历史话语像后现代主义所表白的那样，它不过是一种意识形态的产物，那么，后现代主义者关于"历史死亡"或"拒绝历史"的主题本身，不也可能是一种意识形态的或想象性的话语吗？

事实上，后现代主义已经远离现代主义所经历的战争年月和社会动荡，并且对殖民地文化的历史与现状的观察也只具有理论的意义，尽管他们与资本主义社会存在这样或那样的矛盾冲突，70年代以后的知识分子也已经远离社会革命而保持学术化的中性化的立场。因此，后现代主义"拒绝历史"或者宣称"历史死亡"，显然不是他们从生活于其中的现实感受到的事实（恰恰相反，他们拥有坚实的现实），准确地说，那是理论的推论实践，它是文学艺术和理论的批判本性不得不选择的话语——这是一种关于话语的话语。对于第三世界的知识分子来说，恰恰与此相反，他们总是面临现实严重匮乏的境地，他们或者用已死的历史（或文化）来重新虚构现实（例如拉美的虚幻现实主义），或者虚构历史来补充现实的匮乏（例如中国的先锋小说）。中国当代的先锋小说群体已经被先验性地阉割了现实存在，他们只有作为"逃逸者"遁入历史的领域才能找到生存的现实。因此，中国先锋小说讲述的历史颓败的故事至少包含两层意义：其一，遁入历史领域找到话语"合法化"（legitimation）表述的方式；其二，逃逸到历史颓败的情境中获取补充和替代现实的存在。

当然，寻求话语的"合法化"表述不过是直接而表层的现实原因，它显然来自两方面的压力：一方面，文学话语的表述形式进入再生产过程具有一种无法逆转的惯性力量，在纯粹美学的意义上，只有不断预示创造性活力的话语才可能进入再生产过程（例如在苏童、格非、余华的叙事方式以后就很难再使用张承志和刘索拉那种话语），才具有正价值意义上的"合法性"。另一方面，也是更重要的方面，在第三世界国家中，话语得以进入社会的再生产过程，并且成为一种公众认可的历史实践，那么它必须被意识形态主体"中心化"，如果不能为既定的象征秩序所识别与同化，它可能就要被作为"不合法"的话语排斥于社会实践之外。当然，话语的"合法化"并不是那么简单而绝对地打上"意识形态"认可的标记，这里还可能有一个"合法化偏离"问题。因为这也是主流意识形态保持生命活力的一种方式，正是这种"合法化偏离"产生话语实践的张力，使社会性的话语运作有可能重新编码，第一个方面的美学意义上的"合法化"不至于与第二个方面的意识形态的合法化产生根本对立，从而维系话语的扩大再生产。

先锋小说在讲述话语的年代里远离了现实的意识形态中心，并且找到了有别于前期新潮小说的硬性的观念模拟和偏激的语言试验的表述方式。在历史颓败的情境里，"讲述"变得从容而徐缓、沉静而诡秘。话语的欲望之流穿行于历史的碎片之间，毫无疑问这是一个无边的领域。因而先锋群体的"逃逸"具有了德留兹和居塔里认为的那种积极意义：由于积极的逃逸，欲望生产得以使社会生产屈从自己，但是并不破坏它，而是和它结合为一个统一的、真正是人的生命活动过程。在每一具体情境中，逃逸达到欲望无意识地介入社会领域。③当代的逃逸者在历史的边界，找到一种不断使主体融合于其中的话语表达方式，即那种对话的、抒情性的、反讽的、仿古典主义的叙事方式，尤其是通过那种"细微的差别"将仿真的历史故事解构。这种话语的表达方式在当代意识形态再生产的裂缝中找到一个准确的插入点，作为一种边缘性的潜在的欲望生产转化为社会化的话语实践。

然而，蛰居于江南古城老街的一群讲述者，难道仅仅是为了模仿旧式文人，为了满足怀旧心理去寻找话语的"合法化"表述吗？被阉割现实的一代的逃逸者，其讲述历史颓败故事的内在动机在于补充"现实"的匮乏（absence）。那种把并不久远的往事改变成"古老的传说"的讲述方式，正是改写现实的一种有效手段。先锋小说遁入历史从这种改写开始并且随着改写更加彻底老到，故事愈加远离了"现在"。改写从而获取生活于其中的存在，这显然是损毁与再造的双重满足。其话语讲述的年代不仅在时间维度上是一次冒险的远征，同时在空间的敞开中是一次安逸的藏匿。讲述话语的年代——这个被先验地阉割的存在，这个不存在的存在，不仅被象征性地损毁，而且被合法化地夺取。

因此，不难理解，一代逃逸者在讲述那些历史故事的构想中，"父亲"总是先验性地（非解释性的原因）缺席或亡故；或者作为家族生命内聚力的繁衍链（生殖系统）发生错位。"父亲"的亡故不过是遗忘"现实"（权威）的一种政治无意识的转化形式。"父亲"或生殖权威这个绝对的菲勒斯（Phallos）被一代逃逸者以"遗忘"的方式谋杀了，只有"父亲"缺席或被误置，逃逸者才可能逃逸，沉重的恐惧与轻松的欣喜交错的无意识心理转化为话语讲述的欲望。当然，也只有在"父亲"缺席（不在场）的前提下，逃逸者才可能无所顾忌地捣毁"历史"的必然逻辑，失去了父亲的儿子（讲述者与角色）真正有了一种毫无着落的自由自在，他们被那个颓败的命运俘获不过是在劫难逃。④

通过话语讲述的年代来损毁讲述话语的年代，在这里与其说讲述者愚弄了处于颓败命运劫难中的角色，不如说角色就是讲述者的替代。无父的一代逃逸者，失去了现实这个伟大的父亲，他怎么可能心安理得呢？因此，毫不奇怪，在历史／现实，父亲／儿子，政治／话语，讲述／逃逸之间，当代的先锋群体陷入无可摆脱的解构境地。那个话语讲述的年代是无可挽回地破败了，那是已死的过去，它失去了延续性的生命力（生殖力），这个对"现实"的象征秩序的转喻式的讲述，在心灰意懒的认同中却隐藏着急切的期待，"复仇"与寻找"父亲"的主题的一再挪用足以表明这种潜意识。1989年3月号《人民文学》刊载了一组新潮小说，我曾说过，这是一次招安与臣服的仪式，作为这场仪式的目击者，后来读到格非的《风琴》、苏童的《仪式的完成》、余华的《鲜血梅花》是我意料中的事，古典味十足的抒情风格取代了以往扑朔迷离的叙事。当然把这种风格的转型（或改装）归结于某次毫无诗意的偶然聚会显得过于勉强，然而，历史的无意识难道不是在那些最不经意的裂缝中表征它的意义吗？

余华的《鲜血梅花》被普遍忽略了，然而，我却从中读出一代无父的逃逸者以臣服的姿势表征的"恋父情结"及其自我误置的意指方式。毋庸置疑，这篇看上去是"为父报仇"的仿武侠小说实际是"寻找父亲"主题的变种。当代小说已经习惯于遗忘"父亲"，而余华现在开始追究那个遗忘已久的空缺，那个被谋杀的"父亲"变成故事的起源。寻找父亲的仇敌表现为一系列的错位（错过）与延搁，阮海阔无法找到仇敌，也无法亲手报仇，他的所有努力都相继被抛出关于父亲—敌人—复仇的能指链，他实际是一个多余的或滑脱的能指。他在能指系列的那些差异性（错位）的裂痕中往来，他先验性地丧失了"父亲"，也无法通过后天的努力（以复仇的方式）补足与父亲的关系，结果，"父亲"对于他实际是一个没有任何实际现实所指的空洞物，"寻找父亲"事实上变成一个远离父亲，并且永远丧失父亲的延期行动。"父亲"已经死了，谋杀父亲的敌人也死于非命或者根本就不存在，那么"我"的存在还有什么真实的意义呢？

确实的，一代先锋群体的讲述因此具有"后历史主义"的意义：这就是处于历史与现实虚假连接的边界上，在讲述的远离现实的历史颓败的故事中寻找重新生存于其中的现实。这是一个人为设置的悖论：必须遗忘"父亲"才能设置家族颓败的故事（子一代的劫难与子一代的话语）；然而自我表白的话语却又依然期待得到"父亲"的确认。因此，在对历史与现实的双重超越中总是落入重新认同的补充结构；在损毁历史的话语欲望的实现快感中必然要陷入对历史的恐惧，这种话语的快感与无意识表征的恐惧在历史颓败的情境中交合产生不可摧毁的"震惊"——那种类似本雅明所说的在历史废墟的边界呈现的景观。在这里，话语讲述的年代与讲述话语的年代达到寓言式的重合，正是这种"后历史主义"的讲述使得中国当代的先锋群体讲述的"历史"具有与西方后现代主义和拉美魔幻现实主义讲述的"历史"根本不同的风格蕴含——一种来自历史深处的"后悲剧"精神。

我们的文明已经将他们置身于这样的时刻，他们没有奔赴这一目标或那一目标的力量，作为一群"无父"的逃逸者，作为一群后历史主义时代的讲述者，其讲述的历史故事不过是自我表白的寓言。那些"古老的传说"不过是一些已死的往事，而那些相继死去的角色，没有一个具有殉难者的革命姿态，其自我救赎不过是在历史劫难中随便寻找一个倒霉的位置而已。这些历史故事令

新历史小说研究资料

人沮丧而痛心，在空旷无边的历史荒原上无处皈依而臣服于命运——这就是逃逸者期待已久的劫难。当然，那个历史颓败的情境中已经更多地滋长出一种古典主义风格，乃至与传统重新认同的价值观念，并且损毁历史的大块状的话语与结构性的陷阱也趋向于萎缩而不得不归结为"细微的差别"（结构上的和话语方面的）。逃逸者的寓言将要真正变成他们的现实家园吗？我们应该庆幸还是应该祈祷呢？

　　——正如斯宾格勒在本世纪初所说的那样：愿意的人，命运领着走；不愿意的人，命运拖着走。

1990年12月2日于北京大有庄

**注释：**

①②参见罗朗·巴特《符号学原理》，李幼蒸译，三联书店，1988年，第78—79页，第60页。

③参见德留兹、居塔里《反俄狄浦斯》英文版，1975年，第419—457页。

④关于"无父的一代逃逸者"，笔者在1988年底与1989年初曾就"历史颓败"问题与靳大成、汪晖、许明、陈燕谷诸朋友讨论过，1989年11月笔者应邀在解放军艺术学院作家班讲课，曾以"历史的颓败"为题谈论过这一问题，因忙于博士论文的写作迟迟未能成文。近年国内多有研究者涉及此问题，殊途同归，英雄所见略同矣。

原载《钟山》1991年第3期

# 新历史小说论

洪治纲

大约从1985年开始，新时期文坛上陆续出现了下列小说：冯骥才的"怪世奇谈"系列，莫言的"红高粱"系列，周梅森的"战争与人"系列，张廷竹的"我父亲"系列，叶兆言的"夜泊秦淮"系列，乔良的《灵旗》，格非的《迷舟》《敌人》，苏童的《妻妾成群》《红粉》，权延赤的《狼毒花》，方方的《祖父在父亲心中》，林深的《大灯》，等等。这些小说叙述的都是一些作者及其同代人不曾经历过的故事，若从题材上进行简单的归类，它们无疑均属历史小说，但它们与传统历史小说又迥乎不同，无论主旨内蕴抑或文本形式都明显超越了传统历史小说的某些既成规范，显示出许多新型的审美意图和价值取向，潜示着历史小说发展的某种新动向。因此，我把它们称为"新历史小说"，并希图对之略作粗浅的阐释和解析。

一

恩格斯曾说："我们要求把历史的内容还给历史，但我们认为历史不是神的启示，而是人的启示，并且只能是人的启示。"[①]正是这种"人的启示"才促使人们不断地要求重写历史，去努力揭示历史所赋予我们的一些独到认识和体验。也只有能动地把握历史，不受既定史学的规范，我们才能摆脱"神的启示"，而体悟到"人的启示"之内涵。然而在相当长的一个时期里，我们的历史小说作家并没体悟到此点，他们常常靠广泛收集史料、详尽勘察史实来占有写作素材。在他们看来，历史就是一堆材料，一种"过去完成时"，作家的任务就是通过既有的材料努力从种种角度来揣测历史真相，以便使作品在最大限度内逼近史学意义的真实性，很难看到作家主体对历史的独到认识，使一些传统历史小说总带有一种历史求证意识，难以出现令人耳目一新的力作。新历史小说作家却不然。面对苍茫的历史，他们首先扪心自问："我这个没有经历过战争的人是否也能在稿纸上铺开战争的图画，写出战时的种种生态形式，种种残酷选择，种种悲剧、壮剧或丑剧？一句话，也就是说，我是否有能力完成一场既属于历史，又属于我个人的战争？"②（着重号系引者所加）这标志着新历史小说作家对待历史的观念已由主体的旁观变为主体的介入，使作家笔下的历史摆脱了那种单纯的"正史"笺注意义，而走向历史与作家主体的交融，亦即从"神的启示"渡向"人的启示"。其实，历史作为一种客观存在是不以人的意志为转移的，但作为作家的表现对象则必须经过作家审美意识的同化，因为"我的对象只是我的本质力量之一的确认，它只能像我的本质力量作为一种主体能力而自为地存在着那样对我来说存在着，因为对我来说，任何一个对象的意义（它只是对那个与它相适应的感觉来说才有意义）都以我的感觉所感知的程度为限"③。作家必须首先使历史成为自己审美体验感悟到的东西才能把历史写活，这是历史的主体化问题。新历史小说作家就是在这种主体化过程中发挥自己的艺术内省力，挣脱被史实牵制的困顿局面，而将庞杂的历史现象沉淀于作家的艺术心理结构下进行选择。每当他们面对意欲表现的历史对象时，主体内省力便长驱直入，与表现对象发生高频率的双向交流，直到所在的对象被逐步同化，进入作家的艺术心理结构之中。而这种同化了的对象一旦被作家的心理结构所认可，创作主体便自然而然地对历史对象产生美感效应，于是一切便引入审美机制，使历史成为真正艺术化的作品内核。也只有如此，作家在创作时才能面对繁芜驳杂的史料进行有机地取舍，以主体自身的生命赋予历史以活力，"以灵性激活历史"，而不至于始终困于史实的缠绕之中。

纵观这些新历史小说，这种历史的主体化突出地表现在作家对作品的理性控制上，历史小说由于表现对象的非现在性和非现时性，以及主体与对象的远距离性，作家不能不以一种理性的原则和秩序去重建世界形式。这是历史小说创作的必然要求和自觉行为，冯骥才就直言不讳地承认，他是"把在现实中大量痛苦深切的感受，放在历史文化背景上思考，蒸发掉直觉的感受，取出理性的结晶，用一种理性把握小说"④。所以他的"怪世奇谈"被人们称为简直不像小说，而是一种"文化论文"，因为作品里每一个历史人物都是以具象化方式折射出作家主体对历史文化的反思。历史作为人类生活的过程，从某种意义上说是无法确认和无法解释的一种非理性存在，作家愈想摆脱一些史书的观念，恢复历史的生活实景，就愈需要一种理性的判断力和理解力。周梅森的"战争与人"系列，虽然以一种极其客观化的叙述方式意欲再现历史战争中人的种种生存心态，但实际仍明显操纵在作家主体的观念之中。无论是《军歌》《冷血》还是《国殇》《孤旅》《日祭》，都叙述着同样一个主题，即人的生命在受到战争威胁时生起的一种逃亡意识。德国心理学家霍尼认为，人的本质就是追求安全和享受，一旦生命的安全不能得到保障，一切反抗都是必然的。周梅森就是以这种理性认知把握小说，借种种历史战争的背景来完成作家对人类生命的思索。与周梅森相比，莫言的"红高粱"系列要更为明显一些。作家不但用那种对高密东北乡充满敬意的理性精神统摄着作品的内蕴，而且还把这种理性精神以情绪化叙述方式洋溢在作品之中，使作家的主体意识无所不在地笼罩在作品里，如《红高粱》的最后就写道："谨以此文召唤那些激荡在我的故乡无边无际的通红的高粱地里的英灵和冤魂。"如果仅仅将这句话当作祭文式的声明，我认为只是一种表层的图解，它还深刻地袒露出作家企图借作品来表达自身那种恋祖情结中对中国大地上生生不息的百姓们巨大生命力的长久沉思。作家在作品中曾不止一次地透射着这种理性的认识："他们……使我们这些活着的不肖子孙相形见绌，在进步的同时，我真切感到种的退化"，"高密东北乡人高粱般鲜明的性格，非我们这些屠弱的后辈能比"。这些话标志着作家对历史的一种深刻理解，也是小说的主旨所在。此外，如张廷竹"我父亲"系列、权延赤《狼毒花》、方方《祖父在父亲心中》等等也是如此，它们常常以一个现时性的"我"作为叙述者，以"我"的理性判断统摄着整个作品的内在结构，为表达作家的理性见解提供了一个良好的视点。

当然，历史的主体化并非指作家完全抛却历史的存在而叙述一些与历史相距甚远的人和事。它主要是指作家主体内省力在历史中的超验性发挥，让历史恢复真实生活原相的同时，又能凸现作家自身对历史的审美感受。因此，虽然理性的控制较为突出，但艺术的想象力仍是不可或缺的要素。不可否认，小说作为虚构性文体本质上就是想象的产物，即使传统历史小说拥有完整的史实，也必须通过想象组构成艺术体，只不过他们的想象是在一个已定的模式（即史学定论）中演绎，想象力受到了相当程度的钳制。而新历史小说由于作家主体的能动介入，使想象力在作家同化历史的过程中得到了超验性发挥，让作品在理性的控制下又不乏某种空灵的神韵。如乔良《灵旗》，作者并不沉湎于将大量的史料进行故事拼缀，而是以一种沉郁的浪漫主义气质将这一历史上残酷的湘江之战拼接在一个老人的幻觉联想中。格非的《迷舟》则完全借助想象设置了一个又一个迷宫般的故事悬念，从而完成了对历史战争中人的命运的揭示。莫言的"红高粱"系列在浓郁的浪漫氛围里也无处不充满着奇特的想象，特别是那些独异的感觉描写，完全是作家艺术想象在瞬间获得的美妙信息，它给小说叙述在细节上增添了大量的审美感染力。这种想象实际上也是对理性的一种弥补，是新历史小说作家将历史主体化的双向努力，构成了新历史小说一种较为清新的艺术特质。

## 二

福斯特曾说："不管哪种日常生活，其实都是由两种生活，即由时间生活和价值生活构成。所以我们所作所为也要显示出具有双重的忠诚。"⑤小说在表现生活时也不但要体现故事本身的时间秩序，同时还要表现出在时间片段内事件本身的价值意义。但是，由于作家主体观念的不同和感知生活角度的差异，他们在作品中所体现的价值生活意义也各不相同。传统历史小说由于从人们的先在观念出发，极力从史学意义上关照描写对象，所以其价值生活多半侧重于体现人们心中的先在观念或史书定论。郁达夫就说："历史小说中的人物，在读者的脑子里，大约有一半是建筑好的，作家只须加上点修饰即可成立，并且可以很有力地表现出来……有了这么一个先入观念在脑子里，然后去看小说，不必那么细细地描写，作者就能给读者一个很深的印象。"⑥这是传统历史小说在恪守科学历史主义的同时仍能获得较好阅读效果的本质原因之一。

而新历史小说则不同。它们多以底层平凡人的生活作为表现对象，既无史料可查寻，又无实地可勘察。即使像《灵旗》的作者已掌握了大量的史实，但他也不按史学观念正面突出红军的英雄气概，而只是把笔力放在一个连名字也不清楚的汉子身上，让这个充满七情六欲的汉子在一种朦胧的觉醒意识和复仇意识中展示出那种"革命的被杀于反革命的，反革命的被杀于革命的，不革命的或当作革命的被杀于反革命的，或当作反革命的被杀于革命的"（鲁迅语）这一历史本身的悲剧性和复杂性。新历史小说就是这样以世俗化的表现对象来折射历史的丰厚内涵，它们所表现的价值生活撇开了人们的先在观念，体现出两个方面的主题。

Ⅰ.对战争中人的生命情状的揭示。新历史小说作家在表现历史战争时，往往不像先前那些作家总是通过激烈的战争场面来渲染历史人物的性格，突出人物的善恶秉性，而是努力展示战争胁迫下一些普通将士的生存困境。莫言在"红高粱"系列里虽也写过几支队伍的阻击战，但真正战争场面的描写并不多，更多的还是表现在战争背景笼罩下的那片高粱地里的旺盛而又原始的生命力，是奶奶那颗野生野长的，集纳着正义、仇恨、野气和血性的放浪形骸的灵魂，是余占鳌那种不乏本能的抗争欲和征服欲的草莽英雄式的气息。周梅森的"战争与人"系列则完全叙写一些国民党将士在枪林弹雨中如何求存的心态；《军歌》写60军炮营中沦为战俘的470余名国民党官兵被日军驱入死亡笼罩的地带充当苦役，最后他们策划着一次集体大逃亡；《冷血》写赴缅远征的铁五军17000将士，遭遇日军铁壁合围而在绝境中拆散溃逃；《孤旅》写一批罪犯在日军轰炸南京城时的趁乱潜逃；《国殇》写日军重兵围城，国民党新22军困守失援后的一次突围逃遁；《日祭》写日军攻占上海后，国民党第九军团撤入租界中由于不堪忍受他国的控制而谋划潜逃。权延赤的《狼毒花》主笔也是表现一个警卫员"骑马扛枪打天下，马背上有酒有女人"的浪漫一生。这些作品都抛却历史事件的政治内容，而极力展示各种生命的生存状态。无论是莫言笔下的余占鳌，张廷竹笔下的"我父亲"，还是周梅森笔下的那些官兵，《灵旗》中的那汉子，以及《狼毒花》里的常发叔，他们无论爱，无论恨，无论生，无论死，都是一片深情，从不掩饰和做作，颇具浓郁的生活原生状态。他们都以自己的爱和恨体现了个体生命的最高值。作家也正是要通过战争的背景来烘托出人类生命的这种丰富景观。

Ⅱ.对传统历史文化的反思。冯骥才在写"怪世奇谈"时，就曾把整个民族文化分为三块：第一是文化的劣根，所以他作出《神鞭》，让傻二那根神鞭在出尽风头之后竟然断在洋人的枪炮下，以致傻二只好"对不起祖宗"，改学起洋枪洋炮，以打破那种夜郎自大的保守性文化基因；第二是民族文化的自我束缚力，他便通过戈香莲"三寸金莲"的缠缠放放，折射出缠足文化对中国百姓的压迫和束缚；第三是认知世界的方式，作家认为西方人惯于以一种解析的方式认识事物，而中国人则惯于以一种包容式的方式来认识事物，常常用阴阳五行、太极八卦一分，既含有朴素的唯物主义成分，也有些狡黠的雄辩，甚至有一种不能自圆其说而又能自圆其说的能耐。所以他写出《阴阳八卦》，从和尚到气功师，从相士到江湖郎中无奇不有，将气功、中医、相面、算卦、风水等等封建文化特有的现象进行一次全方位的透视，让人们从中领悟到此种文化心理给人们造成的麻木和惰性。[⑦]所以"怪世奇谈"并不注重历史事件本身的演绎，而是欲借此剖析中国文化中的一些瑕疵和不足。叶兆言的《追月楼》虽然写的是一个丁氏封建家族的生活状况，但作品的内旨却向射向强大封建文化制约下的人们的种种心态。丁老先生作为家族的全权代表，既有孤高之气节又有迂腐之秉性，面对日军的入侵，他的对抗行为是"日寇一日不消，一日不下追月楼"，以其非暴力的反抗独善其身，隐隐之中透射出那种"圣达节，次守节，不失节"的封建士大夫人格文化信条。而《状元境》作为市井文化的体现，其主人公张二胡面对的是流氓暗娼、泼皮无赖的俗文化，他那由弱变强的生活经历与他所信奉的那种"人善被人欺，马善被人骑"的文化信条有着极大的同构关系。苏童的《妻妾成群》《红粉》等则以家庭内部的夫妻生活和烟柳生涯袒露出妻妾文化和烟柳文化给中国女性所造成的不幸。林深的《大灯》借门灯事件揭示出族长文化在中国乡村中的巨大影响。兰德曼认为，人是历史的存在，人是文化的存在。[⑧]如果说这是句理论的概括，那么上述这些小说则是一个形象的注脚。

当然，作为社会主体的人本身也是复杂的，作品所体现的价值生活也不可能只是某种单一指向，特别是人物性格本身，善善恶恶常常自然地交织在一起。新历史小说就是努力展示人物的这种圆整化性格，如莫言笔下的戴凤莲可以失却道德意义上的贞操与土匪私通，余占鳌由善良的轿夫逐渐沦为土匪，既打敌人又打自己人；《灵旗》中的那汉子也曾是个输尽最后一条裤子的赌徒；《追月楼》里的丁老先生既爱国又保守；张廷竹笔下的"我父亲"既能冲锋陷阵却又粗暴狂决。这种人物本身的立体性格就是一种价值意义，一种丰厚的审美实体。所以，从整个新历史小说的表现来看，虽然给人一种历史的陌生化感觉，但它体现的价值生活内容却是丰富的，它脱离了历史事件的先在观念，表现出作家对历史的许多独到的思索。

# 三

克罗齐说："一切历史都是当代史。"沃尔什也说："历史照亮的不是过去，而是现在。"⑨现实是历史的延续，历史是现实的由来，"它的过去生活浸入我现在的生活，扩大我现在的生活。没有一个过去史真正是历史，如果它不引起现时的思索，打动现时的兴趣，和现实的心灵生活打成一片，过去史在我现时思想活动中便不能复苏，不能获得它的历史性"⑩。如果孤立地对待历史无疑会割断历史的绵延性，强化历史与现实的对立感和距离感。传统历史小说由于过分地尊重历史、崇拜历史，严格按客观时间的一维性叙述，这导致了小说形式日趋模式化和单调化，如章回体等，文本形式颇显呆板。新历史小说由于主体意识的参与，叙述常常摆脱历史客观时空的拘囿，而以一种主观性时空构架大大强化了叙述对象与现实的精神联结，缩短了历史与现实的客观距离，即使像"怪世奇谈"、"战争与人"系列以及"夜泊秦淮"系列等作品，就叙述的真实性而言，叙述也仍然是一种主观性时间，即一种力图表现真实时间的形象时间——它存在于过去的、历史的情态之中，存在于主观的、想象的状态之中，一切事件都被安置在虚拟性的叙述中引入想象时空。作者正是摆脱了现实性时空，在虚拟的世界里获得了与叙述的精神形式和心象情景的重合，从而使现实、历史、主体融成一体。因此，在表层上它们的时空设置虽与传统历史小说颇为相似，但由于它们摆脱了史学定论的制约，叙述就显得自由和空灵得多。

同时，为了在叙述层面上加强这种历史、现实与作家主体的契合，新历史小说作家更多的是采用一种鲜明的共时态叙述，直接以现今人物为视点观照整个作品。《灵旗》就是将视点集中在一个叫青果老爹的回忆和幻觉上，让人们感到五十年的沧桑历史转逝于一瞬之间，使故事显得既是历史的又是今天的。张廷竹"我父亲"系列里的"我"作为一个寻访者介入作品，时刻调整着时空的顺时性，让叙述在时空交叉中频繁地促成历史与现实交合，以历史人物的现实处境和回忆层层推出历史片断，又以历史反照现实精神。这样不仅把历史本身的意义拉回到现实中，还使人们从这种灵活多变的叙述中体悟到客观时间对历史的界定和人们心理时间对历史感受的本质不同。《狼毒花》《祖父在父亲心中》等作品也都以现时的"我"作为叙述者，通过"我"所接触到的幸存于今的历史人物把历史浓缩到现实心理中。乔良就说："既然时间是无始无终的，那么从某种意义上说，也就无所谓过去和现在，尤其是在一个历经坎坷、饱览沧桑的老人那里（指青果老爹），过去和现实都可能越过各种特定的时间而集中于同一时刻显现。"⑪这正是共时态叙述的效果，它促使作家在历史与现实之间获得了更多的灵性发挥，让人物也可以获得尽情表现的空间。

当然，就文本而言，新历史小说的当代性还表现在大量的现代技法运用上。作家常常以一种现代意识统摄历史事件，让故事充满着象征和隐喻的意味。当我们读《追月楼》时，总觉得追月楼这个巨大存在物的阴影无时不在无所不在地笼罩在整个作品中，笼罩在丁氏家族男男女女心目中，它显然是那种悠远的封建历史文化的隐喻，所以最后伯祺做了个梦，梦见一把火把追月楼烧成了灰，隐射着这种封建家族文化的必然溃灭；《状元境》中的境，原作獍，獍乃食母之兽，这正象征着那种市井文化中的一些地痞气息；《狼毒花》中的狼毒花作为一种消毒杀虫而又有大毒的植物，与常发叔的性格形成了鲜明的映衬；《迷舟》则以标题象征着整个作品的主题，即象征着人类对自身生命的不可把握性。此外，如《大灯》里的门灯，莫言笔下的"红高粱"，以及"怪世奇谈"里的神鞭、小脚、黑匣子等等，无一不是一种现代象征的存在。

倘若我们细察这些作品的叙述言语，便会发现许多的细节都带有鲜明的感觉化色彩。《红高粱》里罗汉大叔被割下的双耳还会跳动；《迷舟》里的萧旅长在情人杏离去数月后仍能闻到一种清香；而在《妻妾成群》里，颂莲会感到"一种坚硬的凉意，像石头一样慢慢敲她的身体"；张廷竹《酋长营》里那只叫"酋长"的恶犬被杀后，其血亦"铺天盖地""恶臭十里"……从常规上看这些描写近乎荒诞，但它们正是作家艺术感觉在瞬间的超验性发挥，是种浓郁的现代表现技法。

由此可知，新历史小说对传统历史小说的突破，并不仅仅停留在主旨内蕴上，还渗入到形式本体之中，使新历史小说从内容到形式都呈现出种种新型的审美品格，标志着小说发展正向某些新形态演进。

**注释：**

①恩格斯：《英国状况——评托马斯·卡莱尔的"过去"和"现在"》。
②周梅森：《题外话》，《中篇小说选刊》1988年第3期。

③马克思：《1844年经济学哲学手稿》。

④⑦冯骥才：《关于〈阴阳八卦〉的附件》，《中篇小说选刊》1988年第5期。

⑤［英］福斯特《小说面面观》P25。

⑥郁达夫：《历史小说论》。

⑧［德］兰德曼：《哲学人类学》P217—221。

⑨［英］沃尔会：《历史哲学导论》。

⑩朱光潜：《克罗齐哲学评述》。

⑪乔良：《沉思》，《小说选刊》1986年12期。

原载《浙江师大学报》1991年第4期

# 与历史对话

## ——新历史小说论

王 彪

　　1986年后，中国文坛出现了一批写往昔年代的、以家族颓败故事为主要内容的小说，表现了强烈的追寻历史的意识。但这些小说与传统的历史小说不同，它往往不以还原历史的本来面目为目的，历史背景与事件完全虚化了，也很难找出某位历史人物的真实踪迹。事实上，它以叙说历史的方式分割着与历史本相的真切联系，历史纯粹成了一道布景。这些小说，我们或可以认为仅是往昔岁月的追忆与叙说，它里面的家族衰败故事和残缺不全的传说，与我们习惯所称的"历史小说"，完全是两个不同的概念。但是，这些小说在往事叙说中又始终贯注了历史意识与历史精神，它是以一种新的切入历史的角度走向另一层面上的历史真实的，它用现代的历史方式艺术地把握着历史。所以，从这个角度看，我们称这些小说为"新历史小说"，也是未尝不可的。

　　英国历史学家卡尔在《历史是什么》一书中曾说过："历史是现在与过去的对话。"我们如果剔除卡尔历史哲学中的唯心成分，而着眼于他历史观里强烈的现代精神与"现在"对"过去"的渗透和参与，我们就会发现，卡尔的某些关于历史的观念，与"新历史小说"把握历史的方式，有着惊人的相通之处。新历史小说的历史意识，首先正是从与历史对话的方式中表现出来的。一个普遍的现象是，这些小说并不试图让人永远陷身于往昔岁月——一种完全浸入历史的状态。它们在叙说历史的同时，时时让人感觉是一种现时状态中的观照，一种现在对过去的追忆和探寻。在苏童的《罂粟之家》中，30年代的历史就是这样浮现的：

你总会看见地主刘老侠的黑色大宅，你总会听说黑色大宅里的衰荣历史。那是乡村的灵魂使你无法回避，这么多年了人们还在一遍遍地诉说那段历史。

演义害怕天黑，天一黑他就饥肠辘辘，那种饥饿感使演义变成暴躁的幼兽，你听见他的喊声震撼着一九三〇年的刘家大宅。演义摇撼着门喊：

"放我出去。我要吃馍。"

作者正是以独特的叙述角度，让我们时时带着现在看过去的眼光，在类似对话的情境中完成对历史的进入。

所以，新历史小说在叙述上常常会出现一个代表现时状态的叙述者——"我"。"我"在历史与现在之间不停地跳进跳出，沟通着与历史的关联，把静态的苍老的历史，变成运动着的富有新鲜感的活的对话。更重要的是，叙述人"我"的对话还同时展现了小说中"历史"的"叙说年代"——一种现在对过去的参与和进入。

有一段时间我的历史书上标满了一九三四年这个年份。一九三四年迸发出强壮的紫色光芒圈住我们的思绪。那是不复存在的遥远的年代，对于我也是一棵古树的年轮，我可以端坐其上，重温一九三四年的人间沧桑。我端坐其上，首先会看见我的祖母蒋氏浮出历史。

这样的叙述无论对苏童，还是对新历史小说，都是极具代表性的。它让读者意识到的，是现在与过去的强烈反差与交融。余华说："我的所有创作都是针对现在成立的，虽然我叙述的所有事件都作为过去的状态出现，可是叙述进程只能在现在的层面上进行。"所以，历史在成为"我"眼中的历史的同时，还成了现时状态中的历史，或者说，是我们现在这个叙说年代所叙说的历史，而不是别的。

当然，新历史小说也有许多不出现第一人称"我"的作品，像《妻妾成群》《迷舟》《敌人》等，但这些小说在第三人称叙述之外，无一例外地隐现着一个"历史的叙说者"，它追寻往事的语气和探求历史的眼光，还是让我们清晰地意识到了叙说者的叙说年代。这种对话，产生了一种对历史既是沟通，又是隔离的效果。它们呈现的历史，于是就不再是一种往昔岁月的客体真实，也不仅仅是现代意识对历史的重新观照与铸造。历史成了现在与过去的对话间，不断涌动而出的一种活的时间过程，它被不断挖掘，也在被不断改写，它被不断证实，也被不断消解——所有的意义不在于它显示了往昔岁月多少真实的面影，而仅仅在于历史在今天的不断参与中所双向进行着的过程，这个过程比历史本身要复杂和丰富得多。

不妨看看乔良的《灵旗》，作品以青果老爹时断时续的回忆为线索，将五十年前红军长征途中的湘江之战与九翠的死互为叠印。叙述上采用第三人称大视角和小视角相结合的方式：青果老爹→看到九翠葬礼→青果老爹回忆往事。叙述青果老爹是一种大视角，它包裹着青果老爹眼里忽隐忽现的往事。这种第三人称的叙述，于是特别带上了现在看过去的那种历史与现实相互交融的意味。所以，这样的视角和叙述处理，就不仅仅是艺术形式上的有意切割和结构上的复式构筑，而包蕴着深邃的历史意识。湘江之战的惨败、神秘的仇杀，这些往事是在青果老爹面对九翠葬礼（现时基点）而不断浮现的。这时候的青果老爹，已经历了一生的风风雨雨、恩恩怨怨，因而往事在他的回忆中，更带上了几十年人世沧桑后的平静感与超越感。叙述上作者让青果老爹"看"到五十年前的往事，有意使青果老爹与往事中的"汉子"产生隔离效果，也正渗透着现在观照过去的沉静心态。我们发现，青果老爹已不急于去评价五十年前他作为红军逃兵又作为红军复仇者的功过是非了。表面上看，他似乎一直纠缠在个人恩怨之中，似乎一直未能理清其中的头绪。作为红军的逃兵，他以特殊的方式为红军复仇，但始终又对自己身上的血腥气惶惶不安。他爱杜九翠，但杜九翠成了杀红军的刽子手廖百钧的小老婆后，他与杜九翠之间的隔膜又无法消除。这里面，战争、道义、人性等等交织一起，在一阵难言的隐痛中展示了面对历史的平静与顿悟。所以，《灵旗》用第三人称大视角与小视角相结合的叙述，实际上构成了现在与过去的对话，它里面的往事，已不是一般意义上用今天的标准重新评判的对象，历史本身在青果老爹现时状态所窥见的视野里，已进行着新的构筑，呈现了丰富而新鲜的内涵。

正因为新历史小说看重的是对话这个双向进行的历史构筑过程，所以许多作为历史要素的东西在新历史小说中反而显得不重要了。比如真实的历史事件、历史人物，还有历史背景与年代。《一九三四年的逃亡》中，作为时代标记的三四年，其实只不过是一具空洞的时间容器，它本身已被虚化了。尽管小说作者一再在作品中申明三四年这个特殊时间段对"我"家族的重要意义，尽管三四年的逃亡也确展示出了三四年在中国历史上所具有的独特性质，但它却远不是像传统历史小说在历史的坐标上所画下的不可替代的精确纪年，它其实仅是一道虚设的历史背景而已。重要的不是逃亡的三四年，而是三四年的逃亡，三四年之于逃亡，不过是对话中的一个起始话题，至于对话的内容和过程，三四年已显得无足轻重。因此，新历史小说中，有些作品干脆就没有年代，像余华的《古典爱情》《鲜血梅花》，它们的时间背景仅是"古代"，抽象而不确定，这样的写法，也正是新历史小说的历史意识和美学观念决定的。

新历史小说的历史意识还表现在它对人类命运和社会命运的关注中所渗透出的历史命运的悲怆感。新历史小说把笔触伸向"家族"并不是偶然的，家族的颓败和人的毁灭死亡，是新历史小说最直接表现的内容，它们都渗透着强烈的历史感和命运感。作为新历史小说滥觞的直接引发点之一，莫言的家族传奇小说，比如"红高粱"系列，就是一部家族历史演义。但由于莫言的创作还基本处于文化寻根的余波之中，他的家族传奇更多的是文化精神与人性力量的发掘，家族历史中的历史精神和历史意识，还是淡漠和不自觉的。但莫言却提供了一种走向历史的方式（同时给新历史小说作者以强烈影响的自然还有马尔克斯的《百年孤独》等），在苏童的《一九三四年的逃亡》乃至叶兆言的《枣树的故事》上，我们都看到这种方式的运用——当然，我们最终只有在苏童和叶兆言的作品里，才真正体味到家族故事中的历史感。因为在这两部作品中，历史感慨和历史命运突然变得那么清晰，那么突出，那么至关重要，从而反过来使"家族故事"充溢了真正的历史意味。

但新历史小说并不以展示历史事件的整个过程为最后归宿，它关注的是历史故事在浩浩历史之流中所显示的意义。这样，家族历史和人的历史往往就成了一曲无法挽救的悲剧，尤其是当这段颓败故事在现在与过去的对话中不断完成的时候，往昔岁月的悲剧就成了现时状态的存在，使故事本身浸透了历史意味和历史感慨。从这个意义看，新历史小说常常笼罩着宿命气氛是自然不过的事。家族的衰败与人的毁灭都是注定的，无法更改。这种宿命感往往并不完全源于家族本身的悲剧结局与主人公对自身命运的感悟，宿命感是从骨子里散发出来的。它取决于叙说者和叙说年代，带着现在看过去的那种不可避免的苍凉与感伤，它与唯心史观的宿命意识迥然不同，或者说，它其实只是叙述者叙说心理中潜在的历史感慨，是历史意识最自然而不由自主的表露。比较一下苏童的《妻妾成群》与巴金的《家》、曹禺的《雷雨》，我们就会发现这种历史叙述视角和历史意识对故事所起的决定性的作用，正是苍凉的历史命运感使《妻妾成群》这篇近乎纯写实的作品显示出了其作为新历史小说的历史印记。

我们再看新历史小说把握历史的方式与态度。与传统历史小说面临的历史对象不同，新历史小说中的历史常不是不可更改的客体存在，而是现在与过去对话中的重新构筑过程，渗透着现时色彩和个人对历史的认识、体验。这种现时色彩与传统历史小说的时代意识、当代精神等，完全是两码事。传统的历史小说中，历史真实是个无法改变的客体存在，作者可以从自己时代出发，对这个客体存在作不同的认识评价，即用时代精神去观照历史，从而挖掘历史的新含义。但新历史小说，津津乐道的却并不是对历史作新的认识评价，尽管这种评价自始至终在整个对话中不断进行着，它们更感兴趣并乐此不疲的，是对历史本身的重铸。在新历史小说中，历史常是随意的、不断更改的过程，无所谓永远恒定的客体真实，历史真实只有在现在与过去的沟通中才逐渐展现。《青黄》和《鲜血梅花》是表现这种历史观念的最有代表性的例子。

《鲜血梅花》写的是为父报仇的故事，在阮海阔寻找仇敌的过程中，仇敌和知情人不断出现，又不断失之交臂，最后阮海阔终于得知仇人的姓名，但他却早已被别人杀死。这篇小说似乎是关于"永恒寻找"的人类精神寓言，阮海阔只有在不断的寻找中才能得到充实。对新历史小说，《鲜血梅花》可能体现着这样的命题：历史真实在不断的寻找中失去、得到，得到、失去，最终的本相已无关紧要，只有这不断的验证才构成了行为意义本身。

而《青黄》并不能算新历史小说，但这篇作品关于"青黄"一词的考证所折射出的有关历史和存在的看法，恰恰典型地表现了新历史小说的历史观念。"青黄"从一部关于九姓渔户的妓女史最后变成一种植物，其词义的不断改变正表现了历史的那种不确定性，同时，作者又让这种改变过程构成了"青黄"一词的真正含义和诠释，从而也构成了历史本身。

与此相关联，新历史小说的历史因此打上了更鲜明的个人色彩，从本质上说，它们展现的其实只是个人的历史体验、认识乃至臆想，带有鲜明的个人经验和自我感知的烙印。所以构成小说中的故事细节的常不是历史书籍提供的材料，而纯粹是个人的自我生活体验。如果说传统历史小说把握历史的方式是力求隐去自我，以完全客观地接近历史客体的最大真实（包括叙述角度、叙述方式），新历史小说都是要从历史中突出自我与个人的存在，在叙述角度和方式上，使我们永远意识到一个现代叙说者或隐或现的面影。从这个意义说，新历史小说是历史接近自我的一次邂逅，带着不期而遇中的片断、零碎而又独特的记忆。

余华说过，外部的世界都是不真实的，只有自我才真实。同理，历史真实也就仅是"我"的历史真实，历史是"我"的历史，或者说，是"我"对历史的体验、感觉、想象。即使在较为沉静客观地叙说历史的小说，比如《追月楼》《妻妾成群》《米》《敌人》等，我们也体味到了非客观反映的那种个人抒写历史的激情。

或许正因为"自我"的参与，新历史小说改写历史、补充历史的欲望才显得那样强烈。这种改写和补充，倒不是发现新的历史材料而对历史本来面貌的修正，它纯粹是一种个人的随意行为。《迷舟》中，萧去小河村侦探敌情，但不久他的初衷即被杏的出现而改写。于是萧陷入了与杏的狂热爱欲中。三顺的突然归来给萧的短暂欢乐打上了句号，杏被三顺阉掉后送回娘家，但就在萧最后去榆关看望不幸的杏时，萧的命运又一次被莫名其妙地改写了，萧被误认为向敌方提供情报而遭到了警卫员的枪杀。在这篇小说里，萧的命运的不确定，或许表达了作者格非的某种历史观念：历史是由偶然的许多不期而至的巧合组成，这些巧合常常改变人的生活道路，因此人的命运恍惚不定，充满非理性的外来异己力量，谁也无法把握。但问题是：作者设置了那么多情节迷宫，那么多突然的故事转折，在萧被他命定的命运不断改写的同时，是不是也表现了格非自己对历史本身的改写意向呢？《迷舟》中，一切都显得那样自然又随意，作者格非对萧本身的关注似乎被他对历史、命运等等的不断改写而产生的快感所淹没了。他被自造的历史所迷惑，更被自己随心所欲地重铸历史而深深陶醉。

还有《风琴》，所有真切实在的历史事件，最后突然得出了意外的结局，它同样表达着格非对历史充满错位和背反的疑惧，及无法把握的茫然心理。当然，在深层意义上，更有作者对什么是历史悲剧的异常冷静深刻的把握与认识。

因而，新历史小说中的"故事"，常是片断、残缺的，好像一个历经时光冲洗的陈旧而零碎的传说，它只是在现在与过去的对话中若隐若现，闪出了残灯熄灭前的最后一缕光亮。我们很难看到完整的历史事件，传统历史小说中有头有尾的历史故事和情节发展的诸种动因，都莫名其妙地消失了。历史仅是一种记忆，我们很难找出其中内在的合乎逻辑的相互关系（如历史背景、社会环境等对历史事件、人物的影响，历史事件本身的内外因关系等）。即使像《妻妾成群》《米》这样有较为完整的时间段和相对集中的故事系统，它们在本质上仍是零星和残缺的。抒写时的重构意识，对历史本身空缺的关注、理解、沉迷，使新历史小说的作者们在不完整的记忆中获得了超越往昔的自由和灵性。

那么，新历史小说在历史追寻中又得到了什么呢？是历史本相和历史意义的还原与发掘吗？是，也可说不是。历史事件的意义和启迪被对历史本身的思索所替代，我们发现，当我们越深入新历史小说时，我们接近的就越不是历史客体的本相真实，我们面对的却是历史迷失的疑难和迷惘，格非和余华的小说正是揭示历史的缺失而表现自己对历史本体的疑惑的。这种茫然若失的情绪与新历史小说追怀往事的情调是和谐融合在一起的，体现了现时状态中对历史存在的双重矛盾。

把新历史小说的作者看成现实的逃遁者显然是不公正的，同样，把他们完全看作在文化学的意义上向中国历史作一次回溯和沉思亦是偏颇的。他们有文化批判和历史批判的倾向，但他们写历史，更多的是反过来对当代的进入。历史仅是他们一连串的颓败故事中一个容器和一道背景，他们走向历史，一则出于更自由、放纵、肆意的抒写；另一方面，也可能源于重构历史的欲望。所以，新历史小说的本质倒不是它写历史，而在于对一种既成存在的重铸。形而下的客体真实的改写和形而上的超验世界的重构，这种消解与构筑的双重意向体现着新历史小说对历史与现实的矛盾统一。

这样，我们再来看新历史小说在中国当代文学中所显示的特殊思想意义，就显得异常清晰了。

1.原生历史形态的揭示。新历史小说也许表现着迄今为止新时期文学最矛盾的处境：个人色彩的强化、主体性的凸现和历史原生态的不断展示。在历史的自由抒写中，我们其实正从另一层面逼近着它一直未经触摸的尘封着的原生形态。一方面是充满个人激情的诗意的历史抒写；另一方面又是"白热化"的历史情境再现。这是一种不断重构同时也是不断还原的过程，历史在与现在的对话中，呈现的不是历史形象的扭曲，而是更高意义上的本质的复归。

叶兆言的"夜泊秦淮"系列，再现了三四十年代南京秦淮河的历史风貌，作者极为冷静、客观的叙述，那种逼近历史本体的一无遮掩的直视，使历史原生态得以凸现。这里，我们看不到作者的主观情绪，也没有任何关于历史道德、历史价值的认定和评判。《追月楼》中，丁老先生可笑又可悲的顽固与执着、高傲与卑琐；《状元境》中三姐善恶难分、美丑莫辨的行为与性格，人物的一切矛盾都不可思议与和谐实在地存在着、统一着，中国文化的一切尴尬、死气与活力也都难以置信地混合着。作者在揭示其历史原生态的同时，无疑也包含着超越历史本身的深刻用意。

比如，这里面可能潜藏着的新历史小说作者们的一系列疑难：人是什么？中国文化是什么？中国历史是什么？文化和历史的价值取向是什么？等等。他们通过原生历史形态的揭示，也正是全面把握历史与文化的努力，其功过是非的评论，已绝非单纯的文化批判与历史批判所能涵盖，而带有哲学、历史、科学、文化、道德、审美等多重内容，从而使这些过去的历史真正成为一部当代史。

同时，叶兆言这个古旧的历史系列，也并不完全是传统历史小说的客观写实，在触手可及的历史故事背后，我们最先体味到的是这个故事的陈旧乃至腐败气息，好像经历了无数时光之水浸蚀的朽烂的橡木，暴晒在今日的阳光下，露出斑斑点点的霉迹。我们透过秦淮河和那些形形色色人物的背后，最终把握的同样是历史那种恍若隔世的感慨，秦淮河并不因此变得清晰，作为历史，它反而因不断重演带有古典气味的颓败故事而显得阴郁迷离，最后终至成了河上轻风一样飘散的一曲挽歌和一声轻轻唱叹！

2.中国人生命情状和生存情状的历史展示。从某种意义看，新历史小说表现的历史就是中国人的生命历史与生存历史。《迷舟》《披甲者说》《月色狰狞》，潜示着的，是生命的冲动、疑惧、死亡的悲剧，是历史的迷失与疑难。而《米》《风琴》《罂粟之家》等，则又是生存的挣扎和困惑。正因为有人的生命与生存需要的楔入，历史才显出了它异常复杂的形态。长篇小说《米》中，贯穿五龙一生的，是他对米与女人的奋斗史，米是生存的象征，女人则是性的象征，"食色"这两个意象最终又归结为"土地"的总体象征。我们透过五龙的生命与生存情状，窥见了历史存在的真切面貌。所以，新历史小说较之单纯的文化派作家，在面对"文化历史"的背后，更实在而冷峻地面对生命与生存的历史，面对人的历史，面对真正的人性苦难。这样，新历史小说的历史含义，也就得到进一步的拓展与深入。

3.指向当代的历史对话。历史还原与历史重构是新历史小说在现在与过去的对话中同时双向进行的运动，它构筑着包蕴新意义的历史本相（不管是个人的历史，还是纯客观的原生历史），也参与着当代的社会文化建构。诚如沃尔什所说："历史照亮的不是过去，而是现在。"历史在这里已不仅仅是启迪，新历史小说正提供着重构的当代历史文本——当我们从过去与现在的复合中走出对话，当代这个现时时间段，它本身也在被历史重铸了。

所以，对话既指向过去，也指向现在，更指向未来。

从这个意义上，我们回溯新历史小说在短短几年的发展历程，我们看到的，已不仅仅是它叙事形式的演进和变化。诚然，《妻妾成群》《米》《追月楼》《敌人》等一系列作品的出现，标志着新历史小说初期那种"自我"积极参与历史的消退，主观叙述渐渐让位于"自然化"叙述，"我"在历史中纵横奔突，统摄全局的进入意识与控制意识也完全被客体化的历史生态的沉静展示所取代，改写某种历史形态的企图则为更宏大深邃的重构大历史的意向淹没了。但新历史小说作为沟通现在与过去的对话，它的历史精神与历史意识却是一贯的，它把握历史的方式与态度，在其实质上也是一致的。它们都是当代意义上的历史还原与重构，体现着历史重铸中的时代精神和当代哲学、文化的价值取向。同时，我们还要看到，新历史小说对历史本质的楔入也在渐进之中。前期对片断历史的兴趣和历史构成的思索随着作者们对历史总体把握的深入，对当代与历史之间这个神奇的结合点的感悟，近年来新历史小说似乎越来越重视整体历史的构筑，历史在零碎记忆的外表下，潜示了一种板块构成的内在历史系统的隐喻意向。而历史构成的探询与思索，则被对历史存在的关注所替代。这些变化，都标志着新历史小说的不断发展，如前面所说，新历史小说作为一个活的时间过程，它的流程必然是不可重复和不断走向更新的。克罗齐说："一切历史都是当代史。"从这个角度看，新历史小说随着当代哲学、文化、科学、审美等等的演进而使历史内容、主题，乃至美学形态呈现出一种不断流动的过程，是自然不过的事。

因为我们面对历史，我们同时也面对当代。

1991年12月14日

此文系《新历史小说选》导论，《新历史小说选》将与《新写实小说选》《新实验小说选》《新乡土小说选》等6本合成《中国当代最新小说文库》，由浙江文艺出版社出版。

原载《浙江师大学报》1991年第4期

# 略谈"新历史小说"

陈思和

## 一、源流：由《死水微澜》到《红高粱》

"新历史小说"是笔者对近年来旧题材创作现象的一种暂且的提法。新历史小说由新写实小说派生而来，不过是涉猎的领域不同，新写实题材限于现实时空，而新历史，则将时空推移到历史领域，但它们在创作方法上有相似之处。"新历史"又不同于一般意义上的历史。它限定的范围是清末民初到一九四〇年代末，通常被称作"民国时期"，但它又有别于表现这一历史时期中重大革命事件的题材。因此，界定当代新历史小说的概念，大致是包括了民国时期的非党史题材。

从文学史的源流看，党史题材和非党史题材的根本区别，不在取材，而在创作的观念与视角。"五四"新文学以来，就有以历史视角写民国史的先例，其代表是沈雁冰与李劼人。沈雁冰从事创作向来有强烈的历史意识，几乎每一部作品都有意地将故事置于特定历史事件下，力图表现出时代的壮剧。从《霜叶红于二月花》到《腐蚀》，编年式地用艺术画卷刻画了现代历史进程的每一个大事件，贯穿于故事的，是根据特定的政治意识来整合历史题材，创造出典型历史环境下的典型人物。而李劼人在一九三〇年代创作的《死水微澜》等系列历史小说，通过袍哥、教徒、土粮户、新旧官僚、普通市民、知识分子等各个社会阶层的人物的命运遭际，展示了甲午事变到辛亥革命期间四川地区的民间风俗的演变。当然不是说李劼人的创作不带政治意识，但他的创作方法更多是接近了法国自然主义大师左拉，描写支配人物行为的各种欲望：心理的、生理的，以及这种种欲望与政治、社会、宗教的矛盾纠缠在一起，才演出一幕幕有声有色的社会风俗剧。沈雁冰与李劼人的创作，可以概括为文学史上历史题材的两种流派。大致地说，沈雁冰的创作通过描写政治事件突出了政治意识，而李劼人则通过描写民间社会而突出了民间意识。

新历史小说再度崛起，是以《红高粱》为标志的。在此以前，江苏两位作家赵本夫与周梅森似乎都做过这方面的尝试。赵本夫当年发表两篇《刀客与女人》首次刻画了一个土匪的传奇经历，含有强烈的民间色彩，而周梅森的《沉沦的土地》系列写民国时期的人物冲突，第一次有意摆脱历史概念的束缚，在人物的形象里注入了丰富的人性因素。这两位作家的尝试为历史小说摆脱教科书的定义而成为生动的人性见证，迈出了大胆的一步。莫言的《红高粱》完成，则完全改变了传统的现代史题材的创作观念与视角。《红高粱》以土匪司令余占鳌的传奇，正式进入了非党史视角的叙述方法，突出了民间社会在中国历史进程中的作用。民间社会概念的出现，为历史小说还原到李劼人的传统创造了必要的条件。新历史小说强调民间意识绝非摒除政治意识，它旨在以更大的空间自由注入当代人的历史意识，使大多数的民众意识都包含到政治范畴中去，以至使历史从教科书的抽象定义中解放出来。

## 二、民间概念：新历史小说的俗文化走向

民间的概念在中国古典小说和民间文学中有着悠久传统。五十年代以后，小说家在创作现代历史题材时，有意无意地用政治意识对它作了改造。这就出现了一批"政委—民间力量"为模式的故事题材，如《铁道游击队》中李正对刘洪等车侠的改造，《杜鹃山》中柯湘对雷刚的改造；或是另一种以对抗的形态出现的剿匪题材，如《林海雪原》等。这两类题材由于涉及政治集团以外的民间武装，无论是正面形象还是反面形象，都比较能够引起读者的普遍兴趣。但近年来新历史小说创作中，民间力量不再是被改造或被围剿的对象，它独立存在于小说提供的艺术空间，拥有它自己的道德标准和审美原则：一种更接近民间原始正义观念的意识形态。

这种区别是显而易见的。不妨对现代戏曲《沙家浜》和《红高粱》作个比较，这两个作品的原型结构几乎是重叠的，每个主要人物都能够找到他们的

对应者：春来茶馆老板娘阿庆嫂和烧酒铺女掌柜戴凤莲，土匪司令胡传魁与余占鳌，新四军郭建光与八路军江小脚，"国军"代表刁德一与冷麻子，甚至连群众的受难者中，也有沙老太与罗汉大爷相对应。在这种对应关系中很容易看出其中的差别。《沙家浜》的创作及其成为样板戏的改编，明显地渗透了政治意识对民间题材的改造。在戏中，政治的二元对立分化了民间社会力量，阿庆嫂和胡传魁的身份被打上截然相反的政治烙印，于是整个故事被改编成一个典型的党史题材，原有的民间色彩只是作为传奇因素保存在剧情里。在这个戏再度被改编为样板戏的过程中，政治意识对民间社会题材作了第二次改造，即突出武装斗争，于是白区地下抗日政权的戏被大大删去，最后一场戏改成了新四军正面袭击，不但强化了政治意识，同时也强化了党史意识。在这样一种参照下，我们不难看出《红高粱》提供的高密乡艺术场景，正是做了还原民间的工作。在这个作品里，国共双方的武装斗争都被处理为幕后戏，成了民间社会的政治历史背景，而正面却描写了一支土匪队伍的抗日活动。由于余占鳌身兼土匪司令与抗日英雄两重身份，作者就可以比较自由地在角色身上添加原属于民间文化所有的活泼的原始生命力。杀人越货，娇妻美妾，种种粗野、猥亵和暴力的因素都由此而生。或可说，《红高粱》还原了一个民间文学的主题模式，它把《沙家浜》中最具有艺术活力的民间主题从重重政治意识的外衣中剥离出来，加以弘扬。某种程度上它复活了中国古典小说《水浒》一路的创作传统。

也许是《红高粱》这一开端决定了以后的偏向，在新历史小说中土匪的故事竟大受青睐，使这一路创作带有浓厚的俗文学走向。或许是土匪不像侠客那样的不食人间烟火，他们的生活，无论是逼上梁山式的过去，还是打家劫舍式的现在，都与现实社会联系在一起，纵然是放纵的理想境界，也未能超脱普通人的想象力之外。更何况性与暴力这两大民间社会伦理要素，在土匪的故事中无论怎样渲染总不会过分。作者们既然有意要拒绝政治意识对历史的过分渗透，有意要还原出民间社会的本来面目，那么，他们就不能不同时也还原出中国民间社会变化中与生俱来的粗鄙形态。在这里"土匪的故事"只是一个含义暧昧的符号，其实不一定指那些打家劫舍的勾当，它的某些特点同样可以涵盖非土匪类题材：黑社会的械斗内讧，旧社会遗留下来的污秽生活方式，农村都市中的贫困与粗俗，等等。长篇小说《米》中逃亡农民五龙的发迹故事就是一个例子，这样的题材可以有多种叙述的方式。在苏童的笔下，它成为一个有意识的民间社会的文化画廊。

在五龙身上，除了对家乡刻骨镂心的怀念这一点上残存些许人性中的温情与诗意，其他一切都被沉浸在农民式的粗鄙形态中：仇恨、恶毒、粗俗、下流，以及作为一个枭雄应有的狡黠与腐烂。小说中不厌其烦地出现淫荡的字眼与污秽的意象，这一切唯有在这个亚土匪类的题材中才会被视为理所当然——作为一种粗鄙形态的文化心理，在新历史题材中找到了合理的自由空间。

这并非是说，民间社会题材注定要与粗鄙文化形态乳水难分，我认为关键问题在于作家是否有一种以知识分子心态介入历史的自觉，同时也是否有控制自己借民间社会这一自由空间来放纵自我的能力。即使是土匪故事，当然也有不俗的作品，比如李晓的《民谣》，题材是俗文化的题材，表达也是俗文化的表述，但贯穿在叙述中的，却是知识分子式的思考。这还不仅是揭示了一个人心之薄世道之险的老生常谈，作者写马五的死与周围人们的漠然，几近于对人的灵魂的拷问。这种几乎出于本能的知识分子式的思考，正是一般同类作家所缺乏的，尽管对后者说，感性画面的组合和传奇故事的编织都是相当驾轻就熟的事情。

## 三、激情消解：新历史小说的精致化

文化的粗鄙形态并非一无所取，它至少包含了一种来自民间的原始热情，不但成为支配角色行动的内在动机，而且也往往诱出了作家对历史的潜在激情。民间社会本来是个内涵丰富的范畴，在文学题材上也是多方面的，但令人注意的是，一旦新历史小说脱离了土匪或亚土匪类题材，转向比较精致的文化形态时，这种与粗鄙文化同在的原始的创造激情也随之消失。这或许是新历史小说自身的特点所致，它作为新写实小说的一个分支，同样是激情消解的产物，新写实小说用相当冷漠的口吻叙述了人类生存的处境。而新历史小说，则用同样冷漠的态度处理了历史的进展，所以，一旦失去了民间社会自身固有的热情作衬托，作家们便很少再投入人为的热情，去解释那些过去了的历史。

民国史一旦从党史题材中分化出来，就注定要还原出一个黯淡的本来面目。清末民初的巨大社会变动并没有在辛亥革命中最后完成，旧的文化传统在民国时期留下了长长的阴影，新历史小说既然选择了民间社会成为主题的描写对象，那么，就无法回避这个没落的影子。它所描写的文化形态愈精致，角色的激情也愈趋于消解。《妻妾成群》中表现得最好的一个内容，就是女学生颂莲，以她受过的新教育同作为姨太太的旧生活方式之间的自在冲突，这冲突过程其实也正是激情消解的过程。可惜的是，这部分内容在改编成电影时完全被放弃。

也许正是为了同现代生活保存一定距离，才有了新历史小说的尝试，作家们才选择了民间自在生活，用民间社会的演变来重构历史。这是一个全新的历史视角。叶兆言的"夜泊秦淮"系列，可以说是新历史小说的精品。通过这一个个秦淮人家的兴衰故事，我们看到了辛亥革命、张勋复辟、北伐战争、国共分裂、抗日战争、南京屠城，以及国民党南京政权垮台前夕的风雨飘摇，这一幕幕民国史上的重大时间投射到民间社会，就像是一块块小石子抛进沉沉的死潭，激不起强烈的涟漪。小说画面上反复出现的是中国民间面对各种天灾人祸的可怕惰力和忍耐，是传统文化的式微以及依附其上的知识分子的沉落。从《状元境》到《半边营》，我们看到了一个完整的"重写民国史"的雏形，当然，这仅仅是一个以民间为主体的社会变迁史。

或许说，精致地描写一种文化的式微，本身就需要激情，而且这种激情曲曲折折地也会与当代生活发生关联。我在读"夜泊秦淮"系列作品，尤其是《半边营》的时候，曾不止一次地仿佛听到这样一个声音，犹如契诃夫戏剧中出现的一个美丽诚恳的声音：先生们，你们的生活是丑恶的，不能那样生活了！但是，古典俄罗斯文学的最后一位大师所发出的责备，是针对了他当时所处的时代与生活，他的激情毫无疑问转化成为时代的声音，表现出一个正直的知识分子直面人生的良心，然而新历史小说所达到的最强烈的激情，仍然是面对了一个早已成为过去的旧岁月。

如果说，新历史小说表现的粗鄙文化形态多少迎合了通俗文学的感性满足，所缺的是知识分子对生活的严肃思考，那么，它的精致文化形态则表达了知识分子对当代生活热情的转移。两年前，我在《钟山》上发表的一篇关于新写实小说的通讯里，借用了当年胡风对客观主义的批评，来表示我对一种激情消解现象的忧虑。两年过去了，我的忧虑依然存在，尤其是现代生活的步伐突然加快，我想，作为一个知识分子，似乎更应该保持对生活的激情与思考。因此，尽管新历史小说的成功带来了旧题材热的再度兴趣，我还是真诚地希望：病树前头万木春。

# "历史"的误读

—— 对于1988年以来一种文学现象的阐释

吴义勤

一

　　1989年，因为拥有新潮小说的消遁和"新写实"小说的崛起两桩具有革命意义的文学事件，新历史小说在中国当代文学史上有了特别重要的地位。在文学景观上，当曾经风靡一时的现代派狂躁气息转瞬间演变为咏叹"过去好时光"的"历史形态"中的人生故事时，这种充满古典意味的"文学怀旧"创造了怎样一个动人而炫目的"历史反差"！它如一道美丽的彩虹，使中国文学的天宇再度灿烂辉煌。而从精神方式上联系着"新潮"和"新写实"作家群落的"新历史小说"的出现，更是这个年度对文学的特殊贡献。它预言了一种令人兴奋的"文学转型"，它为我们的文学在世纪转折的过渡时代铸造了崭新的品格。雅斯贝斯说过："最伟大的精神作品正是在过渡时期的精神产品，亦即处在时代交替时期的作品。精神历史的最伟大的现象，既是过渡时期的开始，同时也是它的终结。"因此，当苏童的《米》、格非的《敌人》、余华的《呼喊与细雨》、陆天明的《泥日》、叶兆言的《追月楼》、赵本夫的《走向蓝水河》、王安忆的《叔叔的故事》、方方的《祖父在父亲心中》、张廷竹的《六十年旷野》、孙华炳的《落红》等"新历史"小说在1989年之后联翩而至时，中国文学无疑为交替中的两个世纪奉献了自己最佳的精神礼品。这当然是一个特殊的文学现象，它寓言式提出了一个深刻的历史追问：新世纪的跫跫足音何以导演出"历史"钟情？显然，我们无法回避对"新历史小说"的理论界定。"新历史小说"并不是传统文学理论所规定的狭义的历史题材小说，它并不以真实的历史人物、历史事件为框架来构筑历史故事，而只是把小说人物活动的时空前推到"历史形态"中，其表现的仍是现代的人生态度与思想感情。时间的历史性和人物故事的现代性并行不悖，亦可谓"现代派着古装"。这不但和《李自成》这样的纯粹历史小说在审美旨趣和艺术追求上有了根本区别，而且也和"借古讽今"着眼点落在现实人生的"历史小说"有不同，鲁迅的《故事新编》正是以"油滑"讽刺现实，有很强的现实战斗性，但由于鲁迅所写的人物、故事都有"古代的因由""根据"，因而难以纳入"新历史小说"。"新历史小说"作为一种文学现象其价值并不仅仅体现在题材递嬗上，而是有着实践价值和理论价值的精神现象。从创作实践上看，"新历史小说"一方面是新写实小说原生态展示"历史"与"生活"的一个重要表现模式，另一方面，它又是新潮小说摆脱孤独困境的钥匙，是新潮作家最佳的文学突围方式，并且消解了新潮作家们因读者冷漠而生的心理彷徨，使他们获得了再展雄风的机运。从理论上看，"新历史小说"也只是一种有哲学内涵的"无历史"，本质上它是对于历史的哲学沉思，是作家精神活动的思维载体和媒介。正如罗曼·罗兰所说："历史所能做的只是表现某种精神气质，即关于当代事件及其与过去将来关系的某种思想方法与感觉方式"。因此，我们也只有从作家的"精神气质"和"思维方式"入手才能把握这种"新历史小说"的实质。因为，对于作家来说，每一种文学选择必然都伴随着特定的情感体验和价值评判，其复杂的心态结构和精神活动具有着关联社会学、心理学、文学思维学等众多精神领域的泛文化内涵。在这个意义上，"新历史小说"正是一个具有无限可读性和再阐释性的文学符号。

## 二

文学作为意识形态的一个重要组成部分，同时也不可避免地成为社会意识形态的产物。换句话说，文学是一种特殊的文化语言，但它是产生于特定"上下文"中的语言。因此，如果我们试图对"新历史小说"这种"文化语言"作出阐释，那么我们首先就必须对其赖以生存的"文化语境"作出创新。1989年的政治风波对中国的政治文化是一个强烈的刺激。而随后的意识形态控制和文化审查，客观上也使中国文学加入了全民的大反思。作家们从"五四"以后得到培养而加强的政治归附心态，也因文化氛围的紧张而恐惧、彷徨。文学再次面临着存在方式的选择。其与作为"社会政治关系之思想体现"的"官方文化"的关系成为文学关注的焦点。从人类文明史来看，小说的"反常性"正是其正常的存在方式。在与社会和法定文化的关系上，小说也取反对立场。西班牙的流浪汉小说正是通过描写那些在公认的价值体系中没有一席之地的人与环境从而使文艺复兴的文学人文主义受到第一次重大批判。但是中国文学话语系统向来是依赖于政治意识形态话语而存在的，它很难独立地以自己的话语方式表达对现存价值体系的潜在怀疑。这固然是一种限制，但同时也意味着"自由"。中国传统文化中的"中庸"思想和道学精神给了中国文人在进与退、达与穷之间的巧妙平衡。可以认为，"新历史小说"正是这种文化传统的产物，无法否认，它隐含着对特定的社会政治思潮的回避与逃遁。但这决不是一种放弃社会责任感的消极行为，这是作家们对急剧变动中的社会政治意识无法作出相应的价值评判时的一种必然选择。这是尊重文学本身规律和人类认识规律的清醒的文化抉择。文学毕竟是文学，它与被表现的对象之间必须具有时空和心理的距离，它不是意识形态历史的描摹，而且即使意识形态话语本身也无法对正在发生的政治事件作准确的描述。因此，"新历史小说"既是文化的产物，又是特定文化的反动，它既维护了文学本身的延续和发展，又使作家在特殊的文化语境中获得了特殊的创作自由。事实上，它是中国文学和中国作家的一种特别的生存策略。

不过文化语境本身也包含着特定的文学背景，作为一种新的文学现象，"新历史小说"在获得文化认同之后，又一个先验性文学质问接踵而至："新历史小说"是不是作家掩饰生活体验贫乏的手段？这已不单纯是一个实践问题，而是紧紧联系着传统的文学理论。确实，中国青年作家特别是新潮作家生活积累的贫乏是一个引人注目的文学问题。实践上，为了摆脱生活的围困，新潮作家选择了两条道路：一条是对现有的生活体验的夸大的重复，其代表是王朔和刘毅然。王朔的"顽主"系列姑且不说，刘毅然从《摇滚青年》到《我的黑夜比你的白天好》再到《中国往事》，无论人物设置、故事内涵，还是小说语言方式都有一种难以掩盖的共同模式，这种带有自我扩张色彩的自我重复，其代表的正是一种古典的江郎才尽。一条就是遁回"历史"，以精致化的故事，凭借想象构筑虚拟人生的"新历史小说"。它体现了一种崭新的文学思维，并以苏童、余华等人的创作为标志取得了骄人的创作实绩。而从理论上看，"新历史小说"也集中了许多新的理论探索。固然，"文学是生活的反映"，"生活是文学的源泉"。但生活必须经过作家这个情感和语言中介才能进入文学。而文学所表现的生活，也只是作家的心灵和情感生活。很显然，我们传统的文学理论缺乏对作家主体的应有尊重。此外，谈到文学的功能，通常强调的都是文学的审美、教育、娱悦功能，而绝少提到作家本体的自我实践功能。而在我看来，"自我实现"才是最基本的文学功能，它是其他如教育、审美潜功能得以存在的基础。"新历史小说"正体现了作家的自我实现的心理需求，其文学话语向历史话语的转化所蕴含的意义也正在于此。照罗兰·巴尔特的说法："历史话语，并不是顺依现实，它只是赋予现实以意义"，"它大概是针对着实际上永远不可能达到的身我之外的所指物的唯一的一种话语"。"新历史小说"作家正是以特有的话语方式赋予现实以"意义"，并以这种艰难赋予获得自我实现。而且，即使正确的文学理论，其被具体应用的方式也是多种多样的，不同的作家必然会有不同的认知方式。从作家素质来说，作家有两种形式。一种是"生活型"的作家，他来自生活深层，有丰富的生活体验和感受，擅长现实主义的创作方法，坚信"生活是文学创作的唯一源泉"的理论原则，赵树理可为代表。一种是"事业型"作家，他们一般受过良好的教育，有较高的文化艺术修养，但他们生活实践和生活积累都相对贫乏。他们重视个人才能和知识的发挥，不求以文学介入实际生活，但把文学作为自己的一种事业，文学是他们人生成功、人生实现的一种方式。"新历史小说"作家基本上属于这一类。因此，我们可以说，"新历史小说"既是作家创作个性的体现，又是对传统文学理论的修正，同时它又是特定文化语境中作家创作心态和精神方式调整的必然产物。


三


历史的主体是人，文学注目的也是人，"新历史小说"自然也服从于"文学是人学"这个古老的文学典则。它对人的"历史还原"正体现了对人类本体价值的关怀。历史伴随着成熟，历史意味着成长，对于具有反观自我能力的个体来说，历史更是一笔财富，尤其在特殊的文化背景中，历史对于人生的意义更为重要。因此，雅斯贝斯说："对于我们，历史乃是回忆，这种回忆不仅是我们谙熟的，而且我们也是从那里生活过来的。倘若我们不想把我们自己消失在虚无迷惘之乡，而要为人性争得一席地位，那么这种对历史的回忆，是构成我们自身的一种基本成分。"也就是说，历史不仅构成了我们的现实存在，而且是对现实存在的拯救。

首先，"新历史小说"体现了作家的终极人类意识。罗兰认为"历史的主题是人类"，"新历史小说"作家正是在现实的困惑中把文学切入历史，把文学的现实品格提高到文化哲学层次上，从而使小说中的现实人生获得了历史性。对于人类来说，人生是有涯的、不完全的，同时也是不可能完全的，所以就必须通过时代的变迁才能得到永恒，这也是他达到永恒的唯一途径。人的不完全和他的历史性实在都是一回事。因此，"新历史小说"无疑是作家们创造的超度自我而又超度人类的"诺亚方舟"，它旨在解放在历史界限中孑然一身和孤苦伶仃的人生处境。"新历史小说"的历史内涵本质上是一种主观的历史，是一种历史的关怀，是一种故意的历史误读。作家的通过"历史"的读解试图发现的是人类命运的秘密，即人类终极命运的实质。苏童的小说《米》通过五龙的人生遭际，探讨的是人的生存方式和生存困境。而余华的《呼喊与细雨》更是通过对历史寓言式的再现，揭示出人类命运的悲剧性。他在小说中对"历史话语"中的生命行为和存在意识的探究，对人的"历史性"成长的关怀，都寓含着一种宗教式的宿命感。

其次，"新历史小说"是作家危机意识的产物。在世纪转折的时代，我们整个地球都被生存危机焦灼着，战争、能源、政治、动乱、环境等无不威胁着人类的生存与发展。人类面临着末日来临的恐惧，正如雅斯贝斯所言："人类末日，任何一个民族和任何一个人均不能逃脱的一次重新铸造——无论是毁灭也罢，新生也罢——都已经被人们预感到了。所预感到的并不总是末日本身有关末日的即将来临，正在人们心头占了压倒优势。人们在一种极端恐惧的心绪中，以一种泰然自若的镇静态度，准备去经历这个预感的末日来临。"但是，人的存在及其在哲学活动中的自我反思则是永远存在的。"新历史小说"正是通过对往昔人类经验的记忆，由"历史形态"的灾难演示人类末日的前景，从而在艺术上为自己扩张心理承受能力。因此，"新历史小说"特别热衷于对灾难、毁灭、死亡、痛苦等主题的展示，而在作家意识中，则呈现出鲜明的世纪末倾向。这种世纪末意识以余华为最典型，他的小说如《在劫难逃》《现实一种》《河边的错误》都重在揭示主人公必然的死亡命运。主人公精神状态都处于一种预知灾难的危机恐怖中。因而小说正是以"疯言疯语"的方式表达了一种生存荒诞和末日前途。另一方面，这种危机意识，也源于文学本身的危机。"新历史小说"在很大程度上是中国文学的一次自我拯救，它一方面解放了被读者遗弃的新潮作家群，另一方面又使文学创作面貌有了根本性的改观，并重新赢得了读者。其在小说内涵深刻性方面的探索和在形式审美化上的贡献同样举足轻重，体现了"伦理关注"和"美学关注"的文学统一。

再次，"新历史小说"以特定的"历史图式"表达了作家的"历史整体化"思考和"文化介入"精神。"新历史小说"无意于再现真实的历史，而着眼于拟构一种整体的具有历史意味的文化氛围。"历史"已经失去了明确的界定，而被作家误读为一种文化方式。这种历史思考由于没有明确的规定性，因而成为哲学高度上人类生存历史的参照。它是"历史人生整体化"的沉思，是一种严肃的责任感的表现，它本质上不是逃避现实，而是从更深的层次上突入了现实。因为现实只是历史的一瞬，现实相对于历史只是一个渺小的存在，而根本上不具备历史追问价值。诚然，正如诺曼·霍兰德认为的，每个人在生活中都抵抗着和渴望着什么，这些抵抗和渴望构成一个人接近生活与文学的特定方式。但"新历史小说"作家对人生与社会的严肃责任感之所以以这样的"历史范式"体现出来，还有着作家们特别的价值判断和文化理想。"新历史小说"最终体现出来的是一种文化方式。它源于对"历史"上特定社会的文学与文化的假定，又包含着一种向往与目的。因此，"新历史小说"的"怀旧"方式并不是主张文化倒退，而更意味着文化重建。叶兆言的小说可以说是最具有"文化"品格的了，他的《追月楼》等小说以虚幻、模糊的历史氛围突现的是文化的个体与个体的文化，文化本身的意义已使"历史"图式变得可有可无，更不用说，作者在行文中有意为之的"历史"化、"文化"化了。此外，孙华炳的《落红》、苏童的《红粉》等也都使用了叶兆言式的"历史"误读方式，呈现出明显的文化色调。"新历史小说"也正沿着"人—历史—文化"的发展轨迹开辟着更为广阔的文学天地。

# 四

上文，我主要对"新历史小说"这种文学现象从认识论和作家意识角度进行了文化阐释，但这种阐释的前提则是对"新历史小说"文学特质和形式特征的确认。只有从小说的文体风貌和艺术表达方式入手，我们才能作出更符合文学本身实际的判断。

"新历史小说"不同于实验小说以形式淹没情感的冷漠，也不同于"新写实"小说"情感的零度状态"。它创造了一种主观性、抒情性很强的小说文体，它区别于"历史"的客观，反而充满了作家文化介入的主观热情。作家把现实的人生情绪"历史化"正是制造了一种反思和评介的心灵距离，实现了作家与生活"共时态"关系的"历时性"呈示，因而贯注进了强烈的伦理的或美学的关注。它回避了对当下现实人生的激情投入，并由此获得了哲学沉思与价值判断的充分自由，从而赋予了小说以深刻的哲理意蕴。鲁迅就说过，感情太激烈时不宜做诗，否则会把诗美抹杀掉。文学需要激情，但激情的代价往往是深刻性的丧失。文学的审美距离是作家超越意识和哲学家态度的基本前提。从这个意义上说"历史化"正是作家平衡超越追求与介入热情，从而获得"情绪哲理"的绝好方式。"历史"已不是本原意义上的"历史"，而是经由作家的误读，转化为一种有意味的文学方式。

同时，"新历史小说"也体现了对小说叙事特征的深刻认识。叙事的特征是虚构，它同时是语言的、时间的和认识论的。而本质上讲叙事是关于过去的，被讲述的最早事件仅仅是由于后来的事件，或者说仅仅因为自己被讲述才具有意义。最具时间性的文学，从根本上说是纯粹过去时的。即使当前生活的原样复制对于作家来说也是一个已经完成了的心理过程的产物。"新历史小说"其实只不过是使小说的现实时空进入心理学意义上的"历史时空"，这不仅增加了小说的心理内涵和主题深度，而且极大地发挥了小说的叙述功能。因为叙事包含"后向预言"，本质上是基于一种逆向的因果关系，"过去的历史"和"未来的历史"一样都是基于作家心灵深处的一个根深蒂固的假定，对于作家来说小说的开端和结尾是处于同一起跑线上的，时间性秩序只是一种叙事策略和表达手段。《呼喊与细雨》就是一个典型的"新历史小说"叙事文本。小说正是以"预言式叙述"和"分析式叙述"两种方式构成了一种独特的文体，通过前者作者寓言式地表现了人生的"现实"与"历史"，并揭示出了人类生存的终极命运，通过后者小说形成了哲学思辨般的语言基调。因而整部小说读来凝重沉郁而又热烈深刻。

不过，需要指出的是"新历史小说"的文体特征既是作家丰富想象力的产物，同时也得力于八十年代以来中国作家语言功力的增强。其叙述话语的"历史"特征更是具有超越内容的结构意义。因此，虽然"新历史小说"同样讲究故事的生动编织，同样追求艺术的真实，但它在语言方式上根本不同于传统的现实主义小说，也与八十年代初的伤痕文学、反思文学在形式风格上有了区别。伤痕文学、反思文学源于痛苦的"文革情结"，其再现的是给作者和主人公以精神创伤的"真实历史"。这种文学反思正是以作者情绪的热烈投入为特征的，语言方式上缺少了"新历史小说"的精神超脱。人们之所以很难把"新历史小说"和新潮小说区分开来，正是因为"新历史小说"贯彻了新潮小说的语言态度和语言模式，这种"现代派"的话语方式表明，"新历史小说"作家仍然没有舍弃从"新潮实验"而来的先锋意识。而近年来中国小说艺术品格之能大幅度提高，也正有着先锋派语言实践的卓越贡献。从语言方式角度来讲，"现代派"并没有消亡，而是在"新历史小说"中甚至最朴素的现实主义小说中"语言式"地延续发展着。这样，中国文学也就从语言思维认同、接纳了"现代派"，当然，这种认同是伴随着某种文学传统和文学现实规范的强化。对于"新历史小说"来说，它的"故事性"就是和其语言的"先锋性"同样重要的一种存在，它也可以理解为新潮向读者的一种妥协。

在具体的小说形态上，"新历史小说"最为出色地完成了对"记忆"的审美发现，"记忆"也正是"新历史小说"的主要操作方式。当然，"记忆"的小说方式不可避免地有着"文化寻根"的烙印，但同时也有着博尔赫斯和马尔克斯文学启示。"新历史小说"其实正是以记忆的方式重温人类的经验，同时又把现实的经验"记忆"化。柏格森指出："记忆乃是更深刻更复杂的一种现象，它意味着内在化的强调。"在记忆中客观对象被纳入到了个人主观的维度中来，被置于个人化的心理氛围中，过去的客观的公共经验仿佛转化为纯个人所有，具有了个体性、亲历性和内在性。也许正因为记忆的体验特性，记忆才能够击破现实人生的功利之网，不仅以另一种目光洞见真实，而且给主体带来心灵解放的感觉。在苏童、格非、余华这些"新历史小说"作家的作品中，记忆都占据了极为重要的位置，可以说，正是记忆造就了他们小说的现代形态。"对象心灵化"的记忆成为具有超越禀赋的审美框架，其介入传统小说文本结构，对小说形式产生了革命性的影响，它使现实原则与历史原则、功利原则与审美原则在文本中相遇，从而使"新历史小说"具备了崭新的美学形态。在这个文学世界里既有苏童式的飘忽意绪化的文本结构（《一九三四年的逃亡》），又有洪峰式的分离叙事者与小说故事的间离结构（《极地之侧》），还有余华式的颠覆情节因果关系的情境结构（《呼喊与细雨》）……同时，记忆进入小说形式也推动了小说话语向其本性的复归。记忆为小说话语的生命化提供了机遇。"新历史小说"以记忆在文本中的流动构成了生命话语，而这种生命化的话语方式也正体现了文学的个性与作家的个性，是一种心灵审美化敞开的特殊形态的个人化。它以陌生的姿态给中国文学的发展灌注进了新的生机与活力。

因此，我们说"新历史小说"，以"记忆"误读"历史"，从而给中国小说的结构方式、价值取向乃至生存方式都带来了巨大变化，我们期待它更为辉煌的未来。

原载《文艺评论》1993年第4期

# 历史话语的复活

蔡　翔

在我们考察八十年代后期中国知识分子与当代文学的关系时，不能不提到所谓的"新历史小说"。

正是在八十年代后期，小说（当然不是所有的小说）逐渐向历史靠拢，某些传说、稗史、野闻、流传于酒肆茶坊的奇人趣事乃至前人的笔记钩沉，在某种想象力（而不是洞穿力）的支配下，逐一地被发掘整理或者编纂，进而虚构成各类形体的小说，渐渐地蔚为壮观。

历史话语的复活，并不意味着当代小说重新产生了文物考古的兴趣，严格地说，所谓的"新历史小说"已自觉偏离了历史事件的真实性范畴，他对历史事件本身并无兴趣，他们感兴趣的只是历史这样一种"虚的空间"，从而填注进自己对此在的个人性的生命体验和认知。所以，所谓的"新历史小说"的"历史"并不构成对任何一部断代史的史料性说明。同时，派生于"寻根运动"的有关历史的"本真"思想（它支配了相当一些寻根作家的写作，如贾平凹的《商州纪事》、郑万隆的《异乡异闻》等等）也在此受到相应的剔除，他们即使采用某种类探案的形式（比如潘军的《风》），也并不相信所谓历史"本真"的存在，历史的迷雾不仅不可能廓清，相反，历史本身就是一段迷雾，个人在其中穿行，所遭遇的便往往是迷舟般的命运。

曾经在"意义缺席"的前提下从事写作的新写实主义和先锋派作家在这里不期而遇，共同制作了这样一种历史话语的复活现象，他们是格非的《迷舟》和《敌人》、叶兆言的"夜泊秦淮"系列以及《挽歌》系列的一部分，苏童的《妻妾成群》和《我的帝王生涯》、潘军的《风》、池莉的《预谋杀人》、刘震云的《故乡相处流传》等等。

因此，笼罩着新历史小说的，不仅是意义的飘浮，同时深深打上了文化失望的时代烙记，他们制造的是一个历史的颓败寓言，然后带着各自对此在的体验与认知涌入其中，发挥着自己的才情与想象力，而在这种发挥中，渐渐滋生出一种把玩历史的倾向，正是在这种对历史的把玩中，今天被暂时地遗忘。

在此，我们将从文化释义的角度入手，讨论在新历史小说背后所潜藏的中国知识分子的某些思想痕迹。

## 一、意义缺席下的历史

在我们讨论新历史小说之前，必须先提到三位在此之前的重要作家，他们是：周梅森、乔良和莫言。

我之所以提到这三位作家，并不在于他们在取材上和新历史小说的某种相似性（现代史），更重要的是，他们在文化上的相异性（由此给出了）新历史小说的某些界定。

在周梅森的小说（比如《沉沦的土地》）中，我们似乎可以感觉到黑格尔历史哲学的某些影响，一种强大的观念力量规引他返顾历史。周梅森极其善于构筑场面，个人总是作为类的代表出现在历史舞台。他写地主、农民、军阀、资本家以及帝国主义在华的经济利益和势力扩张，写他们之间错综复杂的利害关系、争斗和暂时的结盟，传统道德的沦丧和社会向文明的迈进，等等。正是这些复杂的阶级冲突，构成了历史的某种"合力"，而历史（一种类似于黑格尔的历史的整体意志）则在这合力的冲突中，在无数个人的悲剧性命运中，大踏步地向前迈进。在周梅森相当一部分的小说中，都残留着这种历史进步论的影响痕迹。

乔良的《灵旗》明显突破了这种类黑格尔历史哲学的观念封锁，《灵旗》不再注重于对这种虚构的历史的整体意志的描述，血淋淋的战争场面不再成为历史进步论的合理的补充注释。乔良返顾历史的目的，显然在于重新关注个人在历史践踏中的悲剧性命运，对人的尊严的尊重和人性，个人在此世的幸福价值，等等，构成了《灵旗》明显的人道主义特征，一种对个人、终极价值的深深眷注。在这种关怀中，历史与个人构成了一种复杂的相关性悲剧，在某种意义上，乔良把人文主义精神引进了历史的叙事范畴，在历史的倾诉中，传递出对个人的终极关怀。

相对于周梅森和乔良，莫言的小说（比如《红高粱》）更明显具有一种民间色彩，绿林好汉、劫道、我爷爷和我奶奶的野合等等，都明显打上了传奇烙印。而更重要的，莫言在对历史的虚构中，突出了一种强悍的个人生命意志，在我爷爷的强烈的色彩刺激下，引发出一种乌托邦冲动。在痛感今天普遍的平庸和生命意志的逐渐沦丧中，莫言自然把目光、把自我救赎的希望投入历史，在历史中（比如我爷爷），他也得到了某种精神启示。因此，对于莫言来说，对历史的返顾，其目的仅在于某种精神的重新衔接。在某种意义上，《红高粱》是寻根运动在当代小说中一个重要而又光彩夺目的结尾，并明显具有一种历史本真论的影响痕迹（它使我们想到了郑万隆《老棒子酒馆》等等）。

尽管在周梅森、乔良和莫言之间，仍然存在着差异，各自的创作风格以及思想渊源均有不同，但仍然有着某种共同性。他们都尊崇某种精神，并在这种精神的导引下去解读历史，他们返顾历史的目的均在于发掘某种意义（或者真理），这种意义（或者真理）或者推动了历史，或者在历史的演变中失落并造成个人在今天的悲剧性缺憾。然而不管怎么说，意义（或者真理）仍然存在（它是不容置疑的），它不仅有助于我们解读历史，也有助于我们解读今天，同时更有助于我们的此刻生存。显然，他们均是在一种"意义在场"的保证下从事写作，解读并把握历史，一种神圣的乌托邦冲动在其中若隐若现地跳跃激荡。在观念的规引下，历史不仅显得脉络清晰，同时更恰当地成为一面镜像，它不仅折射出今天的缺憾，也传递出我们今后行动的精神指令。

尽管这些作家对新历史小说有着若隐若现的影响，但是分歧已经不可避免。严格来说，新历史小说的精神源头来自先锋派作家对意义的颠覆和拆解以及新写实主义对日常生活的妥协与认同。

对于八十年代后期的中国知识分子来说，理想主义的雄风已经不复存在，他们对意义的怀疑导致了对意义的驱逐，对权威话语的反抗导致对话语的权威性本身的质疑，由于他们不再相信有一种绝对的救世真理的存在，因而放弃了传统的启蒙主义立场以及某种洋溢着理想激情的救世行为，拯救人类渐渐演化成个人的自我救赎，意义已经缺席，中心的消解造成一种众声喧哗的话语现象，各种经验性的悲剧记忆趁机复活，突破了观念的浪漫封锁。这种带有溃败痕迹的文化的混乱局面，同时更大规模地造成信念的失落并派生出虚无主义的

中国当代文学史资料丛书

悲观喟叹。

这种"意义缺席"的特征，构成了新历史小说对历史的基本的解读方式，并把现实的喟叹移向历史的叙事话语。因为对传统话语的解构，历史的结论已被推翻，每个人都趁此宣布自己对历史拥有"首漂权"。但是历史本身却在这种意义的颠覆和拆解中，渐渐地变成一团迷雾，它被各种各样的偶然性所支配，因此，个人在其中的探险，又势必遭遇到"迷舟"般的威胁。历史的真相在这种迷雾中完全隐匿。蔡测海干脆宣布说："历史是什么？历史怎样成为历史？我不知道。"（《楚滩巴猜想》）历史进步论或者历史本原论相继受到剔除，他们进入历史，最后又都无奈地退出历史。

一个较为典型的例子是潘军的《风》，这部小说采用了一种类探案的形式，写"我"为了探究英雄郑海的死因，三下罐子窑。然而他遭遇的却是一团典型的历史迷雾，活着的或者死去的人相互牵连（引申出许许多多的神秘线索）又似乎在保守着一个共同的秘密。所有的结论在质疑中虽然变得面目可疑，但是历史的真相却在这种探寻中显得更为遥远。而且说到底，这一种纯粹个人性的历史事件与我们的此在究竟有何意义？由于返顾历史的目的不再成为一种精神延续的行为（或者成为一种意义或真理的历史证明），而渐渐演化为一种纯粹学究式的智力推理，突显出"意义缺席"的特征。因此，个人对历史的返顾不仅徒劳，而且最终来说毫无意思。证明了郑海的死或不死能够说明什么？每个人只能用自己的方式去解读历史，因为在更深的本质上，历史不过是个人的一种编纂行为。对历史真相的无奈退出，显然呼应了我们这个时代的文化的大规模溃退。人们放弃了对意义（或者真理）的寻找企图，个人对历史（包括对此在）只能通过一种自我救赎的方式进行。

"意义缺席"并且由此派生的历史的迷雾感觉，终止了人们对意义（或者真理）的寻找企图，对历史是什么的最好回答就是历史不是什么。它只是个人的一种解读方式，历史不仅不再成为一种精神延续的可能，同时隐匿了所有的精神性暗示。叙述历史的目的乃在于最后的退出历史（退出意义的寻找企图），从历史（或者意义）中退出的个人，只能聆听自己内心的倾诉，这种悲观的喟叹几乎浸淫在相当一部分的新历史小说之中。

## 二、在历史的迷雾背后

对"正史"的挑战，实际上意味着某些"历史结论"的消解，这种消解致使我们在重新返顾历史的时候，浮出其话语表层的，不是清晰可见的历史的前行脉络，或者是非善恶的伦理判断。新历史小说的写作者在驱逐了传统的"意义"之后，历史重新成为一团迷雾，这种迷雾的处理方式，非常典型地表现在潘军的《风》中。

在潘军之前，已经有小说在进行这种迷雾式的艺术处理，比如格非的《迷舟》。《迷舟》叙述了一段战争（北伐）史实，而在这一历史背景中，则虚构了一个年轻的旅长萧，萧在激战前夜，奉命潜入小河村，以便"尽快查明那里可以知道的一切详细情况"，然而在这一单纯的军事行动中，却又同时掺杂进爱、性欲、生与死的搏斗等等。对人性本能的质疑和对历史叙述的质疑几乎同时进行。萧的纯粹个人性的偶然事件一旦被置身于整个的历史运作中（它影响了战役），就相应地变得扑朔迷离起来，致使历史本身"蒙上了一层神秘的阴影"。我想，重要的也许不在故事本身，而在于小说在叙述中留下的许多"空缺"。比如说，在真相"不在"（个人性的偶然事件早已毁灭）的前提下，我们究竟根据什么来编纂历史，而远离真相的"历史"在这种质疑中就变得相应荒谬起来。

雨城的《洪高梅》同样闯进了这团历史的迷雾之中。《洪高梅》讲了一个重重告密的故事，这个地区的几支不同力量为了掌握徐山石矿的领导权，演出了一场极其复杂的斗争，而这场斗争又因告密套告密的出现，产生莫名其妙的结果，因为这个事件本身众多的谜，致使人们产生相应疑问，比如说秀伯爸为何要把下种的暴动计划向日本人告密？秀伯爸似乎是替共产党干事的干部，他是出于何种动机？洪老太的告密仅仅是由于她告密的癖好？她当年为何要用告密的方式除去自己的丈夫？下种与秀伯爸之间有何隐秘的相似之处，他们的关系又与洪老太有什么联系？等等，这一系列谜团使整个历史事件越发扑朔迷离。最难解释的是上梁这个人物，作为双重的告密者，上梁最初向秀伯爸出卖了下种，但最后他又杀死了秀伯爸。这个故事的结局，恰恰是这个双重告密者逃出了劫难。因此有人认为"《洪高梅》通过这些历史事件背后的谜团，表现了对历史'空缺'的理解与关注。它所显示的，是历史杂乱无章的本相和无法把握的内在联系"。

历史"结论"的推翻以及是非善恶的评价消解，使新历史小说不仅逸出了政治伦理的规定范畴，同时激活了他们的还原历史"本相"的企图。然而，几乎在相当一些新历史小说之中，这种还原的结果总是重新把历史处理成一团迷雾，是无可深究甚而无可把握的，充斥着太多的偶然性与荒谬性，因此它所能呈现的只能是杂乱无章的历史本相和无法把握的内在联系（也许根本就不存在什么内在联系）。

王彪认为新历史小说的历史只是"现在与过去"的一种对话，"从本质上说，它们展现的真实只是个人的历史体验、认识乃至臆想，带有鲜明的个人经验和自我感知烙印"，在这一意义上，历史的荒谬性正来自人对此在的荒谬感受。个人在挣脱了强大的客体控制之后，遭遇的便是无数的偶然性与荒谬性，并且自然滑向一种相对主义的认知范畴。他们把这种相对性引向历史，不仅推翻了某些历史"结论"，同时使历史变得面目可疑，越发地扑朔迷离。正是在现实的境遇中日益绝望的个人，在他把这种绝望溶注进历史的重新铸造的过程，历史就纯粹成了今天的精神翻版。

因此，相当一些的新历史小说都在重复着存在主义的荒谬主题，比如余华的《鲜血梅花》和《活着》。

《鲜血梅花》采用了仿武侠小说的形式和常见的复仇主题。然而在其"寻找"（仇敌和知情人）的过程中，最终的本相似乎已经无关紧要，寻找的意义已经消解，留下的只是寻找这一行为本身行为（而不是行为的目的）支撑着人的生命存在，在这里，深度消失了（它依附于伦理意义而存在），人们活着只是因为行为本身。同样的荒谬性还可见之于他的《活着》，在这篇小说中，人的自然性存在与人的社会性存在构成一种荒谬的对立，"活着"消解了一切的意义与对意义的寻求。对于余华来说，折磨着历史的困扰正来自他的此在烦恼。

偶然性或者荒谬性，曾经构成现代主义的主要叙事话题，并且大规模地侵入新时期文学的叙事范畴。然而，在这种荒谬性的叙述中，却相应存在着人的某种焦虑情结，同时自然浮现出一个寻找主题，也就是说，他们往往在对此在的荒谬叙述中，虚构出一个乌托邦的终极乐园。人的全部的荒谬性则来自乐园的失落，也就是所谓的失乐园主题。在某种传统的惯性支配下，此一乌托邦乐园往往存在于遥远的过去（历史之中），存在的全部意义便在于重新找到并回归此一乌托邦乐园，并且由此派生出八十年代中期的"寻根"运动。

新历史小说的差异性则在于，他们彻底放弃了乌托邦的寻求与回归欲望，当他们把此在的荒谬引向历史的迷雾，事实上切断了人的回归可能，人们不得不从历史（从一切的乌托邦幻想）中退出，正视一切的此在威胁。在这里，过去和现在完全融为一体，从而构成一座存在的巨大"废墟"。威胁我们存在的显然不是某些单个的原因，而是一种无所不在的包围和压迫。在这种迷雾般的叙述中，挑战的勇气和信念因为这挑战对象的消失而自然消失（我们仿佛进入了一"无物之阵"）。新历史小说正如同先锋派和新写实主义一样，最后只能为我们提供一声对存在（包括对历史）的沉重喟叹，而在经过了长久而又无望的存在折磨，最终又都将走向与日常存在的无奈妥协（比如《活着》）。

## 三、历史的空间形式

在一个文化相对溃退的时代，人们普遍地对传统（或者就传统）产生怀疑乃至失望，理想主义的魅力相应减弱，他们不再讨论个人的终极价值以及相应的关怀问题，并且渐渐从启蒙的中心位置撤离。而在这种失望中，同时再度滋生出某种反抗情绪。这种反抗情绪引进新历史小说的写作范畴，便自然形成对"历史"的挑战和消解。

一般来说，新历史小说很少注重历史事件的真实性（再现）写作，他们一方面把此在的荒谬和"意义缺席"引向历史，从而形成对历史的迷雾化处理，而另一方面又在历史的虚构中，描述个人琐碎的日常性存在（比如叶兆言和苏童），在这种琐碎化的日常叙述中，比较例外的是刘震云的《故乡相处流传》。

《故乡相处流传》是一部相对怪诞的长篇，从曹操和袁绍的争战写起，历经朱元璋和慈禧，最后到二十世纪的六十年代。历史事件的真实性完全隐匿，而代之以一种稗史式的夸张写法，从而流露出一种极为强烈的对"历史"的消解倾向。

严肃的作为教科书（或者镜子）的历史在这里成为一个被肆意编纂的对象，曾经笼罩在历史主导人物身上的神圣性被彻底消解，一切均被还原成个人的日常性存在（比如曹操的脚气，慈禧作为一个痴情女儿的再世，等等），这种写法显然是得益于小说的民间视角。正是在民间传统中，"正史"的严肃性被随意调侃（或改编），历史的主导人物（帝王将相学者名流）往往被处理成一种同普通人相差无几有着同样的癖好或缺陷的形象，他们常常被善意（或恶意）地调笑、随意地夸张或扩大。这种民间化的处理，恰恰在某种意义上被空间化了，是我们日常存在的叙述变体。

刘震云的《故乡相处流传》提供的，正是这样一个民间文本。所有的人——从曹操袁绍朱元璋一直到孬舅猪蛋等等——均使用着同一口语（一种由北方方言构成的俚语），这一口语方式或叙述构成，有效地拆解了"正史"的严肃性和神圣性（当曹操说："生瓜蛋子有什么意思？"我们和历史伟人的距离何在），而整部小说的话语构成又是相当庞杂的，今天的话语游走在历史的空隙之中，我们在"大刑伺候"等等古代文化的代码使用中，又不时读到"特殊化""觉悟高"或者"革命队伍兵强马壮""寻父情结""愿意继续在大田里踹牛尿，还是愿意住宾馆"等等现代文化的代码。这套庞杂话语的设置，不仅在于由此产生了阅读的谐谑效果，同时有效地消解了昨天和今天的时间距离，而历史则在这种消解中无形地被空间化了。

历史的空间化不仅在于小说叙述话语的有意设置和使用，同时被引进了"轮回""再生"的民间文化概念，个人的生命被无限制地延长，每一个人都来自遥远的昨天，并且重复着昨天的思想和行为，这种拉长的生命处理，显然消解了历史的时间含义。

历史的时间形式被消解以后，自然同时否定了历史的端点和终点。这样，历史不再在时间中展开，而被处理成一个巨大的空间存在。历史的空间化处理，彻底拒绝了历史进步论或者历史本原论的观念导引。（只有在时间的展开中，历史进步论或者历史本原论方能得以成立。）

在这一历史的空间形式中，人的话语行为被不断重复，不断重复着的，同时是一些人的日常存在的基本主题。这样，在小说表层的民间文本的背后，潜伏着的仍然是一种对存在的知识分子化的思考。

这些思考不再环绕着人的精神性存在焦虑展开，而是突出了人的日常存在——衣食住行——的困窘，在这些方面，新写实主义大规模地侵入了新历史小说的写作范畴。

人们重复遭遇的，是这样一些主题：权力的角逐、政治家的煽动和别有用心的蛊惑、个人对权力（它带来舒适和富裕）的依附与向往、战争、饥饿、相互的攻讦和残杀、生存的残酷和情感的虚弱、人性（恶）的本能、向上的挣扎和沦落等等。而这些主题在历史的空间形式中展开，实际上制作了一座存在的巨大城堡（它又是颓败的），人们再也无可逃逸（逃向过去和未来），反复加深着人的悲剧性的经验记忆，在这种记忆的驱使下，反抗常常被一种更为无奈的妥协与默认所替代。

对于八十年代后期的一些知识分子来说，对传统（包括新传统）的失望和怀疑，迫使他们撤离了启蒙的中心位置，救世责任的放弃，使他们不再奢谈终极关怀以及相应的伦理话题，这些都有助于克服知识分子狂妄的自我中心化以及虚假的代言人身份。但是，他们并没有相应地建立一种新的文化范式，反抗更多地演化为一种随意的颠覆和拆解。"风从哪儿来，风在我心中"，这句类似禅家偈语的小说题词，一方面表现了对传统说教的拒绝，但是另一方面也正表露了他们的彷徨与失落。我们倾听着自己内心的呼唤，那么这一呼唤又是什么？对历史时间形式的消解，留下的是一个存在的颓败寓言。历史在它的空间形式下展开，凝注不动，我们所有的努力与之相比是那么地微不足道，而且终成泡影，我们无处逃逸，只能如此地曾经那样也只能这样。因此，这种对"正史"的挑战和拆解，激活的往往不是一种持久的反抗和替代的热望，而是一种深刻的悲观与对存在的无奈默认。

事实上，与先锋小说放弃了对历史的解读并无奈地退出历史的迷雾一样，新写实主义的代表同样在历史的空间化处理中，感受到人的日常性存在的无可改变。

## 四、历史的颓败寓言

八十年代后期，理想主义的激情在悄悄撤退，撤退的标志在于，个人对世界不用进行纯粹精神的探索，乌托邦受到怀疑和拒绝，超越此在的努力成为一种徒劳无益的行为，生活还原为一种人的日常性存在，琐碎而又艰辛的日常生活磨损并湮灭了人的精神追求，对现实的抗争转化为与现实的妥协与无奈认同。

因此，当新历史小说的写作者把这种对此在的感受和认知引向历史领域时，自然不再关注于历史（主要是现代史）事件的客观性把握（事件本身将导致复杂的政治斗争和对历史的关怀），或者纠缠于历史人物的英雄性叙述（它将同时激活道德理想主义和乌托邦冲动），他们更乐意在虚构的历史故事中，描述个人的日常性存在，因此，在新历史小说中，家庭故事占有极大的比重。

比如叶兆言的"夜泊秦淮"系列就集中写了四个家庭，《状元境》写一个社会底层的家庭（三姐和张二胡），《十字铺》写一个旧文人的家庭（南山先生、真珠、士新和季云），《追月楼》则写丁老先生和他们的大家庭（同时引进了民族气节的讨论），《半边营》则写了一个典型的市民家庭（华太太和她的儿子女儿）。

由于叶兆言娴熟的写作技巧（比如细节和氛围的设置），使我们在这些小说中，得以重温了一段并不古老的历史。一些相对熟悉的现代小说在这一重温中次第浮现（比如巴金的作品）。的确，旧家庭的故事在现代文学中屡见不鲜。但是，充斥在这些作品中的一些相似的主题事实上已被改写。现代文学常常把旧家庭作为传统保守或者腐朽堕落的符码象征，因此，家庭冲突就经常演变为时代精神（新与旧）的冲突（比如巴金的《家》），在"出走"（叛逆）的主题下便潜伏着强烈的革命性情结（在一种乌托邦的导引下）。

新历史小说对此却常常表现出一种故意的忽略。比如说，家庭冲突不再只是一种新旧冲突的矛盾，而是融注进更多的实在的个人利益，个人的悲剧性命运则更多地显示为亲情、性格、道德观念等因素（比如《半边营》）；爱情被更为现实的婚姻关系所替代，传统的爱情至上的浪漫主义受到驱逐，男人（也是爱情）的真正力量并不在于才华风流山盟海誓或者对新思想的追求，而是一种"实在"（一种家庭的可靠依赖和保证），这样，精神性的要求事实上被更为实际的日常生活所替代（比如《十字铺》）；而在对个人生活的追求上，则又无意引进了"刚强易折"的传统话题，在对那些争强好胜甚而闹得家庭鸡犬不宁的女人的微词中，流露出对家庭的安宁向往和对争斗的厌烦（比如《状元境》）；"老太爷"的形象逸出了那种保守（腐朽）的传统语境，迂腐中又表现出某种可爱（比如《十字铺》中的南山先生）或者可敬（比如《追月楼》里的丁老先生），显然，充斥在现代文学里的那种进化论观念在此被剔除。从艺术的个性化角度，叶兆言的小说因此显得更为丰满，然而从文化释义的角度，这些基本主题或意象的有意改造，却正表现出一种对"五四"新传统的差异。

显然，新历史小说的写作者有意逸出了那个时代的文化冲突，他所关注的不再只是抽象的思想（精神）层次，而是个人具体的日常性存在。这样，在家庭故事的展开中同时展开了人的日常性生活和烦恼。我们阅读"夜泊秦淮"系列，事实上并不只是在重温一段历史，而是在阅读我们此在的日常性生活，是一种琐碎艰辛充满着酸甜苦辣、恩恩怨怨，厌烦而又无法摆脱的一种生命体验。

这样，历史实际上已从时间中逸出，而成为我们日常存在的一个空间变体。我们不喜欢，但是我们又无法摆脱。新历史小说的写作者制作的正是这样一个有关日常生活的颓败寓言，家庭成为一座"烦"的存在巨堡，我们左冲右突仍然不得其门而出，超越（出走）成为一种纯粹的乌托邦幻想。

正是在历史的颓败语境中，个人的日常性存在成为一种"烦"的象征，日常生活的诗性被完全消解，在苏童的一些小说中（比如《米》和《罂粟之家》等），我们反复阅读到的便是相互的敌视、仇杀，出卖、性虐狂、饥饿、淫乱，等等，完全压倒了个人的生存意志和对彼岸的追求（尽管在《米》中出现了返归"枫杨村故乡"的象征细节，但是对枫杨树故乡的灾荒闭塞愚昧等间接的叙述以及五龙以死亡的形式回归，实际上消解了回旧乐园的乌托邦企图），个人在此世所能做到的便是"学会忍受一切"（苏童《我的帝王生涯》）。

叶兆言的《挽歌》，成为这种日常存在的一个极具象征意义的注释，它不仅是旧文化（江南牧人）的一曲挽歌，亦是新文化（仲癸）的哀婉悼词，时间消解了一切，亦消解了新旧文化的冲突（只是成为某些当事人的一些依稀往事），留下的只是我们颓败的日常存在（喧闹的城市和肮脏的乡村军阀的连年混战和个人的谋生努力）。精神（思想）曾经吹皱一池春水、然而微风远去。人们依然在这样生活。

新历史小说有关个人的日常性存在的故事叙述，正回应了新写实主义有关"梦醒了"的文化主题。而在它的背后，则不仅潜伏着悲剧性的经验记忆，同时更曲折地流露出某种自我质疑，知识分子有关人的种种释义和精神追求，究竟对大众的日常性存在，有着何种意义或影响和改变？

# 五、走向大众消费的新历史小说

新历史小说的写作者在把自己对此在的感受和认知引向历史生活领域时，确曾怀有一种支配历史话语的企图，在虚构的历史故事中，突出的正是人对此在的一种深刻（也是悲怆）的生命体验。对"正史"或者某些历史结论的挑战，则在一定程度上还原了历史的复杂性（经过历史的迷雾化处理），个人的日常性存在被重新强调（历史不再只是英雄的驰骋疆场）。

然而在另一方面，在个人进入具体的写作语境时，这种支配历史话语的企图又常常为一些特殊的原因所干扰。新历史小说的写作者在把自己对此在的感受和认知带进写作过程时，常常不由自主地引进着现代文化的代码，但是在具体的历史情境的规定中，又不得不同时使用另一套传统文化的代码。每种话语的纷呈存在，本身便潜伏着一种文化态度的冲突，尤其在他强调个人的日常性存在时，更是必须大量加入细节和民俗的叙述和描写。

比较典型的例子是苏童的《妻妾成群》，这篇小说同时在运用两套代码写作，其一是古典文化的代码，例如：纳妾、争宠（失宠）、宴席、偷情、赏花、吹箫、唱戏、家法等等；其二是现代文化的代码，例如：女学生、约会、性爱、幻想、恐惧、接吻、同性恋、疯癫等等。然而，新历史小说的写作者在其后期，思想日趋贫乏，在其对现代化文化的思考上难以提供一种更新的经验启示，《妻妾成群》不过重复了一些已经明显陈旧的现代话题（比如个性、爱情、自由等等），因此，古典性的故事要素与文化代码很快就吞灭并消解了话语的现代性特征。这样，不再是个人支配历史话语，而是历史话语在悄悄地导引着个人，从而形成一种"复古的共同记忆"（陈晓明语）。尤其是《妻妾成群》被改编成电影之后，更是无形中助长了新历史小说的商业化和媚俗趋向。

由于新历史小说处在一种失败主义的文化背景中，思想的惶惑、绝望及至厌烦常常导致他们放弃了对现代文化的建设企图，而商业性（比如出版和影视）的诱惑和介入，则使他们逐步向"好看"趋拢。小说语言的实验事实上已经停止，"话本"式的叙事话语再次复活。他们津津乐道于偷情和妻妾争斗（周梅森的《心狱》令人遗憾地打上了《妻妾成群》的相似痕迹），同性恋癖乱伦和股票买卖，等等。尽管他们努力使用着一些现代文化的代码（尽管已经略显陈旧），以维持纯文学的严肃性，但是事实上已经淹没在某种"复古的共同记忆"之中。正是在这些小说，我们似乎看到张恨水（包括三四十年代的一些通俗小说）的并不遥远的背影。

新历史小说的创作趋势，固然受制于写作者的经验局限（通过历史而展开自己的想象力），同时也因为他们对现实的难以把握。这时，历史成为他们逃避今天的庇护所，当其思想被逐渐磨损，支配历史话语的企图自然转化为一种把玩历史的倾向。

新历史小说发展到今天，已经成为一种相对普遍的创作景观（充斥于多种报纸杂志），然而同时也呈现出它的强弩之末，在艺术和思想上，已经难以为我们继续提供新的经验启示。我们领略的只是一些"好看"的历史故事（偶尔带有精神的点缀），并且成为写作者逃避（或拒绝）今天的最好借口。

我想，新历史小说的颓败正昭示了我们这个时代的文化困窘，对此在（包括传统）的怀疑和绝望而导致的叛逆性，固然拆解了传统的权威话语，然而，如果没有更为强大的思想和坚定的信念导引，一旦这种叛逆性被侵蚀或抽空（商业性和大众化），在对现实的妥协与认同中，那么，它很快就会沦落为取悦大众并走进大众消费。

## 结　语

新历史小说是一个相当复杂的文化景观，它由一批年轻而富有探索和叛逆性格的写作者倡导并渐渐蔚为大观。他们把对此在的生命体验引向历史，从而使历史成为一种与今天的对话方式。他们消解了传统的历史结论（正史），从而还原了历史的复杂状态。他们驱除了历史进步论或者历史本原论，从而使历史成为一种空间的存在形式。他们进入历史最后又退出历史，因为历史在某种文化现象中，已经成为一座迷宫（或者迷雾）。他们强调个人的日常性存在，因而消解了历史传统的神圣性或者精神性（在某种意义上，新历史小说的写作者共同放弃了史诗的结构企图）。然而，支配历史话语的企图，却因为思想（精神）的难以为继而日趋减弱，在历史（传统）惯性的作用下以及某种集体无意识的复活，而激活起一种"复古的共同记忆"。对历史的挑战转化为对传统的认同，对权威话语的拆解转化为一种把玩历史的倾向。而在商业性的导引和诱惑下，则逐步成为取悦大众的娱乐工具，早期的叛逆性和艺术思想的探索性已经荡然无存。新历史小说的逐渐颓败，正指示了这个时代的文化困窘以及可能的精神的退化趋势。

当然，新历史小说并没有涵盖所有的历史话语的叙述，比如说，在这之外、我们就可以读到《白鹿原》那种史诗般的结构企图（包括它的重写现代史企图）。因此，在一种严格的意义（它需要更详尽的阐释和定义）上，新历史小说有着它特定的精神背景和文化内涵，是我们这个时代的一种文化现象，而非一种单纯的历史话语的复活，一种文物考古的兴趣再生。

原载《文艺评论》1994年第4期

# 新历史主义的崛起与承诺

吴　戈

> 一切历史都是当代史。——克罗齐

新历史主义正在中国文坛变得越来越炫人眼目，新历史主义正在崛起，并成为一支大军，这是众人有目共睹的事实。

在论述本题以前，对于题目概念，有一个交代的必要。关于本题，有人称之为新历史题材小说或新历史小说，我则倾向于涵括力更强也更切近实践的"新历史主义"这个概念。

当我们提到新历史主义概念时，有必要提及下列一些作家与作品：苏童《妻妾成群》、《红粉》、《米》、"枫杨树故乡系列"，余华《鲜血梅花》《活着》《一个地主的死》《呼喊与细雨》，叶兆言《追月楼》《半边营》《日本鬼子来了》，刘恒《狗日的粮食》《伏羲伏羲》《冬之门》，刘震云《温故一九四二》《故乡天下黄花》《故乡相处流传》，池莉《预谋杀人》，方方《祖父在父亲心中》，格非《迷舟》《敌人》《大年》，北村《施洗的河》，吕新《抚摸》，孙甘露《呼吸》，李晓《相会在K市》，张炜《古船》《九月寓言》，张承志《心灵史》，陈忠实《白鹿原》，乔良《灵旗》，莫言"红高粱系列"，周梅森《军歌》《国殇》等等。这是一串长长的不厌其烦的名单，从这些作家作品中，我们可以强烈地感到一股回归历史的大潮扑面而来，在新历史主义旗帜下几乎汇聚了中国新时期文学所有的充满创造力与希望的作家，在新历史主义作品中几乎融汇了新时期文学所有的激动人心之处。我们可以看到，在这些作家作品中所触摸到的历史，再不是正统的历史教科书的图解，而是被重新赋予了一种新的历史观。这种历史观是个人性质的，每个人都有自己独特的理解，因而呈现在作品中的历史也是五花八门的，没有统一的概念与规律可循，具有极其丰富的内涵。

一

当我们考察新历史主义时，有必要回顾一下整个的新时期文学。"文化大革命"过后，全国人民从重压之下解放出来，痛定思痛，舔舐伤口，开始出现"伤痕文学"，刘心武《班主任》、卢新华《伤痕》等小说相继出现，人们在温故"文化大革命"给民族造成的灾难同时，开始进行反思，对整个的10年"文革"进行反思，于是出现了《大墙下的红玉兰》《爱，是不能忘记的》《绿化树》等一系列"反思文学"，逐渐开启了新时期文学中返归历史的先河。有些人还将笔触伸到了"文化大革命"前甚至反"右"时代，《芙蓉镇》等力作纷纷出现。这时候人们反思历史，主要是从社会政治层面进行反思，对政策失误导致的可怕后果进行再度反刍。

当时间推进到1985、1986年左右，整个社会兴起一股文化热、方法热，文化热潮对民族文化、民族更深远的历史、民族劣根性与惰性等进行更为彻底的反思，我们民族历经磨难，面对现代化的重任，一些有识之士，试图寻找民族之根、文化之根，欲对文化来一次彻底的清查，于是文学上出现了"寻根文学"。韩少功的《爸爸爸》、王安忆的《小鲍庄》、贾平凹的"商州系列"等纷纷出现，一新天下人耳目。与此同时，哲学美学上的方法热，也把西方各种名目繁多的方法引进过来，一些人加以吸收，引入文学，逐步出现先锋派小说，马原、格非、余华、莫言等纷纷于此时立足新文坛，他们在文本中操持各式西方话语，以形式代内容，以叙事代抒情。他们同样将眼光投向了过去，叙写过去时光中沧桑风尘的人与物，叙写家族的兴衰变迁，而他们所操持的文学技巧，又都受到了博尔赫斯、马尔克斯、罗伯-格里耶等人的影响。也在他们这儿，新文学中反思历史的潮流出现了质的变化。如果说此前人们反思历史是采取正面审视的话，至此则开始从侧面进行省视与观照，甚至代为书写历史，出现了"异端"思维倾向，他们眼里的历史观已开始发生偏移，个人主体性质愈来愈突出。

寻根与先锋文学发展到1987、1988年，在高峰突起之后日趋低落，而苏

新历史小说研究资料

童、余华、格非们仍然以自己老到的笔力书写历史。1989年之后，90年代初，新写实文学出人意外其实又是情理之中地出现在文坛，池莉、方方、刘恒、刘震云等，以对鸡毛蒜皮凡人小事的细腻描写，带给人们一股生活忙碌而温馨的感觉。在品味了现实的酸甜苦辣之后，他们又无一例外地将目光投向了过去，方方写作了《祖父在父亲心中》，还有池莉《预谋杀人》、刘震云《故乡天下黄花》《故乡相处流传》、刘恒"食色系列"等，无不充满了对历史的再度反思，当然这种反思带有了更为现代的因素。

当先锋文学、新写实文学在当代文坛画面中纷纷淡出、淡落下去时候，新历史主义的大旗却愈来愈清晰、愈来愈浓墨重彩地凸现在众人面前。百川归大海，汇入新历史主义的洪流，滚滚前进，在无可争辩的事实面前，我们要说：新历史主义已经崛起在文坛。

在新历史主义旗帜下，除了余华、苏童等所谓先锋小说家及刘恒、刘震云等写实作家及一部分现实主义作家之外，另外一支劲旅，便是军事文学。军事文学也不例外地汇入了新历史主义的洪流中。80年代初乔良的《灵旗》如一匹黑马闯入文坛，作家通过一个老人的眼光来回顾30年代的湘江之战以及那汉子的英勇。之后，从莫言的"红高粱系列"，"我奶奶"与土匪余占鳌、罗锅大叔等充满原始生命力的感情纠缠及充满民族正气与大义的抗日行为，再到周梅森《军歌》《国殇》等描写国民党军队步入绝境之后，面对生死考验的煎熬，无一例外的生命大逃亡，还有一系列军事报告文学，等等，他们都将眼光投向了并不遥远的过去，将军事文学引入了新历史主义的潮流。

在回顾了新时期文学之后，我们可见新历史主义文学是与整个新文学相联系的，它是新文学发展的必然结果。如果说，它酝酿于整个新时期文学，那么真正意义上的新历史主义文学则肇始于1985、1986年之后，它与寻根文学、先锋文学相伴随，然后又经过新写实的过滤，终于在90年代冲出了历史的地表，成为蔚为壮观的洪流。

## 二

新历史主义反思历史的眼光在一步步深入，如果说伤痕文学、反思文学，还只是写十年"文化大革命"的话，那么，新历史主义则将笔触延伸到了解放战争时期、抗日战争时期、二次国内革命战争时期、大革命时期、辛亥革命时期，甚至更远。在他们的眼光中，许多一度处于历史盲点的事物都重新凸现在众人面前，尤其是抗日及共产党领导革命以来的历史。

历史是一部苍茫的大书，丰富复杂的生活在共时状态下杂象丛生。面对过去，人们有无数种解读的可能。美国新历史主义理论家路易·芒特罗斯就说："我们的分析和我们的理解，必然是以我们自己特定的历史、社会和学术现状为出发点的；我们所重构的历史，都是我们这些作为历史的人的批评家所作的文本建构。"①当我们熟稔了一种固定模式的认可方式之后，在个人意识逐渐觉醒的20世纪末的中国，当我们重新审视历史时，主体意识的介入必将引发五彩缤纷的历史构图，这里面无疑有一种巨大的解放精神与勇气荡漾于其中。

历史总是要不断被重新书写的，当1988年左右，陈思和等提出"重写文学史"概念时，已经包含了这种渴望与努力。"只要时间是现实的一个组成部分，现实社会经历连续的变化，使得历史的不断重写成为必要。"②再则在一个如巴赫金所谓"众声喧哗"的时代，已不可能强求声音的一致。由此我们不难理解何以新历史主义作家笔下的历史是如此地与我们过去的固态认识不同，格非的《大年》《迷舟》《敌人》等在繁杂的叙事之后，将八路军、新四军、国民党、地主、老百姓等杂置于一个共同背景之下。一个流氓无产者的吃大户行为中掺杂了如此多的"阶级"纠结，以至于篇完奏终，个中三昧仍然暧昧不明（《大年》）。在紧张战斗之间，一个军阀神秘失踪，却在一个小山村上演了一出情欲渲染的仇杀（《迷舟》）。在周梅森《国殇》中，无论投降变节者、反叛者、个人阴谋者，抑或正义者，在生死关头上演完紧张的杀戮之后，无一例外地被标以"为国捐躯"而载入正史。叶兆言《追月楼》中丁绅士以一日日本不退便一日不下楼来反抗。张炜《古船》让人看到阶级斗争之后更多的人性恶，而这正是洼洼镇的历史。余华的《活着》在一股道家开悟的心态下轻描淡写地点化苦难，在历经沧桑之后品味着"活着"二字真言。而这些，无不都是历史，你不能否认它们有一定的历史必然性，甚或这便是历史的本来面目。当这些新历史主义作家从历史的尘土中挖掘出、翻晒出另样的历史杂碎之时，我们应该体味其中的勇气。

由此我们也就不难理解，何以新历史主义作品中写了那么多的偶然性。马克思曾说："如果'偶然性'不起任何作用的话，那么世界历史就会带有

新历史小说研究资料

非常神秘的性质。"③恩格斯也说："在历史的发展中，偶然性起着自己的作用。"④李晓在《相会在K市》中，写追求革命的学生刘东被化装成敌人的革命者误作奸细而杀，而原因却在于知情人偶然吵架被捕。《国殇》中师长在功败垂成之际，却在小解时被人所杀，于是全局皆变。《活着》中主人公因赌博输掉所有的财产而成为贫民，土改中便逃脱了地主的成分。格非在《锦瑟》中对偶然性导致的命运不可捉摸作了详细的论述："人们总是无法预料自己什么时候会突然背运，无论你考虑得多么周全，无论你贵为天子，还是贱若乞丐，恶运都会出其不意地撵上你，像水蛭一样吸附在你身上甩都甩不掉。"也许正如巴尔扎克所说："偶然是世界上最伟大的小说家"⑤，当我们注目于这些"新历史"时，恰恰它们便是历史的一部分。

在这里，人们完全可以看出一种解构的弥漫，一种消解精神的张扬，同时也是一种解放。如果说福柯书写历史便是为了消灭历史，那么我们也可以说，新历史主义作家追寻历史也是为了消灭固定成见的历史。在这种消解精神的驱使下，他们给我们展示了另一样的历史，有人称之曰"稗史、秘史和野史，充满了对历史中非正统现象和非常规性因素的探赜索隐"⑥。其实这正是新时期以来，在痛定思痛之后，人们反思精神的进一步深化和拓进，并且在这种深化当中，注入了更多的现代性因素。

在消解的背后，新历史主义文学更注目于人性、人情的开掘。历史在他们那儿不过是一个幌子，更重要的还是对人类性情的关怀，从各个方面，对我们民族的民族性、民族文化进行重新观照与审视。雅斯贝尔斯曾说历史是回忆，"倘若我们不想把我们自己消失在虚无迷惘之乡，而要为人性争得一席地位，那么这种对历史的回忆，是构成我们自身的一种基本成分"。苏童在长篇力作《米》中，将五龙从一个长工发展到米店老板，再到匪首及其败亡的过程描述出来，在胜者王败者寇的短剧中，将"恶"暴露得彻底无遗。《妻妾成群》中颂莲、梅琦、如芸等的钩心斗角被展示得淋漓尽致，在一片江南的青瓦白墙之间，人欲如罂粟般邪恶鲜艳。余华《世事如烟》中的老中医，不惜用童女的贞操来取阴补阳，延长自己的生命，甚至还要盗取自己儿女的阳寿。《现实一种》中，兄弟间毫无杂念的残杀，已没有令人发指的触动。新历史主义作家似乎对人性恶更加青睐。恩格斯曾说："人来源于动物界这一事实已经决定人永远不能完全摆脱兽性，所以问题永远只能在于摆脱得多些或少些，在于兽

中国当代文学史资料丛书

性或人性的程度上的差异。"⑦这或者可作为新历史主义作品中"恶"的一个注脚。其实在善的方面，新历史主义也不乏力作，《祖父在父亲心中》中祖父的凛然正气，《一个地主的死》中的最后迸发等，都可令人窥视到另外一个层面的"善"。在善与恶的剖析中，新历史主义将民族的人性人情进行了重新检讨。

　　在新历史主义对人性人情关注的背后，实际上蕴含了他们的人文关怀与价值追求。兰德曼认为"人是历史的存在，人是文化的存在"，在历史文化的反思中，新历史主义作家袒露了他们的心怀。叶兆言《追月楼》中老绅士的执拗，池莉《预谋杀人》中丁宗望的宽容与遗训，余华《一个地主的死》中地主的醒悟，等等，无不在表述作家们对人类的关切之情。苏童的《妻妾成群》，并不仅仅是一个妻妾们钩心斗角的故事，而是要通过她们来鄙弃我们民族文化中的劣根性与残渣。在发霉的老房里一群群青春鲜亮的生命被迫日趋腐朽，怎不令人痛心！颂莲初入陈家时的清丽眉目在篇终时却已成了无聊的邋遢！刘震云的《故乡天下黄花》则将故乡的苦难咀嚼之后，引起人们的审视。展示人性恶，思考国民性，重新省察历史，引起人们对善与理性的追求与向往，这种终极关怀精神应该说是他们的目的之一。

　　新历史主义作品中，刻画得比较多的一面是权力的争斗。福柯曾说："一切事物都可以总结为两个词：权力与知识"，"在人与人的关系中，无论是怎样的关系……总有权力存在。我是说在这些关系中，此人欲指挥彼人的行为"。⑧按照他的理解，实践总是受权力与知识的控制。而在新历史主义作品中，权力控制的实践，又加进了东方式的家族争斗成分的纠葛，对权力争斗的描写似乎成了作家们的一个普遍倾向，权力斗争也成了人性善恶表演的舞台与竞技场。《故乡天下黄花》将阶级斗争进行了再度书写与解构，揭示了权力斗争的残酷，为了一个村长的职位，竟然引起了几代人的恩恩怨怨、仇仇杀杀。《妻妾成群》中妻妾的争宠，也是为了压倒别人，独揽家务大权，只不过女性的阴柔更令人毛骨悚然。《国殇》中新22军的互相残杀也是为了夺取军权。《米》中的五龙始终在为成为米店老板与地方一霸而谋划。将权力斗争以新历史主义的眼光加以重新观照，这是新时期文学中新的题材与模式。

　　对人的文化的关注，使新历史主义作品中如雕刻般的心理刻画与描写尤其令人瞩目。余华、苏童、格非、莫言、刘震云等都是这方面的大手笔。莫言

《红高粱》中肆意渲染的心理剖示如浓墨的山水，格非《大年》中毕剥可闻的心理阐释今犹在耳，苏童在枫杨树故乡蓄意制造一片片繁盛糜烂的心理耀人眼目。在这些作品中，无疑都留下了先锋派犁翻过的痕迹。

同时，新历史主义作品中又融汇了新写实小说对细节的细腻刻画的功力，这在一定程度上是一种纠偏作用，使他们从纯先锋的空中楼阁回到了生活的实地，更接近于大众的心理，因而也更受钟爱。刘恒《伏羲伏羲》中惊心动魄的细节描写，刘震云《故乡天下黄花》中絮絮的倾诉，都让人产生实在的感觉。显然刘恒、刘震云、方方、池莉等新写实小说作家的细腻笔力已被新历史主义作家普遍接受。在余华的《活着》中，已没有想引人误入歧途的预谋，更多的是平实的描写叙说。在苏童的近作中，如《城北地带》，也没有了扑朔迷离的营构。在经过一定的纠偏之后，新历史主义的叙事正逐渐接近把握文学之谜的内脉。

在新历史主义作品中，又有选择性地接受了先锋小说对叙述模式及结构探索的优点。马原、洪峰等人刻意营造的迷宫已有一定程度的隐蔽，人们在新历史主义作品中已可初览作家叙述结构的匠心，而不是谜语般的胡猜，或者如进入大观园四处无归路的感觉，余华的《活着》《一个地主的死》，及苏童、格非、叶兆言的转变，以及新写实作家群、现实主义作家群对他们的吸收等，都能给人耳目一新的印象。可读性的增强，并不一定是缴械让步，或许恰恰是一种进步的表现。

在新历史主义作品中，有两部作品是值得特别一提的，即张承志的《心灵史》与陈忠实的《白鹿原》。《心灵史》作为一部哲合忍耶散史，以浓厚的血泪书写，呈现出与正统史书完全不同的面貌，书中不断地拿清史与教史对照，展示民间教史的原生态。这部作品由于其宗教、由于其虔诚而成为中国文学史上一个非常特别的例证。《白鹿原》在1993年的文坛上被炒得火热，被人誉为一部新时期的整合性力作。它的笔法有人说是现实主义的，但其精神内蕴无疑是新历史主义的。作者并不在乎要写一部白鹿原的正史，而是为了写一部秘史。作为题记的巴尔扎克的话说得很明白："小说被认为是一个民族的秘史。"既是秘史，作者更关注于民族文化的开掘，更关注于民族民俗的展示。作者曾经自我表白："当我第一次系统审视近一个世纪以来这块土地上发生的一系列重大事件时，又促进了起初那种思索……悲剧的发生都不是偶然的，都是这个民族从衰败走向复兴复壮过程中的必然。这是一个生活演变的过程，也是历史演进的过程。"作者对民族历史的反思，终于成就出当代新历史主义的鸿篇巨制。

三

"一切历史都是当代史"，克罗齐曾经如此告诫我们。当新历史主义作家重新书写历史时，只不过是要借历史来表述当代的精神与情绪。"他们涉足历史，是试图借助历史这具木乃伊，抒发自己的历史意识与历史感慨。"⑨在当代语境中，主体意识的不确定，使其移入幻想中的故国宫殿，用当代话语来书写所谓的历史故事。这是一种消极与无奈，同时也是一种方法的积极。

新历史主义思潮，应该说是民间情绪的表现与作者文本虚构的统一。"实录正史未必皆可据，野史小说未必皆无凭。"⑩新历史主义作品借"历史"之酒杯，浇自己之块垒，在现实的无奈下，退隐至历史领域，力求在处江湖之远的民间，逃避主流意识形态的侵入，追求一种活泼的原生态的自由，用民间眼光来重写历史，还原民间，从而为人们提供另样的价值标准。陈晓明曾谓："他们企图改写历史，把历史引入一个疑难重重或似是而非的领域。"⑪美国新历史主义批评家海登·怀特就认为："从逻辑上说是无法论证从某个理论出发比从其他的理论出发写出的历史更符合真实的。"⑫因此，对于这种民间历史，也还是应视为有其认识价值。

新历史主义也是思想解放的结果。美国新历史主义文学评论家弗兰克·林特利查就说："找到一个自由空间，从而使我们从那个强迫我们成为我们所不愿意成为的样子的世界中解放出来"，"并且我们正是在那些产生和使我们成为自我的那些制度那里找到我们的不满"。⑬美国新历史主义的主要代表斯蒂芬·格林伯雷也呼吁："蔑视社会珍视的正统观念，拥抱那些被正统文化认为是讨厌或可怕的东西。"⑭他们的这种精神，正在成为新历史主义作家们一种实践努力。新历史主义将80年代以来中国大陆的各种社会、哲学思潮，各种新观念、新思想，都以具体的文学形式表述出来，体现了80年代以来思想解放的实绩。这是思想解放的结果，同时也是思想解放发展到一个更高层次的表现。新历史主义借着这股思潮，在80年代末90年代初无声无息地汇成一股洪流。在新历史主义中，令人看到了90年代中国文学的希望。

新历史主义并不是传统历史的改写，而是现代情绪的具体化。詹姆逊曾说，"每时每刻都要历史化"[⑮]，福柯也说要"给现在写史"。在新历史主义作品中表述的主题，更多的是现代、后现代情绪。偶然、荒诞、冷漠等等充满世纪末的恐怖。同时追求杂样繁多的历史，体现了巴赫金所谓"众声喧哗"的时代追求，消解一元，追求多元，这是后现代的表现。但他们在消解历史的同时，又追求深度，追求立体化，这又是现代的表现。或许我们可以说，新历史主义在中国融汇了现代与后现代思想，二者泾渭的模糊，恰恰是中国现实的表现。

我国的新时期文学几起几伏，带给人们过多的期盼与失落，一次次的寄予厚望，一次次地跌落深谷。历次的文本实验，各种旗号粉墨登场，又一次次嘘声四起，关键问题是未能把握时代与文学共振的脉搏，只有当二者切合时，才可达到尽善尽美的效果。新历史主义是在中国新时期文坛历经磨炼之后逐渐成长起来的一支劲旅，它会聚了各路精英，融合了各派的优点，有继承也有选择，逐步步入了文学的正轨。也许新历史主义还不是我们最理想的文学模式，但无疑它是中国文坛终结世纪时的一次大总结与大整合，在新历史主义旗帜下会聚了中国目前几乎所有的最有希望的作家，它或者是一次进军前的大会师。或者，我们可以说，我们有理由相信，新历史主义将把我们带出低谷，走上一条康庄大道，步入一个新的境界，创造出我们真正具有中国特色的跨世纪文学，从而再塑文学的辉煌！

面对未来，我们期待着这种承诺的实现。

**注释：**

①转引自盛宁《二十世纪美国文论》第258页，北京大学出版社1994年1月版。

②布鲁克·托马斯：《新历史主义与其他过时话题》，转引自《新历史主义与文学批评》第75页，北京大学出版社1993年版。

③《马克思恩格斯选集》第4卷第393页。

④《马克思恩格斯选集》第3卷第544页。

⑤《〈人间喜剧〉前言》，《西方文论选》，上海译文出版社1978年版。

⑥白烨：《"后新时期小说"刍议》，《文艺争鸣》1992年第6期。

⑦《马克思恩格斯选集》第3卷第140页。

⑧《真理与权力》，《法国社会科学》，哥伦比亚大学出版社1981年版，第293页。

⑨钟本康：《新历史题材小说的先锋性及其走向》，《小说评论》1993年第5期。

⑩司马光语，转引自《管锥编》第1卷第271页。

⑪陈晓明：《反抗危机：论"新写实"》，《文学评论》1993年第2期。

⑫转引自盛宁《二十世纪美国文论》第258页，北京大学出版社1994年1月版。

⑬⑭弗兰克·林特利查：《福柯的遗产：一种新历史主义》，《新历史主义与文学批评》第157、158页，北京大学出版社1993年版。

⑮《政治潜意识：作为社会符号行为的叙述》，康奈尔大学出版社1981年版。

原载《当代作家评论》1994年第6期

# 历史的眼睛在这里格外明亮

## ——新历史小说略论

欧阳明

时至今日，在新写实小说多少有些落潮的背景上，新历史小说由潜而显，蔚为壮观，著名或因此而著名的作家有余华、格非、乔良、周梅森、叶兆言、李晓、苏童等，可以列出一大串明星作家名单。因此，对新历史小说的关注与归纳也实在是一种必然。

新历史小说的作家在分布上以南京为中心，以华东沿海地区最盛，波及全国，四处开花。同时又吸引了不少其他写法的作家也来一试身手，如新写实小说的两员大将，池莉有近作《预谋杀人》（《中国作家》1992年2期），刘震云在1993年则推出《温故一九四二》（《作家》1993年2期），从而显示了新历史小说与新写实小说的某种趋近乃至合流的可能，证明他们所具有的革命者的叛逆身份与素质。

新历史小说的作家们都很年轻。长者不过四十出头，幼者如上海的须兰仅二十四岁。由如此风华正茂的年轻人而绝非花甲古稀之年的宿将来摇撼如此凝重的如椽大笔，就不能不使新历史小说带上青春色彩。

新历史小说之直接萌芽足可远溯追踪至1985年中国当代文学那场著名革命运动中的寻根文学。其时莫言的《红高粱》就已经明显不同于先前的那些革命战争文学，再也无法仅仅演绎出如《地道战》《小兵张嘎》所揭示的"兵民是胜利之本""人民战争必胜"这些极具时代特征的普遍观念。它掀开一角，让我们得睹民族解放战争时期党所领导的武装斗争的多元景观，以往文学言说中的配角或空缺由此转显并走入艺术舞台的中心。新历史小说的父辈乃至祖辈，无论荒谬抑或严正，都不能穷尽一切，都难免一种倾向掩盖另一种倾向，所以，新历史小说是对以往历史小说或主导文化观念的一次比较彻底而全面的改良。莫言们打一枪即转移阵地，但他播下的种子却由北京启蒙南下，为后来人抱东海之水植为参天大树。

新历史小说的星河灿烂当属晚近。应该承认，它在题材上有新开拓新动作，以前谁见过如苏童在《妻妾成群》或《红粉》中那样，不是让大户人家的小妾或妓女围绕穷人或革命者做旋转辅佐状？因而让这些怜其不幸、怒其不争的病态人物占据舞台表演的中心呢？新历史小说也不同于《三国演义》抑或姚雪垠的《李自成》们那样的历史小说，它往往难于考古，《红高粱》是否史有所据并不重要，余华的《古典爱情》《鲜血梅花》更是朝代不明，乔良的《灵旗》地点虽然锚定在湘桂交界的小村小镇，但其间游走的张三李四却无以断定史有其人。他们用来作为背景的时代或历史氛围虽然真实，但前台的人物却可以视作仅仅用来演绎历史的能够行走的道具。不过，这些都属皮相。思接千载，视通万里，作家展开合理想象的艺术翅膀，是在借助历史的舞台揆情度理上演、注重并隐喻人生，反映人类的某种生存状态，从而把历史的内容还给历史。所以，消解前代关于历史精神的权威言说就是新历史小说登上文学舞台的真正现实动机，并构成它最为突出的艺术特征。必须指出的是，新历史小说反叛消解的对象既然不在具体的史实，而在于已有主导历史言说观对历史本质规律的有意无意间的误解、曲解，那么，像黎汝清那样坐实具体史实的《皖南事变》，就不宜归入新历史小说之列，因为新历史小说无需史料价值，不是拼战争史料。

新历史小说的这种关于前人言说历史观的消解有如下表现：

一、对稳定或客观历史观的消解，这是新历史小说的主攻方向

新历史小说将历史一析为二：一个历史是客观而沉默的，它是历史的底本，绝不会自我言说自我宣传；一个历史是主观而言说的，它是历史的翻印本，不会沉默也无绝对的客观。前者脱离观察主体而自存，后者则依赖观察主体而自足。由于主体只能在被限定的某时某地并用人类自己发明的某种语言予以观察、传达，因此我们的文学乃至文化场域中的历史并对历史底本就难免有这样或那样的歪曲，正确与错误、正常与荒谬、理智与狂热的混杂充斥呼吁后来者爬罗剔抉，刮垢磨光，使历史翻印本努力逼近、抵达并依赖历史底本从而主客好织共融重建历史，犹如英国哲学家卡尔波普的"世界3"。新历史小说

对历史翻印本的这种消解始自直接关联我们今人今日的现代当代史，所以莫言的《红高粱》选择抗日战争题材就顺理成章。随着作家对翻印本历史这种拷问的由政治转入文化、民族乃至个人情欲的诸因素深入，新历史小说的时代背景也纵深开阔，直至上溯远古乃至淡化具体朝代只保留某种历史氛围。周梅森的《大捷》《国殇》与《日祭》将战斗故事小说文本内的电文、往来书信、海内外对该战争的各种报道做比较，让我们看到了战争与历史中还必然会有的不同利益集团或个人的不同认识、理解、遮蔽乃至歪曲。"历史是人写的，英雄是人造的。"这在令人信服地证明文字等大众传媒关于事实与历史宣传言说的主观不稳定性的同时，恰恰印证了"统治阶级的思想在每一时代都是占统治地位的思想"[②]的事实真相，从而将我们以往坚定不移的历史神话圣殿打个稀巴烂。乔良的《灵旗》与格非的《迷舟》，一个以第二次国内革命战争中央红军失败西撤为背景，一个以20年代军阀混战为大幕，但他们对历史发展过程中个人力量的共同关注与青睐，就使历史的走向作用在集团仇恨、个人恩怨，必然与偶然的错综交织上，显示了历史应有的深邃复杂、博大精深与作史者的主观局限，从而使以往文学创作的战争或历史的政治唯一决定论的粗暴表达得到匡正，教育我们不要乞求轻松，代为历史发言，"许多经历过战争的人也并不真懂得战争"[③]。新历史小说理直气壮、悦耳动听的陈述就牵连为它们所批判的文学文本乃至文化圣典等历史的陈旧翻印本连同它们自身一同走入我们的视野，成功地启发我们不要静止、孤立与片面地体察历史生活。无疑，新历史小说粉碎、嘲弄了我们平常所说的历史客观、斯文的假象，暴露、批判了其主观、片面乃至野蛮的另一面。

二、对历史事实认知能力的消解，这是新历史小说的形而上的思考

伴随新历史小说关于历史主观与不稳定特质的大白于天下与引人关注，人的认识能力的有无限度的问题也就突显出来。这关涉到能否上升到哲学历史的本体论的新高度。以往的历史观，无论唯心抑或唯物，无论怎样截然不同对立，但在历史的认识上有一点往往相同：历史似乎是清晰的，人的认知能力不受限制。这就强调了人类或阶级集团主体的认识能力的无限性，而忽略了其有限性、相对性；这就将人神化，并导致神化了的人的狂妄自大从而破绽百出。新历史小说认可历史事物的博大复杂，强调人类认知能力的此人此时此地的此在性，从而注重于主观无限认识能力中的有限。与其他历史小说乃至前面涉及

当代中国文学史资料丛书

的新历史小说相比，李晓的《叔叔阿姨大舅和我》与格非的《青黄》恰恰消解了我们关于自身认识能力的无限自信。前者的人物、叶阿姨到底是打入我们内部的特务还是革命者，人们见仁见智，看法始终无法统一，无论公安局长抑或大舅都只能以怀疑与推测来各执一词。尽管因为私人感情和历经平反恢复名誉等翻来倒去的走马灯似的社会政治生活，"我"倾向于叶阿姨的无辜，但是因为叶阿姨缄默不语地死去，"我"二十年来一直没有充分的根据做结。"我"的此在的局限，使叶阿姨的真正身份之于叙述人"我"成为永久之谜。如果说《叔叔阿姨大舅和我》对我们认识能力的消解在于通过当事人的拒绝合作，那么格非的《青黄》则将矛头指向人类认识工具的贫困。"青黄"究竟是书名、人名、我名还是喻指，直到小说结束还是一本糊涂账，叙述人"我"不仅没弄明白，反而因为歧义而更加混乱糊涂，其直接原因就在于我们用以组织、认识与探究客观体事物的工具语言之脆弱。我们不可能使一种多维系统（现实）与一种一维系统（语言）相互对应。以上两篇小说叙述人"我"对"叶阿姨"与"青黄"清晰准确的历史的徒劳苦追说明：历史底本固然清晰，但它之于人的历史翻印本也会模糊漫漶。人的认识能力终有局限，并非总能人定胜天，历史连接今日的链索也会因种种因素剥蚀断裂，从而在这种迷茫中构成后人的永无解索之谜。这样，历史虽然鲜活，但对于观察的主体而论却可以虽生犹死。

### 三、对作用历史发展变化的因素及其传统命题的消解，这是新历史小说进攻与思考的铺展、具体化与深化

历史因为什么力量与关系的作用而得以形成发展，新历史小说与旧说不同，自有重心与道理。

《迷舟》使因果解体。"萧"与有夫之妇"杏"情爱应该可以被杀却被免杀，反之，忠心耿耿于所供职的部队却被被爱者误为内奸枪毙。善有善报，恶有恶报不过是一厢情愿、苍白无力的主观愿望与道德说教。

余华的《古典爱情》使动机与效果疏离。情爱的泛滥并非总是救人水火，柳生与小姐的阴间缠绵反而断送了小姐的复活。爱成为受害者及爱自身的杀手。古典爱情的所谓才子佳人大团圆神话不堪一击，且受到揶揄，也弹破了有现代余韵的琼瑶等港台言情小说、影视作品的娇嫩小脸，露出其空洞、肮脏的骗人内里。

苏童的《妻妾成群》将主动与被动共融，男性中心权力话语的面具由杀气

腾腾而变为从未有过的温情脉脉。这里的老爷三妻六妾，既无须如《红楼梦》中贾赦那样逼娶鸳鸯，也无须如巴金《家》中冯乐山那样逼婚致死鸣凤，乃至《白毛女》中的喜儿被强辱。这里的一切都争相邀宠，似乎自愿，并不少床笫之欢。实际上，男人一旦用金钱掌握了女人的生命，也就必然形成一种宿命的迷宫。只要陷进去，谁也无法摆脱，无论使女，还是太太，即便高智商、高学历的颂莲也难免俗。这已不是单单人性善恶所能涵覆得了的。人类终要生存，生命亦属可贵，肉体活下去甚至活得舒服一点对多数俗人尚是个极具魅力的诱惑与无法解除的脖索，生的执着与生存环境质量低下之间的冲突就制造了生命的艰难抑或恶劣的惊心动魄。颂莲乃至雁儿怕是比紫娟们更接近历史风景线上妇女的日常生存状态。苏童的出新之处即在于他没有再让这个老掉牙的题材限于政治斗争或其他旧有的观念。

池莉的《预谋杀人》一扫偶然之于必然毕恭毕敬的奴才相，也使阶级性与人品疏离。王腊狗虽然出身雇农，但在民族大义上却由于短视远逊于大地主丁宗望。同时，他处心积虑地谋杀丁宗望始终未果，也并不在于后者紧密防范，实在不过是偶然力量每每苏醒后的不经意拨弄。历史就是这样难以预测、确认，"如果'偶然性'不起任何作用的话，那么世界历史就会带有非常神秘的性质"④，可叹的是王腊狗将屡战屡败误在不识字而后课子苦读。

新历史小说还对历史与人们心目中已经定型的具体观念、范畴实施拷打、瓦解。刘震云的《温故一九四二》让某种"爱国主义"颇为窘迫难为情。大灾之年的河南老百姓，从本民族的领袖那里领来的不是救济而是冷漠残酷，倒是外国人还多少伸出一些援助之手。这些老百姓最后得免饿殍满地，靠的竟是日寇杀来并居心叵测地发放了不少军粮。于是，他们也帮助日寇缴了河南境内大量国民党军队的武装。能说这些走投无路的饥民们都是卖国贼吗？事情没那么简单。我想，一个政权丧失了起码的人性，也就葬送了其存在的资格与必要性。堡垒最容易从内部被攻破，民族危亡不单在于外来的虎狼。蒋介石当用"攘外必先安内"多多反省自身。《温故一九四二》已经成为一个民族悲剧的寓言。爱国主义是具体的，对不同的阶层有不同的内容要求，如果将"爱国主义"置于一个不适当的地位，则会闹出笑话，种下祸根。

尤凤伟的《石门夜话》与李晓的《民谣》都在强盗上做文章，意在反拨人们关于江洋大盗心狠手辣、凶神恶煞的皮相定见。于是，空缺盗"行"，展示盗"情"；空缺大盗的武功，宣泄大盗的文功。前述《妻妾成群》《预谋杀人》也包融有对历史命题的消解。

黑格尔说："历史题材有属于未来的东西，找到了，作家就永恒。"新历史小说通过以上三个方面，既消解了教条的文学观、历史观，又消解了教条的哲学观、认识论。它既在历史，又不止于历史，"不但要理解过去的过去性，而且还要理解过去的现存性"⑤。新历史小说活剥古人，是今日与过去、今人与旧人的对话，是新时代在历史文学殿堂内的轰鸣。每个社会都有自己的主导思想，否则就丧失了一个时代的特色。没有时代的解放，则难以想象思想与艺术的解放。

正因为执着于历史精神的探究，新历史小说喜欢大开大阖的叙事策略。"十年动乱"前乃至其间的《红日》《李自成》《闪闪的红星》，常常采用将历史现代时的平面追踪发展的谋略，装点为一派历史事实自我叙述的客观化现象，似乎颇备抵制主体渗入的历史贞洁。新历史小说则抛开这种叙述的面具人格，将怀疑、批判直接带入小说文本以与历史对话。因此，新历史小说的这种大开大阖大致呈三种状态。

其一，纵深往复，跳进跳出。杂糅现代、过去与未来于一炉，顺叙中时时穿插切割倒叙或预叙，"尔勇多少年以后回想起来……"，这类《百年孤独》或《追忆逝水年华》式的饶舌叙述在新历史小说中每每可遇，还被人概括为"当下追寻的视角"。⑥伴随这种叙述的展开，我们总能见到今人回视历史的迷惘、怀疑、抨击乃至嘲弄。乔良的《灵旗》时跨红军战士"青果老爹"的年轻年迈，借助情人九翠的老死，现在时的老人青果得以返身活动于他自己当年的历史画卷之中，这在强调现在人对历史、青春追忆的同时，就增添了历史的深邃与沉重感。客观地讲，吴子牛导演的电影《大磨坊》相当忠实于原作《灵旗》，并据此特点进行了电影艺术语汇的革新探索。记得当初我在武汉洪山艺术电影院里看这部电影时，不仅一些市民摇头看不懂退场，就是相当数量的大学生也窃窃私语越看越糊涂。其实，吴子牛不过是让大家习惯的旁白叙述人如莫言的《红高粱》中的那个"我爷爷""我奶奶"的孙子"我"直接走入画面，叙述人由听觉的声音指引改为视觉里的导游，从而能够足跨现代与历史、山岗与茅屋，让观众领略青果老爹当年的个人隐私。然而仅此一层，作者却不点破。其实，这种方法如一再曝光，人们就会如先人初见电灯电话那样很快由不习惯转为习惯。叙述人对历史的叙述伴随着咀嚼回味，同时就高扬了今人今时今地的旗帜。

其二，顺时而下，偶或间出。池莉的《预谋杀人》与苏童的不少佳作如此操作。许是惯于作写实客观状，这部分新历史小说叙述语调冷静从容，避免感情的狂轰滥炸，但在叙述的关节上叙述人难免会跳出亮相，以今烛古：

> 安素给王腊狗的包袱叩响赵洋人的门后，被赵家狼狗扯了去，由于高度紧张，王腊狗竟忘掉了包袱。一个让他联想到他有儿子的机会就这么白白地失去了。否则，说不定王腊狗会改变他的主意，那么，王腊狗的一生当然就会是另一番景象。（池莉《预谋杀人》）

偶然性之于历史的大力量就通过这种顺叙与预叙、叙述与议论的交织杂糅一览无余。叙述人突然张口议论，直接介入文本，就充分暴露了其叙述视角位在今朝从而阐释、整合叙过去的努力。

其三，皮里阳秋，凭借张力。叙述人并不直接在小说文本中露面，但其阴阳怪气就使故事不同于情节，话语不同于内蕴，能指不同于所指，叙述人不同于人物，表层网络与深层结构的矛盾冲突，丰富扩充了小说文本的内涵与张力，突出了叙述人"今"对历史的观察主张。余华的《古典爱情》也有一位赶考书生，也写他经由丫鬟通款而得与小姐偷情定百年之好，到这里为止的前半部颇呈《西厢记》的传统风光。然而，局势由此急转直下，有情人普天下未必皆成眷属，"柳生"也不同于"张生"，同样的窗下，柳生第二遭遇却逢冷水淋为汤鸡。因此，《古典爱情》文绉绉仿古的叙述话语就让人目瞪口呆、迷惑不解的陌生化故事。这种表里的冲突、膨胀就形成挖苦、反讽，作家也从而借用这种千人一面的才子佳人的叙述模式达成关于古人男女大团圆的神话的嘲弄、调侃的古为今用的预谋。

当然，新历史小说也难免局限，难免失误，由于借助小说颠覆旧有观念，有的新历史小说未免思辨过甚，人物故事与作家的思想组合生硬、牵强，成为某种观念与思考的形象演绎乃至传声筒。也有的在批判政治决定一切、以偏概全、教条主义等不良创作倾向的同时又矫枉过正，走入唯意志论、英雄创造历史、神秘主义或虚无主义的泥潭，乃至于一些早已为科学和历史充分批判并证明是错误愚昧的东西又沉渣泛起，乔装打扮以欺骗读者。有的新历史小说为了观念的传达或情节发展的需要歪曲生活，将个例普遍化，将偶然必然化，从而背离历史、社会、客观生活与物质世界的本质规律，这就等而下之不足为取了。然而唯有革新，才有进步。追求真理比占有真理更难能可贵。新历史小说的不足终属次要，也为事物发展过程中所难免。抬头瞩望，新历史小说装点燃烧的一方文学天际正灿烂辉煌，它将永驻心头，载入史册。

**注释：**

①莫言《我的故乡与我的小说》，《当代作家评论》1993年第2期。

②马克思、恩格斯《德意志意识形态》（《马恩全集》第3卷第52页）。

③乔良《沉思——关于〈灵旗〉的自言自语》，《小说选刊》1986年第11期。

④马克思《致路·库格曼（1871年4月17日）》（《马恩选集》第4卷第393页）。

⑤〔美〕托·艾略特《传统与个人才能》，《现代主义文学研究》（下）第820页，中国社会科学出版社1989版。

⑥钟本康《新历史题材小说的先锋性及其走向》，《小说评论》1993年第5期。

原载《晋阳学刊》1995年第2期

# 把玩旧瓶的游戏

—— "新历史小说"之我见

宋晓萍

"新历史小说"的频频露脸和几乎蔚为大观的创作实践，与这个概念本身的暧昧含糊相映成趣，构成了当代文坛颇为奇特的一种景观。它似乎仅仅是这样一道屏障（而且可能类似竹篱笆，漏洞百出）——把现在进行时态的生活挡在外面；同时，解开了过去史传文学的种种禁忌和牵制，铺设下作者自由出入的时间通道。这种疏朗却并不十分严密的界定使这个统一的名字背后，隐藏着这样的内部格局：各自为政，割据一方，互不相干，以致让人怀疑它们究竟能否归属同一行列。引起混乱的另一个原因显然在于，西方"新历史主义"文化理论的登堂入室。汉语命名的偶然巧合掩盖了两者的水土差异，最终成为浮躁的批评者沾沾自喜地拈来弄去的标签。

当代"新历史小说"，是对中国传统史传文学的一次集体反叛，"历史"的外延大大扩展的前提恰是对内涵的限制大大减少。在此"历史"成为对已过去、消逝、真相永远淹没的时光的总称，它甚至可以指今天以前、此刻以前。而"新"则意味着它不再执着于曾经发生过某事，出现过某人、时间和地点；不再就历史作材料的思考而是把历史当作思考的材料。向正史取材、忠信史实、描绘可以证诸史籍的事件和人物，给人以"历史教益"的传统历史小说模式被淘汰出局。新历史小说打破了历史与现实之间简单必然、前因后果式的连续性，搅乱了单一的历史逻辑和内在和谐一致的历史视野；它沉醉于时光牢笼里的散步，岁月浓雾中的摸索、倾听、靠近和逃离，其游戏性质开始侵蚀事实性、考证癖及纸上的黑色字迹；野史终于僭越正史并与它平起平坐。

如果一切事件正在进行的同时不可能有记录，那么结束以后的再次"复活"（像是借尸还魂或转世投胎），即叙述行为发生于马上、不久还是许多年以后又有什么区别？"这个讲述话语的时刻注定不能与那个话语讲述的时刻重合"。如果在事件发生的同时有叙述，那么叙述者如球场边上的解说员，不可能参与其中，作为一个旁观者，谁来叙述，用什么方式叙述又有什么影响？时间不停流逝，人和事漂浮其上顺流而下，我们能抓住的，只有它的羽翼扫过的影子。也许新历史小说试图在过去和现在交错瞬间撞出的火花中寻求一些间接的证明，证明一种曾经拥有的存在。

无疑，当年郭沫若历史剧引起的一场争论——关于历史剧应该侧重"史"还是"剧"，即强调艺术性还是真实性——在新历史小说那儿早已不成为问题；至于"七分真实，三分想象"之类简单的数学式论断更显得极为可笑。问题早已从历史这个旧瓶该装新酒还是陈酿，绕到了对旧瓶本身的把玩、阅读、搁置和安排。不是我们在旧瓶里变着法子装什么，而是跳出瓶外，做一场关于瓶子的游戏。把它放在书柜上，还是组合家具的旁边？用手摩挲它的质地，还是闻它的气息，或者倾听它遥远的声音？这似乎更像一场自得其乐的小小测试，测测作者的想象能力、品位和结构能力。显然新历史小说的作者都找到了自己的品玩方式。

苏童以他神经质的敏感呼吸着来自遥远年代的古老气息，那是泛黄、苍老、带点霉味、潮湿而飘忽不定的（常常被现在的风吹散）。《妻妾成群》里青苔、古井、烂树叶、怨妇散发的阴郁、沉闷的气味——被苏童捕捉；《米》里无所不在的米香与硝烟、仇恨、病态的人情一起释放出来。有时，罂粟无比灿烂和疯狂，令人迷醉的花香也从过去的时光里渗透过来，弥漫开去（枫杨树系列）；而在《我的帝王生涯》中，分明可以闻到断壁颓垣、荒草凄萋的那股破败、荒凉、萧瑟之气。这注定了苏童的叙事轻灵婉转，不着边际，如同在恍惚的历史图景上的一次梦游，夹杂着梦呓、回忆、幻觉和疑问。

同为江苏作家的叶兆言选择了不同的方式：抚摸那段逝去的岁月，感受它的粗糙和细腻、厚重和轻巧，体会它的温暖和阴冷、湿润和干燥。这使叶兆言小说明显得要比苏童沉一点、厚一点、实一点，也要琐屑一些、平和一些、冷峻一些。我们无法知道他究竟以什么方式驱动时光，但我们确实在历史闪过的瞬间体会到一种肌肤相触的感觉。叶的小说如此真切，乃至使人误以为他本人就来自那段时光。《状元境》里日常生活的粗糙泼辣恣肆，与萦绕其间的二胡细腻悠远的声音似乎触手可及；《十字铺》命运的厚重难言和机遇的轻巧飘过也好像掂得出来；《半边营》十足湿淋淋、烂乎乎的一片阴冷，让人心寒。历史在叶兆言的笔下清晰地显示它的质地、纹路，就像握在手里一样。

也许刘震云是历史的偷窥者，为了证明自己的堂皇正大，刻意维持一种不动声色、不惊不喜不怪、严肃自持的态度，回避小人式的对历史隐私的叽叽喳喳，而力图隐去自己作为偷窥者存在的痕迹。于是我们在不知不觉中陷入作者预设的圈套，在《故乡天下黄花》和《故乡相处流传》中代替他站在偷窥者的尴尬位置，偷看一段并不久远的历史，人和事怎样被拨弄来拨弄去。这样的身份使刘震云的叙述平淡至极，那个年代的日常语言枯燥、重复、不伦不类，和他们的生活一样乏味、平庸，这显然有助于巩固历史的本来面目，使"偷窥"行为更具有隐秘的满足感。

吴滨写作《交城消息》看来是以历史入侵者的面目出现并自得其乐的，他拿现在时态猛烈敲击历史的钟，大声宣告自己不必换装就直接闯入了过去时光的禁地。这使我们有幸听到一阵阵历史的回音（仅仅是回音），夹杂在现实的声音中。值得一提的是，《交城消息》的主人公是位历史博士，但正是随着他研究和考证的深入，历史与现实并不牢固的樊篱被一一拆除，乃至两者穿梭交织，彻底交融在一起了。那么，交城与交城的毁灭到底是谁人一梦？而我们隐约听到的金戈铁马，轰然倾倒是不是来自交城之夜？事实上吴滨的叙述本身就是一曲由历史和现实携手演出的合奏，历史的声音时时被淹没、改写、压制，又常常奋然昂起，在现实之间突然闪烁。

我自然无法一一提及这些新历史小说作者种种饶有趣味的把玩方式和感受，作为80年代后期逐渐兴起的一支内部混乱、背景复杂的创作队伍，发展到今天，它的实验性几乎饱和；作为一种过于普遍、充斥于各类报纸杂志以至良莠不齐、泛滥成灾的创作景观，在它吸足兴奋剂似的虚假繁荣以后，不能不让人担心它的强弩之末的运势。当个人纯粹精神游戏和心灵享乐的品玩活动，被泛化为大众的群体娱乐，它受到商业性的导引和诱惑，就几乎是不可避免的了。事实上，就像电影和电视正在匆忙地抹去它的叛逆性和探索性，并涂上媚俗和感官的愉悦，使它最终成为取悦大众的娱乐工具一样，"新历史小说"亦将成为一种把玩旧瓶的大众娱乐游戏。

原载《华中师范大学学报（哲学社会科学版）》1995年第4期

# 走向文化与人性探险的深处

## ——作为"新历史小说"一支的"匪行小说"论评

张清华

一

近年来出现的一些作品，往往以某些土匪或类似土匪的人物行为为描写内容，写他们的一些富有传奇色彩的故事。我把它们总称为"匪行小说"。在近几年的小说创作中，它的确形成了某种不大不小的"热度"，成为一些具有"新历史主义"倾向的小说家对人性与文化进行深入探求的一个特殊的视角，它所负载的文化意识、审美趣味具有特殊的意义与价值。

"匪行小说"在新时期的产生基本上可以说是从莫言1986年的《红高粱家族》开始的。作家对其中主人公"爷爷"余占鳌的匪行事迹的描述不但没有导致一个传统的故事模式，而且在其美学特质与价值评判上也把人们引向了一个全新的领域。在余占鳌身上，"匪性"成为其人性和生命力的基本特征与必然表达，其出生入死、纵身于红高粱密林"杀人越货、精忠报国"的英雄行为与匪行特质已经完全以二元复合的形式重叠于一起，互为依存、无法分拆了。这种全新的判断很明显是来自新的文化哲学观念的启迪与思想烛照。

或许是莫言在这一题材领域上的创新没有引起人们足够的注意，还是莫言这一作品的轰动性的成功使新的参与者一·时还找不到新的介入视点与突破的位置？所以在此后的三四年中，一直较少有人再触及这一题材领域，只有在一些市井世情小说和先锋小说中有某些类似仇杀情节的零散涉及，但似乎也较难算得上典型之作。然而1990年，一向以安分忠厚的商州百姓为描写对象的贾平凹却一股脑儿推出了他被称为"土匪系列"的四个中篇：《烟》《美穴地》《白朗》和《五魁》。这一年，杨争光也以他的中篇小说《黑风景》而赫然崛起，这篇叙述村庄人们与土匪游寇的殊死搏斗的作品与他此后发表于1991年的《赌徒》《棺材铺》等构成了他的令人瞩目的匪行系列。1991年比较典型的土匪题材作品还有朱新明的《土匪马大》和阎新宁的《枪队》等。1992和1993年以来，"匪行题材"的加入者不约而同地多起来。除贾平凹又推出了中篇《晚雨》之外，仅在《小说月报》上选载的就有刘国民的《关东匪与民》、冯苓植的《落草》、尤凤伟的《金龟》《石门夜话》《石门呓语》等中篇，另外还有李晓的《民谣》，我甚至认为池莉的《预谋杀人》也可以算是一篇十分典型的匪行小说。与此类似的还有刘恒的《冬之门》、季宇的《当铺》等。短篇小说有陈启文的《流逝人生》、刘连群的《根》、孙方友的《女票》、蔡测海的《留贼》等等。限于视野之故，实际上匪行题材小说可能远不止这些。但是，在1994年以来的小说中，这类小说却迅速减少了，各种迹象表明，随着"新历史小说热"的冷却，"匪行小说"热也已经完结。

究竟是什么原因使得在一个特定的时间内出现了这样一种具有相当"热度"的小说现象呢？从这些作品的实际内容来看，它们并不是一些拘泥于对历史上某些真实或传奇事件进行追述的零散现象。相反，它们像1993年以前流行的"新历史小说"一样，表现出一种对历史的"虚构"或"戏拟"倾向，或者说是在试图对纵向历史与人性内容进行"平面式的解构"。换言之，时间标出与"土匪"角色作为历史过程的象征符号，在这里只为作品的叙述提供展开的依据，而作者所真正探求的则是隐藏在情节与故事背后的永恒的人性与文化内容。但是我们又不禁要问，小说家们在展开这些对于人性与文化的深入探求的时候，为什么要通过土匪、盗贼、兵痞、奸商或绿林侠客一类人物来作为承载物呢？也就是说，"匪行"行为一种文化和历史现象，它有着什么样的特定意蕴和价值？它们为什么会成为作家完成对历史和人性的特殊形式的解读时必须采用的方式和视角呢？

# 二

我们还是应当从历史的深处寻找这个原因。事实上，"匪行小说"在我国可以说有着源远流长的历史。在第一部具有叙事文学特征的著作《史记》中就已专设了《游侠列传》，可见独立于官方与王权社会之外的"武林"游侠精神自古就已存在了。而这种游侠行为与"啸聚山林"打家劫舍的兵匪行为实际上是一脉传承、十分相近的。明初出现的《水浒传》可以说是第一部不朽的经典性的匪行小说作品。它所塑造的众多打家劫舍又"替天行道"的英雄好汉不但使匪行母题成为古典小说中最重要的族类之一，而且其所负载的美学精神更产生了深远的辐射与影响作用。之后，在近代更广泛地流传于民间并与世情小说构成对照式景观的"侠义小说"可以说是这一母题的延伸和派生。因为其基本美学思想与审美取向实际上都是从《水浒传》承袭而来的。而且这类小说中所彪炳的"行侠仗义""除暴安良""劫富济贫"等人格精神与社会道德力量对其他题材，尤其是历史题材小说都打上了深刻的影响印记，使它们在某种程度上成为"匪行"或"侠义"小说的变种。

匪行小说为什么会同"侠义"小说一样受到人们的广泛喜爱呢？这是因为"匪行"本身不但意味着另一个特殊的社会与行为空间，而且意味着另一种与世俗道德社会相对立的生存状态、行为规范、生命理想与人格标准，在这个世界与空间中，蕴含了巨大的意义内容。即使就古典匪行小说与侠义小说所共同宣扬的"节义"主题而言，这种"节义"也为社会提供了一种新的尺度，一种唯一的可以替代或独立于具有"权力政治"色彩的道德伦理价值尺度之外的第二价值尺度。正如"聚义厅"成为聚合众多绿林英雄的旗帜或标志一样，"节义"这种实际上与王权和官方政治构成了本质对立的价值准则已成为整个民族的一种重要的、具有某种精神和文化探险意味的心理需要。它以富有象征意味的"江湖"色彩，为人们展示了另一种不受权力社会所束缚的生存空间、行为方式和人格精神，使他们倍受压抑的自由理想得到了艺术满足。毫无疑问，这是一个完全独立和自足的秩序空间，人的一切行为和精神取向在这里都具有了更为广阔的探寻与实现的可能。

但是，观念和意识的种种局限，使得传统的小说对这个广大的空间世界实际上又缺少发现。它们更多地是在一种与权力社会的依存与联系中来表现人物的性格与行为的，他们往往被硬性地涂上符合王权政治标准的道德釉彩，往往既忠且义、"只反贪官不反皇帝"，这样，他们本来具有的美学价值便常常在实际上又被取消了。

这种局限在新文学的一些作家如30年代的沈从文和艾芜笔下曾有过可贵的突破。《南行记》和湘西小说中都写到了不少盗匪式的人物，在他们身上，愚昧、野性、狂暴、仇杀、放纵本身已成为他们可贵生命力的一部分。善与恶的道德对立在这里基本被取消了，取而代之的是人性本真的魅力。这种人性是以善与恶、美与丑、文明与愚昧、高尚与鄙下等等的二元复合形式存在的，是一种文化整体生态模式的感性承载。历史与文明进程中的悲剧性二律背反在这里曾闪烁出灿烂的光彩。所惜的是，沈、艾两位作家的努力毕竟是在较为近代的浪漫主义文学精神的烛照下进行的。他们更多地局限于宗法传统和乡土精神的张扬，局限于对自然状态与民间风情的热衷，缺少对人性和文化的更大气魄和更具现代意识的深入探求。

单一的认识论、阶级论的思维方法在此后几十年的文学创作中所起的作用是把对人的观照引向了极端的二元分裂与对立。人的阶级对立性代替了其他一切属性。新时期以来，这种局面逐渐有所打破，但直到80年代中期新的文化哲学思潮的兴起才真正为文学提供了新的认识视角与美学方法。就匪行小说母题来看，莫言的《红高粱》是一个划时代的标志，它是对一切传统道德标准和二元对立美学观的一个反叛。作家不惜一切力量，调动了全部激情和表达了这一豪壮的叛逆主题，使匪行母题所蕴藏的巨大的人性与文化内容得以真正富有当代意识深度的开掘与发现。

三

这是一个金矿。当我们不再用旧的和孤立的眼光看这个领域，而试图把社会与匪行加以对照和反衬的时候，我们会发现，这是两个天然对立而依存的世界，它们是人性中道德意志与自然属性的两个终极指向，人的一切行为与意识在这个两极之间会不断地出现巨大的"空间位移"。换言之，在人性的道德指向与匪行指向之间、在"神性"与"兽性"之间，有着十分巨大的张力空间。在这个"实验场"式的空间中，人性的摇摆与位移必然会导致任何价值坐标的变更。这就是"匪行小说"又突然兴盛起来的原因。

考察这类作品，精确地综合与分类未免是困难的，但其两种大致的趋向还是明显的：一是侧重于外部行为的文化观照，一是侧重于内部心理的人性分析。前者较多地注意揭示人物的行为与文化传统、种族命运之间的隐喻关系，在以文化溯源为主要目的的前提下，也注意一些文化批判因素；后者较多地注意到对人物的精神境遇的分析和对人性内容及其指向的检验，这类作品有较为浓厚的超验色彩，过多地投射了主体精神的感知意向，所以我们宁愿视其为一种"灵魂的历险"。

先看前者。文化的观照实际上是对人的命运和行为的某种模式化、意向性的认证，人物行为与命运的宿命色彩实际上就是某一文化模式的必然规定。杨争光的《黑风景》没有像莫言的《红高粱》那样对负载于匪行与暴力之中的祖先生命精神进行激烈的张扬，而是展示了这个文化结构中的另一面，一个与之截然相反的黑色文化怪圈，生存在这里陷入了永恒的不可躲避的悲剧宿命。小村上的人们在面临土匪血洗的危难之时，实际上已经按照古老文化模式的规定不约而同地进入了同样的角色——他们本身已成为另一群"土匪"，无论男女老幼，他们的人性丑恶在这一特殊境遇中无一不生动地暴露出来。内部的争斗、出卖、谋夺和残杀在小村精神统治者六姥的策划下渐次展开。他们不但以狭隘的个人私利代替了应有的众志成城和同仇敌忾，而且还卑鄙地谋杀了他们这个群体中唯一的英雄——杀死土匪头子"老眼"的桃客鳖娃，企图以向土匪诌媚逃脱被洗劫的命运。在这动乱和内证的丑剧中，六姥，这个村庄的统治者实际上已非常形象地充当了传统文化的一个象征，她是专制、愚昧与暴行的一个交混物。她的权力、冷酷和阴险的互为因果代表了这个文化背景中最典范的生存特性、生存要素与人格选择。她和小村的人们同另一些明火执仗的盗贼匪徒除了表层的对立关系以外，并没有任何本质的区别。

揭示文化模式或怪圈之中生存的命定悲剧是杨争光的长处，他的《赌徒》《棺材铺》更是这样。在这些富有象征意味的作品中，人物的匪行都不是孤立的和偶然的行为动作，而是由文化所规限的生存方式与必然选择。人与人的互为谋夺（赌博）与残杀（经营棺材）不只作为一般的人性丑恶，更作为普遍的生存行为与文化生态中的规律性因素，而显现出命定的苦难和恒在的悲剧命运。生存与悲剧，从来就是这个文化构造中互为正反和互为因果的两个平面。

相比之下，贾平凹的《白朗》和陈启文的《流逝人生》等小说似乎没有杨争光式的悲厉与尖锐，它们从另一面反过来揭示了传统文化模式中土匪与好人之间界线的模糊与无常。白朗虽是强盗，但他又是个侠义俱备、智勇双全的英雄。他劫富济贫且不近女色的品格更使他接近传统的道德理想，然而这一切并不能使他摆脱作为一个土匪的最终毁灭的命运。《流逝人生》写了一个在大学读书、身负父辈重托、前程无量的贫家书生张耀祖被土匪劫持，一夜之间变成了土匪"刀二爷"，一切改变得如此简单而荒谬。从此他杀人放火又修造桥梁，无意行善却也做着善事，但最终他所建造的桥梁也被一群败兵炸毁了。在这里，文化自身的逻辑作为命定的客观因素在看似偶然的表象下显示了不可选择的力量，个人及其愿望则没有任何抗争力。好人与土匪、恶行与义举永远不可思议地纠缠在一起，并时常发生着奇异的互换与翻覆。

另外值得提到的是池莉的《预谋杀人》。这篇作品同样也是对一种文化模式与文化心理习惯的戏剧性的模拟。尽管作者表面上对故事细腻而真实的叙述似乎有意把我们引向某种轻松的游戏，但仔细地想想，类似丁、王两家这样的盛衰交叠、迁异无常并在不期之中结下永世冤仇的故事似乎是中国传统社会的一个特殊形式的缩影。这种冤仇易结难以解的社会如同一个没有尽头的舞台，上演着无尽的人间惨剧。作者在这里带了更多的道德倾向性和宿命色彩来揭示文化的对立，仁爱与匪行在此构成了界线较为分明的对立关系。靠不正当的经营而起家、最终又富贵如烟终归一空的王家，同勤俭兴业、以地为本、"诗书传家"的丁家，它们的命运是截然不同的，是两种生存选择的必然结果。王腊狗由一个破落子弟到兵痞的人生历程可以说是比较集中地反映了农民文化的某些负面。他的执着和坚定固然有几分可爱，但他的偏执、愚昧、自私、残忍以及不择手段、终其一生只是在重复自己的行为，却是可悲可叹可恨的。从内在素质上说，他并不是不够聪明和机智，但他奶奶在他幼年就给他种下的狭隘的仇恨种子——一种无形的文化模式限定了他终生的选择，使他一步步走向失败。在这篇小说中，作者基本上是从社会文化视角来审视人物的匪行的，在人物性格与命运的处理上，不免流露出一种对传统的忠奸对立、善恶必报模式的比附。但有价值的是，作者仍注意到了对人物行为背后的文化逻辑及其蕴涵的揭示。

中国当代文学史资料丛书

# 四

现在让我们再来看看更为重要的后一种情形。

刘国民的《关东匪与民》和贾平凹的《晚雨》大致可以算作同一种类型。它们是对人性构成中善恶对立界线的一个否定。放下屠刀，立地成佛，是这两篇作品中人物的共同选择。但他们又有明显的不同。一半是盗贼、一半是英雄，此刻是土匪、彼时是豪杰，这是前者当中人物的特点。"郑三炮"——这是一个"戏拟"、一个"关于虚构的虚构"人物——尽管干过无数杀人放火、敲诈勒索的坏事，但当他面对一个家中出了"绑票"祸事而不得不屈嫁于他的十五丫，而且已经是"洞房花烛"、可以轻易地得到这个姑娘的时候，他竟然良心发现，不但没有"整"她，而且还发誓要为她夺回自幼订婚的刁学少爷，以使有情人终成眷属。一个杀人不眨眼的惯匪盗贼，在这里竟然变成了一个几近圣徒的好汉，这种不合逻辑性恰恰表现了人性的复杂性以及人性在某一刻与匪性的界限的消失。这就具有了明显的探险意味，因为他与传统小说中那些外表虽然猛恶但内心却是充满仁豪与道德意识的人物（如李逵）不同。在恶人身上，有没有良心发现和人性复苏的时刻？《关东匪与民》展示了一种可能，同时又充分地写出了这种内心搏斗的真实性。

对贾平凹的《晚雨》，我更愿意将它看成是作家自己灵魂的某种"历险记"，这篇小说不但在其对人性与匪性复杂关系的探寻主题上与他以前的几个系列作品一脉相承，而且更加具有自我虚拟性——在对自我深层意识的外化与演示的基础上自我的灵魂拷问。它仿佛表明作家在人性与匪性关系的探寻上走过了一个圆圈。在此之前，贾平凹曾痛快淋漓地书写过人性的崩塌。在《五魁》这个小说中，主人公五魁由原来的一个圣徒、一个以牺牲自我奉献于一切美善女性而不求任何报答的圣徒，最终难堪灵魂的重负而信仰坍毁，一下变成了一个拥有11个压寨夫人的土匪。这个过程实际上是拟喻了人性的脆弱与"原罪"本质，而匪行和罪恶也许是对苦难人性的一种必要的解放，是其不断地轮回转化以求生存和均衡过程中的必经之路甚至归宿。很显然，这个人物实际上已具有了较多的"意识符号"色彩，其经历基本上可以视为作家精神漂流过程中"意识历险"的一个演示。在《晚雨》中，土匪天鉴身上也已很难看得出山林野气。在他不期然杀了一个边远小县的新任县令并决计过一回官瘾，冒充上任后，时常苦于对自己旧日罪行的忏悔，决心改邪归正。他施廉政于民，造福百姓，矢志不移，可谓爱民如子、废寝忘食。在他与寡妇王娘的爱情上更表现出高贵的诚挚与坚定。最后，在不能得到王娘的时候，他竟予以自残，上演了一出动人的爱情悲剧！这篇作品在试图证明：匪性、人性和神性在一切人身上是同时存在的，区分在于有的人是有灵魂自觉的，他能在自我拷问中最终良知发现使自己朝向善与神性超升——天鉴就是这样的人，而有的人不能。在这个人物身上，我们会发现一个不断进行精神忏悔又不断进行灵魂历险的知识分子的影子，寻求匪性体现了他对生命力的追寻和热爱，不断向善则又标识着其灵魂的终极指向。这不是单纯对人性复活的歌颂，而是对人性在怀疑、迷惘和苦难中又注定必须不断探求、历险并自我救赎的矛盾与悖谬的揭示，这正是它主题的深邃和撼人之处。自然，这篇作品中对"官""匪"之间界线的反串式描写同样也充满了社会批判力量，不能不令人想到李逵大闹东京回来路上寿张县坐衙审案那种过瘾。

在人性探险这一向度上，尤凤伟的《石门夜话》是更加富有深度和"远足"意味着的一篇。这个小说与其说是在力求揭示出人性的复杂，不如说是在昭示人性的弱点与真实。作家有意通过特殊的环境氛围割断了人性与社会之间的联系，而将其放在盗贼土匪的营帐这一特定氛围中来考察它的状态，这是一个更加富有先验意味的假定。这个眼睁睁看着丈夫与公爹被土匪七爷杀死并被掳上山的女人，最初抱定一死的决心，"不共戴天"之仇使她"字目眼怒视"。一切都仿佛已经注定，她宁死决不会就范，而且小说还有意交代了女人与丈夫和睦融洽、相敬如宾的关系。按照通常的逻辑，她只有两种选择：一是以死殉节，二是像土匪二爷给她指出的逃生之路那样，趁他熟睡之机将他砍了，拿上令牌下山。但故事在这里却完全背叛了一个道德逻辑，三夜之内，在二爷温软的语言攻势面前，一切防线均被瓦解，最终女人只轻轻地发出了几声"天呐"，仇恨与反抗的理性意志便化为沉默。在这里，我们同样看到了人性作为生命本源的不可抵御的力量。具有反讽意味的是，恰恰是在这个土匪身上我们看到了这种跃动的、充满征服力的能量，他对社会历史、人生选择的另一角度的"宏论"尽管不乏土匪式的强辞霸道，但仔细想想也是不无道理的。在这个女人一夜之间完全被改变了的生活中（被掳上山），世俗的道德标准实际仅仅作为微弱的精神力量存在于她的心中。而山

中国当代文学史资料丛书

贼土匪特殊而迥异的生活氛围与秩序却以巨大的物质力量割断并摧垮了她与世俗道德社会的联系。在这种较量中（作者试图把两种力量放在公平的竞争状态中，土匪没有采用"强迫的手段"），人性的本源不断暴露出其真实的弱点。为二爷所描述的那个不免有几分"色情"诱引意味的偷情故事犹如洪水中的一个漏洞在女人的意识中不断起着诱导崩塌的作用。在很短的时间内，她仿佛一个被引渡者，经历了一个由道德社会向土匪社会的空同"位移"。在这个意识和精神的"搬家"过程中，一切都发生了奇妙的、令人回味深长的变化，人性——本源于生命深处的不再受到社会与道德干预的真实的人性，在这里不由自主地起了唯一关键的作用。

## 五

单从上述两个角度的抽样与概括，似乎还难以说明全部问题。因为从大部分作品的实际情况来看，都是较为复杂的，每个作品都表现出不同的倾向性，这应当是一个很好的现象。对文化与人性的探求注定了是不能从一个视角、用一种尺度去观察和衡量的，这个主题本身已为操作者提供了广阔而深邃的空间。所以总体而言，近年的匪行小说又表现出以下三个特点。一是多种认识视点和多种参照与评判标准，文化的多维性、结构性、悖论性特征决定了探求者视角的多样和对立。第二个特点是更加分散、多向、细腻的发展趋向。这也可看作是第一个特点的结果，主要表现在题材内容的扩展、人物身份的多样化、其经历和性格发展指向的多向性，以及它们所蕴含的主题内容上，都呈现出一种由典范和核心向"边缘"地带的逸出与扩张。第三，文化主题与人性主题在互为结合的前提下，人性主题的表达和揭示似乎更具有探险精神和意识深度。因为它比文化主题更少一些外在的历史限定，同时也由于文化主题在前些年已达到的高度确已较难超越，所以相形之下，人性主题便有了更多突破的可能。

显然，匪行小说也还有着种种不足。我在强调其力图"走向文化与人性探求的深处"这一成就的同时，还应指出，它们总体上的深度还掩盖不住某些作品的不足。有的作品实际上是缺少匠心和创意的，过分的虚构也许标志了作家的慵懒或肤浅，过于追求奇谲和巧合也意味着对现实和历史的感受与把握能力的缺乏。这一点，还应引起作家们的注意。可以这样说，作为单个作品，近年来的匪行小说还难以找到一篇能够对数年前的《红高粱家族》形成全面突破的扛鼎之作，这不能不是一个遗憾。

原载《理论学刊》1995年第5期

# 故事与历史

　　故事通常划归文学范畴，成为文学的一个代表。多数人认为，故事与历史的首要差异体现为虚构与真实。许多历史记述和故事相似，它们同样具备了人物、事件、开端和结局，但历史所承诺的"真"是故事所无法比拟的。

　　"真"使历史获得了巨大的威望。现实语境之中，"历史"一词重量非凡。"真"使人们自觉地将自己同历史连为一体。多数人充分相信历史的连贯和统一。过往的历史并没有中止意义，它将沿着时间之维和今天构成了息息相关的连锁关系。这必然导致了人们"以史为鉴"的自觉。《春秋》已经充分显示，人们可以通过历史景仰或者审判昔日的种种人物，为之定位。而这个过程所体现的尺度同样将成为今天现实的重要规范。所以，司马迁明确地说：《春秋》可以"当一王之法"。这是历史与政治话语最为接近的时刻。"以史为鉴"之中的政治指向在史官文化传统之中得到了肯定和巩固。据考，中国的史官文化脱胎于巫官文化；史官代替了巫官之后，史官职责之中依然残留着参与社稷大事的功能。

　　"史官"之称暗示了政治结构如何向历史学家敞开。相对而言，人文学科的其他门类无法享有这种尊荣。

　　相似之下，故事的出身显然卑贱得多。桓谭形容小说为"合残丛小语"，班固称小说"出于稗官"，"街谈巷语，道听途说者之所造"。这个意义上，故事对于历史的崇拜由来已久。故事常常投入历史的光芒，借助这种光芒抬高自己的身价。巴尔扎克谦称是法国历史的书记，但历史的记录已经足以使之成为举世无双的伟大作家。在作家和批评家的眼里，历史是小说的至高境界——"真实地再现历史"成了难得的赞誉。许多时候，故事干脆地成为历史的仆从。西方的"史诗"表明了故事植根于历史，宋人的"讲史"将历史作为故事的门面，明代之后的演义小说之中，分分合合的历史事件提供了故事的基本骨架。

今天，历史小说已经成为庞大的一族。许多历史小说显示，作家有能力将历史事件加工得引人入胜，栩栩如生，但是，历史的基本规定不可逾越。加工所必需的虚构不能超过一个限度，以至于损害了历史之"真"。虽然这个限度的辖区时常引致争议，但是，历史小说绝不敢公然言称：这样的限度并不存在。

这是故事对于历史的恭敬。这些作家感到，如果小说将历史篡改得面目全非，那么，这些故事将不可能继续分享历史的威望。失去了历史之后，文学还会剩下什么？人们值得为那些臆想出来的缠绵恩怨动情吗？

但是，人们很难说，当今的另一些作家是否还有这样的顾虑，尤其是人们看到一批"新历史小说"之后。"新历史小说"集中出现于莫言、苏童、余华、格非、叶兆言、刘震云、李锐、张炜、刘恒、陈忠实、王安忆这些风格迥异的作家笔下，他们不约而同地将目光集中到了近现代史上面。如同诸多文学派别的命名一样，"新历史小说"同样在严格界定之前就已流行。令人烦恼的是，这一名称可能因为字面的相近而同理论上的"新历史主义"相互混淆。然而，不管怎么说，这批小说的确与传统的历史小说不同了。

首先可以感觉到，这批作家似乎不再对历史保持谦卑。他们时常轻而易举地进入历史，从容地展开想象；历史小说作家的史料搜集与疑难考订被潇洒地省略了。也许，历史的"真"遭到了一定的轻视。过往的历史沉没于时间之渊，不可复返；除了极为少量的遗址文物，人们只能接触到历史的叙事——历史话语。海登·怀特甚至认为，历史学家的情节编织同作家的文学写作没有多少差别，历史学家的常用策略同样是精简、聚拢、排挤某些材料，确定一些中心，安排原因和结果，许多历史事件因此显出了开头、中间和结尾——这一切都令人想到了文学。这样的过程，叙事成规、文化代码和意识形态成见不可避免地带入叙事，以致"历史真相"的概念不得不打折扣。或许，揭示真相的愿望和"视界的融合"可能阻止历史叙事背后相对主义的过分蔓延，但是，人们至少可以断定，历史的叙事仅仅是历史话语，而不是历史唯一真实。

这个事实的巨大冲击在于，历史叙述的多样性得到了默许。这批"新历史小说"之中，不少作家给出了另一种类型的历史话语。人们不难察觉这批小说的一个特殊历史趣味——家族史或者村落史。张炜的《古船》《九月寓言》、刘震云的《故乡天下黄花》《温故一九四二》均涉及一个村落的兴衰，而李锐的《旧址》、刘恒的《苍河白日梦》、陈忠实的《白鹿原》、格非的《敌人》、苏童的《罂粟之家》《米》、王安忆的《纪实与虚构》则记述了一个个家族的历史秘密。从宫廷、议政、战事、暴动、改朝换代这样的巨型景观转向了村落、家族、血缘、人伦、性这些微型社会组织及其冲突，这是作家历史兴趣的转移，同时也是历史叙事聚焦点的转移。作家的目光从帝王的替换和政治权力的变迁挪到了另一些领域。通过他们的叙事，村落和家族同样成为一个个有效的历史单位，村落和家族的意义亦将纳入历史。于是，特定历史时期的人物命运得到了丰富的解释：他们不仅受政治史的影响，同时还受到村落史和家族史的塑造。显然，这样的"新历史小说"之中，想象的成分远远超出了史料。史料的意义仅仅体现在年代和背景之上，村落、家族和人物基本上均来自作家的虚构。这形成了一种难以查核的仿历史话语。小说之中的故事基本吻合相应的历史背景记载，但人们无法作出进一步的证实。历史学家的精力投注于政治层面的因果关系，村落或者家族之中人伦、血缘、性这些方面的事迹通常被当作无关的枝节删除了。史料的匮乏怂恿了想象的放纵。传统历史小说为细节、局部情节和次要人物所保留的"合理想象"得到超额发挥。不可否认，许多"新历史小说"的想象并未破坏古香古色的风格，特定年代的历史气息仍然飘拂在某些场景之上。于是，"新历史小说"所制造的仿历史话语让人疑惑不已：这究竟是故事，还是历史？这是传统历史小说的解放，还是历史下降为故事的道具？

传统的历史小说之中，第一人称"我"必须尽可能销声匿迹，让历史自行上演。无论如何，"我"的出现将使历史的客观与公正——这是"真"的两个派生概念——造成损害。然而，这批"新历史小说"肆无忌惮地在这方面犯规。无论是苏童的《一九三四年的逃亡》、叶兆言《枣村的故事》还是王安忆的《纪实与虚构》，"我"在小说之中频繁露面，并且拥有超出个人时间和空间的视野。这批作家不惜破坏客观历史的幻觉，坦然地让叙述人"我"暴露在聚光灯下面。这无异于提醒人们，一切历史仅仅来自个人叙事。人们对于个人叙事的信赖有限，这同样是怀疑历史的理由。《纪实与虚构》的许多场合出现了"我设想""我猜测""我想"的字眼，如果某些猜测都可能成立，作家不惮于将它们并列在那里。这显然是对历史尊严的冒犯。人们心目中的历史仅仅是历史话语——历史话语由叙事组成——叙事隐含了许多不可靠因素——这批"新历史小说"循着这样的逻辑瓦解了历史的神圣与庄严。

这种仿历史话语可以到达何种程度呢？人们可以想一想苏童的《我的帝王生涯》。史料之中并不存在"燮"国，皇帝"我"、端文、皇甫夫人或者蕙妃等都是一些虚构的人物，而宫殿、御河、大釜、太监不过是一些人们习见的宫廷文化符号。可是，尽管历史事实阙如，叙述对于这些宫廷文化特号的巧妙运作仍然使《我的帝王生涯》在外观上接近了传统历史小说。当然，这里的历史感是叙事策略所制作的文化幻觉，这更为接近于后现代式的模仿和拼凑。

"新历史小说"的出现表明，作家的叙事正在将故事和历史置于相近的水平上面。通过叙述聚焦点的调整，作家在这批小说之中表述了种种不同的历史解释和猜想，甚至调侃和戏谑。在另一方面，这一切又不可能得到进一步证实而成为信史。它们仅仅存活于叙事——而不是考证——层面上。这里，文学的历史崇拜已经消失，作家从叙事的意义上扰乱了修史的权力垄断。他们在历史的审慎和渊博之间增添了某种民主和玩世不恭的气氛。这是"新历史小说"产生的一个意味深长的变化。

原载《文学评论》1995年第6期

# "新历史小说"的意识形态特征

孙先科

在谈论"新时期"的文学历史话语时，我们无法回避的一个重点是自80年代末开始至今仍方兴未艾的"新历史小说"。尽管80年代中期以前"历史"也是构成文学话语的众目睽睽的焦点，但这时期的文学历史话语并未构成独立的话语意识。"新历史小说"却不同，它已经向已往文学历史话语的"真实"观提出严峻的挑战，颠覆与崩解了既成的意识形态结论，形成了自己的独特的话语言说机制和意识形态特征。

在接触"新历史小说"之前，我们先谈谈三位对文学历史话语转折起过重要作用的作家：乔良、莫言和李晓。

乔良的《灵旗》也许是"新时期"第一部明显地突破了"十七年"以来文学历史话语的"正史"意识的作品。湘江之战的残酷杀戮和同样残酷的报复，使那段历史充满了血腥的意味。在这里，历史进步论观念引导下的战争的合理性第一次受到人文主义的严峻挑战。乔良把人文主义引入历史叙事，在一无缝隙的权威意识形态话语中撕开了一条裂缝，使我们看到作家站在终极的人文价值立场上进行历史叙事的可能性，知识分子的意识形态开始渗入文学历史文本。

如果说《灵旗》标志着知识分子人文意识对"正史"的反拨，那么莫言的《红高粱》则标示出人文精神的新向度：以原欲为基础的粗粝而蓬勃的民间文化精神。它所张扬的不是九翠所代表的那种精致的人文理想，而是"我爷爷""我奶奶"这种带有突出的民间文化理想的粗放的人文性。"民间"是个复杂的概念，它对压抑萎缩的文化情结的反抗含有新的强权与暴力话语成分，粗犷豪放的文化形态中有其粗俗和破坏性的一面。但不可否认，《红高粱》为历史话语的解放洞开了"民间"这一更大的精神门户。

李晓的文学历史话语的言说似乎是在默默无闻中进行的，没有像乔良，更没有像莫言那样引起广泛的注目，但《相会在K市》和《叔叔阿姨大舅和我》却将他置于一个非同寻常的地位。对历史事件偶然性的关注和对事实真相的重新发掘让我们看到了历史被"书写"的特征和文学话语对意识形态的巨大消解力量。可以说，李晓的小说创作在通过文学话语编码有效地消解意识形态这一点上提供了充分的创作经验。

"新历史小说"正是在政治意识形态出现裂缝和作家文学编码意识加强的前提下出现的。它直接的思潮源头有三个："寻根小说"对政治性重大事件的摒弃而亲和世俗性、"史"性题材的倾向；"先锋小说"的文本戏拟对意义消解的倾向以及"新写实小说"向世俗性价值妥协退让的趋势。

给方兴未艾而又聚讼纷纭的"新历史小说"下定义并不是件轻而易举的事。陈思和把它界定为"大致是包括了民国时期的非党史题"①，这是可以接受的，但它忽略了一个重要问题，就是"新历史小说"的意识形态特征。

一个有目共睹的事实是，近期的历史题材创作中，以家族史、村史结撰故事的特别多。如《白鹿原》《苍河白日梦》《旧址》《敌人》《呼喊与细雨》《活着》《故乡天下黄花》以及苏童的"枫杨树乡村"系列和叶兆言的"夜泊秦淮"系列等。在我看来，这恰恰是新的文学历史话语转折的标志，是出于文学重构历史的内在需要。"十七年"文学对"工农兵"的一再强调，"主旋律""写重大题材"的反复强化等都在提醒一个事实：题材的意识形态性。这当然不难理解，"社会主义社会形态尤其需要文学作为建设性的功利性的意识形态力量而存在"。但是在今天，当我们以远为复杂的文化背景反观"十七年"小说时，必须承认，它对历史的表现很难说是客观和真实的，它同样对历史进行了"当代性的抽取与改造"。首先，从言说主体看，处于政治意识形态旋涡中心的工农兵得到夸张的表现，远离政治意识形态中心的边缘人生被无情地疏离，甚至是隔绝。其次，从生活层面上看，社会生活的政治意识形态内容，阶级斗争、路线斗争、思想斗争等被不适当地抽取出来得到强化，而民间性的生活内容，宗法的、习俗的、宗教的、心灵的内容被遗漏了。

但作为反拨和重构历史的需要，"新历史小说"的言说主体却选择了地主、资产者、商人、妓女、小妾、黑帮首领、土匪等非"工农兵"的边缘人，

中国当代文学史资料丛书

其身份一反传统话语中的政治色彩，而带有十足的民间性；而构成他们活动主体的则是吃喝拉撒、婚丧嫁娶、朋友反目、母女相仇、家庭的兴衰、邻里的亲和背忤等生活的日常性、世俗性甚至是卑琐性的一面。

题材的转换显然带动了主题和意识形态的转换，因为主题的获得就是作家通过叙述手段对蕴藏于题材中的客观景象的显示和对潜在的价值意象的发现。随着家族史替代阶级斗争及其极端形式——战争史成为文学历史话语关注的焦点，"新历史小说"从原来的以政治性和道德伦理性为主导内涵的意识形态主题向着消解二元对立深度模式和因果式的逻辑思维框架，淡化政治意识和道德伦理意识的多元、边缘、弱势的意识形态转换、过渡。有些人指称的"非意识形态写作"正是"新历史小说"创作试图消解个人向集团意识无条件认同所造成的文学主题政治化、本质化、逻辑化、科学化而向多元混沌状态的生活主题还原的现象。事实上，不是"非意识形态化"，而是由单一的政治意识形态向多元意识形态并置转换、过渡，由宏观、显性的政治学向微观潜性的文化学转换、过渡。纵观近几年的"新历史小说"创作，我觉得有三种意识形态取向构成了目前文学历史话语意识形态的主要趋势。

第一，一类小说表现出通过反顾，重构历史，重新衡估传统文化，再造历史与文化权威心象的价值趋势。这些作品潜在的价值立场既不是人文主义也不是共产主义，而是带有文化上的民族主义、守成主义和历史本真论意味的意识形态取向。当然，这种意识形态取向不是向传统文化无保留、不加区分的回归、退居与认同，但从传统文化中寻求合理性，寻求暖意与庇护，寻求安身立命之本的价值指向性是非常明显的。我们都明了，在"五四"新文化背景上形成的"现代性"话语中，家庭的潜在文化语义就是封建、保守的营垒，是腐朽、堕落、衍生罪恶的渊薮，是民主性与个性主义的否定力量。这在巴金的"激流三部曲"、张爱玲的《金锁记》、路翎的《财主的儿女们》等一大批作品中表现得很明显。但李準的《黄河东流去》对以家族与乡土为内核的文化传统进行了不同以往的逆向性思考。在一种特殊的背景上，他看到了家族乡土观念顽强的生命力和强大的凝聚力。"寻根小说"的代表作品《小鲍庄》《棋王》针对儒家文化的"仁义"和道家文化的精神放达的语义至少也是双关的：有保留的批判与肯定同时并存。最有代表性的还数《白鹿原》。作品中的关中大儒朱先生与主人公白嘉轩共同实践着儒家文化"修身、齐家、治国、平天下"的基本信条，这恐怕就是作者重铸"白鹿精魂"的基本内涵。面对军阀混战、党派之争造成的相互倾轧相互残杀，朱先生和白嘉轩把白鹿原比作"鏊子"的慨叹和在各自舞台上进行的知其不可而为之的抗争与实践，可以看出超越阶级和政治集团利益的一种朴素的民本主义倾向和类似于宗教皈依般虔诚地对一种圣人文化人格的倚重和倾心。

第二，另一类重构历史的作品并不局限于文化层面或一种精神人格的拆解和建树，而是具有明显的政治意识，但它观察历史的视角明显不同于"正史"中以阶级斗争贯穿始终的常规思路，而是在表面的阶级斗争层面上渗透了家族／血缘这一新的认知角度。在这些作家看来，轰轰烈烈的阶级矛盾与阶级斗争的背后，有一个强大的以家族为单位的血缘网络掣肘着历史运作。由于家族／血缘视角的嵌入，既成的政治意识形态结论：一些阶级胜利了，一些阶级消灭了，这就是历史，这就是几千年的文明史——这种历史进步论受到了历史循环论和宿命观的挑战。这一挑战来自《古船》《旧址》《故乡天下黄花》等一批小说，在《古船》中，隋、赵、李三大家族在洼狸镇的权力争斗中，以阶级斗争形式展开的政治运动异化为家族对抗和不是你死就是我活的宗族血缘的浮沉。在《故乡天下黄花》中以家族为核心展开的权力之争既充满血腥的悲剧意味，又像一场历史的嬉戏充满喜剧气氛。当严肃的历史变成了一场家族间争来抢去的权力游戏时，历史的严肃性、正义性和进步意义被消解，历史循环的意味被凸现出来。

第三，在先锋作家笔下，历史话语同样渗透了作家独特的生命体验和生存憬悟，是他们现实性话语的拓展与延伸。"历史"，为他们提供了更广阔的空间，从而也提供了更充分的理由来验证人与人之间的关系是隔膜的，无法沟通的，生命是脆弱的等存在主义的绝望感和悲观意识。《在细雨中呼喊》通过对亲情、爱情、友情关系的描写，祛除了传统话语蒙在这些文学母题上的浪漫主义与理想主义的意识形态圣光，让我们看到亲情的虚伪、爱情的庸俗浅薄和友情的脆弱，存在主义的孤独与绝望如一片悲凉之雾四处弥漫。

在苏童的《罂粟之家》《一九三四年的逃亡》《米》等作品中，阶级冲突与阶级矛盾也被赋予浓重的血缘色彩，使历史变革脱去了理性主义的进步意味，而带有血亲复仇的历史伦理化、生存化意向，使这些家庭故事充满了朽败的末世意义和沉重的宿命感。地主与农民的阶级关系是复杂的政治、经济关系，但在《罂粟之家》中被抽象为地主刘老侠与农民陈茂之间的"不是你是狗，就是我是狗"这种扭曲的伦理与生存关系，阶级关系最后归结为对人身的占有。刘老侠雄心勃勃，不择手段地聚敛财富，但在性力与血缘上无可挽回的颓败了，必须求助于农民陈茂。陈茂有着旺盛的性欲和盲目的破坏力，他对地主女儿刘素子的占有意味着把地主阶级赖以遮羞的唯一的精致的文化存在也击打得粉碎。

这些表达了存在主义意识形态的作品其文学编码的方法具有现象学的某些特征，把人外在的社会关系、具体的历史氛围等悬置起来，而突出地强化赤裸的自然意味的人的存在状态与存在关系，使这些家族故事具有突出的象喻性。

"新历史小说"之"新"不仅在于开辟了"家族史"或"近代史"这样的题材领域，更重要的在于它要传达的意识形态倾向。这二者注定了"新历史小说"会用自己的理由特别关注"人"的一些侧面而遮蔽人的另一些侧面，又为"新历史小说"的文本变化寻找到理由。文本的变化如此之大，从形象主体到语言风格，丰富的内容足以写成另一篇论文。

**注释：**

① 《关于"新历史小说"》，《文汇报》1992年9月2日。
② 许子东：《新时期的三种文学》，载《文学评论》1987年第2期。

原载《当代文坛》1995年第6期

# 新历史小说：从突围到迷遁

舒　也

新历史小说在中国当代文坛的登临已成为不可忽略的事实。关于如何界定新历史小说，目前主要有两种观点：一种观点将新时期以来的历史小说都称为新历史小说，包括《曾国藩》等作品①；另一种观点则将新时期以来持不同于正统历史小说之历史观、以新历史主义方法来描述历史的小说称为新历史小说。本文持后一种界定。历史小说作为一种以历史为叙述对象的话语样式，它所展示的历史图景既与本然的历史密切相关，同时它又体现特定文化情境下人们对历史的理解。当我们从历史本体与历史观的两相激荡中来考察新历史小说，便会发现新历史小说呈现于当代文坛的话语意义及其根本迷误。

## 凝定：社会政治历史图景

中国近现代史作为一种不可变更的背景性存在，它为建国后的历史小说提供了这样一种历史语境：社会政治变革在历史进步的必然要求下从历史的总体图景中凸显出来，进而成为新中国建立之后普遍性的社会话语。这样，当我们将目光投向建国后的历史小说，便会发现这儿几乎是一片红色的海洋：这里有直接反映战争的《保卫延安》（杜鹏程）、《红日》（吴强）、《林海雪原》（曲波）和《红旗谱》（梁斌），也有描写知识分了革命化历程的《青春之歌》（杨沫）和《红岩》（罗广斌、杨益言），另外还有具有一定世俗化倾向的革命斗争历史小说《三家巷》（欧阳山）。这里"革命"无可推托地进行着它对历史的诠解，"革命化"的文本几乎成了建国后十七年历史小说的整体图景。毋庸置疑，这一"革命化"的话语形态反映了革命战争年代的历史真实，既是人们对革命斗争历史的自然回顾，也体现着人们在社会进步意义上对革命的深刻的体认。

但是，随着以政治目的论为核心的意识形态体系的逐步确立，小说中的话语世界正日益凝化为单一的社会政治历史图景，从而使建国后正统历史小说表现出两个方面的特征。第一个特征是政治本位性。在原有的政治意识形态体系中，社会政治变革在历史小说中受到了异乎寻常的重视，社会历史全部的丰富性往往被抽象为一种社会变革的形式出现于历史小说之中。这一政治本位特征使历史小说的题材往往局限于革命斗争历史题材之中，而反映社会现实的作品多关注阶级革命意义上的社会变革，"工农兵题材""重大题材"被一再强调，而邵荃麟的"中间人物论"一出现就遭到了来自意识形态领域的批判，"题材决定论"的出现也并非某单个人的意志而是有其现实的意识形态内在深因的。正是缘于原意识形态体系的政治本位特征，一度出现的《广陵散》（陈翔鹤）、《杜子美还家》（黄秋耘）等反映古代文人形象的历史小说立即遭到了批判，即使是反映农民革命领袖的《李自成》（姚雪垠）在1963年出版后也并未引起重视，当时受到重视的只是《艳阳天》（浩然）、《风雷》（陈登科）等作品，这些与原意识形态体系的政治本位性显然不无联系。

在原有的意识形态体系下，正统历史小说的另一个基本特征则是以变革进步为精神内核的目的论价值观。在这一目的论体系中，它要求历史小说反映历史进步意义上的社会历史诸因素。这里反映历史进步的价值要求和反映历史本体的真实原则被强制地结合在一起，作为这一强制性结合的结果，"写真实"最终被要求为"写本质真实"，而"本质真实"则是体现社会发展的"社会光明面"，这样，"写真实"完全蜕化为一种简单的操作：对新社会的全面讴歌。应当说，价值要求无疑是第一位的，但价值又必须植根于历史之真的基础之上。如果价值要求无视历史本体的真实，这将不可避免地导致对历史的"遮蔽"——正如我们所看到的，"暴露文学"是不受欢迎的，"主旋律"之外的"小插曲"也是不被提倡的。而在江青出面主持的部队文艺工作座谈会上，对历史本体的"遮蔽"在反对"文艺黑线专政"的名义下获得了堂而皇之的理由，"写真实论""现实主义深化论"等要求体现历史本体真实的观点赫然被列入"文艺黑线"代表性论点"黑八论"之中。在原有的政治目的论意识形态体系中，个体往往被扭结为庞大的政治机器上的一个零件，个人的价值要求也往往为外在的政治目的所掩盖。这样，在正统的历史小说中，个人性因素往往是被忽略的。作为个人性话语的爱情主题虽未被明令禁止，但它总是被绑在革命主题的边上，"革命+爱情"差不多成了固有的模式，而且正如杨沫《青春之歌》所遭遇的那样，作为个人性话语的爱情主题被视为"小资产阶级情调"受到了来自读者的批评，也许唯有像《刑场上的婚礼》那样的革命化爱情才是真正允许的。个人性非革命话语在正统历史小说中是不受鼓励的。应当说，在政治目的论意识形态体系中，正统历史小说正确地抓住了社会历史变动中最为核心的一面。但同时它又遭到了来自政治本位观和目的论价值观的双重挤压，使得有着现实的丰富性的历史在历史小说文本中凝化为单一的社会政治图景，被进行了"当代性的抽取与改造"。在这一意义上，"革命样板"一词不单可以用来描述现代京剧，它差不多成了包括历史小说在内的中国现当代文学所遭受挤压的标识。

曾经有人尝试用"唯物史观"来概括建国后正统历史小说所秉持的历史观。但是，在"实践标准"确立之前，原有的意识形态体系是在一定的"左"倾路线支配下的政治目的论意识形态体系，它是远离"实践标准"的，因而也是远离"唯物史观"的。应当承认，在以变革进步为精神内核的政治目的论意识形态体系中，正统历史小说正确地捕捉到了历史变革进步这一最具核心和价值意义的本质特征。但这种"捕捉"是以牺牲历史总体的丰富性为代价的，因此它不可避免地形成了对历史本体的某些"遮蔽"。由于客观的历史原因，历史小说的话语世界被挤压凝化成了单一的社会政治图景，当作为历史主体的人的"全面发展"成为历史前进的必然要求的时候，突破旧的政治目的论意识形态体系成了时代的必然召唤。

## 突围：意义的多元重构

随着政治意识形态领域的变动和"实践标准"的确立，作为现实实践的历史本体开始脱离外在理论的束缚而确立了自身的本体地位，这为新历史小说的突围提供了直接的契机。

正如历史本身所证明，政治意识形态领域的变动及十一届三中全会的召开首先是以其政治进步意义进入人们的生活世界的，因此，最初的新时期历史小说在精神内核上并未与以前的历史小说存在太多的区别，它继续秉持着变革、进步、爱国等历史价值观，甚至差不多可以视为前历史小说的延续——新时期十年的历史小说主要集中于描写农民起义和抗洋抗暴斗争：这儿有写唐末农民起义的《风萧萧》（蒋和森）、《九月菊》（杨书案），写宋金辽斗争的《金瓯缺》（徐兴业），写太平天国兴衰的《天国恨》《大渡魂》（顾汶光、顾朴光），写清末农民战争的《义和拳》《神灯》（冯骥才）、《庚子风云》（鲍昌）等，另外还有《醉卧长安》（马昭）、《戊戌喋血记》（任光椿）、《曹雪芹》（端木蕻良）等写古代知识分子升沉遭际的作品，以及这几年出现的《康熙大帝》第一部（凌力）、《九王夺嫡》（二月河）、《曾国藩》（唐浩明）等作品。新时期十年的历史小说，在历史观、价值观上并没有太大的差别，它们除了在个别地方有所深入外，大多在历史进步的意义上尽可能地表现历史真实。应当说，这一类作品代表历史小说的主流。

在此类历史小说中，应该提一下的是黎汝清的《皖南事变》。在这部作品中，作者将目光投向历史上较为错综复杂的“皖南事变”，展示了作为新四军领导人物之一的项英这一悲剧性人物，既写了他家长制的恶劣作风、嫉贤妒能、信用奸佞，又写了他艰苦朴素、平易近人的个人作风等，如此写一个新四军的领导人物，这在历史小说中是不乏突破意义的。在新近出版的唐浩明的《曾国藩》中，我们也同样地看到了历史小说中人物的复杂性。应当说，这一类小说尽管在精神内核上与正统历史小说一脉相承，但在对人的理解上，是颇为不同的。

新历史小说则比前一类历史小说走得更远，它在历史观、价值观上与正统历史小说大异其旨，使历史小说从政治目的论意义结构走向了多元意义结构，具体表现为以下三个方面：

一、它大胆突入政治目的论历史观形成的某些“遮蔽”，将笔触楔入了“正史”之外的“野史”题材之中。陈思和将历史小说的这一题材旨趣概括为“大致是包括了民国时期的非党史题材”②。乔良的《灵旗》也许是最早意识到并大胆撕开权威意识形态话语这一“遮蔽”的第一部作品。湘江之战在权威意识形态中绝对是令人保持缄默的话题，在早期革命历史题材中被视为无比神圣的革命、战争在这儿却面临着充满悲观色彩的人文反思。而另一些新历史小说作品则频频涉入革命战争中解放区的肃反运动，对肃反现象表示了相当的关注。应当说，这种题材上的"解蔽"不仅只是对作为信史的"正史"的突破，在某种意义上它体现了更加真切地接近历史本体的要求。

随着对原有的意识形态体系的超越，旧的价值观正遭受着新历史小说的冲击。在政治目的论意识形态体系中，个人往往被视为庞大的政治机器上的"齿轮和螺丝钉"，个体的价值也往往被要求无条件地服从外在的整体目的。在新历史小说中，作为现实的历史主体的个体重新恢复了它自身的本体地位。

个人的价值不再依附于外在的功能而回复为个体自身，个人的生命价值被提升到历史的面前重新加以审视。乔良《灵旗》的出现并非仅仅意味着接近历史真实，而是有其价值观意义的。战争在惨烈的湘江战役中不再是为了陈述某种胜利或失败的功利价值，而是为了让人们更加深入地思索个体生命。在李晓的《相会在K市》等作品中，我们亦不难找到对个体生命的思索。

二、与正统历史小说鲜明的政治意识形态特征不同，新历史小说表现出了一种民间意识形态化的特点。新历史小说仰承寻根文学摒弃政治而转顾民间的抉择，表现出了素朴的民间文化色彩。自莫言的"红高粱"系列开始，李锐的《旧址》、余华的《呼喊与细雨》、刘震云的《故乡天下黄花》等作品纷纷表示了对民间的兴趣。作家们普遍以家族史、村史等来支撑起整部作品的故事框架，出现于历史舞台上的人物不再是人们曾经很熟悉的"李向阳"们，而是地主、土匪、小妾等非"工农兵"形象。日常生活中的吃喝拉撒睡、婚丧嫁娶、邻里亲仇、家族争势等世俗生活画面开始代替政治事件被推置到了历史的前台，正统历史小说中的政治色彩被一再淡化，历史表现为世俗化、日常生活化、零碎化了的历史。

与新历史小说民间生活化的旨趣相联系，新历史小说作家们一反正统历史小说的政治功利化解释，而是以民间的意识形态作为价值评判的坐标，试图以民间的、世俗的、宗法的价值取向来归结题旨。在刘震云的《故乡天下黄花》中，八路军一次草率的伏击及其后中央军、土匪的搅浑水，引起了日本兵的血洗报复，面对遭受劫难的村子，村长跺着肚口高声叫骂着："老日本、李小武、张屎根、路小秃，我都×你活妈！"这里李小武、孙屎根、路小秃及其各自所代表的中央军、八路军、土匪等在村长眼中都与老日本一样，是使村子蒙受劫难的灾星，在"×你活妈"这一颇具民间色彩的话语面前，对抗日革命的正统政治意识形态评判显得与人们毫不相关，替代它的是朴素的民间价值观：

对战争的厌恶和对生存、安定等现实存在最基本的需求。

三、随着新历史小说对民间文化的旨趣，传统文化精神亦开始引起作家们的关注。从"五四新文化运动"到建国后的"文革"，传统文化一直是受批判的对象。随着世界范围内文化意识的兴起和儒家文化在西方引起广泛重视，传统文化开始进入人们的视野。在王安忆的《小鲍庄》和阿城的《棋王》中，儒家文化的"仁义"和道家文化的放达开始受到新的审视。而在新历史小说中，传统文化精神开始潜入小说的话语世界进而成为支撑小说的精神内核。在这方面具有代表性的是陈忠实的《白鹿原》。在小说中，我们既可以从主人公白嘉轩奉持的"修身、齐家、治国、平天下"的基本信条及其仁义兴邦的实践中看到传统的儒家人格，也可以从鹿子霖对白家的挟私报复中看到小农式的狭隘，更可以从关中大儒朱先生身上读到传统知识分子对现实功利的超脱和朴素的民本思想。对历史的阐释开始超越政治化读解而被赋予了更为深广的内涵，传统文化精神不再是简单的受批判的对象，相反，它越来越多地为新历史小说作家所倚重。

新历史小说突破了正统历史小说对历史的社会政治化解释，从而使新历史小说的价值抉择指向多元意义。一方面，它力图突破政治目的论"正史"所形成的遮蔽以求更进一步接近历史真实；另一方面，它以有着现实的丰富性的"文化图景"取代了正统历史小说的"社会政治图景"，从而表现出对世俗、民间、宗法、习俗等的旨趣。随着对政治本位历史图景的超越，新历史小说突破旧有的政治目的论价值观，在个体生命、民间生活、传统文化等方面表现出了多元的价值关怀。

## 迷遁：走向虚无主义

新历史小说是以其反传统的姿态实现其突围的，这有其现实的历史意义，但新历史小说在泼倒脏水的同时执意"连婴儿也一同泼掉"，以至于在反传统的路上越走越远。一方面，新历史小说突破了正统历史小说的政治目的论意识形态体系；另一方面，它又同时抛弃了正统历史小说历史观中的合理内核——社会进步价值观，最终遁入了价值虚无主义的虚空。

新历史小说的虚无倾向缘起于政治目的论意识形态话语的畸形反弹。在原有的意识形态体系下，正统的历史小说不可避免地对历史进行了"当代性的抽取和改造"，这使新历史小说作家们开始怀疑作为"信史"的"正史"阐释，进而走向了历史阐释的相对论。在他们看来，历史是非当下的、先文本的存在，任何对历史的解释都不可能穷尽历史本身，而只能是在特定先在视野下对历史的"抽取和改造"。正是出于对历史阐释的这一理解，克罗齐"一切历史都是当代史"③的观点受到了新历史小说作家异乎寻常的顶礼膜拜。这种对"阐释"本身的怀疑使新历史小说作家们采取了一种相对主义的态度：既然任何阐释都只能是对历史的"歪曲"，就应该允许作家以任意的方式来阐释历史。（作家们这一历史阐释的相对主义后来被人们称为新历史主义。）新历史小说不满于正统历史小说的政治目的论解释，却又重新陷入了历史阐释的相对论。正如陈晓明所指出的，新历史小说作家们"企图改写历史，把历史引入一个疑难重重或似是而非的领域"④。历史不再是外在的、独立的存在而被当成了可以任其处置的材料，成了作家们借"历史"之酒杯浇胸中之块垒的不确定的"他者"。

这样，在新历史小说中，历史的真实性正遭受着某种先在的历史虚无论的肢解，历史变成了"在某种寓言话语支配下的故事"。历史本身所具有的时间和空间上的广延性似乎为价值的探求提供了充分的可能，但在新历史小说中历史的时空却沦为了某种先在的虚无论的抽象演示。历史的无限广延繁复被凝缩为一种简单的非历史化终极追问，某种先在的虚无论被当作追问的结果移置于新历史小说的文本之中，这一先在的价值观念被强制地还原为某种所谓的"真实本相"，以至于所有人的生存最后只是为了印证这样一种先在体验："从虚无来，向虚无去——这就是历史。"⑤

历史相对主义是新历史小说历史虚无论的表现之一。新历史小说作家们企图以相对主义来演绎其先在虚无观，用相对主义来消解历史本体的确定性。偶然性因素在新历史小说文本中被无限放大并被赋予本质的意义，必然性遭到了这些作家无情的嘲讽乃至最后放逐了历史规律本身。历史的确定性正在无限消失，以至于所谓的"新历史"最后成了某种历史相对主义的机械表述。李晓的《相会在K市》表现了对历史偶然性因素的兴趣。小说主人公刘东是一名投身敌后抗日武装的青年大学生，但由于被误认为是上海敌特派来的奸细而被革命队伍"处决"了。小说对个体生命的关注是不容否认的，但千百万青年投身革命参加抗日的历史事实作者似乎有意不予理会，却将历史的偶然性因素（误会）进行了极度放大，它从历史的底部浮上来使通常意义上的"抗日""革命"充满了令人困惑的迷雾。在先锋作家们的新历史主义文本中，历史完全成了不确定的历史，充满了虚无的荒诞感，偶然性因素被无限放大，最后淹没了历史本身。

与相对主义夸大偶然性因素正好相反，作家们对文化的偏嗜则走向了宿命——一种生命中无可遁逃的必然。历史作为人的历史本身潜含了丰富的文化意义，这既为作家们的文化搜寻提供了可能，同时它又成为某种吞没历史本体的机缘。作家们在表现永恒不变的文化审美价值和纷繁变动的历史这一点上陷入了两难，而作家们对文化审美意义的偏嗜往往忽略甚而掩盖纷繁变动的历史本身。这里文化开始成为目的，而人则成了手段。对文化的偏嗜往往使作家将历史抽象为某一恒定的文化实体，而面对历史现实的发展，作家们只能简单地归结为历史循环论，遁入神秘和宿命便成了新历史小说追求恒定文化之质的必然。在张炜的《古船》中，洼狸镇隋、赵、李三大家族权力争斗的升沉起伏使历史充满了循环论的迷雾；在刘震云的《故乡天下黄花》中，严肃的历史完全成了充满喜剧色彩的家族间争来抢去的历史嬉戏；而在陈忠实的《白鹿原》中，我们亦不难读到那种宿命般的悲观色彩。在新历史小说文本中，历史的进步意义在循环论的迷雾中一再受到消解，最终遁入了宿命般的虚无。

新历史小说将历史寓言化的方法，其非历史倾向是显而易见的。正如马克思所指出的："人的本质并不是单个人所固有的抽象物，在其现实性上，它是一切社会关系的总和。"[⑥]这样，对人的考察不应诉诸抽象的寓言化图解，而必须通过历史的真实来加以解释。在新历史小说作家中，历史成了可以任意揉搓的面团，他们完全将历史变成了寓言化的故事，用以解释他们先在的虚无论——历史相对论和宿命观。新历史小说试图避开历史本体来寻找人类，试图通过一种任意的主观的解释来寻求人类价值，这未免使新历史小说的努力成了自欺欺人的把戏。

新历史小说在某种新历史主义理论的支撑下正日益炫人眼目。在新历史主义者们看来，任何阐释都是人们的主观理解，人们所理解的历史也就成了主观的历史而非历史本身，这样新历史小说作家们也就找到了十分充足的理由来重构历史。尽管新历史小说对于突破旧有的政治工具主义意识形态话语有着积极的意义，但是人们不得不怀疑：历史规律本身所具有的确定性遭到消解，历史事实受到任意肢解之后，新历史小说究竟还能走多远？

## 余　论

新历史小说的出现既和原意识形态话语的畸形反弹有关，同时它又与现代西方非理性主义、相对论、文化保守主义、现代阐释学等思潮有着某种渊源。新历史小说的出现突破了正统历史小说对历史作的社会政治化解释，从而使历史复归为有着现实的丰富性的总体的历史，这对于我们更加接近历史本体有着重要意义。同时新历史小说对历史所持的相对主义态度，最终使自身离历史本体越来越远，乃至遁入了价值虚无主义。如何通过小说的本体话语来重建人文价值，这正是新历史小说所面临的课题。

**注释：**

①参见李阳春《新时期历史小说的走向》，载《衡阳师专学报（社科版）》1996年第2期。

②参见陈思和《关于"新历史小说"》，载《文汇报》1992年9月2日版。

③克罗齐：《历史学的理论和实际》，商务印书馆1982年版，第2页。

④陈晓明：《反抗危机：论"新写实"》，载《文学评论》1993年第2期。

⑤［美］霍夫曼：《美国文学史》，中国文联出版公司1984年版，第234页。

⑥《马克思恩格斯全集》第3卷，人民出版社1960年12月版，第7页。

原载《文艺研究》1997年第6期

# 历史之钟的当代回声

—— 九十年代的新历史小说

马相武

中国90年代的历史小说，有着相当庞杂的风貌，因为在80年代后期，多种文学潮流开始发生转向汇集。其中，新写实小说、先锋实验小说、寻根小说等的转向，加上后现代主义和新历史主义在中国影响的扩展，对于90年代的新历史小说的形成和演变，起着尤为重要的作用。

历史小说同历史故事，在今天的文化系统中，拥有同样的讲述方法。因为文学与历史、文本与语境的区别趋于消失。历史小说的作家和作品，已经很难维持过去曾经具有的那种与社会或文学背景相对的自足独立的统一性。也就是说，历史小说作为一种整个文化系统的共时性的文本，取代原先自足独立的文学史的那种历时性的文本。今天最明显的事情是：历史正在处于不断地被改写的过程中。似乎一切文本，包括文字的文本和广义的社会大文本，都具有特定的文化性和社会性。这种文化性和社会性，由于共时的当代性，而成为现代寓言的内涵。现代寓言的讲述方式和形式因素，作为文化系统的组成，也包含着特定的文化意蕴和社会意识。今天最不明显的事情是：历史曾经处于不断地被改写的过程中，传统的历史主义并非等于对历史事件完整的、全面的、固定的、永恒的记录。实际上，历史同我们的观念和世界一样，处于开放之中。历史必然如同现实，不断被重写。事件在历史中发生，现实与时间不可分离。西方学者指出：产生于现代想象的所谓历史主义，也一直在变化和更新。90年代的一批较为年轻的作家，所持历史观念似乎更进了一步。他们相信：历史无法企及，除非借助文本。但也相信：从根本上讲，历史是非文本性的。也就是说，历史是非叙述的、非再现的。他们相信自己只能接触到具体的、文本化了的历史。虽然，他们一般相信真正的历史是有过的。但是，由于其不可企及，他们往往更加相信那部能够企及的历史，更加重视那个企及历史的文本，当然，他们还是承认在历史上确实发生过客观的事件。他们在用"历史"来指代他们心目中所想的那真正发生于过去的事情。

邱华栋在《太阳帝国》中，仿照一个西班牙水手在1521年遭遇沉船海难后，目睹中美洲帝国的"残酷、行为和激情"所作的记载。作者像一位人类学家一样，把鲜血同太阳和万物的依存关系作了文学文本的演绎。他似乎实证地用历史记载表达这样一种信念：战争不仅仅是一种政治工具，它首先是一种宗教仪典，一种圣战。活人祭神和吃食人肉的行为是爱本能和侵犯本能的表达。吃掉牺牲品是为了培植繁衍的信心，获得战俘的勇气。杀人的目的之一是施行残酷教育。战争的目的之一是控制人口。"一切都是为了太阳"的太阳帝国，最终还是为更强大的印第安人所灭亡。这篇历史小说，实际上有人类学和宗教学的寓意在内。作者多少是在按照某种理念"制造"战争和国家及其根源。但这确是关于历史上的战争或国家的一个文本。

写小说的他们，显然受到所谓新历史主义的影响。实际上，80年代末开始的新历史小说之外，历史小说中的历史，都多少带有"新"的痕迹。至于新历史小说，那更是自觉地吸收、借鉴和演绎新历史主义的某种思想、观点和写法。我们读到的许多历史小说，都是极为日常化和民间化的。作者往往有意把新历史主义者的理论主张，同自己对于历史的体验，以及中国历史的经验教训，结合起来，写进小说。他们也会把过去所谓的单数大写的历史（History）改造和化解成众多复数的小写的历史（histories）；把那个从根本上非叙述、非再现的历史（history），拆解成一个个由叙述人讲述的故事（his-stories）：东西的《祖先》里有若干个水田换女人的故事，鬼子在《叙述传说》中描述了黄石与药妹的野合，也展开了"那个在历史中一直滴血的事件"。苏童让孔太太赌气，逼走孔先生，驱赶儿女寻找丈夫，最后验证梦境，孔先生早已在吃闭门羹的当夜遇劫丧命，活人变成尸体进了自家花垒。孔家之事，活像天方夜谭，一切神工鬼斧。而这篇《园艺》，主旨并非青年男女反封建。令丰的出走，主要还是一己本能。演剧再不高尚，比起沉闷而又歇斯底里的孔家生活，还是要有生气得多。对于那种缺少革命冲动又无法自立的少爷小姐的本能，这已足以形成引力。

"历史"并不完全等于"关于过去的事情"。"过去性"并不一定是历史的属性，或不是历史的全部属性。按照新历史主义，"历史"是"被写下来的""供人阅读的"历史话语。正因此，"历史"的文本特性与其他的文字不再具有根本性区别。那种把历史话语描述为阐释，把历史阐释描述为叙述化的立场和观点，在相当多的比较年轻的作家中，是很有影响的。对于他们来说，历史由于不可再现，而主要体现为历史学家或历史小说家对于过去描述的方式。历史主要是由一套文本及释读这些文本的策略组成。我们也可以把现在的许多历史小说，当作历史文本。它们呈现为叙述话语的形式，其中包括一定数量的素材，和对这些素材厘定的理论概念。同时还必须具备表现它们的叙述结构，也就是通过语言把一系列的历史事实贯穿起来。从而形成与叙述的历史事实相对应的一个文字符号结构，叙述结构的作用则是让这些历史事实看上去像自然有序地发生在过去。因此，文学文本与历史文本，文学话语与历史话语一样，情节设置、叙述程式、形式观念和意识形态取向，从本质上，是一致的，都属于历史话语运作策略。

舒文锋的《秩序》里，以唐朝贞观年间灭高昌国，时间淹埋神奇的地下迷宫作为引子。父亲钟和进入迷宫。儿子钟献在不可抗拒的力量牵引下开始寻找父亲以及迷宫。在多年寻找中，他又组成了新的家庭。海市蜃楼启示他迷宫所在。父亲终于被找到。然而，由于迷宫没有时间概念，祖孙父子在年龄和外表上，已经难以分别。钟和决心以死来实现脱离迷宫重新回到人群世界的愿望。这个没有时间的迷宫让他永远看不到尽头，他后悔进入它，他感到太孤独，太寂寞，他实在想回家。然而，钟献却也永远地从妻儿的身边消失了。迷宫内外，世界内外，时间有无，对于人来说，似乎意味着根本。生命首先是一种人的自我意识。当失去这种自我意识的时候，生命的长度已经没有意义，哪怕无限。似乎是浪漫传奇的情节，但又有悲剧的开头和结局，意识形态暗示是亡国亡己已经构成悲剧，但是，最大的不幸则是时间迷宫造成的人的失落和家的丧失。小说已经触及存在的命题。而叙述则采用寻找与回归的模式，从代际关系的秩序出发，提出时间秩序打乱所带来的本体性问题。

李大卫的《出手如梦》，以其精致的后现代性引起关注。小说、电影、日记，当代、古代、现实、梦幻，小说中、写小说中，都糅在这篇小说里。破除或打掉一切界限的形式观念，同自由主义的意识形态取向完全一致。而情节设置则选择的是浪漫传奇和反讽的原型。氛围的诡谲瑰奇，反证造成它的技巧和语言是十分出色的。鬼子的《叙述传说》中有一连串的非正常死亡，但是，讲述却是异常地冷静、不动声色，小人物的卑微和苦难，难分难解。生存的麻木和艰辛，同一系列的错误和意外相辅相成。他同东西都有一种将新的历史精神与现实主义的彻底性相结合的能力。《祖先》揭示了中国农村女性生存的苦难，东西有意从民间立场和人类学角度切入。这两篇小说，都是悲剧原型的情节选择。刘恪的《红帆船》有着强烈的浪漫传奇的色彩。作者从文化人类学的角度看待长江和长江怀抱里的人。它以浓郁的楚文化特色成为作者"长江楚风系列中篇"的首篇。作者追求铺张扬厉的语言情态化风格，结构上三三循环的"九章"布局，重感觉重体验的主观化语言，同大量的象征、魔幻、变形、神秘的手法运用，是内在一致的。作者从人与自然、人与人、人与自身心理这三种基本关系上切入楚文化历史中的主要人物及环境。气魄宏大，色彩瑰丽斑斓。

在历史文本的表层之下，存在着一个潜在的深层结构。这一结构在本质上是诗性的，依赖于想象的冲动。历史还具有虚构性和阐释性。历史文本具有认识、审美和道德等层面，还有自我解释的理论运作的层面。当然，历史话语在进行自我解释时，所采用的具体策略，是更加隐蔽的层面。以小说来撰写历史，也是首先要为历史表述形成之前在作家头脑中已经存在的诗性史识，赋予故事或小说形式。历史往往作为一种虚构形式出现，而小说努力再现历史真实，因此，历史与小说常常难分难解。历史话语也有叙述程式和情节设置，即使不把历史看作文本，不在文本的层面上讨论历史。当然，承认历史的虚构性和阐释性，并不能让纪实的历史完全等同于虚构的文学。历史毕竟是客观地发生于过去的历史事件，它具有历史的真实性，并且这种真实性先于文本而存在。

荆轲刺秦王，在历史上实有其事。而何大草的《衣冠似雪》因为具有时代高度的虚构和阐释，给我们以更真实的感受。错综复杂的人物关系，气势磅礴而细致具体的情节结构，寒冷苍凉的环境氛围，冷漠恐惧的内心世界，极为独到深刻的人物性格把握（特别是嬴政同荆轲），从人物关系出发确立的主题思想，都使小说不同凡响。在古今无数同类作品中，它依然出类拔萃。关键的、众所周知的最后情节，被作者大胆改动，但我却为之叫好。原因在于作者准确地从人物和主题出发，着眼点高。两种意志，两种恐惧，两种正义，两种力量，两种人格，在悲壮而超脱的较量中体现了历史的必然性。

同90年代的作家写作这些历史小说时的时间相比较，历史小说中故事发生的时间和空间显然具有历史性。在近年的新历史小说之中，既有史前，也有先秦以降迄至近现代；既有本邦，也有异域。从载体看，既有神话传说，也有故事笔记。在叙述的时态上，可以采用过去时，记述时间可安排在过去，例如丁天的《剑如秋莲》；也可在过去发生的事件之中的某个间隔时间之内，例如舒文锋的《秩序》。这些历史小说的题材包括国家大事如荆轲刺秦王，也包括个人私事如黄石老婆难产而死。有历史上的真实人物如秦始皇、唐僧、冯梦龙等，但更多是虚构的人物如令丰、玉环、子和、海江、冬草等。他们的处境或命运，与真实的历史事件或历史时代（氛围）有关。小说中个别人物之间的冲突，有的是属于他们所代表的社会力量之间的斗争，大多却不尽然。《家仇》就是家仇，玉环卧薪尝胆，十年磨剑，对周围须眉一一绝望，最终以一介弱女，慷慨赴死。她替父复仇，要杀的是逆历史潮流而动的安国军头目张天心。但事实上，最终占据上风的国民革命军并没有帮上任何忙。仇杀并无任何阶级斗争或革命性质。这也表明90年代一批历史小说的民间立场。作者一改过去轰轰烈烈的风格，不再刻意追求气势的营造和氛围的渲染，笔调平淡，叙事风格力求冷静自然。没有他惯常有的炮火和阴谋，主人公也不再是他心爱的铁血男儿。女主人公以一介弱女子，承担着造就和寻找男子汉的重担，执着并勇于牺牲，最终还葬送了弟弟。南翔的《前尘》以其语言功力和结构技巧超凡脱俗。民间常人的历史际遇写来十分从容，但却富有民间人文价值和文化意识。它是少有的贴近民国社会日常生活的杰作。汪曾祺的三篇新笔记故事新编，堪称"喜剧"佳构，字里行间，民间立场却是分明。嬉笑怒骂，皆成文章。"笔记"功夫，非比寻常。

在历史小说的发展进程中，曾经有过历史小说与现实主义的互相融合，而且，随着历史题材的一般化，历史小说出现了史诗追求。在历史小说中，存在着历史心理学的问题，即如何真实地描绘过去时代的人物的动机和感情。但这一切，发生了变化。在诸如李冯、丁天等这类青年作家笔下，历史人物的内心生活，实质上与这些作家同时代人的心理活动如出一辙。作为一种时代悖谬（anachronism），可以用以表达滑稽的耐人寻味的效果，也可以将这种手法同历史小说的其他"蜕化"形式并用。这些形式包括所谓"历史传奇"。在90年代出现的这类历史小说中，将过去和现在区别开来的，不是内容的实质，而仅仅是人物的服饰。拟古（archaism）如果成功，意味着化腐朽为神奇。作家要么化用古旧或遗弃的形式，要么运用某种古怪而奇特的手法，以引起读者产生某种类于思古幽情的心理反应。丁天在《剑如秋莲》中自拟冯梦龙，借所谓平冈信诚之口，讲述其先人平冈英治求证武学的故事。未曾料到，一个剑痴蒙骗了一个文痴。原来他是冒名的铸剑师，其目的只是想找到那种被称作秋莲的剑。"他的来信破坏了一个那么美丽的故事"，作者也用结尾颠覆了故事，消解了思古幽情。作者所用语言，富有暗示性。往往这种语言同作者个人的阅历和知识相关联，或是容易直接和间接地引起读者有关历史或过去的想象，这样的语言，有利于构筑有年代感的语境。较为复杂的结构，有利于让读者进入一个已经不能完全重建的过去时代的文化系统。同时，也是意图获得对于现实和当代的某种寓言性。至少，有弹性的、有距离的语言，是有利于读者观照现实和省察自身的。特别是戏拟的运用，更是容易在诸如历史和现实、崇高与日常这样一些相对的范畴之间建立喜剧性的"短路"。

在《另一种声音》里，我们看到神圣和英雄甚至严肃主题被消解殆尽，《西游记》变成了嬉游记或戏游记。现代主义作家在处理历史小说或历史性情节时，曾经喜欢借用古神话来结构其作品或深化其作品意义，现实主义也是比较喜欢采用神话传说以赋予作品史诗性或象征性。但此篇小说反其道而行之。它让现世的具体生活经验进入经典人物或神话人物的生活，并且让这些盖世英雄的能耐同芸芸众生差不了多少，甚至更糟糕。作者写作的随意性很强。传世之作的"深度"的神话被打破。语言被用来捕捉或拼贴神话的表层或外壳。中国读者大约不会接受"这一个"孙悟空，但不会拒绝认同现世的物欲横流对于所有人包括英雄圣人在内的冲击、浸染和影响。在这类作者眼里，孙悟空成为英雄，并不具有必然性和永恒性。因为能指—所指（或指符—意符）的联系是偶然的。语言的外表意义因此消解掉了，成为无法确定的游戏。他让作品的语言产生随意的、移动结合的感觉。所叙述的取经盛事（本来等同于史诗或"流芳百世"）、僧徒施主和思想意念都悬而未决、模棱两可、难以判明。这里有借助于经典因素进行重新虚构的做法。当然还有消解传统故事和经典内容的意图。作者告诉读者："一路上，最大的问题是小腿抽筋和肚子饿。另一个问题是人心不齐"。他们享受桑拿浴、芭蕾舞、"通宵狂欢蒙面大PARTY"，处理离婚复婚性经验图书包销等，猪八戒有七十二房媳妇，子孙无数，孙悟空常常能变过去却变不回来，而且也是嗜睡成癖。小说中有宋元交替，水浒红楼，农民起义，青楼名妓，西游作者，美元兑换，林林总总，不一而足。戏拟的重写，旨在修改传统的价值，并植入当代的"隐喻"。被解释为"隐喻"的作品只有在"被改动的"意义的游戏中才获得含义。结果产生把人或英雄或神从文化中心排挤出去的讽刺性戏拟。作者似乎没有选择地把各种可能性矛盾地展示在作品里，出现叙述的更替。这种更替破坏作品的连贯性，而进一步追求不连贯性，把任意性带进写作。

同那些当年的语言大师不同，有效使用古体语言的后代作家，并不执意要将古老的文化传统的价值重新显现出来。他们往往通过作为后代的自己使用古体语言，来达到对于历史和现实的审视或回避。当然，文化拟古或语言拟古，毕竟能使人们在自己所熟悉的，然而却早已忘却的事物之中体会到一种模糊的愉快。文化拟古一般不会与通常的语言拟古结合在一起，但是，它的效果通过历史小说显示出来。它们描写我们不熟悉的文化，并借以传达一种令人神往的古远情调。这些历史小说中，有理想社会、田园牧歌、乡愁乡恋、英雄壮怀等。

历史主义依然是今天的小说家或批评家宝贵的工具。但是，需要使用得当。历史主义并没有为我们提供衡量作品意义和价值的绝对的和客观的标准。这一点，在受到新历史主义影响的作家那里，似乎感受得更为充分。历史依据与文本的真伪和传递、古语或废弃的语言与题材的来源和借用等问题，同历史和历史主义有关，但从历史和历史主义出发的解决，并没有完全满足现代人的需要。历史主义的优势在于能够合乎历史实际地创造和再现文学作品的历史背景，并从这个背景的角度来理解和评价作品，一般来说，90年代的作家是在特定的社会环境和文化环境中写作历史小说，他们的作品会或多或少地反映环境。尤其是历史观念的变迁，必然影响作家的历史写作。他们认为，由现代人创造和再现的过去某一时期的文化和意识形态，在着眼点上，毕竟是属于现代的。批评家只能把现代文学批评的观点运用于对过去历史的思考上。而且，在研究与我们时代迥异的思想标准和习俗时，传统的简单方法会导致对历史证据的选择和解释，并把曲解历史真相的统一性和不变性强加给某一文学时期，从而造成对这一时期的错误认识。而且不同代人运用这同一方法研究所得的结果并不相同。此外，传统方法容易按照当时的一般水准来衡量和解释独创的天才作家作品，而过去时代的伟大作家并不仅仅属于那个时代的传统。虽然传统方法可以再现那些已随时代一起泯灭了的习俗和传统，但是，90年代的一批历史小说作家一般不否认历史主义能够帮助人们理解和传递那些使人类文明得以继续的观念和价值，并因此而丰富现代人的感受能力。正因此，他们的历史小说在相当大的范围内，并没有为新历史主义所刷新。

原载《南方文坛》1998年第6期

# "新历史小说"的叙事特征及其意识倾向

孙先科

自80年代后期至今，以中国近现代史为主要叙事内容的历史题材小说成为小说创作格局中的一支重要力量。陈思和教授将其中"大致是包括了民国时期的非党史题材"的小说称作"新历史小说"①。但在我看来，"新历史小说"之"新"恐怕主要不在于题材上的"民国时期"和"非党史"这样的限制，而在于作家在新的哲学观念和历史意识支配下，对历史进行重新叙述和再度编码时，所获得的新的文本特征及相应的历史意识。因此，"新历史小说"既包括《旧址》、《活着》、《故乡天下黄花》、叶兆言的"夜泊秦淮"系列等主要发生在民国时期的历史故事，也应该包括如苏童的《我的帝王生涯》《紫檀木球》等古代史题材和陈忠实的《白鹿原》及张炜的《家族》等涉及"党史"题材的作品。

之所以有"新历史小说"的命名，我想主要是它和"十七年"文学中的"革命历史题材"小说相关。很大程度上，"新历史小说"的"再叙事"正是针对"革命历史题材小说"这一"前叙事"而展开的。再叙事既是一种补充，同时又是对前者的颠覆与消解。"革命历史题材小说"作为一种高度政治化的"拟科学"和"拟史"的文本，形成了特定的叙事规范与思想规范②，而"新历史小说"则有意识地消解"革命历史题材小说"的叙事规范，不仅在叙事特征上判然有别，而且其历史意识也逸出了"正史"与"党史"所规范的思想与主题范畴，具有了新的意识倾向。

"新历史小说"第一个明显的特征是对重大题材的更置与替换，家族史替代重大的政治历史事件成为"新历史小说"所青睐、所选择的最主要的题材内容。著名的作品如刘恒的《苍河白日梦》，李锐的《旧址》、格非的《敌人》《边缘》、余华的《在细雨中呼喊》《活着》、刘震云的《故乡天下黄花》，以及苏童的"枫杨树乡村系列"和《妻妾成群》《红粉》、叶兆言的"夜泊秦淮"系列等，张炜的四部长篇小说从《古船》到《九月寓言》再到《柏慧》《家族》也经历了这种题材从"大"到"小"，从"政治性"和公共性到"家族性"、私密性的转变。

这种题材单位的变更并不是一个偶发的表面性的因素，它昭示了一场重要的话语转折的开始，因为题材的分类实际上是一种张扬／抑制、取／舍、保留／排除二元对立的等级监察机制。"写什么"并不像通常所认为的那样对文学是无关宏旨的，事实上，事件的"大"或"小"意味着"谁"（主人公）和"什么"（生活内容，经济类别）将构成作品描写的对象，意味着被描写事件绝对值的大小及意识倾向。除此之外，题材或事件的大小与性质还决定着"如何写"这样的文本组织与结构的本体论问题，因为事件的大小，特别是事件的性质，潜在地制约着文本的组织与结构原则，从而在事件的绝对值以外左右着意义增值的数量及向度。如重大的政治事件所遵从的是"官逼民反""哪里有压迫，哪里就有反抗"这样直接的因果逻辑，这是由于统治阶级／被统治阶级这一政治性的世界与社会结构模式所固有的一种压迫／反抗这一逻辑关系所决定的。但是，由于重大的政治事件被置换为家族性的世俗生活，阶级关系（统治阶级／被统治阶级）被宗法关系、血缘关系与性别关系所取代；而宗法关系、血缘关系和性别关系不像阶级关系那样被直接地表述为压迫／反抗这样简单而明晰的因果关系，不会必然性地得出"一个阶级消灭了，一个阶级胜利了，这就是历史，这就是几千年的文明史"这种乐观的理性主义历史进步论思想。宗法关系、血缘关系与性别关系是复杂的非因果的关系，所以并不一定与"必然性"和决定论思想相联系。"新历史小说"对重大政治性事件的背离，对家族性题材的亲和所包含的潜在的文本价值是对因果关系的更置，是对世界、生活、经验内容的重新结构、重新解释，也是对决定论的思想体系的消解。

张炜的长篇小说《古船》是一部在时间上跨度很大的作品，写了从晚清到改革开放近百年的历史，它的时间长度（历史过程）至少涵盖了《红旗谱》《太阳照在桑干河上》《创业史》《浮躁》所叙事件长度的总和。历史进程也包括了大革命、土改、合作化运动、大跃进、改革之后农村经济政治力量的再组合和重新分配等众多的历史事件。但与上述作品重要的分捩点在于，它没有采用"正史"的笔法，正面转述历史事件的全过程，以阶级关系为中心勾勒出社会变更的宽阔场景，而是以"家族"为中心，置入宗法关系这一新的观察视角与联系纽带。宗族之间的矛盾虽然与阶级矛盾一样尖锐激烈，但其不同在于阶级的划分以生产关系尤其是生产资料的占有关系为依据，阶级矛盾与阶级斗争的结果是生产关系的变更，至少在理论上被表述为"一个阶级消灭了，一个阶级胜利了……"这种因果性的历史进步论思想。但宗法关系以宗族和血缘为基础而较少反映阶级状况，而宗族之间的矛盾与斗争并不反映历史的必然性和正义性，所以它也反映不出压迫／反抗这样一种因果性的历史逻辑，却常常得出"三十年河东，三十年河西"式的循环论而非进步论的历史结论。隋、赵、李三大家族在洼狸镇的权力争夺正是立足于宗族之间的利益，是狗咬狗或非理性、非正义性的你争我夺，使洼狸镇充满血腥，使粉丝大厂易名换姓，使历史的城头霸旗变换，但却没有使历史前进，没有使隋不召所幻想的使洼狸镇这艘大船驶出芦清河、驶入浩浩荡荡的东海，宗族间的斗争只能使"古船"更破败，一天天沉沦，最终失去乘风破浪的能力。

《古船》表面上看来仍然是一部以时间和因果关系结构的长篇小说，但是它通过改变以前那种以阶级关系为主轴，全景式大规模地描写社会生活的题材选择机制，转而以家族为中心，以血缘与宗族关系为主要描写对象，从而改变了文本内在的组织与结构原则。因此，它对因果关系的运用"也似乎成了对因果关系的讽刺性模拟"③。"三十年河东，三十年河西"的循环论结构对传统的斗争与专政哲学及历史进步论思想构成了严峻的挑战。

《古船》还很少被置于"新历史小说"的范畴来评述，但它对"家族"性题材，对宗法与血缘关系的侧重已经明显地改变了"十七年"长篇小说"泥史"和"拟科学文本"的文本结构特征，并直接对后来的"新历史小说"的取材与文本组织结构产生了影响。

刘震云的《故乡天下黄花》所描写的"历史进程"与时代背景和梁斌的《红旗谱》《播火记》与《战寇图》是大致相同的，但由于前者选择了家族性题材，以宗法关系来观察中国农村的社会现实，所以它与以描写农民阶级的成长为己任，选择波澜壮阔的宏大场面，并且以阶级与民族之间的政治搏斗组织、维系的文本模式又有了巨大的差异。《故乡天下黄花》所描写的以家族为核心展开的权力之争虽然也在遵从一定的因果关系，充满了你死我活的血腥意味，但是这种失去正义，不以社会进步为前提的权力之争，成了家族间争来抢去的权力游戏，它对历史唯物主义和历史辩证法所遵守的因果关系是一种尖锐的反讽。所以与《红旗谱》系列小说通过描写阶级与民族大搏杀表现出的严正、肃穆的悲剧气氛不同，《故乡天下黄花》所描写的家族之间血腥的仇杀更像一场历史的嬉戏而充满了喜剧或闹剧色彩。在这一对历史辩证法进行反讽性模拟的新的文本结构中，历史的严肃性、正义性和进步意义被消解，历史循环的意味和非理性色彩被凸现出来。

论及"新历史小说"，这里或许不得不提到叶兆言的"夜泊秦淮"这一组小说，因为它以非常朴实的姿态成功地将"历史小说"的"历史性"置换为家族性的世俗生活和个人的日常性存在；在题材、事件被置换的同时，传统历史题材的文本结构与意识形态主题也被悄悄地改写。

"十七年"中的"革命历史题材"小说特别关注对重大事件的客观把握和注重对英雄人物的叙述。由于历史事件本身的鲜明意识形态色彩和英雄人物的道德理想主义倾向，使叙述本身自然导向鲜明的政治意识、历史关怀和道德乌托邦，即使像现代文学史上的《家》《财主底儿女们》等作品以"家族"为描写对象，也同样对家族力量进行了意识形态编码，形成了文本的基本结构模式与主题模式。叶兆言"夜泊秦淮"系列小说通过对四个市民家庭的日常性描写既躲避了对重大历史事件的追踪泥迹的描绘，也有意避免了对家族作意识形态化的两级性区分（新与旧、传统与现代、封建家长与年轻的叛逆者），因此是有意识地通过文本的重新组织与再度编码达成对传统主题的消解与改造。

我们阅读"夜泊秦淮"中的四部中篇小说，能够依稀看到时代变革和历史事件的影子；或者说，这四部中篇是有意识地镶嵌在中国近现代史的历史框架内：辛亥革命、北伐战争、南京的失陷与抗日战争等分别构成了这四篇小说的时代背景。但是作者显然是更有意识地将它们作为一道幕景推向后台推向远端，而将社会的细胞——家庭推向前台，推到了聚光灯下。在《状元境》的开头部分我们似乎嗅到一些辛亥革命的火药味，感受到些微的紧张气氛，但随后作者的笔锋就转向了对三姐与张二胡家庭纠纷和秦淮两岸车行酒肆、市井泼皮的琐细描写。《追月楼》中对丁老先生和他的大家庭的描写似乎让我们重温了一些现代文学作品如《家》《财主底儿女们》中的故事与场景，但在文本的组织结构和主题意蕴上却更多地看到了张爱玲、苏青与张恨水小说的遗风流韵。

比如在以《家》为代表的文本结构中，旧家庭是封建保守与腐化堕落的象征符码；封建家庭与年轻的叛逆者代表了社会力量与时代精神的两极（新与旧、专制与民主），二者的矛盾冲突成为文本叙事的驱动力，也是文本组织与结构的基本线索。在这一两极结构中暗含着进化论的基本观点，而作品通过新生力量的叛逆（"出走"或"告别"的叙事模式），则传达、肯定了个性主义的反封建与启蒙主题的革命性情结。而叶兆言的《十字铺》看上去非常像对这一文本结构模式和主题模式的有意反讽和全面解构。首先，它所描写的"家庭"背景由以宗法与血缘相联结、四世同堂、长幼主仆有序、等级森严的家庭转换为以妓院为家的无血缘的组合家庭，家长南山先生是个旧式文人、以嫖丑妓为乐，民国以后干脆搬到妓院里居住，他与女儿真珠、学生季云既保持着父女、师生的关系，又像朋友一样往来过从。这一家庭背景显然是对封建家长制家庭的有意改写。南山先生这一家长形象也迥然有别于高老太爷（《家》）这种道貌岸然、封建腐朽的传统形象，性格中有封建文人放荡腐朽的一面，又有不拘小节、自由平等的可爱的一面。从文化释义的角度来说，（十字铺）中的"家族"概念已经逸出了传统文本对其所做的基本设定，即作为封建、保守的堡垒，作为新生力量的对立面与否定物这一象征性语境。

而从这一文本的主体结构来看，同样显示出一种反常规、反传统语境设定的新的文本指向。文中的季云与士新分别代表了结构主义的两极，两个对立项。季云才华横溢，风流潇洒，士新形象枯燥，举止猥琐；季云浪漫率真，敢爱敢恨，充满活力与行动性，而士新唯唯诺诺，讷言少行。因此，无论是从传统的中国文学语境还是从西方的传统文学语境中来看，季云都是一个"主人公"。他的原型，是"风流才子"（中国古典文学的传统意象，现当代文学仍然被习用）或"白马王子"（西方文学中的传统意象）；而士新只是个配角，他的原型是牵马坠镫的仆从马井或端茶侍衣的"红娘"或"小矮人"。按照传统的文本思路，故事发展是"才子佳人"（应该说明的是：中国现当代文学并没有改变这一传统结构意象，只不过将"才子"与"佳人"赋予了不同的时代特征与意识形态色彩，从张贤亮与贾平凹的作品中可以明显地看出这一结构意象）或"白雪公主"式的浪漫化、理想化的结局。但《十字铺》的文本结构显然是反传奇、反浪漫化、反理想化的。

在人生与仕途这条线索上，季云选择了一条理想化和革命性的道路。他接受新思想，从事着启蒙民众和推翻政府的事业，走的是宁折不弯和"有信仰"的理想化的人生道路。但他锋芒毕露、才华横溢，以硬碰硬的姿态却使他的生活每况愈下，以至流离失所，客死他乡。而士新虽然木讷，缺少才华，但他拒虚务实，以等待和耐心见机行事；藏锋守拙，以柔克刚，竟至于平步青云，官运亨通。他的生活道路虽然缺乏浪漫与精彩的插曲，缺乏理想与激情，但却显示出了务实的力量与通达。所以，最后在二者的关系中，士新俨然成了一个赢家，一个救助者，一个主动项。对比故事开始时，他被季云所庇护时的被动、低下的人格地位，这一结局的确给人以出乎预料的惊愕，对传统的审美心理与文化心理是一次强烈挫伤与打击。

在季云、士新和真珠这三个人物关系结构中，真珠是个变项，她的取舍向背决定了爱情向哪个方向倾斜，而且这种取舍本身透露出文本的爱情观与价值取向。真珠是季云的未婚妻，而且应该"顺理成章"地成为他的妻子。这不仅因为士新认识季云之前已经是一个先在的事实，而且就季云和士新的人品、才华相比，季云都应该是爱情上的胜利者。事实上，在他们交往的初期，士新只不过是作为一个陪伴者而存在的，连他自己都不敢有任何非分之想，以为那是"癞蛤蟆想吃天鹅肉"。但爱情的结局是那样的出人意想，士新竟然将真珠这只快煮熟的"天鹅"从季云口中掠为己有，这中间虽然有些偶然的因素在起作用，但真珠最终托身士新绝不是一时冲动，而是经过深思熟虑后的理性选择。在爱情的角逐中，季云又成为失败者，这又是一个反常规理路的结局。

《十字铺》这种反常规、反传统逻辑的文本结构包含着这样的意识倾向：传统的爱情至上的浪漫主义、真理至上的理想主义其力量实际上是脆弱的；一种务实的生存选择和可靠的生活保障比精神性的美貌、才华和思想进步更有力量，更有诱惑力。这种意识倾向与"新写实小说"所表现出的极端世俗性的价值观如出一辙，与传统文学中那样高昂的理想主义和浪漫主义已经构成了意识鲜明的对立与消解。

二

　　"新历史小说"对"十七年"长篇小说进行消解的第二个明显特征是：伴随着叙述视角的变化，文本的组织与结构原则突破了以自然时序构造客观性历史的传统模式，一种以"记忆"为摹本，时序互相穿插颠倒，历史与现实，故事和话语相互纠缠和新的文本组织原则解构了历史自我起源、自我发展的自在性和客观性，历史成为一种叙述的权力，成为"他的故事"（History-his Story）。

　　我们能够注意到，在传统的现实主义作品中，特别以"史诗"自律的长篇小说的创作中，叙事方式上大都以第三人称全知全能的叙事视角来组织构造自己的想象世界。全知全能的第三人称叙事，给人一种事件在某一时段自然发生、发展、结束的纯然的客观性的印象，而且全知全能的叙述人在文化上的"代言人"身份也给人以庄重、神圣、值得信赖的语态感觉。这就是说，全知全能的第三人称是这样一种叙事秩序，具有这样一种结构功能，即通过"他"来呈现的历史具有一种独立自足自我呈现的特征，因此而具有客观性和历史性。罗兰·巴特曾结合文本语言的时态特征谈及第三人称全知全能叙事所具有的虚构秩序的功能。他说："正是由于简单过去时，动词才默契地构成因果关系的一环。它参与一个相互关联并有一定方向的总体活动，起着类似意向代数符号的作用。由于时间性因果性总是不能截然分清，因此，需要一种伸展，即一种叙事的才智。鉴于此，它才成为创造大千世界的理想工具；它是天体起源、神话、历史和小说的人造时间。它虚设一个有结构的、超然的、精致的、只限于一些有意义的线条的世界，而不是一个掷出的、推开的、外现的世界。在简单的过去时的背后，隐匿着一个造世主，这就是上帝或叙述人。"④虽然汉语没有动词时态的语法特征，但全知全能的第三人称叙事通过时间性与因果性的重合，通过所谓"客观呈现"而赋予世界以秩序和客观性的"书写"特征都是一致的；而且，汉语言文学的现实主义叙事通过把"过去时"改变为"现在进行时"，而使历史的历史性转换为一种现实的实在性，通过现在时态的叙事，达到指认"这就是历史本身"的目的，因此，这是一种更为直接的、强有力的意识形态的再创造。

"新历史小说"当然不可能改变文学写作的意识形态特质,而成为"非意识形态写作",但它通过叙事话语的再度编码,通过改变"客观呈现"的面目,通过凸现历史的个人性(记忆性)、偶然性、非逻辑性改变了传统历史文本客观性、因果性、必然性的秩序特征,从而改写传统的意识形态结论。

"新历史小说"在叙事方式上的明显变化就是通过将全知全能的外视角改换为限制性的内视角(第一人称"我"和第三人称替代叙事人),从而使被叙述的事件(历史)打上了个人性、秘密性的印记,变"客观呈现"为"主观呈现"。历史事件内部的关系性质被重新叙述、重新解释,历史事件的意义内涵被翻新或改写。这里也许有必要提及三位具有象征意义的作家:乔良、莫言和李晓。

乔良的《灵旗》也许是"新时期"以来第一部有意识地突破"十七年"以来文学历史话语的"正史"意识的作品。《灵旗》所叙述的内容是红军长征这一重大历史事件中的一部分。而长征作为一个意识形态事件通过建国后各种艺术形式的反复叙述,它的意义已经远远超过了这一事件本身,而且它的形态与"语义"是基本已经被"钦定"了,但《灵旗》通过改变全知全能的作者叙述人,由参加湘江之战的青果老爹(事件中的"那汉子",他是一个逃跑的红军战士,堕落为赌徒、无赖,加上对他参加红军动机的追述,可以看出作者小心翼翼地把他的行为看作是个人性的,从而避免一种尖锐的政治意识形态纠纷)来"回忆"那场战争,从而给这段历史打上了鲜明的主观性和个人性的印记。正是由于这种"个人性"的叙述,湘江之战的性质已经不像"正史"所描述的那样清晰明了了。蒋军、民团甚至普通百姓对红军的残酷杀戮,"那汉子"(具有红军的身份)同样残酷的报复,使那段历史充满了血腥的意味。在这里,历史进步论观念引导下的战争的合理性第一次受到人文主义的诘问与挑战。乔良通过全知全能的叙事人退出文本,而将个人性的第三人称叙述人引入叙述的方式改变了历史叙事的传统模式和结论,将人文主义导入历史领域,在一无缝隙的权威意识形态话语中撕开了一道裂缝,使我们看到作家站在终极的人文价值立场上进行历史叙事的可能性,知识分子的意识形态开始渗入文学历史文本。

莫言的《红高粱》通过"我爷爷""我奶奶"这种独特的第一人称叙事,

将历史置于现实或者说是"当下"的统筹与调配之下，"历史"失去了原来的自我起源、顺时发展和结束的时间与因果逻辑，也失去了历史的庄严色彩。因为"我"的叙述，在历史的民族与阶级关系中间强行楔入了家族与血缘的因素，历史变得具体、琐碎和"性感"起来了，已不像黑格尔的历史哲学所描绘的那样具有强劲的不可辩驳的进步性和庄严的整体意志。

李晓的文学历史话语的言说似乎是在默默无闻中进行的，没有像乔良，更没像莫言那样引起广泛的注目，但《相会在K市》和《叔叔阿姨大舅和我》却将他置于一个非同寻常的地位。在叙事方式上，李晓与乔良和莫言类似，都是通过"我"或第三人称的限制视角对历史事件的反顾、重述来再造历史话语，但他的侧重点显然放在了对历史事件细节的考辨。他的写作让我们意识到有些历史的细节是多么地重要，同时又是多么容易被忽略、被错置、被误解，一些重大历史结论的形成恰恰就建立在这样一些脆弱、微妙的历史细节上面。阅读李晓的历史小说，会让你对诸多历史结论产生强烈的不信任感，而这恐怕恰恰就是他历史叙事的目的之一。

乔良、莫言和李晓的创作可以被看作"新历史小说"的滥觞，80年代末90年代初的大部分"新历史小说"作品都体现出与《灵旗》《红高粱》《叔叔阿姨大舅和我》等相似或相同的叙事特征。如苏童的《一九三四年的逃亡》《罂粟之家》等"枫杨树乡村系列"小说通过叙述人"我"穿行于历史与现实、实在与幻觉、内心与外界等不同的经验之间，成为切割历史将其缝合进自我的内心经验的针线与推进器，从而将客观性的历史改写成一种心理体验和抒情的对象。这一叙事特征与《红高粱》的叙事特征是类似的，或者说是在《红高粱》叙事经验的基础上，将自我的心理经验、抒情特征进一步加强了，而将历史事件作了更加主观化的切割，从而使其客观性减弱了。而像苏童的《妻妾成群》《红粉》、格非的《敌人》、刘恒的《苍河白日梦》《冬之门》、余华的《活着》等作品则采用了具有边缘性意识形态特征的第三人称叙述人，从而将"自我"的历史改写为"他者"的历史。这些由妓女、小妾、家庭奴才所叙述的历史故事具有了一种更加幽深、古朴、破败而苍凉的意味。虽然事件本身具有了客观性特征，但这种客观性与由全知全能叙述人讲述的历史事件有了巨大的偏差，这是一种"他者"的客观性历史。这种通过"他者"重构历史的叙事特征与《灵旗》的叙事方式是一脉相承的。

"新历史小说"通过改变叙述人的性质，实际上也改变了文本的经验内容、经验方式，从而也改变了文本的组织与结构原则。一个有目共睹的事实是，"新历史小说"的故事是以"回忆"来讲述的，这与全知全能的叙述人所讲述的有着自我起源和自足逻辑的线性故事存在着本质的不同。它们分别指向两种不同的经验，前者指向的是"记忆"，后者是实在的事件（尽管有时是虚构出来的）。而记忆是这样一种经验：强烈的个人性与情感性，由于各种各样的原因，记忆性事件的时间先后会被常常错置打乱，无法进行因果逻辑的归纳或者归纳是错误的；由于各种各样的原因，故事会产生增殖或省略的现象。因此以"记忆"为叙述经验，它的文本就不可能像以客观事件为经验对象的文本那样具有前因后果、头头是道的逻辑性和必然性。如果说"十七年"长篇小说追求的"史诗结构"以重大的历史史实为蓝本的叙事风格具有一种"泥史"和"拟科学文本"的特征的话，"新历史小说"却明显地具有了跳跃性、抒情性、隐喻性等"诗"性与"诗"体特征。

　　首先表现在以顺序时间涵纳因果逻辑关系的"情节结构"被打破，由一个现在时态的抒情与叙述主体（抒情与叙事功能在不同的作家的作品中其轻重主次是不同的，但抒情的功能都非常明显）通过预叙、倒叙、自由联想，甚至是通感等叙事和抒情手段将"顺序时间"打破，将事件以新的组织与结构原则进行重组，历史事件本身的那种前呼后应、前因后果，"道"貌岸然的姿态被打破，而是以非整体性（事件的零散、破碎）、非因果性（时间先后与因果逻辑相重合的关系被拆解）的状态而存在，而在整体性与因果逻辑基础上自然生成的一些观念，如必然性观念、决定论、历史进步论思想等被自动消解。

　　这种新的组织与结构原则在苏童的"枫杨树乡村系列"小说中是一组具有强烈的抒情性和象征性的意象和意象间的隐喻关系。比如"乡村"与"城市"就构成了《一九三四年的逃亡》中的两个中心意象，而每个中心意象又由一组不同的象征性人物与意象组成。构成"乡村"这一意象的中心人物是生殖力旺盛的祖母蒋氏与血脉衰竭却以收集少男少女的精血为能事的变态男人陈文治（这两个人物都是象征化的，蒋氏是生殖与地母形象的象征，陈文治则代表着乡村中的权力、财富，却在生殖与血缘上走向衰败与变态），而干草堆、竹子、黑砖楼等则构成了"乡村"的辅助性意象。蒋氏旺盛的生殖力与陈文治的性无能表明，"乡村"中两种基本权力生殖与财富的严重错位（作品中陈文治

中国当代文学史资料丛书

在他的黑砖楼上用望远镜注视蒋氏生产的情景就是这一错位的象征），这一错位的进一步发展就是蒋氏在为陈宝年生了八胎、经血断流之后被陈文治用花轿抬进了他的黑砖楼。这一悲观与宿命的结局和贫困、瘟疫等共同构成了"乡村"破败、萧条与晦暗的景象。

构成"城市"这一中心意象的人物是小女人环子和小瞎子以及花花绿绿的衣服、码头、火车站、竹器铺等辅助性的意象。环子是城市中性与物质欲望等诱惑性的象征，小瞎子则象征着阴谋与陷阱。

而将"乡村"与"城市"联结起来的中心人物是陈宝年和他的儿子狗崽这些"逃亡"者形象。与"乡村"破败不可避免一样，这些逃亡者在"城市"中的命运同样是腐烂与颓败，陈宝年死于小瞎子的阴谋与暗算，狗崽同样在小瞎子的诱惑与调唆下死于性的自渎。"我快死了……我要女人……我要环子！"这是狗崽临死前发出的最后的呼喊。对于来自"乡村"的逃亡者来说，"城市"是一面欲望的旗帜，也是一口死亡的陷阱，在《一九三四年的逃亡》乃至整个"枫杨树乡村系列"中被作者意象化了的"乡村"与"城市"表现出作者对"世界两侧"⑤的悲剧性和悲观性的记忆与理解。

在刘恒的《苍河白日梦》中，历史呈现出"他者"——一个与作者地位、作者意识相距遥远的"边缘性"人物，一个百岁的家庭奴才的"记忆"。时间流水的冲刷与叙述人的"边缘性"身份，呈现于"他"记忆中的历史就是一部唠唠叨叨、断断续续、半晦半明、神神秘秘、嬉笑怒骂的"历史"，与以"正史"面目出现的"十七年"小说的那种严正的色彩、庄重肃穆的气氛与事件之间环环相扣、有因必果的逻辑性和必然性相比，具有了明显的分野。既然讲述的是"记忆"，是一种被偶然照亮、偶然触发的过去的特殊经验，作者明智地选择了一种与此种经验相适应、相协调的文本结构：日记体。在一讲到长篇小说，尤其是历史小说，就要以"史诗"相规范，就要在规模宏大、人物众多、头绪繁富、反映本质等"上规模""上层次"的文学语境中。作者用"日记体"来结构长篇小说，显然是一次意识明确的尝试，是作者进行对历史的"再叙述""再创造"的写作活动中的一个有机的步骤。

在传统的写实性作品中，尤其是长篇小说的创作，主要人物的思想历程、性格的构成过程常常是作品结构所赖以形成的主要依据，所谓"人物形象的性格逻辑"往往是标榜现实主义文学观的作家自我规范、自我约束的艺术规

新历史小说研究资料

律。虽然在大多数的作家笔下，人物性格的主体性、内在的丰富性与自主的逻辑得不到尊重，而是被做了观念化、物质化的曲解，但至少大多数作家在观念上是把人物放到了结构中心的位置上。特别是像林道静、周炳、梁生宝等"成长型"的人物形象，他们的思想历程、世界观的形成过程、性格的成熟过程被放在政治、经济和社会思潮的广阔背景上作了社会学与政治经济学的描写与归纳，他们处在了作品结构中心的位置上，是作品主题得以形成的主要载体。而"新历史小说"的诗体化特征除了表现在对传统情节结构与事理逻辑的消解以外，还表现在对人物性格逻辑的消解和对人物作社会学与政治经济学解释与描写的传统思路的改写，人物形象大都被虚拟、象征化，是作品整体隐喻框架的一个组成部分，是众多意象中的一个意象，不再具有或很少具有传统写实小说中作为整个故事线索的结构功能与作为整部作品思想意蕴承担者的主题表现功能。张炜长篇小说《古船》中的隋不召这一形象就具有明显的意象化、象征化的特征，与作品中其他写实性较强的人物如赵多多、隋抱朴、隋见素等相比，其抽象性及虚拟性非常明显。隋不召在《古船》中的出现或许正预示了张炜在《九月寓言》中对人物形象所作的全面探索。《九月寓言》改变了以某一个或某几个人物为中心，在社会学的层面上以历史唯物主义为指导对其进行性格演绎的传统文本结构模式，其中的人物形象主要不是表现为社会学、文化学和心理学意义上的"性格"，而是存在意义上的与"自然"（大地、月光、水等共同构成）共存的"生命"或曰"生灵"，几乎没有一个人物被放到一种"三部曲式"的性格成长模式中来塑造，而是描写了诸多人物在"大地"处于异常状态时的不适感，他们表现为单一的情欲，是一种虚拟化、意象化人物，而不是立体的、多侧面的性格化或典型化人物。因此，《九月寓言》的结构原则既不是因果性的事理逻辑，也不是所谓性格逻辑，而是以隐喻为基础的，类似于《圣经·旧约》那样的寓言故事。虽然描写的是具体的人和事，但它并不像性格化小说那样导向具体的意识形态结论，而是导向对人与人、人与自然关系的思辨性和哲学性思考。

即使在那些写实性较强的"新历史小说"中，一些主要人物虽然具有明显的性格化、典型化特征，但仍然与传统的写实品格的小说，如"十七年"中的"革命历史题材"小说中的人物形象有明显的不同。或者说，"新历史小说"中的人物形象，即使那些性格化特征明显的人物形象，作者也有意识地进行了与传统的偏离与改写，他在人物性格的审美因素中添加了传统性格所不具有的新内容。或者说，"新历史小说"对性格的塑造不像传统写实小说那样把人物放在社会与历史这一平面性的时空坐标中加以刻画与表现，人物形象具有一种理性的单一色调，甚至是一种唯理主义的机械性和物质感；"新历史小说"显然增加了对人精神现象学内涵的探索与表现，精神分析学意义上的性格固置、性变态、心理情结等成为这些人物形象性格构成的主要内容；因此，"新历史小说"中出现了大量的具有单一的心理情结的"变态人物"，如《苍河白日梦》中的二少爷、《妻妾成群》中的少爷和叶兆言的《半边营》中的阿米等人物形象。

《苍河白日梦》中的二少爷是一个受过西方民主思想启蒙和科学教育的知识者形象，对贫苦民众充满了同情，希望通过科学救国。而且，作为旧民主主义时期的先觉者，他也受到了当时广泛影响中国的无政府主义社会思潮的影响，从事着一些诸如私造炸药、暗杀等危及清政府的无政府主义的反抗活动。就上面提及的这些特征而言，我们能够在20世纪文学中找到他的不少同路者，如巴金《灭亡》中的杜大心以及《雾·雨·电》中的诸多"革命者"形象，路翎《财主底儿女们》中的蒋纯祖等。但是，这一形象的异乎寻常的地方在于他的偏执，童年人格的固置、厌女倾向及性无能、自虐狂等个人心理方面的"变态"特征。正是这一点，又使他与他的同路者分道扬镳，具有一种个性与精神现象方面的独特性。上文提及的《妻妾成群》中的少爷及叶兆言《半边营》中的阿米等形象也同样扩充了其个性及心理内涵。

"新历史小说"中的"变态人物形象"固然增强了人物的心理深度和精神分析学的价值，使人物形象的个性特征与感性特征得以突出，但它又同时削弱了人物的社会及历史内涵，削弱了人物的辐射能力与结构能力。"新历史小说"增强了人物的"深度"，但却削弱了人物的"宽度"与"长度"，这可以看作"新历史小说"对"十七年"长篇小说史诗意识与"史诗结构"的改写。这种改写很大程度上将文学文本的"意味"由政治经济学、历史哲学等政治意识与历史意味的层面转向了哲学、心理学、精神现象学的层面。

"新历史小说"通过选择家族史这种更具私密性的题材和"边缘性"的叙述人等叙述策略，使它们观照到了被传统的历史题材小说，特别是"革命历史题材"遗漏的另一面：历史进程中普通的、世俗的，不具有明显意识形态色彩的部分；在"新历史小说"中，历史变得更感性、更具体、更具世俗性与民间色彩；从某种意义上来说，它是对"正史"（政治史、阶级斗争史）的一种补充，赋予历史以"血肉"。但文学编码有自己的规范，"新历史小说"在选择机制与叙述策略上的变化所带来的思想与意识结论就不仅仅是"补充"，而常常是对传统历史观的颠覆与消解。正像传统的历史观无法自明地宣称是正确的一样，"新历史小说"的历史意识与历史观念应该明智地被认为是一种言说、一种话语，而不是被视作一种权威、一种真理。否则我们会走向一种新的话语独白与文化霸权。

**注释：**

①《关于"新历史小说"》，载《文汇报》1992年9月2日。

②参阅拙文《当代文学历史话语的意识形态特征》，载《文艺理论研究》1995年第5期。

③兹维丹·托多罗夫《诗学》，载《结构——符号学文艺学》，文化艺术出版社1994年版，P71。

④《写作的零度》，载《西方文艺理论名著选编》（下），北京大学出版社1987年版，P450。

⑤参见《苏童文集·世界两侧》，江苏文艺出版社1994年版。

原载《文艺争鸣》1999年第1期

# "新历史小说"与"新历史主义小说"辨

20世纪的最后10年里，"新历史小说"曾作为最为引人注目的现象之一，给疲软的中国文坛带来过激动人心的刺激效果。今天，"新历史小说"差不多已经走到了它的尽头，难以再有大的作为，但它无疑给新世纪的中国文学留下了一笔极具创造力和想象力的思想遗产。认真清理与甄别这一基于当代中国现实的文学现象，仍然是具有着相当重要的意义。而本文试图完成的工作，即是一种对于批评的批评。

80年代后期，历史题材小说已成为重要的创作现象，也许不该排除寻根文学对重大政治事件的摒弃和对历史性题材倾向的直接影响，它同时勃兴于先锋小说的话语形式探索与新写实小说的世俗性亲和两个方向上。

这种现象的出现肯定具有当下历史与现实的最直接动因，但另一方面自然也无法否认新的外来文艺思潮影响下的"阐释的语境"。事实上，所谓"新历史小说"正是批评者站在90年代的阐释语境之下，对80年代后期以来出现的一系列历史题材小说的重新梳理与意义重构。最明显的例子如被认为是"新历史小说"崛起的标志性作品——莫言的《红高粱》在80年代和90年代所受的不同的批评阐释的演变。80年代其备受瞩目的是爆炸性的感觉形态与叙述策略，重视的是魔幻现实主义的影响和民族生命情绪的弘扬等等，总之是在"形式主义"或者"寻根文学"的层面上的批评。然而在90年代其意义却发生了改变，例如有论者这样写道：《红高粱》标示出人文精神的新向度，以原欲为基础

147

新历史小说研究资料

的粗粝而蓬勃的民间文化精神，为历史话语的解放洞开了"民间"这一更大的精神门户①。这里受到强调的是知识分子的"人文精神""民间"和"意识形态"消解等。这无疑是站在90年代的一种回溯与重新把握。

批评界对于这种创作现象的阐释明显经历了一个命名与流变的过程，陈晓明曾把80年代末先锋小说转向历史叙述称为具有"后历史主义"的意义，是"后悲剧时代的寓言"。认为"不管把他们看成是对'寻根'的反动，还是对拉美魔幻现实主义的挪用，或是对西方后现代的效仿，他们无疑是当代文学走到穷途末路所作的负隅顽抗——这个企图在历史的边界完成的最后的晚餐"。②后来就有研究者一直把这类小说称之为"新历史题材小说"③。而陈思和则把这类旧题材小说创作现象看为是"由新写实小说派生而来"，他以"新历史小说"作为其"一种暂且的提法"。他界定"新历史小说"为"大致是包括了民国时期的非党史题材"的小说④，认为"其功不可没的成就在于打破以往现代历史题材的创作离不开党史教材的藩篱"。"这个由新写实发展而来的创作形象，经90年代张艺谋的电影包装而大红大紫，转而演变成两大民间题材：土匪的故事和家族史的故事。从解构当代文学史的权力意识形态来说，这两类创作都产生了重要意义"。⑤但更多的论者在讨论"新历史小说"时，其概念就要宽泛与含糊得多，很难再用"非党史题材的民国史"涵盖。1993年浙江文艺出版社出版了由王彪选评的《新历史小说选》，使"新历史小说"这一提法更加广为流行。王彪的选评就是把"在往事叙说中始终贯注了历史意识与历史精神"，"以一种新的切入历史的角度走向另一层面上的历史真实"，"用现代的历史方式艺术地把握着历史"的相关小说归入"新历史小说"的。在一些批评实践中，一切关涉历史形态的故事，从虚构的远古到"文革"，只要是以个人化的主体视角，表现的是当下此在的生命体验的认知，都统统被纳入讨论的范围。所涉及的作家除了90年代前期的格非、余华、苏童、叶兆言、李晓、北村、刘震云、杨争光等，也有90年代中后期的李冯、须兰、吕新、鬼子等等，甚至也包括了陈忠实、张炜、张承志、李锐等人的一些作品。"新历史小说"遂成为90年代最具影响的批评概念之一。它与小说的创作实践相互影响和促动，共同推进了作为"新历史小说"的创作现象在90年代愈发繁盛和复杂。

# 二

然而在一些研究者那里，也一直存在着"新历史主义小说"这个概念。这一提法之所以值得关注，是因为其是把90年代以来有关美国"新历史主义"的理论与当代中国的"新历史小说"的关系，明确地突显出来。

"新历史主义"（New Historicism）本身其实并不是一种明确的理论界定。按其首倡者格林布拉特（Stephen Greenlatt）的说法，它只是一种实践活动，主要是文学研究的一种方法，它是以文化人类学的方式，把整个文化当作研究的对象，主张对同一历史时期文学及非文学文本的平等解读。一般认为，新历史主义关注的核心问题是文学同物质实践活动的关系问题。它包括文学的发生层面，即认为文学文本和非文学文本（社会文本）处于不断地相互流通之中；另一方面还包括文学的功能层面，即关注文学的政治功能及其运作方式，把文学看作是一种揭露批判和反抗的行为。格林布拉特曾使用的另一词"文化诗学"（The Poetics of Culture）实际上更适合其旨趣⑥。显然，这种出产于美国的"新历史主义"文化诗学理论其实与当代中国所谓"新历史小说"是很难说有直接联系的。

但有些研究者却把"新历史小说"直接看成了"新历史主义"影响的结果。例如有人认为："'新历史主义'这一概念来自西方，所以这两年文坛出现的'新历史'小说，是一次有观念在先的创作实践。""新历史小说的产生是与后现代文化语境的催化直接有关。"⑦这就完全忽略了当代中国本土问题挤压下的自身逻辑，需要明白的是，新历史主义是"新"历史主义，新历史小说也是"新"历史小说，而这位作者却是在"新历史"这一点上找到共同之处，把"新历史主义"和"新历史小说"理解为"新历史"的主义和小说了，所以"主义"也就是一种"写法"。再如："新历史小说在某种新历史主义理论的支持下正日益炫人眼目，在新历史主义者看来，任何阐释都是人们的主观埋解，人们所理解的历史也就成了主观的历史而非历史本身，这样新历史小说作家们也就找到了十分充足的理由来重构历史。"⑧其实大多新历史小说的作者们的真正兴趣并不在于"重构历史"，历史于他们只是一个寓言、一道布景或一种空洞的形式，他们完全不必从"理论"去找"十分充足的理由"。还有论者认为："至于新历史小说，那更是自觉地吸收、借鉴和演绎新历史主义的某种思想、观点和写法我们读到的许多历史小说，都是极为日常化和民间化的。"⑨这里他所提及的"极为日常化和民间化"的东西，正好是蔡翔、陈思和等人对于出自"新写实"的"新历史小说"的有关论述，而与所谓"新历史主义的某种思想、观念和写法"其实毫无关系。这位作者接着又写道："作者往往有意把新历史主义者的理论主张，同自己对历史的体验，以及中国历史的经验教训结合起来，写进小说。他们也会把过去所谓的单数大写的历史（History）改造和化解成众多复数的小写的历史（histories）；把那个从根本上非叙述、非再现的历史（history），拆解成一个个由叙述人讲述的故事（his-stories）。"这明显忽略了一个极简单的事实：真正面对"新历史主义的理论主张"的人，是那些企图对创作现象作出阐释的批评家，而不是小说写作者。另外这段话里还有一个问题：如果说把大写的历史化解为小写的历史算是新历史主义的理论主张，但"从根本上非叙述非再现的历史"却正是当代理论也包括新历史主义在内的基本认知，如何又"拆解"为故事，这就是与新历史主义不相干的逻辑矛盾。这一点公正说来不该由作者负责，因为他搬过来的这段话出自另一本书，该书对新历史主义的论述是有问题的。但需要作者负责的是他不加分析地把之直接嫁接到新历史小说上。

<h2 style="text-align:center">三</h2>

更进一步地直接使用"新历史主义小说"这种提法，其实有两种情况。一种是不加任何限定与界说地使用"新历史主义小说"或"新历史主义作品"的概念，混淆了作为理论形态或批评实践的新历史主义与作为创作现象的新历史小说的应有区别。例如吴声雷在《论新历史主义小说》中说："新历史主义小说之所以'不三不四'或其'新'字由来，有两个成因，一个是当转向历史的平凡与平庸、小人物时，如前述，便进入不可考的野史的境地……第二个是由于现实与历史缠绕紧密，叙述人称的灵活与现代主义技巧在时空上的运用有了用武之地。"⑩我们既没有看到与新历史小说的区别，也没有看到与新历史主义的任何联系。有些甚至根本就无视"新历史主义"作为外来理论形态的存在，给人的感觉仿佛是他们从来不知道有"新历史主义"理论这回事，也并不理会"新历史小说"是怎么回事，而只是把新出现的有关历史形态的小说通称

为"新历史主义小说"。例如吴戈在《新历史主义的崛起与承诺》中说："新历史主义思潮，应该说是民间情绪的表现与作者文本虚构的统一。""新历史主义将80年代以来中国大陆的各种社会哲学思潮、各种新观念新思想，都以具体的文学形式表述出来，体现了80年代以来思想解放的实质。这是思想解放的结果，同时也是思想解放发展到一个更高层次的表现。"[11]坦率地说，我对此说法难以理解。

另外一种情况要复杂点，他们企图严格区分"新历史小说"与"新历史主义小说"的不同含义与范围，或以新历史主义小说涵盖新历史小说，或以新历史小说囊括新历史主义小说。他们都承认了"新历史主义小说"与美国"新历史主义"的某些非直接的联系，但基本上还是把它看作是在当代中国独立存在的一种文学现象。

例如一位作者连续在两篇文章中区别"新历史小说"与"新历史主义小说"这两个概念，认为它们是"边缘"与"中心"的两部分，"边缘"的"新历史小说"是与意识形态化"红色虚构"相对地回到民间视角并消解简单二元对立的历史小说的总称，并认为其与"更旧"的《三国演义》《水浒传》等传统小说相近，是"历史小说的'本然'状态"。而"中心"的"新历史主义小说"是在"新历史主义"哲学与文化思潮的启示下介入历史的历史小说，"反映了一个具有'新历史主义'倾向的历史观"。[12]然而这样的区分在作者的具体论述中最终变得徒劳无益并且混乱不清。因为他在谈到"新历史主义小说"本身的特征时，就已完全覆盖了他所指认的"新历史小说"的特征。

且不论其"新历史小说"与更旧的传统历史小说到底有无不同，关键在于作者夸张其事地认为存在一个历时10年的"新历史主义"的"运动"或"思潮"，这个运动或思潮有理论基础，有中心和边缘，有一二三个逻辑阶段，有各种现象、类型、特征等等。作者恰好是用一个旧历史主义与本质主义的脑袋去看待后结构主义和新历史主义了。这10余年来的所有关于"过去"内容的小说统统被一网打尽了，不仅是《少年天子》《孔子》《曾国藩》《白门柳》《唐宫八部》《林则徐》等都成了"新历史小说"，且《丰乳肥臀》还成了"一个具有总结和典范意义的新历史主义小说文本"。而什么是"新历史主义"？作者所理解的新历史主义"理论方法的核心"，却原来是"归根结底，它是一句追问，即：历史上'到底发生了什么'？"。

作者曾多次引用海登·怀特（Hayden White）提到的"到底发生了什么"这句话来说明新历史主义，其实这只是海登·怀特在谈到历史哲学家柯林伍德（Collingwood）时引述的后者的话⑬，可以说与"新历史主义"毫不相干。新历史主义所主张的恰好的"文本的历史性和历史的文本性"（the historicity of texts and the textuality of history），历史的本然存在已被搁置。而这位作者所认为的"新历史主义文学思潮"的中国作家们，正是"为了努力使作为文本的历史尽可能地接近存在的历史本体"，才"努力对历史作出新的发现，并运用新的结构策略"。这不仅误解了新历史主义，也明显地与作者打算研究的当代中国的文学现象的真正旨趣南辕北辙了。

还有一种看法是把"新历史主义小说"作为"新历史小说"的一个阶段，是新历史小说几年发展的一个延续，时间是在1989年至1992年间。作者有意谨慎地避开了与美国新历史主义批评的实际联系，而把它看作是在社会动荡对当代文化的强烈刺激下，文学对于特定政治文化的回避与逃遁，以至形成的新历史主义小说潮流⑭。然而，即使在这样的概括之下，"新历史主义小说"存在的理由依然是暧昧与含糊的，它其实并没有与"新历史小说"的总特点拉开距离，而且这种阶段性的割裂在事实上有悖于小说创作的实际。

因此我们认为，以"新历史主义小说"来改称"新历史小说"，即使不是出于误解，也无助于真正认识当代中国的文学现实，相反，它更可能的是搅混到"新历史主义"的理论或实践的复杂背景中去。⑮

**注释：**

①孙先科：《"新历史小说"的意识形态特征》，《当代文坛》1995年第6期。

②陈晓明：《无边的挑战》，时代文艺出版社1993年版，第264页

③钟本康：《新历史题材小说的先锋性及其走向》，《小说评论》1993年第5期；赵联成：《历史母题的解构——新历史题材小说泛论》，《当代文坛》1997年第1期，等等。

④陈思和：《关于"新历史小说"》，见《鸡鸣风雨》，学林出版社1994年版，第80页。

⑤陈思和：《〈逼近纪末小说选（卷二）〉序》，见《犬耕集》，上海远东出版社1996年版，第145页。

⑥参见张京媛主编：《新历史主义与文学批评》，北京大学出版社1993年版。

⑦苏晓：《新历史主义：小说的又一种写法》，《文学报》1994年7月21日。

⑧舒也：《新历史小说：从突围到迷遁》，《文艺研究》1997年第6期。

⑨马相武：《历史之钟的当代回声——九十年代的新历史小说》，《南方文坛》1998年第6期。

⑩吴声雷：《小说评论》1994年第4期。

⑪吴戈：《当代作家评论》1994年第6期。

⑫张清华：《作为生存和存在寓言的历史——"新历史主义小说"特征论》，《当代小说》1997年第3期；《十年新历史主义文学思潮回顾》，《钟山》1998年第4期。以下所引该作者有关论述，皆出自这两篇文章，不再注。

⑬海登·怀特：《作为文学虚构的历史文本》，见《新历史主义与文学批评》，北京大学出版社1993年版，第163页。

⑭颜敏、姚晓南：《新历史主义小说的文化批判》，《广东教育学院学报》1997年第4期；颜敏：《破碎与重构——论近十年的新历史小说》，《创作评谭》1997年第33期。

⑮有关"新历史小说"与"新历史主义"在当代中国语境中的关系，是笔者的另一篇论文。

原载《社会科学》1999年第11期

# 重写文学史与新历史精神

王岳川

思想史中的断裂，使全面的总体的历史图景成为飘逝的烟云，新的历史使新的理论在社会历史的迷宫中冒险，并开掘自己的通道。

让历史的差异性自身以本来的形态发言，可以说是所谓新历史主义和新历史小说的核心观念。新历史主义是西方舶来品，而新历史小说却是在八十年代到九十年代中国土生土长的小说形态。相当一部分批评家认为，这二者之间并没有什么关联。但在我看来，新历史小说无疑是受到了克罗齐的历史哲学和新解释学理论的影响，而且与新历史主义的理论在产生的时间和基本理论的向度上具有相当的趋同性。不妨说，当代文艺理论研究成果与小说创作实践在吸收全球化思潮中西方新理论的同时，又将其基本精神脉络整合在自己的言说方式和民族性格中。因此，所谓本土理论——新历史小说的理论和实践，并不能脱离全球化思潮，在这个意义上，贸然断言新历史"小说"与新历史"主义"毫无关系，本身就是非历史的态度。

产生于1982年的西方新历史主义，与产生于八十年代中期到九十年代的中国新历史小说，具有某种精神上的血缘性，新历史小说和新历史主义的内在一致性，并不排斥其具有精神差异性和文化本土性。我只是想说，这二者的精神路数大致接近，但又存在着不同的价值取向。因为任何一种外来理论和文化模式，都会通过本土的文化过滤和文化变异，最后沉淀为本土的母语文化精神。因此，新历史小说应该说具有三种不同精神资源：一是八十年代的寻根小说对其基本的思路和艺术模式的直接启示；二是九十年代的新写实为其细屑的日常化边缘化状态描写的写作语境提供了参照；再次是西方解释学和新历史主义为其理论意向提供了学理资源。正是这三重文化资源和参照点，使新历史小说能够在九十年代中国全面生长起来。

## 一、新历史小说的价值诉求

人们用以描述时代精神和跨世纪语境的语言单位，已经出现了断裂现象。因此，我们面对的与其说是一种线性发展的不断展开的历史，毋宁说是一大堆的问题。面对这些问题，阐释的理论出现了先天不足，即很难完全阐释那些非连续性的不同的观念，它们在决裂、冲突、分割、变化、转换中，生成了一种新的理论对现实的阐释模式。于是，在政治、制度、经济、文化和知识的新格局前，在思想和知识的分析中，那种对统一性、趋同性的关注日益减少，而越来越关注个体性、差异性和非连续性，这些构成了九十年代鲜明的特点。

新历史小说与旧历史小说有相当的区别。所谓旧历史小说，即严格地按照历史本来的情况出发加以创作的小说。在这类作品中，虚构总是服从于真实，服从于历史本来的面目，其所谓成功与否，大致是以刻画的生动性、情节的曲折性、细节的真实性和语言的艺术性为标准。这一类小说中有影响的当数姚雪垠的《李自成》、凌力的《少年天子》《暮鼓晨钟》、唐浩明的《曾国藩》、刘斯奋的《白门柳》、任光椿的《戊戌喋血记》、穆陶的《林则徐》、二月河的《雍正皇帝》、苏童的《武则天》等。大多是对二十世纪初叶之前的中国旧历史进行重新体认，然而，这种重新体认并不是全然虚构，而是按照历史的本来面目，尽可能去重现历史风云中的真实人生状态。因此，大致上说还是历史大于文学，文学服从于历史的真实这一重大转型，使它具有以下几个基本特征：

### 1. 小说主题强调从正史到野史

新历史小说要打破旧历史那种经学化、意识形态化的框架，消解已经僵硬的体制化思维模式，或一元化的政治主导心理的所谓正史，将其所遮蔽的意义加以敞开，以获得一种多元意义的可能性。在政治话语或经学化、意识形态化的权力话语中，分解出审美的话语、宗教的话语、日常生活的话语甚至世俗关怀的话语，从而使正史的唯一性一元性，逐渐为野史的多元性和多层性消解，以一种反向性思维去消解真实的历史链条。换言之，你如果强调意识形态性，我就强调非意识形态性；你强调一元，我就强调多元；你强调中心，我就强调边缘；你强调强势文化，我就强调弱势文化；你强调一种党史或革命史的题材，我就强调非党史和非革命史的题材，终于使历史的中心话语变成了历史的边缘话语。这类小说大体上以乔良的《灵旗》和莫言的《红高粱》为其开端。

乔良的《灵旗》重新解读了湘江之战中红军、蒋军、湘军、民团等集体之间的旧的二元对立关系，不再以一般模式去写战争的残酷和红军的凯旋，而是写出了蒋军、湘军等对红军的残暴枪杀，红军战士那汉子终于逃跑，并在其后的情节中不断描写其内心的精神冲突，沦落为赌徒无赖。将历史的偶然性血腥性和残酷性暴露出来。作者没有按过去那种正面人物高大全，反面人物矮丑恶的方式，去"三突出"正面力量的胜利。相反，他叙述了一种新的历史，或阐释了他所理解的历史真实，从而使正史的意识形态话语让位于站在人性立场上来进行历史叙事的价值观。

同样，"红高粱"系列，一反那种先进的精致文化对于落后文化的控制贬损，而是标举"我爷爷""我奶奶"那种带有民间文化的，以原欲为基础的生存意识和生命冲动，使这种原始生命冲动在天穹旷野之下，在特殊的战争环境之中，具有一种活生生的生命历史感。为文学的民间性和非意识形态性，以及叙事的中性化和冷漠化（非煽情性）打开了一条通道。

其后李锐的《旧址》、余华的《在细语中呼喊》、刘震云的《故乡天下黄花》、陈忠实的《白鹿原》、张炜的《古船》、李晓的《相会在K市》、刘恒的《狗日的粮食》《菊豆》、苏童的《罂粟之家》《一九三四年的逃亡》和余华的《活着》等，都从各个方面推进了这一"新历史"文学思想，将旧历史的一元化的裂口撕开，从而使新历史小说得以在九十年代形成一种风气，当然也使得批评家们对这一杂糅现象感到难以命名。

### 2. 思想观念从民族寓言到家族寓言

杰姆逊曾经认为，鲁迅的小说《阿Q正传》尽管写的是阿Q这一个体，但是他表现出了传统中国的"精神胜利法"和"历史吃人"的真面目。因此事实上成了一个"民族寓言"。同样，过去题材的历史小说往往从题材的正史或革命战争史中正面地加以描述，所有个体性私人化的东西，都必须纳入革命的暴风骤雨和战争环境的严酷中。因此，从体裁上看，旧历史小说总是要表现一种宏伟的历史场景。如巴金的《家》《春》《秋》，茅盾的《子夜》，李準的《黄河东流去》，老舍的《四世同堂》，描述在革命的疾风暴雨的冲击中，可以看到一种革命的、战争的、总体性的意识形态意向，并且其作品的思想大多是呼求抛弃那种腐朽没落的家而走向更广阔的天地。于是，决裂与选择的双重痛苦——离家出走或向往奔赴的主题，成为一代革命文学的主题。

新历史小说却将这一切彻底改写了，不再是去重视民族性的、革命性的、战争式的大体裁和大寓言，而是回归到个体的家族史、村史和血缘的族史，使"民族寓言"还原缩小归约为"家族寓言"，使其从宏观走向微观，从显性的政治学走向潜在的存在论。新历史小说已然告别了这种"正史"化的文学模式，开始突出、放大、凝聚个体家族史，使这一放大有意将个体前景夸张突出，而淡化了革命的战争的历史。在《白鹿原》可以看到不同的党派之争，互相倾轧，在各自的舞台上不断演出一出出闹剧，其潜台词显现出作者超越阶级、超越历史、超越政治集团、超越政治代言、超越意识形态对家族、土地、乡土的独特依恋与表现。《故乡天下黄花》更是在阶级斗争的话语背后，使人看到以家族为基本单位所出演的"你方唱罢我登场"的历史话剧，从而将一种冷酷的你死我活的阶级斗争，演变为一出各领风骚三十年的闹剧。这种写法其用意是颇为曲致的，其历史解构性也是在平静中蕴含着不平静。

### 3. 叙事角度强调历史的虚构叙事

在新历史主义看来，旧历史主义往往是以历史叙事为蓝本和中心，须臾不能偏离，任何描摹叙事和语言细节，都要服从于历史的真实。然而，新历史主义将这一模式打碎，强调过去那种历史的叙事是真实的谎言，它在真实的历史框架中，却是将若干谎言意识硬塞给人们，使人们看不到真正的历史。所以它只具有真实历史的躯壳，而不具有真实历史的神态。而现在，小说作者一反这种常态模式，以大量的虚构和想象去填空历史，重组历史，使历史变成了虚构的历史，真实变成了虚构的真实。

于是，这种虚构历史的叙事成为新历史小说的重要方面，如《活着》《妻妾成群》《霸王别姬》等，都是将"真实的谎言"置换为"虚构的真实"。这样，将讨去那种大的阶级冲突和敌我矛盾变成了一种模糊的、充满阴暗色彩的血亲复仇，或表现现世的生存暧昧的温馨的乡土意识，或以虚构的真实和杜撰的乡土气息，去描摹那种腐败的封建家庭故事，并在这种家庭故事中折射出历史的一瞬。同时，二元对立的拆解角度，使得新历史主义反对历史必然性，强调历史偶然性，反对意识话语的政治化倾向，而张扬非意识形态的人性化倾向。如《罂粟之家》等，不再去写历史的规律，不再写历史不以人的意志为转移的发展前景，而去大写特写历史的偶然性，历史的荒诞性，历史的困惑性，历史的非历史性。

### 4. 人物形态从红黑对立到中间灰色域

新历史主义一反过去小说是正面人物和反面人物对比模式——正面人物机智勇敢，品德高尚，完美高大，而反面人物则愚蠢懦弱、卑琐猥亵，色厉内荏，甚至连相貌也是正面人物英俊魁梧，反面人物丑陋猥琐。新历史小说在人物塑造上强调人物的边缘性，土匪、地主、娼妓、姬妾，以及一切凡夫俗子，皆在正面描写之列。同时不描写人物高大的形象、豪壮的语言、高妙的思想和超越历史迷误的眼光，相反，不厌其烦地写他们的日常生活、吃喝拉撒、颠顸愚蠢、疯狂复仇的狭隘胸襟，世俗的争斗和无休无止的暗算策划，以及凶狠残暴毒辣的行径等，使得正统的政治色彩消失殆尽，而边缘人物、中间状态，以及世俗化、生活化民间化的东西成为小说的主要色调。灰色已然成为新历史主义的"钟爱色"。

### 5. 小说语言表征为从雅语到俗语

新历史小说再也不是一种无所不知、无所不晓的全知视角和话语，而是不断回归，陷入历史的相对性和不可知论。所运用的语言是粗糙的世俗化日常化口语，甚至是带有调侃的、农村化的充满喜剧色彩的语言。这种语言具有一种松散的人物心态和身份的编码机制，不再奢侈地用一系列带有正面表征意义的话语去张扬，而是改写了人物的身体心境和精神空间，让语言成为一种新与旧的残存意识的错位对话，成为一种反意识形态教诲、启蒙、宣谕的退守式的反启蒙语言，粗糙甚至粗俗的具有破坏性的当下性语言。从而使那种人物的血性、悲剧性和人物的当下体验的绝望感，在语言中抽取出来并加以重新书写。

新历史小说之"新"确实对旧历史小说主题人物加以剥离，对旧经学加以反动，对旧的意识形态加以颠覆，使新历史小说走向了重新解释历史，再造历史，再造心态史，再造文化史的新话语，从而具有了新的理论和实践的阐释框架，尽管这一框架问题不少。

## 二、重写文化史与文学史的理论维度

九十年代，从政治一元模式和不断变换性，到物质金钱成为唯一重要话语的阶段，使得思想观念意识等各层次都有其不同于往昔的断裂。每一个层次都有自己独特的问题，这些问题可以表述为：在各种知识群体之间，在各种知识的历史范式之间，应该建立怎样的必然关联？什么是贯穿这些不同的文化事件和政治事件的连续性？在各种差异性的事件中，怎样才会具有连续性或整体性的意义？究竟历史中有没有连续性中心性的意义存在？

### 1. 重写文学史成为权力话语解构方式

无疑，西方的新历史"主义"和中国的新历史"小说"，都在"新历史"这一共同旗号下，在理论和小说艺术实践两个方面，进行着某种话语的大胆操作，即颠倒历史、颠倒过去的意识形态，从而使得"重写历史"的主题成为九十年代一个显现话语。

无论是重写文化史，重写文学史，重写思想史，还是重写精神发展史，总之，重写重读就是将过去误读的历史再颠倒过来，将过去那种意识形态史、政治权力史、一元中心化史，变成多元文化史、审美风俗史和局部心态史。其目的在于瓦解过去正史的意义，使文学文化和文本的互相指涉的互文本关系，成为历史连续性之后的非连续性——割断了过去那种意识形态解释的连续性，而将历史转化为一种新的话语模式，在压缩意义范围中揭示出权力话语运作的潜在轨迹。

强调从"历史诗学"转向"文化诗学"，也就是从线性的历史发展，变为文化的当代人的重新阐释，使绝对的历史观获得相对性视野，从而使非历史主义的言说成为可能。将历史修饰打扮，拆装重组，使人们进入这种新历史主义和新历史小说作品时，不再注意历史脉络或作品本身结构，而仅仅注意作品隐喻所包含的"弹性能指"，其"文化政治诗学"的意义是显而易见的。

追求话语叙事功能。新历史小说强调一种先定的主观性决定历史意义的倾向，从而将历史的切片从连续中抽出来，赋予这个切片以复杂性、偶然性、多元性，使得历史非历史化。这样，历史叙事变成了转述、复述、颠倒，这种历史叙事方式既割断了时间，又中断了历史，使历史不再是旧的亦步亦趋的线性发展，而是通过主体对历史重新解读，见他人之所未见，言他人之所未言，使历史叙事变成历史的再造，叙事本身成为历史的一种言说方式和意义的塞入方式。

这种新历史主义和新历史小说重写文学史的意向，又存在一些弊端。其主要表现在：使得意义成为虚无性的意义。也就是说，小说在多重意义重构中，使得意义变成多元日常、零碎和民间的同时，却使小说不再表现那种历史发展的东西，也不再表现历史发展的基本方向，将历史说成是无序的、偶然的，这种历史的倒退观，终于使得历史不是朝前发展，而是朝后退缩，因此使历史的虚无主义阐释占了上风。这种对历史的抽取和改造，对历史的任意颠倒，甚至刻意加以曲解、误解，使历史的发展变得非常可疑，从而否定了历史的真实性，以及历史发展的进化论思想，于是从虚无走向新的虚无，从历史走向更加迷惘的历史，使这种重写文学史变成了一种言人人殊的历史，历史的共识被置换为历史的不通融性。

新历史小说重写文学史，使得它有可能将带有每个个人的心态去颠倒历史，对历史话题进行变形性重读，其结果是扩充历史的宿命感。如张炜的《古船》，刘震云的《故乡天下黄花》，都将历史的宿命感演变为历史的寓言叙事，从而使重写文学史消解了历史的发展意识，在对外部世界的把握中，仅仅落入历史事件的解说陷入意识分裂状态，或众声喧哗状态而莫衷一是，很难对历史获得有深度的、流动变化的意义把握。

当然，新历史主义出于纠偏的目的，强调对历史的翻案，强调对过去政治史、意识形态史的反拨而回归到个体，这有其合法性。但由于存在一种反历史的焦虑，将历史分解为多重复杂破碎的东西，并在这种破碎感上叠加语言、修辞、借喻、叙事等平面化修辞和叙事模式，使得历史理念与作品的精神性被贬到一个低层次。这种重新虚构和修辞的历史，并非是真实世界所把握的历史。这样，新历史主义就具有了一种非历史化，使其重新写文学史的可信度和真实性成为可疑。

尤其是"重写文学史"和"重写文化史"的诉求，其本身或许是在运作一种大话语或大体系框架，并以一种真理在握的"进步观"掩盖了这种新叙事下面的权力渗透和前提虚设，甚至是一种"重新模式"来重设价值判断的非多元性。就此而言，这种"新历史"之"新"仍然是值得审视，仍然需要在历史和文学史的价值解读中，重新证明其历史意识的合法性。

不管怎样，新历史主义的正负面效应都充分说明，它具有对历史的沉重一页加以掀起和重解的积极性，同时，它也不可能超越自身的局限，只可能在历史中获得自己有限性的意义。

## 2. 从"色彩——政治象征"到"性别——身体象征"

除了前面提到的新历史小说以外，新历史主义这一思想其实是通过大众传媒和全球话语，已经深入到了当代中国艺术创作的思维模式和当代艺术精神之中的。如在第五代导演的电影中，新历史话语也是比比皆是的。

在我看来，最有文本分析意义的，是陈凯歌导演的电影《霸王别姬》。《霸王别姬》故事情节十分简单，它虚构了一个花脸和一个青衣两个小人物的命运，却进行了一种宏观史诗般的大视野拍摄——讲述了整个现代中国史演变的沧桑感。

色彩——政治象征。这部电影首先从色彩的政治性象征意义入手进行镜头调度：开篇的镜头俯拍，构成一种历史叙事的张力，并隐含了镜头叙事的先定权力优势地位。这一居于审视地位的"历史镜头"，在历史的碎片的匆匆巡礼中，完成了历史煽情的定调。

从清末开始的镜头，通过令人窒息的灰色调，展示小艺人艰辛痛苦的学艺并获得其艺术资本的过程，以及受到了清末宫廷贵人喜爱的情节。

民国镜头蒙太奇调度使色调转成黄色，大军阀同样对他们的精湛艺术欣赏不已，但是已经增添了不少非祥和的战争气氛，使京剧艺术的生存前景蒙上了一层阴影。

到了解放时期的镜头，色彩转成红色，电影表现出"革命"这一重大转型，展示了军事性和艺术性的内在扭曲和冲突——当他们为军人演出《霸王别姬》时，所形成的一种文化精神冲突——舞台下的军人唱的是慷慨激昂的革命歌曲，而台上的艺人演出的却是被称为"封资修"的东西。这一重大对比无疑告诉人们，"艺术"未曾变，而"天"已经变了，已经由解放以前的欣赏、喜爱、捧角儿，转化成现在的冷漠对峙和无所适从。

"文化大革命"期间镜头色调在火光中变成血红色，镜头张皇地表现红卫兵的批斗与迫害。于是，艺术成为他们耻辱和灾难的根源，成为互相仇视以至于将人性变恶的原因，成为他们必须抛弃的不祥物。

八九十年代的商品大潮的镜头已然变成灰黑色，俯拍的空荡冷清的剧场的镜头，终于使"霸王别姬"的主题幕终点题——程蝶衣拔剑自刎，完成了一种历史回顾的"宏伟叙事"，即精湛的"艺术和传统"在二十世纪不断沦落，不断遭受排挤和挤压，在世纪末，主体只能走向自杀的触目惊心的过程。可以说，作者通过电影色调的转换，构成一种深层次的历史政治转型性象征，将要传达的意思极为精审地传达出来。

性别——身体。象征作者善于回避大历史叙事的空洞说教，而是在真实历史的演绎中，以虚构的小人物、虚构的情节和虚构的政治话语，去形成自己的叙事平台上的真实叙事。为使这一叙事真实可信，创作者采用了个体肉体呈现方式，即"性别——身体象征"方式传达这种虚构层面的历史真实。如果说，前面的色彩政治象征带有意识形态的叙述模式，是一种二十世纪史诗鸟瞰模式。那么，后者则是在公众"场域"中进行个体身体性欲的微型叙述，同样按历史分成几段，并都与身体肉体紧密相关：

断指的肉体惨痛。小时候的程蝶衣被母亲送去学艺，通过镜头的流动变化，表现出世纪之初即清末整个社会的沉闷封闭。然而，为了学艺居然断其枝指，使幼小的生命从个体历史之初就遭此铭心刻骨的痛恨，同时也隐喻了与家庭血缘的中断——他不知其父而母亲也从此神秘地消失了。

身体性别的辨识转换。这是一种精神性的侵犯——他学《思凡》戏时，坚持自己的男性身份，始终不肯承认自己是"女娇娘"，师兄段小楼通过凶狠的惩罚以让他开口，他最终满口鲜血终于唱出了戏文，完成了身份的错位和性别的转换。

同性恋的肉体焦虑。他不断遭受清宫老太监的凌辱，使他有了一种转性意识和对性的恐惧厌恶。同时这种大胆的对中国传统宫廷文化的揭底，又使电影具有更为刺激的观看效应。当然，由于京剧的角色的缘故，他对师兄产生了的同性恋依恋，并对其娶妻的矛盾焦虑、肇事报复等，也使得人们通过这个剧情对戏剧性的文化瑰宝有了新的想象空间。

"文化大革命"的肉体惩罚和精神批斗。这无疑使主体深切地感受到通过肉体的磨难方式触及灵魂内在的撕裂感，这种在血与火中的肉体痛苦映射出精神崩溃的前兆，将整个电影变成一种生命存在的危险火山口。

商品经济大潮中自刎。这个时代终于使传统艺术的门可罗雀所导致的最终虚无感和绝望的自刎，肉体生命的中断成为艺术飘零的现实隐性叙事。至此，肉体生命深深陷入一种无边无涯的存在沼泽。经历世纪奉献的肉体的飘逝表明精神的四散。

无疑，通过这种"色彩——政治象征"和"性别——身体象征"的交叉叙事，演绎了另一种"新历史"的世俗化生命性叙事，使前面对那种色彩政治象征的宏伟叙事，具有了填充和具体丰满的情节主题。这个带有变态的、同性态的、"文革"暴力的描写，以及被老太监凌辱的多重性别肉体象征话语，构成了当代传媒和大众市场的卖点。使"政治—性别"两种象征语言所形成的张力，使电影具有新历史虚构所显现出来的某种程度的现实真实性。

在跨国资本投资的新历史语境中，近距离地对二十世纪中国史加以化约性扫描，通过人物跳跃式命运去进行浓缩的编年史叙事，使电影具有了历史虚构和夸张变形的新历史观。同时，在客观上又使这种"东方景观"，即戏子、太监、同性恋、"文革"暴力，成为西方视野中的东方主义景观，从而完成了一种关于东方主义的政治叙事。可以说，《霸王别姬》的成功显示出第五代导演以新历史观念去重新叙述电影，改变电影的叙述模式和叙事内容，进而完成对跨国语境中的"中国问题"的宏伟叙事。

当然，《霸王别姬》与《菊豆》《大红灯笼高高挂》《黄土地》等相类，都具有关于东方主义后殖民主义叙事和新历史叙事的双重性。因此，每每引起理论界批评界的争论不休。正是新历史主义对历史内容的修改，对历史意识形态的淡化或变形，使得在跨国的后殖民主义语境中，对作品主题和内容的阐释变得言人人殊。

"新历史"无论是"主义"还是"小说"，还存在多方面的困惑，即它的解读总是为读者而写，它的叙事模式、思维方法仍然是二元对立的大叙事模式，尽管它标举多元甚至无元的方式。它在颠覆与反颠覆、权力与反权力、历史与反历史、语言与反语言之间，总是以非此即彼的方式和二元对立的方式去看待文学文本和社会文本，看待历史意识和非历史意识。这样，就可能使文学作品边缘化、局部化和底层化、粗俗化。同时，也使得在反政治、反意识形态、反旧的经学化的时候，走向新的政治化和新的权力化，仍然在反历史大叙事的同时，产生出新的历史大叙事———一种新的知识霸权。

然而，新历史的"小说"或"主义"，其正负面效应都已然说明，它具有对历史的沉重一页加以掀起和重解的积极性。同时，它也不可能超越自身的历史局限，而只可能在历史叙事中获得自己有限性的意义——通过对历史的当代重释，对当下的生存语境加以话语寓言式的折射而已。

原载《当代作家评论》1999年第6期

# 新历史主义文艺思潮的思想内涵和基本特征

张 进

　　"新历史主义"在西方也还是个有争议的概念，迄今尚无统一界说。自这一术语出现以来，毁誉双方都各有自己的解释。提出者格林布拉特甚至认为"无法定论"正是它的特点之一。新历史主义理论来源的复杂性、批评取向的多样性以及它作为一个学术流派的松散性和跨国性，造成了对其归类评析的特殊困难。尽管如此，人们对其基本内涵还是形成了一些大致趋同的看法。我们也不难发现，中国20世纪80年代后期由先锋派、寻根文学和新写实文学等汇聚而成的"新历史小说"的创作活动以及"重写文学史"的文学批评运动，都与新历史主义保持着某种精神上同气相求的亲缘性和方法策略上彼此彰显的通约性：通过书写"家族史""村落史""心史情史""秘史野史""外史异史"和"民间历史"来"重构历史""调侃历史""戏说历史"甚至"颠覆历史"和"解构历史"。

　　新历史主义呈现出明显的国别差异。中国版的新历史主义具有其本土特性：从起源上说，它既是"外生继起"的，又是"内生原发"的；既有国外理论批评的诱发，又有国内各种艺术力量的推动；既是文艺自身发展的内在逻辑必然，又有历史和现实因素的促发。从构成上说，它既有批评理论方面的思想内涵，又有创作实践方面的具体表现；既涉及小说诗歌等纯文学样式，又涵盖电视电影等综合性文艺样式。鉴于新历史主义的这种复杂性和多层次性，本文拟从文艺思潮高度对其思想内涵和基本特征作出全面的总结和评析。

165

# 一、文本的历史性和历史的文本性

格林布拉特提出"新历史主义"概念时指出，它"涉及权力的诸形式"，其批评实践"向那种在文学前景与政治背景之间做截然划分的假设挑战，说得宽泛点儿，是向在艺术生产与其他社会生产之间做截然划分的那种假设挑战"[1]。这个宽泛的定义意在打通学科壁垒，将文学放回其他文化形式和实践活动中去研究。后来，蒙特洛斯给出了一个既简明扼要又广为征引的界说："文本的历史性和历史的文本性。"他解释说："我用'文本的历史性'指所有的书写形式——包括批评家所研究的文本和我们处身其中研究其他文本的文本——的历史具体性和社会物质性内容；因此，我也指所有阅读形式的历史、社会和物质内容。'历史的文本性'首先是指，不以我们所研究的社会的文本踪迹为媒介，我们就没有任何途径去接近一个完整的、真正的过去和一个物质性的存在。而且，那些踪迹不能被视为仅仅是偶然形成的，而应被设定为至少是部分必然地源自选择性保存和涂抹的微妙过程——就像那些生产出传统人文学科规划的过程一样。其次，那些在物质及意识形态斗争中获胜的文本踪迹，当其转化成'档案'，并成为人们将人文学科阵地宣称为他们自己的描述和解释性文本的基础时，它们自身也充当后人的阐释媒介。[2] (P410) 这个界定具有很大涵盖性。

具体而言，"文本的历史性"有两层含义。一是指无论小文本还是社会大文本，都具有特定的社会历史性，是特定的历史、文化、社会、政治、体制、阶级立场的产物。因此，阐释者应该探索"文学文本周围的社会存在和文学文本中的社会存在"[3] (P6)，观察文学文本所牵涉到的社会规约、文化成规和表达方式。二是指任何一种对文本的解读活动，都不是纯客观的，而是不可避免地带有其社会历史性，都只有通过历史才能发生。文本拥有时间意义和时间内容，它随时间推移而变化，从而使自身成为一个动态开放的、未完成的存在。暂时性是文本的内在属性，文本的不断重写和重构是一种必需和必然，也是每一代人生存意义的组成部分。

"历史的文本性"也有两层含义。一是指只有凭借保存下来的文本，人们才有可能了解过去。如詹姆逊所言，"历史只有以文本的形式才能接近我们，换言之，我们只有通过预先的（再）文本化才能接近历史"[4] (P70)。文本并不是客观而被动地反映历史的外在现实，而是通过保存和涂抹的选择过程对历史进行文本建构；这个过程受权力关系和意识形态的制约，因而并非随意的。二是指当文本转换成文献并成为历史学家撰写历史的依据时，它将再次充当阐释的媒介。文本充当阐释媒介的无限过程赋予文本以某种能动性和创造性，从而将阐释者与文本之间的关系转换为一种双向对话的互动关系。怀特指出，历史事件作为思辨的对象必须被叙述，而这种叙述是"语言凝聚、替换、象征化和某种贯穿着文本产生过程的二次修订的产物"[5]（P101）。因此，对新历史主义来说，在可接近性意义上，"阐释与历史修撰，历史与历史书写，似乎已变成一回事了"[6]（P21）。"历史的文本性"概念，以文化系统的共时文本代替了文学史意义上自足的线性文本，填平了文学话语与历史话语之间的传统鸿沟。

"文本的历史性"与"历史的文本性"作为同一命题的两个方面，是互为条件的。"历史是一个延伸的文本，文本是一段压缩的历史。历史和文本构成生活世界的一个隐喻。文本是历史的文本，也是历时与共时统一的文本"[7]（P396）。这个命题使历史与文学、人与历史之间的轴线得到调整：在同一话语基础之上，历史与文学变成彼此内在关联的存在；历史的广袤空间与人的当下生存境遇之间相互敞开，形成了一个历史阐释者与"讲述话语的年代"和"话语讲述的年代"之间双向对话的动力场。

文学与历史文本在话语建构性基础上彼此开放的观念，与繁荣的历史文学创作及其表达出来的历史观可以相互印证，彼此阐发。它解除了文学话语对历史话语的膜拜，使作家可以自由驰骋于历史原野，甚至通过叙事话语操纵和戏弄历史。从20世纪80年代后期开始，相当多的中国作家，特别是先锋派、新写实和寻根派作家，不约而同地涌入历史，开始了各具特色的历史书写活动，形成了一个持续至今的历史文学创作热潮，涌现出大批历史文学作品。这些作品所显示的历史观念、叙事方法以及价值取向方面的重大变化，概言之，即对"文本的历史性和历史的文本性"的强调。评论界多称之为"新历史小说"或"新历史主义小说"。它们是新历史主义文艺思潮最重要的组成部分和推动力量。

刘震云的小说《故乡相处流传》集中体现了新历史主义的原则。小说中，当代的话语大面积地侵入在传统观念中属于过去的历史，消解了今天与昨天的时间间距，使古今话语处于一个共同的话语空间之中，从而使往日漫长而广远的历史统统缩进了今日的文本。作者通过文本设计而重构了一段共时的历史，使历史的文本性特征鲜明地展示出来。同时，又通过一系列时间坐标的设置而使文本不断指向历史，显示出文本的历史性。小说弱化了传统小说中起决定作用的时间因素，而凸显空间的共时性特征，将其触角伸向历史无意识的隐秘领域，即作者所说的属于"夜晚"的广阔空间。

"历史的文本性与文本的历史性"观念使文学与历史在文本基础上交融互渗，彼此构成。格非的小说《青黄》即是例证。作者对"青黄"的词源学考证形成的文本逐渐转化为一部关于"青黄"失踪的历史，而后者实际上构成了一部"青黄"的历史，即关于九姓渔户的残缺不全的历史。历史从作家对文学文本的书写中生发出来，而《青黄》则同时拥有了历史文本和文学文本的双重身份。刘震云的小说《温故一九四二》亦然。小说回顾了当年发生在河南的大灾荒，并大量征引当时的报刊档案史料，叙述了大灾荒与当时权力结构之间的奇异联系：灾民饿殍遍野嗷嗷待哺的悲惨景象与最高统治者的饱食终日满不在乎两相对照；来自美国和英国的两个记者却成了灾民的救星。作品向正史的合法性提出了挑战。作者对历史档案不厌其烦的征引和缝合生成了一个独特的文学文本，而这个文本最终变成了关于那次灾荒的另一部历史。小说形象地演示了文本与历史之间相互转化的具体过程。

在新历史主义那里，"历史的文本性"和"文本的历史性"之间的相互制衡是其理论理想，也是它能一举驱散传统历史主义和形式主义的双重迷雾的理论法宝。但这个平衡状态在实践中难以实现，必然出现这样那样的倾斜。关于新历史主义文艺思潮，可以有诸如"启蒙的""审美的"和"游戏的"等阶段的划分[8]。然而，笔者发现，对"文本的历史性"和"历史的文本性"的不同侧重也堪为一条划分依据：这个思潮前期重前者，后期重后者；来自先锋派阵营的作家更重后者，而来自寻根和新写实的作家则更重前者。这两个方面始终未能达到理想的平衡状态。

## 二、单线历史的复线化和大写历史的小写化

人们惯于视历史为曾经发生的事件，但往往忽略了一点：历史必须进入文本话语才可能为人们所接近。而历史一旦成为文本，就每每以一元化的、整体连续的面目出现。然而，这种一元化的正史文本不可能将历史过程的丰富多样性一网打尽。于是，新历史主义向那些游离于正史之外的历史裂隙聚光，试图摄照历史的废墟和边界上蕴藏着的异样的历史景观。他们把过去所谓单线大写的历史（History），分解成众多复线小写的历史（histories）；从而把那个"非叙述、非再现"的历史（history），拆解成了一个个由叙述人讲述的故事（his-stories）[9]（P158）。

他们发现，任何一部历史文本都无法客观而全面地覆盖历史真理，文本不可避免地受话语虚构性和权力性的编码。历史的真理性播散于各种文本之中，因而需要通过多元化的文本来共同体现，而历史文本只不过是对已发生之事件的"解释"，而不是客观"知识"。而对这种情况，新历史主义者从夹缝中寻找出路，悬搁"非叙述、非再现"的真实历史。同时，疏离由强势话语撰写的单线大写的正史，进而通过对小历史和复数历史的书写来拆解和颠覆大历史。

格林布拉特就是这样的能手。他总是将目光投向那些普通史家或不屑关注，或难以发现，或识而不察的历史细部，进行纵深开掘和独特阐释，进而构筑出各种复线的小写历史。小写历史的丰富具体性让微弱沉寂的历史事件发出了声音，让大历史丰碑遮蔽之下的人和事浮出了历史地表。

他们将历史话语的权力性和虚构性从无意识领域拖进历史意识，进而发现撰史绝不意味着对所有已知史料的一视同仁，而是对部分材料的弘扬和对其他材料的排抑，因而历史书写不可能是绝对客观公正的。新时期"重写文学史"（包括"重分文学史"）运动与这种历史观念声气相通。

"重写"者认识到，文学史重写是不可避免的，但重写不是"复写"，"而是要改变这门学科的原有的性质，使之从从属整个革命史传统教育的状态下摆脱出来，成为一门独立的、审美的文学史学科"[10]（P109）。重写意味着对既成历史的颠覆和拆解。基于这种认识，他们重新选择立场（"民间立场"），重新确定现当代文学史学科的性质，重新估价和定位现当代作家作品，重新划分现当代文学史阶段（如"20世纪文学""百年中国文学整体

观"）等。其根本目的是反思中国的现代性，特别是审美现代性历程，这与西方新历史主义通过重写文学史来反思其自身现代性的精神诉求是一致的。其基本策略是将先前单数的、大写的、政治化的文学史，改写为复数的、小写的、多元的、民间化的文学史。重写的要求本身具有合理性。但是，重写也难免抑扬任意和崇己抑人之弊，从而造成新的倾斜。这个运动的始作俑者也觉得重写"吹肿了文学史"。这是新历史主义的一个方法悖论：历史的需要重写与重写的不可能完美之间的二律背反。

在创作领域，从寻根文学开始，作家就选择了家族史和村落史这种特殊的历史书写方式和历史切割单位。他们或以村落的兴衰作为小说框架，或讲述家族荣枯的历史秘密。而随着新历史小说的崛起，作家对历史之根产生了深刻怀疑，而历史在他们笔下遂变成了由逸闻野史等历史瓦砾拼接起来的一幅幅颓败图景。这些作品从传统历史小说宏大的战争场面、江山的改朝换代和英雄人物的叱咤纵横，始而转向家族村落的兴衰荣枯以及平民百姓的小小悲欢，进而转向阴暗的历史废墟和小人物晦暗纷乱的非理性世界。宏大叙事不断微型化，实现了"从民族寓言到家族寓言，从宏观到微观，从显性政治学到潜在存在论"[11]的转变。

刘震云的《故乡天下黄花》对一个村庄血腥历史的叙述逸出了通行的作为教科书的"讲坛历史"和作为学术研究的"论坛历史"的解释框架，而变成了一部"民间历史"。作品讲述了小村庄从民国初年至20世纪60年代末的这段已有定论的历史。但作品演示的历史事实却向历史定论提出质疑。作者对史料的选择和解释，都超出了人们所熟知的大写历史的框架：一批人执掌政权后鱼肉百姓；另一批人揭竿而起救民于水火并开始新一轮变本加厉的权力游戏。权力的争夺循环往复，大批平民百姓却在这个过程中蝼蚁般丧生。小说所呈现的史料大多是客观存在的。但是，正面表现人民斗争胜利的大历史以及与之简单对应的传统历史小说，既不选取这些史料，也不缘此得出与大历史不协调的历史结论。因此，史料选择本身就是一种意识形态立场的选择，而正是从这里开始，小历史从大历史的根部旁逸斜出，并不断向大历史之真相投去疑团。

怀特指出，新历史主义"尤其表现出对历史记载中的零散插曲、逸闻逸事、偶然事件、异乎寻常的外来事物、卑微甚至简直是不可思议的情形等许多方面的特别兴趣。历史的这些方面在'创造性'的意义上可以被视为'诗学的'"[5]（P106）。新历史主义小说正是在"诗学的"意义上对待史料的。

大历史的参天大树植根于权力关系和叙述法则的土壤里，小历史的树林也不例外。这里有一个必须作答的问题：历史事件在变成史料时就受到了权力关系和话语虚构性的建构，那么，有没有真实的史料呢？巴尔特的回答最有代表性："历史事实这一概念在各个时代中似乎都是可疑的了。"[12]（P60）新历史主义者虽不明确否认那真实的历史，但总是表现出对它的怀疑和漠视。李晓的《叔叔阿姨大舅和我》叙写了一个离奇的故事：以前同"我"妈和大舅一起在新四军里出生入死的叶阿姨，解放后竟被认出是个特务，她迫于压力杀死丈夫后畏罪自尽，其真实身份无人知晓。小说牵涉皖南事变等重大的历史事件，但作者并未提供任何"客观事实"的历史，历史只不过是留在一个小孩"我"的记忆中的一些碎片般未经证实的传闻。"我"最后前往叶阿姨"投奔革命或受命潜伏"的地方，但未获得丝毫真实史料，只是让"我"对真实史料的态度变得更加漠然。《青黄》甚至以对历史文本形成过程的虚构性的演示，证明真实历史的缺席和不可企及。

史料也难免其虚构性，因而无法赢得充分信赖。真正的历史过程已淡化为远方的一道地平线，一个可望而不可即的阐释背景。新历史主义的小历史最终必然放逐历史的真实性。它向大历史设置了疑团，但历史大厦的轰然坍塌也使小历史陷入困惑之中。

## 三、客观历史的主体化和必然历史的偶然化

新历史主义者对批评丧失自我意识和被主流意识形态同化保持着极高警惕。这在文学活动中转化为一种具有高度主体意识的批判取向。

传统历史观把历史看成独立于认识评价的客观存在，新历史主义改变了这种观念。怀特认为，历史话语通过"形式论证""情节设置"和"意识形态暗示"等策略进行自我解释。人们撰写历史，必然在诸多相互冲突的阐释策略中做出选择，其凭据与其说是认识论上的，毋宁说是审美上的或道德上的。历史话语首先要遵循的不是历史过程的逻辑，而是话语自身的逻辑。这似乎使话语有了特权，但这种特权使作家暗中活跃起来。巴尔特指出，历史话语经常采用过去时态，但"在简单过去时的背后，隐藏着一个造物主，这就是上帝或叙述人"[13]（P154）。叙述人常常在"话语自行书写"的伪装下活跃于叙述之中。

新历史主义认为，人首先是历史的阐释者，"一个人在这种阐释工作中是不可能遗忘自己所处的历史环境的"。"我针对自己的材料提出的问题，事实上这些材料的性质，统统都受到我向自己提问的支配"。[3](P5)阐释者在与"讲述话语的年代"和"话语讲述的年代"展开双向辩证对话时总会显露出自己的声音和价值观。不参与的、不作判断的、不将过去与现在联系起来的写作是不可能的，也是没有价值的。历史阐释的主体，对历史不是无穷地迫近和事实认同，而是消解这种客观性神话以建立历史的主体性。他们在评论历史文本时会突然谈到自己，插入一些与学术不大相干的回忆或逸闻趣事，过去与现在被言说者以谈论自己的方式联系起来了。他们以这种方式时时检视自己在批评运作中所扮演的角色和所起的作用。

传统历史小说中的叙述主体总是隐于幕后，让历史自行上演。但在新历史主义小说中，叙述者作为一个积极的对话者，堂而皇之地穿行于历史档案之中，与之展开交流对话。"作家毫不在乎地暴露'我'的存在和'我'的主观见解的渗入，甚至常用'我想''我猜测''我以为'等轻佻的口吻陈述历史。填充各种空白之处，裁断模糊的疑点。"[4](P244)而作为一种相应的后果，阅读活动也不断召唤读者的主体性介入。

新历史主义作家意识到，人类借助文学为逝去的时代留下了心灵化石。阐释者应该以主体心灵去激活它，而不该迷失于史料之中。作家不是历史旁观者，而是积极介入者；不是为正史笺注，而是与历史交融。这种历史重构，绝不仅是发掘那些尘封的历史档案，而是力图让"我的感情，你们（读者）的感情，死去烈士们的感情——彼此冲撞"，以期发生跨越时空的情感共鸣。作者可能受到了法国年鉴派的影响，极力突现作品主人公的心灵和心态，而作者经常作为作品人物出现在作品中，展开与历史和现实的多重对话。

主体情感的密集渗入使历史的偶然性突显出来。格非的《迷舟》讲述了一个有代表性的故事：北伐战争中，孙传芳所部旅长萧深入小河村侦察敌情，七天后突然下落不明，莫名其妙地失踪了。在失踪前的几天里，他的命运完全被一系列不期而至的偶然的人和事摆布和拨弄。偶然性充当了小说情节的结构和推动力量。这种受制于偶然性的人生命运似乎是小说所描述的那个历史时代的缩影和明证，也似是人类生存境遇的隐喻和寓言。多数新历史主义作品都表现出对偶然性的强烈兴趣，并通过对历史偶然因素的渲染，加进自己对历史进程的参与欲望和主观态度。但这种对偶然性的执着，常使文学中的历史弥散为一种为迷雾般偶然无定、随风飘浮的历史尘埃。这种历史书写，尽管可以洞察历史中某些久受压抑的心理情感和深层人性内容，但旋即被一种非历史、非理性的洪流和时时流露出的嬉戏态度裹挟而去。

作家的历史主体性和阐释地位无限膨胀之后，作家与"话语讲述的时代"和"讲述话语的时代"的辩证对话链条就随之断裂，那种"指向当代的历史对话"[15](P12)也就流产了。伊格尔顿指出，"极端历史主义把作品禁锢在作品的历史语境里，新历史主义把作品禁闭在我们自己的历史语境里，从某种意义上说，这两家永远只会提一些伪问题"[16](P11)。这种指责虽未必公允，但历史客观性与主体性、必然性与偶然性之间的平衡问题，的确是新历史主义的理论和实践难题。

## 四、历史和文学的边缘意识形态化

新历史主义文学批评将文学置于历史现实与意识形态两种作用力发生交汇的场所，认为文学不是反映作为背景和对象的历史现实，而是在"文本间性"基础上，通过"商讨""交换"和"流通"等富于平等对话色彩的手段，与历史现实的各种力量相互塑造。

文学与意识形态之间的关系是一个聚讼纷纭的问题。在此问题上，历来存在两种尖锐对立的极端立场。一种观点认为，文学是特定形式中的意识形态，仅仅是对所属时代意识形态的表达。另一种观点则基于文学作品挑战其所面对的意识形态这一事实，认为真正的文艺通常超越时代和历史的局限，使人们能够洞察到被意识形态所掩盖的事实。这两种观点都失之简单化。阿尔都塞试图调和二者，提出文艺与意识形态之间是一种复杂关系：意识形态是人们经验现实世界的各种想象方式，文艺依存于意识形态，又设法与之拉开距离，以便使人们能够"感受"和"直觉"文学所寄身的意识形态。受其影响的批评家伊格尔顿认为，文学批评任务就是"找出那个使文学作品联结于意识形态又使其疏离于意识形态的规则"[17](P19)。

沿着这一思路，新历史主义文学批评多集中于对文本与社会秩序及主导意识形态之间的两种根本关系——巩固关系与破坏关系——的揭示上：或侧重于主导意识形态对社会和文学中异己因素的同化、缓解和利用后者对于前者的无意识配合作用；或侧重于文化产品对意识形态统治的瓦解作用。格林布拉特觉察到，统治权力话语对文学和社会中的异己因素往往采取同化与打击、利用和惩罚并用的手段，以化解这些不安定因素；而文化产品及其创作者则往往采取反控制、反权威的手段对意识形态统治加以颠覆和破坏，于是在反抗破坏与权力控制之间形成一个张力场。文学对主流意识形态的挑战性以及由于这种挑战性被化解而造成的妥协性同时存在于这个相互作用的张力关系之中。

新历史主义文学批评通过强化政治批判性来体现自身的意识形态性，认为阐释者对历史的批判必然包含着对当代的批判。这种批判虽不能立刻颠覆现存的社会制度，但可以对这种制度所依存的原则进行质疑。因此，其批评总是努力寻求意识形态表象之下被压抑和化解的破坏性因素，并通过对被压抑过程和方式的揭示来呈现这些因素与社会统治权威之间错综复杂的关系。应该肯定，新历史主义的这种理论与实践对所处资本主义国家的种种内在原则具有一定的批判功能。

在操作方面，它首先重视分析文本中的思想、主题和意义的存在条件，揭示它们背后被压制的异己因素，探究它们与主导意识形态之间的那些游移不定的关系。通过对这些复杂性的揭示来体现文学的意识形态性，进而向统治制度和主导意识形态的内在原则提出挑战。其通用策略是边缘化：关注边缘人物，撷取边缘史料，采用边缘立场，得出边缘结论。边缘化本身所具有的"非中心"潜能，常常使处于中心的各种话语露出破绽，使主流意识形态的深层基础显出裂隙。

在文学创作中，其意识形态性通常以两种不同方式体现出来：要么直接表达其意识形态内容和目的；要么以"一元对立"的思维方式通过对主流意识形态的线性"疏离"来曲折表达。《温故一九四二》属于前者，作品直接向"只漫步在堂皇大厅"的正史提出了控诉和挑战。格非的小说《边缘》则属于后者。小说以处于生命边缘的老者"我"在弥留之际的灵魂坦白为线索，讲述"我"从少年麦村阶段经军旅生涯向晚年麦村阶段回归的人生旅程。作品涉及抗日战争、解放战争和"文化大革命"等重大历史事件，但始终围绕着众多小人物在生与死、善与恶、罪与罚、忠诚与背叛之间的边缘精神状态展开叙述，描绘了"大写的人"悲剧性地变成"小写的人"的边缘化过程。这是人类在历史和战争中真实处境和灾难命运的隐喻和寓言。边缘化的不幸处境提供了一种参悟人生的良机。作品基于某种人性立场，通过疏离意识形态的方式对主人公所处时代的政治生活进行了无声的控诉，曲折地向主流意识形态投去了疑团，引起人们对历史现实合理性的反思和质疑。

边缘与中心处在"二元对立"之中，一味坚守边缘则易造成僵化，而且会使边缘成为新的中心和主流，从而使抵抗变成投降，颠覆转为顺从，并导致文学新颖性和独创性的丧失。伊格尔顿指出，如果对狭隘的、总体性的意识形态的批判变得程式化，就会"成为意识形态的颠倒的镜像，用理论上和谐的散光来代替近视"[18](P334)。新历史主义的批评和创作时时面临着这种危险。

总之，新历史主义文艺思潮对文本的历史性与历史的文本性、大历史与小历史、客观性与主体历史、中心话语与边缘话语、官方立场与民间立场等对立项之间的复杂关系做出了宝贵的探索，并以对后一项的特殊强调而显出自己的倾向和特点。然而，它也面临陷入这种二元对立的思维误区而使自己沦为自己颠覆对象的牺牲品的危险。

新历史小说研究资料

**参考文献：**

[1] Greenblatt. Introduction: The Forms of Power [J]. Genre 7, 1982.

[2] Greenblatt, Gunn. Redrawing the Boundaries [C].NewYork: The Modern Language Association of America, 1992.

[3] Greenblatt. Renaissance Self-fashioning [M].Chicago: The University of Chicago Press, 1980.

[4] 詹姆逊.政治无意识 [M].北京：中国社会科学出版社，1999.

[5] 张京媛.新历史主义与文学批评 [M].北京：北京大学出版社，1993.

[6] Paul Hamilton. Historicism [M]. London: Routledge, 1996.

[7] 朱立元.当代西方文艺理论 [M].上海：华东师范大学出版社，1997.

[8] 张清华.十年新历史主义文学思潮回顾 [J].钟山，1998（4）.

[9] 盛宁.人文困惑与反思 [M].北京：三联书店，1997.

[10] 陈思和.笔走龙蛇 [M].济南：山东友谊出版社，1997.

[11] 王岳川.重分文学史与新历史精神 [J].当代作家评论，1999（6）.

[12] 巴尔特.符号学原理 [M].北京：三联书店，1988.

[13] 巴尔特.符号学美学 [M].沈阳：辽宁人民出版社，1987.

[14] 南帆.文学的维度 [M].上海：三联书店，1998.

[15] 王彪.新历史小说选·导论 [C].杭州：浙江文艺出版社，1993.

［16］伊格尔顿.历史中的政治、哲学、爱欲［M］.北京：中国社会科学出版社，1999.

［17］Terry Eagleton. Marxism and Literary Criticism［M］. London, Methuen&Co Ltd, 1976.

［18］伊格尔顿.美学意识形态［M］.桂林：广西师范大学出版社，1997.

原载《文史哲》2001年第5期

# 走进历史隧洞的女性写作

刘思谦

据研究者判断，兴起于20世纪80年代中期的新历史小说由于游戏历史等种种原因，走过了一条与西方新历史主义十分相似的路，到90年代末便不可避免地走向衰落[1]。这一结论的可疑性首先在于将我国的一种创作现象与西方的某种文论思潮不恰当地作简单化类比；而且，就新历史小说的创作实际而言，论者所关注的主要是一些先锋作家的新历史小说，而女性新历史小说显然未能进入研究者的视野。女性新历史小说自20世纪80年代末90年代初加盟以男性为主体的新历史小说创作以来，其发展趋向一直呈上升势头，引人注目的佳作不断涌现。到了世纪之交，一套以女作家观照演绎女性历史故事的"花非花·历史小说系列"出版问世，标志着女性新历史小说创作的走向成熟，完全可以和男性新历史小说比肩而立了。她们从来也没有游戏过历史。历史对女人而言，是一个幽暗漫长深不可测的黑色隧洞，是貌似公正客观实则冷漠残忍，对女人不是吞噬遮蔽便是任意涂抹扭曲的一个庞大的却又看不见抓不住的幽灵。女作家们以个体言说的语言之光走进这历史的隧洞，面对这历史的幽灵，唯有小心谨慎兢兢业业，哪里敢存一丝一毫的游戏和怠慢？

面对女性新历史小说的存在，研究者要做的事是寻找其不同于传统历史小说与男性新历史小说的写作特征，而不是视而不见漠然置之，更不是随心所欲地预言她的衰亡。

女性新历史小说仅仅是女性写的历史小说吗？在这里，性别的因素（即女性为言说主体）和题材的因素（即以历史题材为创作内容）是必要因素却不是唯一因素和全部因素。在其全部因素中，包含着一个重要的不可忽略的"新"字。女性新历史小说新在哪里？需要进行两个层次的比较：一是她相对于传统历史小说而言；二是她相对于男性历史小说而言。

正是在这样两个层次的比较中，女性新历史小说确立了自己的独特性。

## 个性生命本位的历史观与历史的时间性结构

历史永恒的与普泛的时间维度是任何一种历史观的前提。诚如海德格尔所说，"历史是生存者的此在所特有的发生在时间中的演历"，"时间性绽露为此在的历史性"[2]。这里的"此在"，即个体生命的只有一次的此生此世的存在，也就是马克思所说的"任何人类历史的第一个前提无疑是有生命的个人的存在"，"历史不过是追求着自己目的的人的活动而已"。历史的主体是人，是有着各种各样追求目的的、活动着的、有感知能力思维能力的个人。在构成历史的过去、现在、未来的时间维度中，有无以数计的一代又一代的个体生命一次性的时间性存在。历史叙事如何处理自己的时间结构，在时间维度中解决历史时间与个人时间的关系，在一定程度上表现了作者的历史观，也就是他对历史与人与个人关系的认识。形形色色的传统历史观从历史的时间维度中抽离了个体生命的时间性存在，将历史的时间性凌驾于个体生命的此在时间性演历之上，使历史时间成为外在于人的冰冷的无视个体生命价值的抽象性存在。所谓帝王将相改朝换代的历史观，所谓阶级斗争、路线斗争成败得失的历史观，其时间结构毫无例外是排除个体时间性的，填充在他们"城头变幻大王旗"和"从一个胜利走向另一个胜利"的线型时间结构中的人，是失去了生命活力和主体性的与历史的变幻更替过程——对应的政治符号。对于这样的时间观和历史观，福柯认为是一种僵硬的线型连续性的思维系统，"时间在这个系统中被设想为整体化术语，而革命在这里从来就意味着觉醒"[3]。这样的历史观和时间观不允许任何的差异和例外，主宰一切凌驾一切的是那些先验和超验的诸如"规律""定理""原则""革命""觉醒""胜利""牺牲"等等绝对理念，而个体生命千差万别的和丰富复杂的在时间中的遭遇和对时间的感受则被压抑和扼杀。一些"十七年"革命历史小说的所谓"史诗性"结构便是这样的时间结构。杨沫写《青春之歌》，尤其是她后来迫于一个名叫郭开的无限上纲的批判的压力，勉为其难地对原著版本做了大幅度的修改，并特意增加了林道静到农村去以对应小资产阶级知识分子与工农群众相结合的定理。主人公林道静的生命历程，她和3个男友余永泽、卢嘉川、江华的爱情关系被纳入历史时间结构之中，分别对应着其各自代表的阶级性，为的是说明"革命"对应着"觉醒"，说明知识分子思想改造和阶级立场转变的主题，说明知识分子必须如何如何才能如何如何的定理。历史时间的整体性吞噬了林道静及其3个男友个体生命的差异性和个人对时间的独特体验，成为政治意识形态的刻板划一的道具。

女性新历史小说是个体生命本位的历史观和时间观。女作家们以个体生命时间的唯一性和不可替代性，恢复了个体生命在历史时间结构中的主体位置，打通了历史时间与个体时间的阻隔，个体此在生命的刻度及个人记忆个人感受成为铭刻在历史时间上的抹不去的生命年轮。这样，由于生命的此在性进入了历史的时间框架，历史的本来面目和形形色色历史代言人墨写的谎言便无可逃遁了。方方的长篇小说《乌泥湖年谱》采用了历史时间的编年史体例，其副标题便是"1957—1966"。正史在这个年代所必须书写的内容被作者淡化处理，作为一个历史的背景高悬在天空，而充实在这个特定的历史时空框架里的，是一个一个普通家庭普通知识分子们、男人与女人们、大人和小孩们在这些历史时间中的遭遇，是作为个人的个体生命在这些年代里无力掌握个人命运的悲凉，是无情的历史车轮碾过一个个个体生命时间的无奈。方方的历史叙事策略是以具体的个体生命此在的生存填补历史时间"1957—1966"所留下来的巨大的历史空洞，由一个个知识分子的时间性存在所构成的知识分子的群体命运，来解释历史时间所理应包蕴的人性内涵。项小米的《英雄无语》里，作者捕捉住红军将士在湘江战役中牺牲的两个数字——六千和两千，感觉到这是"两个和我血肉相连的数字"。项小米对这两个历史数字的血肉相连感，来源于这两个血浓于水的生命数字进入了冰冷的历史时间框架，历史时间的血腥冷酷残忍"使我震惊并且悲痛难抑"。个体生命时间在历史时间维度中由不在场到在场，女性新历史小说叙事的时间框架便发生了微妙的变化，例如众多的女性家族史小说如《羽蛇》（徐小斌）、《栋树的囚徒》（蒋韵）、《我们家族的女人》（赵玫）、《祖父在父亲心中》（方方）、《你是一条河》（池莉）、《赤彤丹朱》（张抗抗）等不约而同地找到了"代"这一代际关系中个体生命范畴，并以此串联起历史时间中生命与生命的相关性，由个体生命在"代"的范畴中的主体性存在，去质询、审视判断历史时间的价值或伪价值。《羽蛇》

以五代女人生命故事串联起来的时间之网，铭刻着太平天国、辛亥革命、40年代、"文革"十年及80—90年代历史时间中女人的命运沧桑，五代女人在性别与政治共谋的历史大舞台上一代又一代地演历着生命自由被剥夺和被压抑的此在历史；《赤彤丹朱》中母亲朱小玲的生命时间以1951年为界，标志着她美好的青春梦幻的破灭和漫长的政治梦魇的开始，自此，母亲朱小玲被权力强制性命名为"伪镇长反革命父亲的女儿""反革命分子张恺之的妻子"和"有历史问题的囚犯"。朱小玲感觉到自己成为时间的"弃儿"，而作为人与作为女人的朱小玲却永远沉没在历史的隧洞之中。又如十年"文革"中1968年这年，对许多人来说都是一个惊心动魄的难忘的历史时间，对于《栋树的囚徒》中50年代初参加革命的苏柳来说，则是被一个又一个的批斗会逼到高耸入云的烟囱顶上，承受着生死两难的抉择。她既不敢承担死也不敢承担生，生不如死或死不如生的两难悖论折磨着她脆弱的肉体和灵魂，结果是成为一名苟活者，在人的尊严丧失殆尽的10年牢狱之后成为一名自觉的告密者。她出狱后面容呆滞双手按膝俯首帖耳的姿态，成为历史时间框架中一个虽生犹死的生命定格。

## 历史文本的性别内涵与将心比心的女性经验

西方新历史主义对历史理论的一大贡献是确立了历史的文本性和文本的历史性。历史的时间维度决定了历史是一个转瞬即逝的，其终极和本原的面目难以捕捉和定型的存在。留传至今的一切有关历史的叙述充其量是一种历史的文本，而历史的文本又是生存在历史中的被历史所限制的人所书写的。这被历史所限制的人就包括人的时间、空间局限和性别局限，也包括一个时期由权力话语、主导意识形态、文化氛围等共同营造的一个时期特定的作为个体的人所很难挣脱的历史语境。历史的文本性极大地鼓舞了生存在历史中的人（男人和女人）书写历史的热情。既然前人留下的史料不过是一种文本，那么我们就不必拜倒在它的脚下不敢越雷池半步。既然历史文本是人写的，那么你能写我也能写，男人能写女人也能写。历史文本有性别吗？或者说历史文本的性别内涵来自何处？几千年的文明史是父权制的历史，女人没有历史，或者说女人被剥夺了书写历史和在历史中为自己辩护的权利。男人的历史尽管少不了女人来陪衬和烘托，但这一切和女人的真实历史或真实的女人无关。对于男人们写的浩如烟海的历史文本（史料），我们不说是无不打上性别的烙印，而说充满了男性的偏见和谬见，大体上是符合事实的。我们说历史文本与性别有关，不是说历史天然地或必然地具有性别内涵性别特征，也不是说性别是历史的唯一特性，而是说由于历史文本的书写权掌握在有性别局限的男人手里，就很有可能影响到书写者对史料的取舍芟夷、加工想象乃至无中生有任意编排褒贬，并由此带来了历史文本中的性别内涵性别局限。也就是说，历史文本的性别内涵通过有性别（包括自然性别与社会性别）的历史书写者来实现。香港女学人陈顺馨的研究专著《当代文学中的叙事与性别》便是以性别视角研究叙事与性别的关系，以大量的叙事文本的实例，证明了历史文本的性别内涵主要是叙事当事人意识不到的性别无意识投射到文本中，从而在不知不觉中影响到文本的叙述声音、叙述角度以及叙述立场，影响了文本的思想价值意向，损害了人物，尤其是女性人物的真实[4]。女性新历史小说也是一种历史文本，是女性以言说主体的身份言说历史的文本。"女性所能够书写的并不是另外一种历史，而是一切已然成文的历史的无意识，是一切统治结构为了证明自身的天经地义、完美无缺而必须压抑、藏匿、掩盖和抹煞的东西。"[5]女性写作者以自己作为人与作为女人的历史眼光与性别眼光看历史，看生存在历史中的男人和女人时间性的此在生存，发现了传统的帝王将相历史观、阶级斗争历史观和男性历史无意识性别无意识所无法发现的人类另一种生存的真相。这是20—21世纪之交女性自我意识的曙光对历史隧洞的照亮，体现了女性书写历史的勇气和智慧。

这使我想起了丁玲在1942年延安整风前夕所写的《我在霞村的时候》《夜》和《三八节有感》《风雨中忆萧红》等一组作品。这一组写在对女性来说算得上是"幸运"的历史瞬间的作品，让我们看到了飘荡在根据地天空中的乡土中国封建体制和封建意识的乌云。贞贞的遭遇集民族压迫、阶级压迫和性别压迫于一身，而性别压迫又是所有压迫中最隐秘和最不便说出的一种（《我在霞村的时候》）。农村干部何华明对待他的没有名字的妻子的态度，暴露出乡村中国的家庭结构，即使是在解放区根据地，也依然是女性对丈夫的绝对依附和服从。在他看来，他的妻子不过是一个"生育机器"和"做饭机器"，如果做不成"生育机器"，就仅仅剩下了"做饭机器"这一种"功能"，还不如他的牛和鸡，连个"物质基础也不是"（《夜》）。在这样的历史条件下，丁玲意识到了来自大城市知识女性的自我正在一天天地"消溶"，意识到"女人要取得平等，得首先强己"（《三八节有感》《风雨中忆萧红》）。丁玲当年的书写对于我们来说已经成为一种历史文本，遗憾的是她后来由于权力的压抑和自我压抑而没能把这种拒绝"消溶"的书写进行下去，而在经历了半个多世纪风雨之后由她的女儿的女儿即五六十年代出生的一代女作家们在女性新历史小说中得到了延续和发展。

在如何对待前人的历史文本（史料）上，女性和男性出现了分野。例如王晓玉写赛金花，就遇到了清末士大夫文人曾朴的《孽海花》，将她写成了类似淫女荡妇似的乱世妖孽；也遇到了国防文学倡导者夏衍出于民族斗争的需要，将其塑成了一尊"九天护国娘娘"（鲁迅语）。现代海外女作家赵淑侠也写了一部长篇小说《赛金花》对以上男性偏见作出了校正，却对传主赛金花大半生的职业角色——青楼卖笑的妓女缺乏体察，多多少少拔高了她的女性意识与人权思想。王晓玉对前人与今人的历史文本一一辨识，作出了自己对传主的独特把握与选择——"凡尘"，也就是一个普普通通的善良而又爱慕虚荣的彼时彼地生活中的女人。庞天舒写王昭君，遇到了画师毛延寿索贿被拒而丑化昭君画像，历代文人们于此穿凿附会想入非非的历史文本，也遇到了现代剧作家曹禺的五幕历史剧《王昭君》（1978），把传主定位到"和亲使者"这一政治身份，写到昭君受封"宁胡阏氏"而匆匆收笔。庞天舒在研究了这些历史文本之后认为，《汉书》《后汉书》的只言片语及曹禺的《王昭君》都把重点放在出塞这一使命上，没有写出王昭君作为一个女人丰满完整的一生。她根据《汉书》上昭君到塞外先后嫁了两位匈奴君主，生了一男二女的记载，并且根据她自己到过草原，钻过蒙古人的毡包，喝过他们的奶茶的经历，想象"如果命运从此把我投到这里，我该怎样生活呢？天苍苍，野茫茫，何处是我的落脚点呢？"。于是，她把自己的写作重点，定在了出塞以后的王昭君，定在了王昭君作为一个草原女人那博大的母性，以自己的生命体验写出了她从青春少女到白发母亲的情感世界。作家的诗意想象丰富了历史时间的此在生命时间，将空洞的"和亲使者"演历为一个女人真实饱满的人生历程。又如同是以武则天为传主的长篇小说，苏童的《武则天》与赵玫的《武则天》大相径庭。苏童将自己的文本定位为"中规中矩的历史小说"，也就是中男权历史之规和旧历史文本之矩，在这样规矩的雷池中，他"不出史料典籍半步"[6]。结果不过是复制了又一个武则天的旧历史文本而已。赵玫则不同。她在钻进故纸堆认真查找史料中的武则天的同时，对其中由于性别偏见而对武则天的任意曲解保持了清醒。她说："我不想在重塑历史时重陷历史的泥潭。我必须摆脱那种貌似正统公允的男权的圈套。为什么古人的论断就一定是不可逾越的呢？我应当拥有一种批判的意识革新的精神，历史也许才会闪出新的光彩"[7]。这样，赵玫的《武则天》对于由众多历史文本堆成的故纸堆是既入乎其内又出乎其外，既熟悉了历史又驾驭了历史，经过对于庞杂史料的爬梳辨析，她有认同也有质疑，有分析批判也有同情和辩诬。赵玫说她要探讨的是"一种人性的可能性、心灵的可能性，以及历史人物生存选择的可能性"。赵玫所创造的武则天是一个具有人性妻性母性与皇后、皇帝角色的复杂性与丰满性的"这一个"武则天：她一生都在欲望和权力之海中挣扎，权力成就了她的欲望，也腐蚀了她的人性和母性、伤害了她的亲情和爱情，最终在正阳宫里孤独无依地结束了她有怨有悔的一生。赵玫说："我只是尽力从一个女人的角度去诠释她，从她为才人为帝妻为人母为女皇这几重角色来开展她心灵的挣扎。"这也就是将心比心地、设身处地地把武则天作为一个具体的历史中的女人来感知、体察、揣摩和必要的想象，使一个曾经活在历史中的女人带着她当年的呼吸和体温，她的欢乐和痛苦，她的可感可触可知的血和肉，穿越历史的隧洞，来到今天。这也正是所有女性新历史小说写作的基本策略。

　　苏童说他"没有虚构一个则天大圣皇帝和欲望"，因此他的《武则天》只能落入有关武则天历史文本的"窠臼之中"。这是对新历史小说艺术虚构的误解。历史与文学之间并没有一道森严的不可逾越的壁垒。"历史和文学作品在虚构这一点上可以类比"（海登·怀特）。就是那个他不得不陷入的有关武则天的历史文本的"窠臼"，又何尝没有虚构和想象呢？文学对历史人物的虚构不可能是毫无凭借地平地起高楼，而是以对史料的熟悉、辨析为基础，在历史与文学、纪实与虚构之间开辟出自己艺术想象的空间，展开符合历史人物人性的和心理逻辑的合理想象合理虚构。在这里，想象和虚构前面的"合理"二字很重要。现代女作家与自己的写作对象隔着遥远的与辽阔的时空距离，女性新历史小说穿越时空隧洞、思接千载梦游八方的女性之思，以什么作为自我与历史的桥梁呢？徐小斌在谈到《羽蛇》的创作时，认为最好的办法是"找到一个把自己的心灵与外部世界对接的方法"，这自己的心灵与外部世界（历史世界）的对接点，便是设身处地、将心比心的女性经验。女人和女人的心是相通的。现代女性与女性历史人物虽隔着千百年的时间差与千里万里的空间距离，她们心灵相通相知的可能性就建立在女性经验的相通相知。女性作为一个性别，其生命节律生存方式生存经验这形式上的共同性，使她们有可能以自己的心去感应理解另一颗心，有可能对历史人物的喜怒哀乐行为举止人生选择作出自己的合理揣度和想象，也就有可能对于历来如此的男性历史文本泼在她们身上的脏水连同不切实际的溢美之词作出自己的合理或不合理的判断。合理或是不合理，是一种理性的价值判断，而不是意气用事，凡是男性的文本一概在否定之列的"护短"。赵玫的《武则天》《高阳公主》和王晓玉的《赛金花》等对于她们的传主们性格上的另一面骄奢残忍纵欲虚荣等等均有所保留和批判，并且进而深入分析了她们何以如此的历史的与心理的原因。即使是对于男性历史人物，以女性经验为基础的性别视角，也是透视其内心真实的多棱镜。《英雄无语》中的爷爷、《赛金花》中的洪状元、《陈圆圆》中的吴三桂、《饥饿的女儿》中的历史教师等等，正是在这面多棱镜的透视下，显出其人性的多面性和性格的复杂性，不再是传统历史小说中那种单一的和呆板的人物符号。

上世纪90年代初，河北教育出版社推出了一套22集的女性文学丛书，命名为"红罂粟"丛书。"红罂粟"这个名字据说是女作家自己想出来的，意味着她的美丽诱人，而且是以其美丽和有毒诱人。女作家们好像是认同了女人那红罂粟花的诱惑的功能，自己跳入了男权的陷阱。这是女性以主体言说浮出历史地表之后遭遇到的命名的尴尬，尽管这套丛书从整体上看都是严肃的纯文学创作，并没有一些男性期望和害怕的红罂粟之毒。是出于自我命名的艰难，还是迫于商业文化包装炒作的需要？也许二者兼而有之吧？

几年之后，上海古籍出版社把一套女性新历史小说命名为"花非花·历史小说系列"丛书。这是一种命名上的飞跃。"花非花"语出白居易诗《花非花》中"花非花，雾非雾"诗句。以此命名女性新历史小说，就显得准确而且空灵。似花与非花之间，正是女作家们在历史与文学、纪实与虚构、已然和应然、审美与审丑、形似与神似之间展开艺术想象的翅膀，穿越历史隧洞来到今天和明天的广阔的艺术思维空间。由此可以看出中国女性的历史之思与艺术之思已经走过了一段艰难的旅程。她不会衰落，她的美好前景是可以预期的。

**参考文献：**

［1］陈厚诚，王宁. 西方当代文学批评在中国［M］. 天津：百花文艺出版社，
2000：508.

［2］海德格尔. 存在与时间［M］. 北京：三联书店，1999：429.

［3］福柯. 福柯集知识考古学引言［A］. 上海：上海远东出版社，1998：140.

［4］陈顺馨. 中国当代文学的叙事与性别［M］. 北京大学出版社，1995.

［5］孟悦，戴锦华. 浮出历史地表［M］. 河南人民出版社，1989：4.

［6］［8］苏童. 苏童文集·后宫·武则天［M］. 南京：江苏文艺出版社，1994：1.

［7］赵玫. 武则天·女皇［M］. 上海古籍出版社：564.

原载《周口师范学院学报》2003年第1期

新历史小说研究资料

# 莫言与新历史主义文学思潮

## ——以《红高粱家族》、《丰乳肥臀》、《檀香刑》为例

张清华

## 一、缘起

大约是在2000年举行于台湾的两岸作家大会上，莫言发表了一篇题为《我与新历史主义文学思潮》的演讲。这篇演讲后来贴于网上，并且很有些反响。而他的这个演讲题目，又缘起于我发表在1998年《钟山》第4期上的一篇《十年新历史主义文学思潮回顾》的文章。莫言在演讲中引用了此文中的一些意思，大约表示了一种"有保留地同意"的态度：一方面对"袋子"式的概念无可奈何，另一方面又觉得它可能对他的一部分具有明显历史叙事特征的作品作了有意味的解释，特别是有关《丰乳肥臀》所受到的误读，在这篇文章里可能得到了一点矫正，因而略感到了一些欣慰。

这里重提此事，倒不是对作家莫言表达什么唱酬之意，说到底，无论是什么"主义"都是言不及意的比喻，作家不会认真，批评家也不能傻到只认死理。职业的缘故有时需要"袋子"，而我之所以使用这样一个词来概括当代文学中的一类写作现象，也是出于对当代思想文化进程的一种比附。不过这里之所以下决心重写一篇东西，有这样几个原因。一是我在那篇文章中，对于莫言的小说之于"新历史主义文学思潮"的意义的阐述，还限于片断和蜻蜓点水的提及。二是反思此文，有武断和短视之处，如我当时对这一思潮的未来趋向的评估，就认为是已经"走向衰落"，认为以几个青年作家（苏童、格非、北村、赵玫、须兰）同时写了几部《武则天》为标志，认为新历史主义小说已经

陷入了商业化的"游戏历史主义"写作。现在看，这样的结论也还是为时尚早和失之简单的。三是就莫言本人来讲，他的具有"新历史主义"特征的小说写作并没有结束，相反在2001年他还推出了《檀香刑》，这部作品和他十多年前作为新历史主义文学思潮之滥觞的《红高粱家族》、1995年作为新历史主义小说扛鼎之作的《丰乳肥臀》一起，成为莫言所贡献出的一个至为重要的系列。它表明，莫言不仅是当代作家中最具历史主义倾向、一直最执着地关注着20世纪中国历史的一个，而且这种关注还体现了强烈的人文性和当代性，对当代文学的精神走向起着重要的影响作用。

还有一个理由——我以为这也可能是最重要的一点，即："新历史主义文学思潮"无疑构成了当代文学"主潮"的一个核心。这不但是因为"文学的历史叙事"在中国的文学中有着久远的传统，在当代的文学史中一直有着重要的地位，而且就当代的思想乃至社会政治而言，关于"历史"的观念的变化，一直是一种敏感的讯息，是"现实"的变革的一个起点和前提。历史观念中的新的思想资源，直接推动着当代文学乃至思想文化的变革，或者就是当代文学文化与思想变革的一个隐喻。所以某种程度上，文学中关于历史的叙述，是当代知识界人文思想的一个重要来源，是当代知识分子人文主义精神实践的一部分。事实上，在80年代后期以来的几乎所有的重要和优秀的文学作品，都可以与这一思潮联系起来。

基于这些理由，我想，很有必要对莫言的几部作品作一个联系起来的系统考察。考察它们可以有助于了解中国当代新历史主义文学思潮的整体发展脉络，对其特点有一个更深入的认识，因为它们的确可以称得上是这一思潮在不同发展阶段的标志性作品。

显然，将"新历史主义文学思潮"作联系的考察，还有一些新的佐证，比如2001年问世的另一部李洱的长篇小说《花腔》，也是一个很好的代表。在此前后问世的类似作品还有不少，像尤凤伟的《中国1957》对当代历史的一种书写，荆歌的《枪毙》对"文革"历史的讲述，特别是还有格非在2004年的新作《人面桃花》对现代中国历史的别一样态的民间化叙述，等等。它们对20世纪中国血色历史的描写，都采用了鲜明的个人化、民间化和边缘化经验的方式，讲述了被通常的历史叙事与历史结构所忽略、删节、遮蔽和扭曲的那些部分。从叙述的本体到叙述的方法，它们可以说都打上了新鲜的思想印痕，可以看作是对"历史本原"的一种复归和找寻的努力，对国家化和政治化历史叙述的超越的尝试。它们表明，新历史主义文学思潮作为一种有浓厚的人文与启蒙主义思想的文学思想运动，还远未结束。更何况，每一个时代实际上都是处在对历史的不断"重写"和解释的过程中。所谓"历史"，在根本上就是"常新"的。

关于"新历史主义"的概念也还需要作一些说明。有一种看法，总是把"新历史主义"这一概念与当代西方的新历史主义思潮作等量齐观的理解，这样的看法未免过于机械了些。实际上对中国人来讲，新历史主义不但很"新"，同时也很"旧"，在小说中"新历史主义"的出现，也比在理论界出现得更早。这个问题我认为需要从两方面来加以澄清。

一方面，中国人传统的历史观念中有很多与当代西方的新历史主义理念相通的东西，比如"野史"和"稗史"中所隐含的非主流或反正统的历史构造理念；比如在"文史一家"的习惯中所蕴含的"历史诗学"的理念——中国的史传文学传统可以说同时影响了历史和文学两种学科，使它们彼此失去了界限，彼此成为互相评价的标准——"诗"所具有的"史"的品格，以及"史"所具有的"诗"的境界，以及完全"文学化"了的"修史"方法，所谓"演义""外史""志异""秘史""别传"等等；比如在"仿写"和"续写"的"寄生性写作"习惯中所蕴含的"解构主义"理念，包括俞万春改《荡寇志》、金圣叹"腰斩"《水浒》，还有在四人奇书和《红楼梦》之后产生的大量仿作、伪作、续作等等，它们本身就构成了一种"解构主义"的活动；还比如，在传统讲史小说中包含了对历史必然论、终极性和绝对真实性等观念的质疑，如《三国演义》开篇的"是非成败转头空""古今多少事，都付笑谈中"的说法，与此相联系的还有文人的生命本体论哲学思想所延伸出的一种历史观，它从个体生命经验的角度对历史施以消解和"中性化"的处理，对道德历史主义的主流价值方式予以"中和"——历史并不存在"进步"之说，而是与感伤主义和生命本体论一体同构的"循环论模式"，即"天下大势，分久必合，合久必分""滚滚长江东逝水，浪花淘尽英雄"。生命本体论的世界观导致的感伤主义哲学和美学，成为小说家衡量历史的基本价值尺度。所有这些，都同当代的新历史主义理念构成了内在和"巧合性"的联系。特别是在经过了一个意识形态化的历史叙事和政治的主流历史观念处于绝对统治的时代之后，更"旧"

的古典传统的历史叙述方法及其叙事美学，本身就具有了某种"新意"。

另一方面，虽然作为理论形态的"新历史主义"在当代中国的出现基本上是90年代的事情，但是作为"新历史主义"的方法论基础的"结构主义"和"后结构主义"的出现，却是在80年代。中国当代的知识分子当然可以借用结构主义、后结构主义、存在主义、精神分析学等等理论来改革他们的历史叙事，而不必要等到现成的"新历史主义"理论输入之后。比如80年代中期的"非非主义"诗人早就在诗歌中开始了他们的解构主义写作实践，而这时对理论界来说，结构主义还只是一种遥远的"知识"；在同时期的小说中也可以找到一些例证，比如在1980年问世的王蒙的《蝴蝶》中，其实就已经有"词语决定命运""语言即权力"之类的丰富体验和自觉反省了。所以毫不奇怪，在理论界还不大知道新历史主义为何物的时候，其实小说家们早就开始了"新历史主义小说"写作了。

## 二、《红高粱家族》和新历史主义小说的兴起

关于"莫言与新历史小说"的话题出现是非常早的，浙江的小说家和批评家王彪1993年就在他编选的《新历史小说选》（浙江文艺出版社）的序言中指出了《红高粱家族》"作为新历史小说滥觞的直接引发点之一"的意义。他同时还强调了乔良的《灵旗》等作品的作用。但在这里，我想特别补充一点，几乎所有的论者都把一个不应忽视的作家忽视了——这就是扎西达娃，他早在1985年问世的西藏系列小说中，有的已经堪称是非常成熟的"新历史主义"叙事，如《西藏，隐秘岁月》就是典型的例子。在这个小说里，他用完全不同于"现代历史"的思维方式，用藏族人自己的时间观与生命意识，叙述了藏族人自己的文化概念中的历史。所以在此意义上，作为"滥觞"的作品应该还不仅限于莫言。

但我之所以重视《红高粱家族》（1987，作为中篇系列大都发表于1986年），是因为它典型地体现了一个必然和重要的过渡——从"启蒙历史主义"到"新历史主义"的过渡。从历史联系的角度看，《红高粱家族》显然与刚刚落潮的"寻根文学思潮"有应和关系，但由于莫言接受了更多"新知"的刺激，使得他比之寻根思潮又有了许多"新"意。后来莫言的一些言论也说明，

他这时已经意识到了寻根文学的困境，即目的承诺与写作内容之间发生了先在的不可解决的冲突，他们所热衷寻找的难免带着"落后"和"愚昧"色彩的民俗文化本身，实在无法成为"改造和重铸当代文化"的摹本。莫言说，原指望用这些东西"为中国指一条道路，使中国文化有个大致的取向"，但"又觉得这是不可能的，这样发展下去，又是一个恶性循环，又回到原来的起点上去了"。[1]的确，在韩少功的"灿烂的湘西文化"中、贾平凹的"商州古风"里、李杭育的往日的"葛川江"的清流中，还有阿城笔下的"现代道家传人"王一生的人格构成里，人们都实难找到兑现他们的承诺的依据。

在这种情况下，降解庄严的文化启蒙使命和改用纯粹诗学的眼光来审视历史，便成为寻根小说之后"文化/历史主义"写作潮流的一个出路，"红高粱系列"就这样应运而生了。与寻根小说家们热衷于追寻"风干"了的"文化风俗"的兴趣有明显的不同，莫言在这些作品中表现出了强烈的历史倾向，可以说，从"文化主题"转向"历史主题"，《红高粱家族》是一个标志。而且它所讲述的民间抗日故事，可说是这类小说中第一部刻意与"官史"视角相区分的作品。

作为具有"新"的历史主义倾向的小说，《红高粱家族》的特点首先表现在对正统历史的改写上，这可以简单地概括为三个方面：一是人类学视野对社会学历史观的彻底取代，将一切历史场景还原为人类的生存斗争，性爱、生殖、死亡、战争、妒忌、仇杀、神秘主义、甚至异化……这些生存的原型母题，瓦解了以往正统的道德意义上的二元对立的历史价值判断，一个"生命的神话"取代了"进化论的神话"。其次，历史的主体实现了"降解"，原来的"中心"与"边缘"实现了一个位置的互换，"江小脚"率领的抗日正规部队"胶高大队"被挤到了边缘配角的位置，而红高粱地里一半是土匪、一半是英雄的酒徒余占鳌却成了真正的主角。对应着这样一个转换，"酒神"也取代了"旧神"的统治地位而成为历史的灵魂，莫言也因此确立了他的以酒神意志为核心的生命本体论的历史哲学与美学。这一点和寻根小说热衷于发掘中国文化中的"非主流"的"地域文化"（比如说韩少功热衷的"楚文化"、李杭育热衷的"吴越文化"等等）可以说是有一脉相承之处，但显然又超出了"地域文化"的范畴。三是民间历史空间的拓展，它用民间化的历史场景、"野史化"的家族叙事，实现了对现代中国历史的原有的权威叙事规则的一个"颠覆"。

在历史被淹没的边缘地带、在红高粱大地中找到了被遮蔽的民间历史，这也是对历史本源的一个匡复的努力。

与寻根文学相比，莫言的小说在历史意识与美学精神上也体现出了民间化的倾向，这是一个微妙的转折。在寻根作家那里，虽然所写的内容与对象是比较边缘和民间的，但他们写作的目的和态度却是相当主流和正统，所以有评论者曾说，寻根文学是当代中国作家"最后一次"试图集体影响并"进入中心"的尝试。而莫言小说中所体现的鲜明的反正统道德倾向，则是他告别这一企图的表现。莫言选择了民间的美学精神，而且这种精神的方向并不指向对所谓"终极真实"的追求，相反它所要体现的，是个人生命意志对历史的投射——用一句常用的话来说就是，他书写了"个人心中的历史"和"生命美学"的历史。

在具体的历史叙述的方式上，《红高粱家族》表现了非常多的"新"意。一是由"两个叙事人"所导致的"现在与过去的对话"的叙事效果。"父亲"这一儿童叙事角色，以他童年的眼光和角度来看"爷爷""奶奶"的生活与历史，既造成了"亲历者"的现场感，同时又留下了"未知"的叙事盲点。另一个叙事者"我"则是"第二讲述人"，一个对话者与评论者，一个"历史的局外人"，但他却充当了一个"全知"角色，他的讲述中充满了对当代文化的愤激的反思、对遥远的传统文明的追慕，他隔岸观火、评述、自省、检讨、抒情……这样就造成了"两个声部"的历史叙事效果，打通了"现在"与"过去"之间的时间阻隔，将历史变成了"当代史"。其次是由"东方主义"与"民族主义"心理驱使下的跨文化概念的历史叙事风格，这典型地体现了80年代中国作家"西方中心主义"理念加"民族主义神话"的矛盾：刻意地夸大小说内容的民俗文化色调，一方面使用了"巫术""仪式""习俗"以及"东方传奇"等内容，来凸显其民族性与地域性；同时又以"酒神""人类学"等跨文化概念暗示出一个国际化（全球化）的背景与语境，虽然80年代关于"东方主义""后殖民主义""全球化"等还是相当遥远的知识概念，但在这里，作家既要构造出自己的民族主义历史神话、同时又要造成"与西方文化的对话"、让西方世界能够看得懂的动机，却是非常明确和意味深长的。

《红高粱家族》在一定程度上弥补和矫正了以往"专业历史叙事"和"文学历史叙事"两个领域中所共有的偏差。可以说，它提供了我们在以往的文学文本和当代的历史文本中都无法看到的历史场景，历史本身的丰富性在这里得到了前所未有的复活。它的"野史"笔法、民间场景的杂烩式的拼接，无意中应和了米歇尔·福柯式的反正统历史的和暴力化修辞的新历史主义的"历史编纂学"，把当代中国历史空间的文学叙事，引向了一个以民间叙事为基本构架与价值标尺的时代。从这个意义上，说它推动了当代新历史主义文学叙事的兴起，应该是不过分的。

## 三、《丰乳肥臀》：新历史主义小说的扛鼎之作

关于《丰乳肥臀》，我在另外的文章中已经反复强调了它的重要，这里另外要强调的是它作为当代新历史主义叙事的一个集大成者的意义。由于它问世以后遭到了太多的浅薄的曲解和粗暴的中伤，所以反复地阅读它之后，我提出了截然相反的看法，我以为这是新文学诞生以来迄今出现的"最伟大的汉语小说之一"。因为它不但最典型，也最充分地体现了莫言汪洋恣肆泥沙俱下的写作风格，而且就我的目光所及，它对20世纪中国历史的充满血泪和诗意的波澜壮阔的书写，对底层人民和知识分子命运的深切关注和感人叙述，在所有当代的文学叙事中都堪称是首屈一指的。这部作品无论其所达到的历史深度与精神高度，还是在艺术手法上的丰富与新颖程度，在思想与艺术上的感染力，都是20世纪汉语新小说诞生以来最罕见的。我们可以充分地肯定先锋作家的新历史主义小说实验，肯定余华、格非、苏童、叶兆言等人的作品中丰富而新异的历史理念与叙事方式的探求，但同样也不要忘记，更具有"历史的建构"意义的，不仅是强调"怎么写"而且更注重"写什么"的，可能还要数莫言以及几位出生于50年代的作家。

在1995年《丰乳肥臀》问世之际，先锋新历史小说已有沉落的趋势，在此前1992年问世的苏童的长篇《我的帝王生涯》中，历史小说已经差不多达到了"虚构的极限"，历史本身在叙事之中已经完全被虚拟化了。而在稍后相继问世苏童、格非、北村、赵玫、须兰等人的同题"竞卖"小说《武则天》，则更有陷入商业化陷阱的嫌疑。所以我曾据此判断新历史主义文学思潮已经堕入了"游戏历史主义"的末流。但由于长篇小说的写作周期要更长一些，所以在90年代中期以后，仍然不断有作为典范的长篇新历史主义的作品问世。而在《丰

乳肥臀》中，此前新历史主义小说的各种特点又得到了一次全面和淋漓尽致的发挥。

　　我之所以把《丰乳肥臀》看作是新历史主义的"总结性作品"，首先是看重这部作品中的历史含量，以及它纯粹民间的历史立场。如果说先锋新历史小说是在努力逃避历史的正面，而试图去它的角落里寻找碎片的话，莫言却是在毫不退缩地面对并试图还原历史的核心部分。从这个意义上说，莫言的历史主义是更加认真和秉持了历史良知的。在最近的一个演讲中，莫言有一句话令人震动。他说，一个真正的作家并不是"为老百姓写作"，而是"作为老百姓写作"，他本身就是人民和老百姓，"真正的民间写作就是作为老百姓的写作"，[2]这种写作伦理和立场的转变对当代中国作家来说可能是意义深远的。《丰乳肥臀》正是把这部小说当作一个真正的"民间的历史文本"来写作的，他几乎是全景式地再现了一个世纪的历史——并把它完整地交还给了民间和人民，这很重要。虽然我们对"人民"这类"关于存在的形而上学"的集合式概念也应该保持德里达式的质疑，但我依然坚信，当我们在面对一段历史——尤其是一段具有一个完整的"历史段落"的意义的历史——的时候，"人民"，作为历史的主体的意义，仍然是历史正义性的集中体现。这是另一边缘意义上的历史伦理学。上述完整的历史段落是通过"母亲"——上官鲁氏走过了一个世纪的生命历程来建立和体现的。莫言用这一寓言的形象，完整地见证了这个世纪的血色历史，而母亲无疑就是"人民"的集合和化身。这一人物因此具有了结构和本体的双重意义：她既是历史的主体，同时又是叙述者和见证人。莫言十分匠心地将她塑造成了大地、人民和民间理念的化身。作为人民，母亲是20世纪中国苦难历史的真正的承受者和收藏者，她不但自身经历了多灾多难的童年和少女时代，经历了被欺压和凌辱的青春岁月，还以她生养的众多的儿女构成的庞大家族，与20世纪中国的各种政治势力发生了众多的联系，因而也就无法抗拒地被裹卷进了20世纪中国的政治舞台。所有政治势力的争夺和搏杀，最终的结果只有一个——那就是由她来承受和容纳一切的苦难：饥饿、病痛、颠沛流离、痛失自己的儿女，或自己身遭摧残。在她的九个儿女中，除了三女儿"鸟仙"是死于幻想症，是因为看了美国飞行员巴比特的跳伞飞行表演（这好像和"现代文明"有关），而试图效仿坠崖而死之外，其余七个女儿都是死于政治的外力，死于各种政治势力的杀伐争斗，最后只剩下了一个"残废"的儿子上官金童。显然，"母亲"在这里是一个关于"历史主体"的集合性的符号，她所承受的深渊般的苦难处境，代表了作家对这个世纪里人民的命运的概括和深切悲悯。

同时，这还是一个"伦理学"和"人类学"双重意义上的母亲。一方面她是生命与爱、付出与牺牲、创造与收藏的象征，作为伟大的母性化身，她是一切自然与生命力量的源泉，是和平、人伦、正义和勇气的化身；她所永远本能地反对的是战争和政治，因此她代表了民族历史最本源的部分。另一方面她也是人类学意义上的"大地母亲"，她是一切的死亡和复生、欢乐与痛苦的象征，她所持守的是宽容和人性，反对的则是道德和正统。她个人的历史也是一部"反伦理"的历史，充满了在宗法社会看来是无法容忍的乱伦、野合、通奸、杀公婆、被强暴，甚至与瑞典籍的牧师马洛亚生了一双"杂种"——但这一切不仅没有使她的形象受到损伤，反而更显示出她伟大和不朽的原始母性的创造力，使她变成了"生殖女神"的化身。正是这一形象，使得莫言能够在这部作品里继续并且极致地强化了他在《红高粱家族》时期就已经建立的"历史与人类学"的双重主题，使母亲变成这一主题的叙事核心与贯穿始终的线索。

这还是一个作为"民间"化身的母亲。她固守着民间的生命与道德理念，拒绝并宽容着政治是她的品格，所以她最终又包容了政治，当然也被政治所玷污。所有的军队和政治势力都是不请自来，赶也赶不走地住进她的家。在她身上，莫言形象地阐释出了20世纪中国主流政治与民间生存之间的侵犯与被侵犯的关系。她无法选择自己的生活，只能用民间的伦理和生存观念来解释和容纳这一切，这是她作为民间母亲的证明。如果说母亲在她年轻的时代亲和基督教，是因为她经历了太多的"夫权"的虐待的话，那在她的晚年，则是因为她经历了太多的苦难与沧桑。她认同了"乡土化了的"基督教文化，基督的思想并非是她的本意，但她需要用爱和宽恕来化解她的太多的创伤，而这正是人民唯一和最后的权利。莫言诗意地哀吟和赞美着这一切，饱含了血与泪的心痛和怜悯。这是伟大的民间，被剥夺和凌辱的民间，也是因为含垢忍辱而充满了博大母性的永恒民间。从这个意义上，母亲也可以说就是玛利亚，但她是东方大地上的圣母。

显然，母亲这一形象是使《丰乳肥臀》能够成为一部伟大的小说、一部感人的诗篇、一首壮美的悲歌和交响乐章的最重要的因素。她贯穿一个世纪的一生，统合起了这部作品"宏伟历史叙述"的复杂的放射性的线索，不仅以民间的角度见证和修复了历史，同时也确立起了历史的真正主体——处在最底层的苦难的人民。

但《丰乳肥臀》的意义还不止于此，它的另一个重要的人物也同样具有强大的象征与辐射的意义，这就是遭受了更多误读的上官金童。这个中西两种血缘共同孕育出的"杂种"，在我看来实际是20世纪中国知识分子的化身。他的血缘、性格与弱点表明，他是一个文化冲突与杂交的产物，而他的命运，则更逼近地表明了知识分子在这个世纪里的坎坷与磨难。他身上的一切都是矛盾着的：秉承了"高贵的血统"，但却始终是政治和战争环境中难以长大的有"恋母癖"的"精神的幼儿"；敏感而聪慧，却又在暴力的语境中变成了"弱智症"和"失语症"患者；一直试图有所作为，但却始终像一个"多余人"一样被抛弃；一个典型的"哈姆雷特式"和"堂吉诃德式"的佯疯者，但却被误解和指认为"精神分裂症者"……

理解上官金童这个人物，需要更加开阔的视界。在我看来，由于作家所施的一个"人类学障眼法"的缘故，这个人物身上的一些"生物性"被夸大和曲解了。实际上作家所要努力体现的是他身上文化的二元性，这是20世纪中国知识分子的普遍的"先天"弱点的象征。仅仅是他的出身，他的文化血缘就有问题，有"杂种"与怪物的嫌疑，这已经先天地注定了他的悲剧。来自西方的"非法"的文化之父，在赋予了他非凡的气质（外貌长相上的混血特征）、基督的精神遗传（父亲马洛亚是个瑞典籍的牧师）的同时，也注定了他的按照中国的文化伦理来讲的"身份的可疑"。20世纪中国知识分子的不幸困境正是源于这种一元分裂的出身：是西方现代的文化与思想资源造就了他们，但他们又是生存在自己的土地上，对本土的民族文化有一种近乎畸形的依恋和弱势心理支配下的自尊。他们还要启蒙和拯救自己的人民，但却遭受着普遍的误解，这样的处境和身份，犹如鲁迅笔下的"狂人"所隐喻的那样，他本身就已经将自己置于精神深渊之中，因而也必然表现出软弱和病态的一面——他们没有像俄罗斯知识分子那样的下地狱的决心，但却有着相似的深渊般的命运。其实从"狂人"到"零余者"，到方鸿渐、章永，再到上官金童，这是一个连续的谱系。他们和俄罗斯文学中的"多余人"有相似之处，但却更为软弱和平庸。

上官金童注定要成为一个悲剧人物，他的诞生本身似乎就是一个错误，这是文化的宿命。他所经历的一切屈辱、误解、贬损和摧残，非常形象地阐释着过去的这个世纪里中国知识分子的惨痛历史。但他在小说中还有另一个作用，即形成了另一条叙事线索和另一个历史的空间——如果说母亲是大地，他则是大地上的行走者；如果说母亲是恒星，他则是围绕着这恒星转动的行星；如果说母亲是圣母，他则是下地狱的受难者……如果说母亲是第一结构的核心，他则是另一个相衬映相对照的结构的核心。小说悲剧性的诗意在很大程度得益于这一人物的塑造，他使《丰乳肥臀》变成了一个"民间叙事"与"知识分子"叙事相交合、"历史叙事"与"当代叙事"相交合的双线结构的叙事，两条线互相注解交织，从而极大地丰富了作品的历史与美学内涵。

　　"历史的人类学视野"，或者说"历史与人类学的复调叙事"，是《丰乳肥臀》作为一部新历史主义小说的最重要的特征，这是莫言与其他新历史主义小说写作相比最具独创性的特点，也是他一贯的方法。人类学的视角打破了历史的伦理学与社会学视野的框子，使莫言构造了他的反伦理的，甚至是"反进化论"的生命本体意义上的历史诗学，这和他在《红高粱家族》中所构造的"酒神化的历史"是一脉相承的。在小说的开头，这种"人类学的历史诗学"就生发出了令人惊心动魄的磅礴诗意：上官家的黑驴和上官鲁氏同时临产，而且都是难产，这时日本鬼子就要打进村庄，司马库正在大喊大叫让村民撤退，而后就是上官家七个女儿在河边目击的惊心动魄的战争场面……莫言堪称是一个诗意地描写人类大戏的高手，战争和生殖、新生的喜悦和死亡的灾难同时降临到一个家庭之中。这样的开头在所有历史或文学叙事中都堪称是史无前例的，它造成了历史的传奇化、民俗化、神话化的叙事效果，以及生命本体论意义上的历史诗学的波澜壮阔诗意磅礴的风格与基调。

　　但仔细考察，《丰乳肥臀》和《红高粱家族》也有区别：《红高粱家族》是人类学倾向大于历史倾向，其重新解释的"酒神化的历史"仍然具有历史乌托邦的诗性倾向，在感性、自然、酒神和生命构造的历史的乌托邦中，莫言寄予了激情与乐观的力量，甚至可以说是豪情万丈的；但在《丰乳肥臀》中，莫言则表现了更加现实和谨严的历史主义倾向，以及深沉的悲剧情怀，特别是没有回避当代历史的情境和各种复杂危险的政治险境。可以说，在他的"历史与人类学的交响"中，人类学同时也可以看作是一个"历史的障眼法"，它的介入使得莫言的现代历史叙事获得了超越阶级和政治伦理的可能，同时也中和与整合了这段历史，诗化了这段历史。

《丰乳肥臀》中的"人类学的历史诗学"还突出了另一个要素，即叙述主体（本身也是小说中的人物）的丰富敏感的潜意识活动，通过上官金童——"我"这一畸形的拒绝长大的人物，获得了一个观察历史的边缘化视角，通过放大他身上的"生物性"，来对历史的伦理学与社会学内容进行"减载"，同时强化和突出人类学的内容，躲避政治化的历史结构，拓出一个受难者、弱者和知识者的心灵化了的历史空间。另一方面，作为叙事者的主人公的"弱智化"倾向，也增加了小说的"寓言"色彩。

《丰乳肥臀》的另一个特点，是历史的整一性与历史的"拼贴法"的结合。与60年代出生的先锋新历史主义小说家常常采用的"历史的缩微叙事"不同，50年代出生的作家由于其经验的特殊性，而更钟情于"宏伟的历史叙事"，莫言即是典型的一个。《丰乳肥臀》试图完整呈现一个世纪的历史的巨型构架与宏大线索，它用了上官家族众多的人物的命运和遭遇，同20世纪中国所有重大的历史事件——如德国入侵、民国新政、日军侵华、国共斗争以及共产党夺取政权之后一系列的政治运动，一直到90年代的市场经济——挂起钩来，同各种政治力量、文化因素联系起来，外国列强、江湖势力、国民党、共产党、美国人、基督教、汉奸草寇，以及民间巫术文化等等，它们构成了一个宏伟的、开阔和纵深的历史构架，影射出长河滚滚沧海横流般的五光十色的历史图景。另一方面，上述巨型的历史构架又是通过个体和历史的边缘景观来构造和呈现的，它通过历史场景的拼贴法、以丰富的边缘化事件或民间化文本的拼接，改造了以往主流政治的宏伟叙事的修辞手段，形成了为美国新历史主义理论家朱迪丝·劳德·牛顿所说的"交叉文化蒙太奇"的效果。这一点主要是通过两种拼贴或并置法来处理的：一是纵向的交错设置，在上官家族的农家小院里，各种政治势力像是走马灯一般地换来换去，成为拉锯式变动的政治舞台，一会儿是司马库赶走了鲁立人，一会儿鲁立人又俘虏了司马库，一会儿司马库又作还乡团杀了回来，一会儿鲁立人又代表人民政权枪毙了司马库，而且他死了之后还不断地被各种传言和宣传改编着，变成豺狼动物，如此等等。

在第五章中，上官家一会儿是"六喜临门"，一会儿则是惨剧不断；第六章中上官金童一会儿从因犯变成老金的宠物，一会儿被作为废物踢出家门，一会儿成了鹦鹉韩夫妇的座上宾，一会儿又一文不名流落街头，一会儿因为外甥司马粮的巨富而扬眉吐气，一会儿又因为破产而无立锥之地……历史像一只巨手翻云覆雨。有一个堪称最妙的例子是关于司马库"还乡团"的一前一后"官方"和"民间"的两种叙事：公社"阶级教育展览室"的解说员纪琼枝刚刚对着宣传画，对司马库作了妖魔化的解释，把他描述为一个杀人不眨眼的魔鬼，接着又让贫农大娘郭马氏现身说法；而她所讲述的故事恰恰瓦解了前面的说法——司马库不仅不是一个魔鬼，反而表现出了通常的人性，正是他的及时出现，才从"小狮子"的手中解救了她的生命，这可以说是富有"解构主义"意味的一节。另一种是横向的并置法：莫言常常用共时性的交错叙述来隐喻历史的多面性，如巴比特的飞行表演与"鸟仙"兴奋地坠崖而死，司马库与来弟的偷情同巴比特电影里外国人的恋爱镜头，哑巴的"无腿的跃进"和鸟儿韩与来弟的通奸，还有在农场中对右派知识分子的改造与对牲畜进行杂交配种，等等，都是刻意地采用了并置式的叙述，这样两种修辞手法所达到的效果，一方面充分影射出20世纪中国历史的沧桑翻覆与变动不居，另一方面又生动地隐喻出其历史因素与景观的丰富、矛盾与多元。

　　"家族历史叙事"的视角还带来了小说的悲剧美学风格，因为家族叙事一般都会按照一个"由盛到衰"或"由聚到散"的线索来展开，这在某种意义上更符合中国人传统的历史意识。一个家族的兴衰会造成历史的段落感与闭合感，形成沧桑轮回的悲剧美学效果，上官家族曾几何时"人多得像羊圈一样"的兴盛，最后只剩下孤儿寡母的凄凉，这既是历史本身，同时又是中国人对历史的一种悲剧性的认识和体验。

# 四、《檀香刑》：重返历史主义？

　　用"既生瑜，何生亮"来比喻《檀香刑》和《丰乳肥臀》之间的关系可能是妥帖的，如果没有《丰乳肥臀》，那么《檀香刑》便可能像有的评论家所说的那样，已是一部"伟大的小说"了。因为它确实有极大的艺术含量，而且它还继承了莫言一贯的"奇书"风格，显示了在艺术上日臻娴熟圆润的境地。但这一切和《丰乳肥臀》的磅礴而壮丽的气概与风神比较起来，还是要"轻"了一些。某种意义上，是因为《丰乳肥臀》书写了一位伟大的母亲，而使它具备了无与伦比的资质与境界，甚至它的粗粝和庞杂也成了它作为天籁的一个部分，这似乎是没有办法的事情。在作家本人的心目中前者的分量也超过了后者："我坚信将来的读者会发现《丰乳肥臀》的艺术价值，这两年其实已经有很多批评家发表了让我欣慰的评价……在修改（再版）的过程中，我更加明确地意识到，《丰乳肥臀》是我最为沉重的作品……你可以不看我所有的作品，但你如果要了解我，应该看我的《丰乳肥臀》。"[3]

但是，《檀香刑》所显示的意义是前者所不能替代的，因为我们从中看到一个并不新鲜的主题的全新意义的展开——鲁迅曾经描写过的吃人和嗜血的主题，前人所揭示的刑罚文化的主题，在这部作品中又再次得到了淋漓尽致的体现。在关于历史的叙述体现了愈来愈商业化和消费化的趋向的今天，莫言却在其天然的戏剧性与荒诞气质中，保持了"老百姓写作"的喜剧外衣下严峻的历史主题、人文立场与知识分子情怀，不能不令人肃然起敬。我不知道这样说是否有悖于作者的初衷，《檀香刑》提供了一个使我不敢过分轻巧和简单地理解"新历史主义"的概念的文本范例。因为我们在其中看见了庄严的悲剧与荒谬的血痕，看到了"五四"启蒙历史主义主题的重现。某种意义上，它可以视为是《狂人日记》和《药》一类作品的延伸。因为也是在最近的演讲中莫言说："酷刑的设立，是统治者为了震慑老百姓，但事实上，老百姓却把这当成了自己的狂欢节……执刑者和受刑者都是这个独特舞台上的演员。"这分明是"吃人"和"人血馒头"的主题的更戏剧化了的重现，《檀香刑》实际上就是写了一部由吃人者、被吃者和观众一起合作上演的刑罚大戏。

不过，如果我们再把目光放远一点，就会发现这其实也是中国古老的"刑罚主题"的一个延伸，早在《尚书·皋陶谟》中，就有了关于古代中国的经典刑罚——"五刑"的记载，曰"天讨有罪，五刑五用哉，政事懋哉懋哉！"此五刑曰：墨、劓、剕、宫、大辟（处死）。这一纪年时间，要上溯到夏禹的时代。可见"刑罚文明"创立之早、花样之丰富、功用之齐全，恐令全世界的统治者欲望其项背而不能。这还不包括在后代的统治者那里又"发扬光大"了的无数种变换花样的刑罚，像车裂、腰斩、凌迟、活埋……还有此小说中堪称旷世奇闻的"檀香刑"。正像德国总督克罗德所说的，"中国什么都落后，但是刑罚是最先进的，中国人在这方面有特别的天才。让人忍受了最大的痛苦才死去，这是中国的艺术，是中国政治的精髓"。为什么会将刑罚变成了艺术，是什么东西使刑罚变成了中国人特有的"艺术"？《檀香刑》正是试图解答这样的问题。

莫言的叙事才华不但表现在他最擅长戏剧性结构的设置，更在于他能够将结构这样的形式要素变成内容和思想本身。《檀香刑》的故事，用最通俗的话来说可以概括为"一个女人和她的三个'爹'的故事"，这样的结构本身就会产生出强大的叙述动力。但在这里作家的意图却不仅限于叙述的戏剧性的构造，而是要生动地实现一个"历史的纠结与缠绕"的主题。在这个关系中，杀人者与被杀者、统治者与其工具、权力与民间、帮凶和知识分子，这些不同的社会势力纠结到了一起，成为盘根错节甚至血肉相连的因素，它们共同构成了"将刑罚变成狂欢"的力量。通过这些关系，中国文化和西方文化、现代文明与民族情结、权力阶层的利益与知识者的良知等等观念性的东西，也产生了尖锐多向的冲突与矛盾纠结。犯案的是孙眉娘的亲爹孙丙，而行刑的是孙眉娘的公爹赵甲，断案监斩的又是孙眉娘的"干爹"兼情人县令钱丁，这样一个关系，把孙眉娘这样一个乡村女性推上了血与火、恩与仇的情感的焦点之上，也把一场集杀人的悲剧与看客的狂欢于一体的喜剧处理得更加集中。"甲""丙""丁"，这些名字不难看出都是中国人的芸芸众生的"代称"，他们就是整个狂欢与"吃人"群体的化身，包括孙丙，他自己既是这场荒唐悲剧的受难者，同时也是导演者，什么样的文化自然会导致出现什么样的结局。正是这样的杀人者和被杀者之间千丝万缕的血缘亲情的联系，这场悲剧才有了看头，有了令人激动和狂欢的乐趣，有了发人深省的深意。

不过，比之鲁迅的"吃人"主题，莫言的小说中又增加了"当代性"的思考——他要试图揭示东方的民族主义是以怎样地坚忍和蒙昧，来上演这幕民族的现代悲剧的；它要见证，乡土与民间的"猫腔"同强人的钢铁的"火车"鸣笛混响在20世纪中国的土地上，上演了怎样的滑稽的喜剧；它要揭示在民族文化和民族根性的内部，是什么力量把酷刑演变成了节日和艺术的……即使在强烈的喜剧叙事的氛围中也掩饰不住这样一些庄严的命题。在孙丙这个人物身上，我们可以看出一种"结构性的文化力量"。他的猫腔戏的生涯，杂烩了民间艺术、农民意识、传统的侠义思想、半带宗教神话半带巫术迷信的中国式的思维方式，将他杂糅成了一个文化的怪胎。这样的一个怪胎，在没有民族文化冲突的情况下，便表现为一种民间自由文化的力量，它既反对正统的专制，同时又与之构成沆瀣一气的游戏；在具有了民族文化冲突的背景下，它就成为了一种集崇高与愚昧于一身的可怕的"民族主义"。统治者在需要的时候，会利用这种力量，但在真正面临外来的强力压迫的时候，又非常轻巧地牺牲了他们。这正是"义和团"运动的悲剧所包含的深层的文化因由。它揭示出中国传统文明在面对西方现代文明的强大的侵犯力量时，所必然显现出的虚弱、悲哀与丑陋。一部中国的近代历史，不出这样一个基本的逻辑，到头来受难和因这受难而狂欢的，不过都是底层的百姓们自己——请注意，在这一点上，莫言的文化态度发生了微妙的变化，在《红高粱家族》中他所勾画的传统文化的壮丽图景与民族生命精神的神话，在这里化为了更为清醒的思考。他试图告诉我们，孙丙所"扮演"的猫腔戏和他所真正"上演"的身受酷刑的大戏，是基于同一个原因，这是一个民族所无法逃避的宿命。莫言极尽所能地表现了面临现代文明挑战的传统文化与民间文化的命运，这与"五四"作家单向度地批判中国传统文化、张扬西方文化的神话的态度相比，显然是更为复杂和矛盾的。

任何艺术都源于"看客"的期待，杀人的艺术也不例外。这不但是袁世凯这样的统治者的需要，也是克罗德所代表的"西方文化权力"的需要，同时更是中国的底层民众自己的需要，应该说是他们共同创造了"檀香刑"这登峰造极的艺术。作家非常精彩地描写了赵甲这样的"职业刽子手"的形象，在古今中外可以说是绝无仅有的，他们令人惊异的"发明"能力和出神入化的精湛"技艺"，可以令一切杀人者汗颜，令一切看客叹为观止，这也是中国文化的特殊产物。可以这么说，《檀香刑》所揭示的是这样一个"结论"：在面对西方强势文化的时候，中国文化的悲剧在于，它是用它自己内部的完美的统治来维持它的"文明"地位的，形象一点说就是，它是靠了"刑罚的艺术"来遮饰它的腐朽、延续并证明它的"文明"之存在的。

在把《檀香刑》当作一部"新历史主义"作品的时候，我感到犹豫，因为这部作品中坚实而尖锐的历史感使我感到惶惑。固然，新历史主义也是严肃的历史观念，而且是在历史领域里面的反权力反知识专制的"左派"思想，但《檀香刑》中的严肃的历史命题，令我联想到了现代知识分子的相当"正统"的启蒙历史观。它不像《丰乳肥臀》那样有一个世纪的时间跨度，单就其小说叙述中所"模拟"的时间看，只有短短的几天时间，虽然它在叙述每一个人物的身世与经历的时候，也包含了一定的时间长度。作为一部"新历史小说"来解，我想它也许更像是一个历史的"平面展开"，属于路易斯·蒙特鲁斯所说的那种"文化系统的共时性文本",在一场关于刑罚的奇特戏剧中展开了中国的历史与中国近代社会的结构。它没有致力于描摹历史的漫长路程,而是试图要呈现历史的生动断面。在这个断面上,他集中了末日狂欢中的各色人物,他们用高度的"默契"共同演出了一台狂欢戏剧。莫言用"一场真正的戏"(行刑的过程)和"一出虚拟的戏"(小说的叙事方式),一个重大而又边缘、一个似乎有案可稽又近乎荒诞野史、一个在正史中曾被极端丑化或完全美化的事件(义和团),用野史的笔法,不只勾连影射出一部近代史,而且也引申和隐喻出一部漫长的"作为刑罚的历史"。

将"刑罚"作为历史的核心部分,这本身也是一种新历史主义了,历史的堂皇与文明在这里化为了铁血的专制——一切人专一切人的制,有的人是用残忍,有的人是用冷漠和麻木,有的是借用了"艺术"的名义,有的则是用狂欢。总之刑罚纠结起了中国特有的文明与历史的链条,解释出中国传统社会的统治的奥秘。

在叙事中,历史的"自在"和历史的"声音",是两个不同的东西,但通常作家不会在同一个叙述中把它们分开处理,因为这样做的难度是很大的。但如不分开,历史便可能成了某种"沉默的东西",只是作家在无声地模拟演示。莫言不但将它们分开,而且还大大地强化了"声音"的部分,其"凤头"和"豹尾"两部,均是以人物的独语或道白的形式来展开的,它象征着"身在历史中的人"对历史的感受。对一个写作者来说,这可能是最难的,它是戏剧的写法,但又比戏剧语言更驳杂,比戏剧对话更多变。但因为"戏剧"的形式在某种意义上更接近"历史"本身,所以莫言这样做实际上是力求对历史的更逼真、更具"现场感"的模拟。这需要才华、力量和勇气,但莫言成功了。"猪肚"部分,可以看作是一个关于背景和历史的"自在"的交代,它放在中间,有效地勾连出事件的前前后后与人物关系。这一部分可能作家认为是一个可以把一些比较驳杂的内容"装"进来的,所以它似有点游离和漫不经心,但其中对赵甲行刑钱雄飞以及"戊戌六君子"两节的描写,也足以称得上是惊心动魄的,它将"传奇的历史"和真实的历史事件并置于一起,以民间的眼光和刽子手亲历的角度来写,使这历史格外有一种触手可及的具体和直感。

用戏剧化的场景与氛围来写历史,这也算是一种"文本中的文本",仿佛不是莫言在写小说,而是在阐释一部已经"存在"了的戏剧文本,在为这部猫腔戏作注。这样，历史在两个文本中呈现了一种被激活的状态。戏文中作为"民间记忆"的历史，同叙事者所仿造的"正史"之间形成了一种"应和"或"嬉戏"的状态。在以往莫言的小说中，总是作家自己憋不住出来表演一番，而在《檀香刑》中，他有了众多可用以操纵的"叙事的玩偶"，来代替他的"现场道白"。这在很大程度上"使历史戏剧化"了，这种历史的戏剧化修辞方式，在以往的小说中似乎还很难找到第二个例子。

语言的问题也是非常值得讨论的，我想莫言可能是下了决心要用"土语"——纯粹的民族话语，来写一部近代中国的历史，要"土到底"。在过去他一直是在用一套比较"西化"的话语方式来写作，现在随着阅历和年龄的增长，他可能更希望尝试用"真正的母语"写作的滋味。不过这样做并非容易，因为这种土语需要一种再处理，所以莫言最终又选择了高密东北乡的"猫腔戏"的语言，它可以说是文雅的文人文化与粗鄙的民间文化相杂糅的产物，它代表了一个感性而古老的庞大的"过去"与"民间"，既是民族的历史的本体，同时又是他们赖以记忆历史的文本方式。但是这样一个话语系统正在日渐强大的钢铁的声音——火车的轰鸣所代表的现代文明的压迫下，渐渐销声匿迹。一个书写历史的作家用什么来唤起人们对历史的记忆？我想，他最需要的首先是语言，用一套现代人的话语系统、一个在"西方的话语霸权"所挟持下的叙述中，大约是很难找回自己的历史的。而莫言用两种声音来比喻这种对抗，既是对被淹没的历史本源的寻找，同时也是对习惯的历史方法的反思。从这个意义上，莫言的"新历史主义"似乎正变得越来越庄严和深沉了。

当代作家清理历史的任务还远远没有完成，这至少有三个层次：一方面历史本身就是处于不断被"重写"的过程之中，而新历史主义的理念正为当代作家提供了源源不断的重新认知历史的思想资源；二是按照知识分子的人文理念，历史的正义性在很多情况下仍然处于被删削、扭曲和遮蔽的状态下，而历史的悲剧和荒谬也还需要不断的反省和再认识；第三，在"全球化"的文化背景日益逼近的情势下，对民族历史与文化的认识可能会出现新的参照视角与价值尺度，《檀香刑》所表现出来的文化反思与民族情感的复杂性已经预示了这一点。基于这样的考虑，我以为当代中国的"新历史主义文学思潮"还会继续延展下去。而莫言在这一写作思潮的发展深化中所起的作用，我们也应该给予充分的认识。

**参考文献：**

［1］莫言.我的农民意识观［J］.文学评论家，1989（2）.

［2］莫言.文学创作的民间资源——在苏州大学"小说家讲坛"上的演讲［J］.当代作家评论，2001（1）.

［3］莫言，王尧.从《红高粱》到《檀香刑》［J］.当代作家评论，2002（1）.

原载《海南师范学院学报（社会科学版）》2005年第2期

# 蜕变中的历史复现

——从"革命历史小说"到"新革命历史小说"

## 一、"革命历史小说"文学资源的复活

"革命历史小说"是中国当代文学史研究中一个有特定内涵的概念，也是比较成熟的一个研究领域。作为"十七年"时期最重要的文学创作现象，"革命历史小说"在历史观念、叙事策略与写作技术等方面都形成了相对稳定的模式①。此类创作与特定的历史语境有密切的关联，随着主流意识形态与时代文化的变迁，它似乎已固化成了文学史的标本，成为文学史意义上的经典。

但事实上，"革命历史小说"一直是新时期文学以来异常活跃的文学资源或精神资源。一方面，革命历史叙述是国家意识形态维护自身合法性与延续性的重要文学手段，因而各个时期均有国家体制约束及支持下的革命历史书写；另一方面，"革命历史小说"还以否定性的方式构成了所谓精英文学或"纯文学"的内在组成部分，比如，它直接构成了"新历史小说"的一个前提，"新历史小说"正是通过对历史异质性的发掘，来瓦解"革命历史小说"所建构的历史辩证法，这一直是"新历史小说"写作的动力，也是它得以形成文学史意义的原因。从1980年代以莫言、乔良、刘震云、周梅森等为代表的一般意义上的"新历史小说"，到1990年代以后以陈忠实、李锐、李洱等人为代表的对革命历史的重写，构成了一条潜在的线索，在它的背后，总是隐约可见一个"革命历史小说"的幽灵。

1980年代末尤其是1990年代以后，"革命历史小说"这个文化幽灵似乎

全面复活了，它又获得了可见的形象，清晰地呈现在文化视野里。首先是"红色经典"的再度流行，1995至1999年间，《红岩》《红日》《红旗谱》《青春之歌》《烈火金钢》《林海雪原》《野火春风斗古城》等"革命历史小说"重版，成为发行量高达数万乃至数十万册的畅销书。此后是持续不断的"红色经典"重拍热，几乎所有的"革命历史小说"的经典作品都被重拍为影视剧，其中有的作品还有多种版本②。

其次，体制扶持下的革命历史题材创作再度成为国家传达主流意识形态的重要方式。1994年"主旋律"工程正式启动之后，它成为"主旋律"创作的最为重要的部分。国家广电总局1990年还专门设立了"重大革命和历史题材办公室"，负责审批、立项此类题材的创作。此类创作主要以影视剧最为突出，也最有影响，经影视剧本改编的长篇小说亦有不错的发行量。如《巍巍昆仑》《开国大典》《大决战》《长征》《日出东方》《新四军》《延安颂》《太行山上》等等。

再者就是近年来引人注目的一批以革命英雄为主角的长篇革命历史小说的出现。以《我是太阳》（邓一光）、《亮剑》（都梁）、《历史的天空》（徐贵祥）为代表的长篇小说以及根据这些小说改编的电视剧《亮剑》《历史的天空》等成为受各方面欢迎的流行文化现象③。

当然，这种"昔日重来"，不是对"革命历史小说"模式的简单重复，而是对这种文学资源的一种借用与改写。其所承当的历史文化使命，虽说仍有某种延续性，却已具有了深刻的内在差异。

事实上，革命历史文学资源的再度复活，对应着中国社会深刻的历史转折，时代语境的巨变生成了新的革命历史想象。

1990年代以后的国家意识形态已经是一种全新的"有中国特色的社会主义"时期的新型意识形态。这种新的意识形态战略将在两个方向上保持微妙的平衡：一方面，它将维护旧有的革命理想与价值观的神圣性，新意识形态无法回避这份精神与历史遗产，仍强调这种正统继承者的身份；另一方面，在新的市场社会中，国家的施政理念与社会理想已出现重大变化，对社会主义经典命题如平等、人民民主、资本主义等都有了新的理解。

在这种意识形态的背景下，"十七年"时期革命历史小说的创作资源在当下语境中的复现，就具有了特别的意义：一方面，它在形式上延续了旧有的革

中国当代文学史资料丛书

命的意识形态，强调了现实秩序（改革开放以来的历史）革命性的合法起源；另一方面，它又小心翼翼地清除或淡化了那些旧有的革命历史题材模式与现实秩序不相融的部分（对革命理想性的追求、阶级平等等政治诉求）。事实上，二者之间的关系有时比较紧张。这种紧张在新革命历史小说中留下了投影，即：一方面，"新意识形态"重申了自己作为革命历史的合法继承者的身份；另一方面又暗中质疑了革命遗产的某些内在价值，全力追求现代化的发展目标④。

新革命历史作品传达的正是一种与旧有的意识形态大为不同的对革命历史的想象。

这可能正是新时代既要大加讲述革命历史，同时又要以新的方式重新讲述革命历史的真正原因。这也决定了新革命历史题材作品与"十七年""革命历史小说"模式（当然不只是限于小说）之间，既有承继关系又具有深刻的内在区别。

## 二、对"十七年"写作模式的继承与拓展

新革命历史创作在许多方面都承继了"革命历史小说"的遗产，新革命历史作品主要分为两类：1. 所谓"重大革命历史题材"，《日出东方》《长征》等；2. 以虚构的革命英雄为主角的作品，《亮剑》《历史的天空》《我是太阳》等。比照"十七年""革命历史小说"的两大模式（"史诗"与"传奇"），第一类作品颇具史诗性"革命历史小说"的品格，而第一类作品则更近似于革命英雄传奇⑤。它们在基本的故事框架上都有众多的相似之处。所以，不管新革命历史创作对"十七年"的这份文学遗产进行了怎样的改写，不管它执行着怎样的意识形态功能，它始终是延续了对革命历史的书写，隐约地传达着"革命历史"的记忆，这在中国迈向普遍同质化的全球化的时刻具有特别的意义。

另外，还应该承认，由于社会的转向，以及文学观念的变化，新的革命历史书写在很大程度上解除了"十七年"时期意识形态所设置的美学禁忌，突破了旧有写作成规的框限，一定程度上释放了对革命历史的新的想象空间，因而在小说写作上，具有一定的拓展意义。事实上，对"十七年"创作模式的自觉反拨，是新革命历史创作使人感觉面目一新，并激起广泛阅读快感的重要原因

之一。

"十七年""革命历史小说"作为一种独特的现代性叙事，将精神与肉体、追求革命与沉沦世俗设置为基本的二元对立。当这种美学观念不断激进化之后，英雄就成为超越凡人，不含杂质的"高大全"式形象。完美的理想化要求，追求精神净化的冲动，最终走向一种禁欲式的表达，它传达的是超越"五四"的新的关于人性的想象，具有重要的历史意义和美学意义，而且其内部也存在着"人"的不同层次、内容之间的张力，写作具有一定的暧昧性和复杂性，包含着美学表达的多重空间。但这种观念的偏执化也导致了革命历史小说创作的单面化，抽离了众多的感性内容，压抑了对英雄的"人"的维度进一步探索的可能性。

另外，"十七年"时期"革命历史小说"往往把具体、明确的政治观念和阶级判断，渗透进文学表达中（文学与政治当然不可分，但过于强烈和直接的政治判断的介入却未必可取）。这使它显现出强烈的道德主义倾向，善与恶、进步与反动产生了清晰的疆界，并依此发展出一套外在美学程式，比如，"好人"的圣洁化与"坏人"的妖魔化成了对立的两极。虽然我们不能轻易而简单地否定这种美学风格，但这种美学观念的确也导致了对于历史与生活的简化与缩减。

作为对这些"十七年"文学表达缺陷的反拨，新革命历史作品丰富了对革命英雄的表现方式，拓展了对革命历史的书写空间。

史诗类与传奇类作品都突破了旧有的创作模式。新的史诗类创作试图以更宏阔的历史维度来观照历史进程，而不是如"十七年"小说那样更多的是从"我方"的立场，以强烈的政治判断来回顾辉煌的过去，此类"新革命历史小说"之中的优秀之作不乏深沉的历史感。对于敌手也不再妖魔化、脸谱化，而是尽可能放置在具体的历史、政治情境中来看待，这使革命史诗容纳的历史空间和复杂因素更为丰富。新革命历史创作对国民党政治集团和国民党将领也试图作出比较客观的历史评价（如国民党在抗战中的积极作用，国民党将领个人的军事素质和人格闪光点，《亮剑》中的楚云飞即为代表）。对共产党军队内部的错误、缺陷也作出了反思，如《历史的天空》对八路军内部派系斗争进行了正面描写。

新的传奇类创作在人物塑造上的突破更为明显，它们所塑造的革命英雄如李云龙（《亮剑》）、梁大牙（《历史的天空》）、关山林（《我是太阳》）等亦正亦邪，具有异常鲜活的个性，非常不同于"十七年"时期的英雄形象。他们的血性、勇气，敢爱敢恨，直爽又不乏粗鲁的性格，都给人以深刻的印象。在他们身上，各种互相矛盾的性格因素戏剧性地组合在一起，挑战了旧"革命历史小说"英雄人物的比较单面化的形象。相比1980年代初的靳开来（《高山下的花环》）、刘毛妹（《西线轶事》）等形象所开创的"有瑕疵的英雄"人物谱系，也是一次全新的突破。

但是，对模式的挑战也在产生新的模式，所谓远离意识形态也只是传达了另一种意识形态而已。新革命英雄的形象也并不像很多人所说的那样是"真实的"，毋宁说，只是时代所认定的关于真实的标准已发生了变化。新革命历史创作在题材相似性的背后，对"十七年"革命历史创作的一些基本原则进行了修改，它服从的是这个时代的叙事语法，也铭写着这个时代的社会主流意识形态。

## 三、史诗类作品对"十七年"模式的改写

革命历史创作中的史诗类作品更注重时空的跨度，关注那些决定中国命运的重大历史事件、政治活动或战役，通过讲述革命的起源来论证现实秩序的合法性。在这一点上，新旧革命历史题材之间并不存在太多差别。但是，1990年代以后的中国社会和"十七年"时期有所不同。当时，新中国的政治秩序和革命历史存在着紧密的一致性，支撑革命斗争的理想热情在和平年代自然就转化为建设新中国的热情，一者都是通过奉献、牺牲自我的方式建立一个社会乌托邦。"革命历史小说"在使1949年以后现实秩序合法化的同时，也在强调战争时期革命文化本身的现实意义。在当时的社会观念中，新中国并不意味着社会主义的建成，而只是一个持续革命过程的新起点。"革命历史小说"通过对具有高度理想主义追求的战争生活的描述，表明建设仍然不过是战争生活在和平时期的新形式，或另一场没有硝烟的战争。所以，"十七年"史诗类作品中酷烈的战争生活、悲壮的牺牲、艰苦的奋斗与最后的胜利，就不单是通过表明革命者打江山不易以论证新中国的历史合法性，激发读者对新秩序的认同；它还通过英雄人物呼唤着新中国建设所需要的不怕牺牲、自我奉献的新主体，同

时，它也在一个似乎已经"刀枪入库，马放南山"的和平时期强调继续革命的热情，以战斗式的革命激情建设真正趋近平等自由，真正为人民的社会理想。事实上，这是"十七年"时期史诗类革命历史小说的一个重要面向。

这就不难理解为何"十七年"史诗类的作品书写的往往是普通人成长为革命英雄的历程。虽然在形式上，重大革命历史事件、史诗性场景是主要表现对象⑥，但细读却可以发现，宏大的革命历史往往是英雄成长史的背景，并以此获得独立的美学价值。这也是很多此类作品偏爱成长小说模式的一个重要原因⑦。革命历史小说的代表作品几乎全是以普通人或战士、基层指挥员为主人公，《红日》《红旗谱》《保卫延安》《铜墙铁壁》《三家巷》……石东根、刘胜、朱老忠、周大勇、王老虎、周炳……，虽然这些作品有时也写到中共高层将领，往往都是简单涉及，难以构成一个完整的人物形象（《保卫延安》是极难得的例外，正面书写了彭德怀的形象）。这里面虽然带有"人民是历史发展的动力"的观念，主要的还是要通过塑造平民或中下层出身的英雄形象，造就具有社会主义革命理想，自觉追求社会主义革命理想与价值的主体。

史诗类的新革命历史作品关注的对象不再是底层的普通战士或指挥员，而是"高端"历史人物（毛泽东、周恩来，邓小平、蒋介石、朱德、彭德怀、刘伯承等等）。当初作为中心人物活跃在革命历史小说中的普通英雄完全淹没在宏大的战争画卷中，在奇观化的战争冲突中，他们成为大人物运筹帷幄过程中的一个个棋子，虽然偶尔出现，也只是作为点缀⑧。这种写法改变了"十七年"时期的表现方式，正面描写高层政治、军事人物的形象，自有其文学意义。但历史舞台中心人物的转换也还潜在着耐人寻味的意识形态内容。

如果说，"十七年"革命历史小说叙述的是"正义与邪恶""光明与黑暗"之间的历史性对抗，决定中国命运的决战，以及这一决战中间中下层革命者由普通人到革命英雄的成长史，那么在新革命历史作品中，"领袖"则被推上了前台，并被当代的大众趣味暗中涂上了历史强者、帝王将相的色彩⑨。新旧两种故事讲法也意味着普通读者通过主人公建立认同的方向的变化："十七年"时期读者所认同的是普通的革命者（和自己真实的社会身份具有相似性），成为具有社会主义价值观与理想性的新主体；新时代则要求读者认同历史强者的法则，接受由强者支配的历史秩序。于是，"十七年"时期的"人民创造的历史"又再度成为大人物政治博弈的舞台，他们的性格、意志、决断往往成为决定历史走向的重要乃至关键因素。革命历史于是就渗透进了某种成王败寇的逻辑。

革命历史在某种意义上"三国演义"化了，奇观化了，也"更好看了"，更有了可消费性。两军对垒的大兵团作战的场景与格局成为史诗类作品重点表现对象。至于战争的起源（阶级压迫、不平等、剥削）与建立一种正义的社会秩序的理想追求不再被提起，或刻意地被忽略。而它正是"十七年"时期史诗类小说最为核心的意义表达。这种转变说明，尽管在表面上仍然讲革命战争，但只是一般意义上的战争，所谓革命的性质已不再被强调。

## 四、英雄传奇类对"十七年"模式的改写

带有某种个人传奇色彩的新革命历史小说比史诗类的作品走得更远。近年来影响广泛的几部代表性作品《亮剑》《历史的天空》《我是太阳》等对新时代历史逻辑的表达更为显豁。

"十七年"革命历史小说中的传奇类作品主要呈现在某个时空局部，多与反扫荡、剿匪等特定性质的军事行动有关，突出的是神奇的英雄或小英雄团队，这些英雄往往具有草莽英雄的出身与气质。虽然这部分作品继承了某些中国古典侠义小说与英雄传奇的文学资源，却也从来没有忽略革命英雄的内在性，或革命信仰与理想性，这使他们具有了古典草莽英雄所没有的内在品质，一种新的本质。尽管相对于史诗类或成长类作品，这一点往往被过于外在的、神奇的、侠客化的斗争事迹所掩盖或冲淡⑩。在《铁道游击队》《烈火金钢》《林海雪原》《敌后武工队》等作品中，虽然游侠式的人物大都身上残留着浓重的江湖气息，但小说还是强调了他们朴素的阶级觉悟与初步的革命信仰与理想，同时有意地把这种气质性格局限在表征的层面，描写他们的草莽气更多地只是为了增添英雄的豪气，或打入敌人内部的特殊需要（如杨子荣），小说总是留意交代他们向成熟的革命者成长的线索或可能趋向。

饶有意味的是，新革命历史小说中的主角又从革命英雄退回到草莽英雄乃至土匪式的英雄的原点，而且在漫长的革命生涯中，基本上没有勾勒出革命者成长的明显轨迹。他们始终保持着最初的质朴英雄本色或匪气，没有在灵魂上成为"十七年"意义上的革命者。《亮剑》中的李云龙、《历史的天空》中

的梁大牙（梁必达）和《我是太阳》中的关山林、《父亲进城》中的"父亲"等都是具有一身匪气的革命者，这还不单是指生活习惯，性格做派等外在特征，还包括思想意识。如果说这些英雄在作品中仍具有某种成长的可能，那可能更类似于武侠小说中侠客的成长史，只意味着个体武功与战斗力的提升，以及与此相关的在江湖中的地位与影响力的提升，英雄们在革命军队中因为能打仗（当然是不守规则的，没有法度的，甚至违反军纪和党的纪律的，对他们来说受处分是家常便饭），不断获得高一级的职位。即使他们最后成为军级指挥官，仍然未见从"土匪"向"十七年"式的革命军人的实质性转变。尽管《历史的天空》一再表明梁大牙不断进步，"换了一个人"，但这只能指外在的变化，如个人地位、军事、政治能力等，在具体的叙述中我们实在看不到人格与精神的变化。

这就使当代的革命者成为好莱坞化戏剧模式中的英雄，这既符合大众文化的逻辑，也契合了新意识形态的需要。这些新的英雄们都呈现出战斗机器的特征，成为革命战争背景中的兰博或007。"十七年"英雄们追求社会公正秩序的性质被抹去了，我们识别革命英雄的唯一标志，只能是他们参加了革命斗争这一事实本身。如果说，革命英雄传奇仍重在书写"革命"传奇，那么新革命历史小说书写的则完全是一部个人的传奇。如果说前者的革命英雄是"人民战争"中涌现出来的优异代表，后者则是以个人天赋从社会底层通过个人奋斗终于出人头地的成功个人。这是一个实质性的区别。

正因如此，旧革命历史小说强调革命战争的道义性，新革命历史小说则重在表现战争的紧张刺激和战斗英雄的个体魅力。新革命历史小说的"好看"大概正是来源于此。如《亮剑》前半部以一系列不间断的战斗为主体，写法上绝不重复，比较精彩，《我是太阳》书写关山林的战神气质与战斗能力、技巧，也是激动人心，《历史的天空》描述复杂军事、政治格局中（游击队、日军、国民党军队，以及游击队和国民党军队内部的冲突）的斗争策略也比较丰富多彩。但这种写法在"十七年"时期恰好是受批判的"单纯的军事观点"的体现。新革命历史小说在表现战争时最感兴趣的是战略战术，以及在这一过程中大放异彩的英雄的超凡魅力与非凡体能。革命历史的英雄传奇已被改写为一个《兄弟连》式的英雄故事。《亮剑》的众多宣传广告即以"中国的《兄弟连》"为宣传策略。

于是，英雄传奇色彩的新革命历史小说显示出某种暴力美学的特征[①]。这些出身社会底层的革命者缺乏对于自身战斗的最终目标及其宏大意义的认知，他们甚至连一点这样的朴素想法都没有。与他们干瘪的内在精神形成对照的是他们过于充盈的身体：强健而富于男性魅力。这种写法对于旧有的革命历史小说来说是不可想象的。旧的"革命历史小说"叙述革命者参加革命的朴素革命动机时，往往借用传统文学家族"复仇"的模式，但个体的仇恨最后都是上升到阶级压迫的本质上来看待的，在小说中一开始它就具有这种潜在的性质。"新革命历史小说"则很少提及这种具有现实阶级压迫性起源的性质，也不再借用这种复仇的文学资源。这些新的英雄参加革命往往是由于偶然因素，或只是一种生计的考虑，甚至仅仅是为了追求战斗的快感。《历史的天空》中的梁大牙也有家仇，其父母（是商人）被姚葫芦所杀，但只是由于生意上的私仇，而且是父亲先割了姚的耳朵，梁大牙后来被富户朱二爷收为义子，他对自己的生活非常满意，家仇也淡忘了。梁大牙投军的目的也非常实用，开始要参加"比较正规""待遇较好"的国民党军队，因为走错路，阴差阳错地投到八路军中，正准备借故开溜，突然见到貌美的八路军干部东方闻音，才决定留下来以便将来有机会得到她。对他来说，八路军与国民党军队二者并无实质性区别，都只是实现个人人生目标的通道。

## 五、政委形象的变迁

与这个革命英雄土匪化的过程相伴随的，是政委的形象的淡化甚至某种意义上的漫画化，土匪式的英雄绝对地占据着男一号的位置。小说的逻辑清晰地流露，军队就是打仗的，要政委纯属多余，他们甚至只能成为战斗胜利的障碍。《亮剑》中的政委赵刚与李云龙的冲突正来源于此，所谓性格与精神气质的差别只是一个障眼法。在坚持原则的赵刚与一意孤行的李云龙的冲突中，赵刚总是处在下风。最后赵刚也被李云龙的魅力所折服，完全向李云龙认同，赵刚也由一个知识分子气质浓重的政委变成了具有某种李云龙风格的人，风格上渐渐粗鲁，也喝酒、骂人。在《历史的天空》中梁必达的几届政委可谓若有若无，李文彬、张普景等人不能影响梁的任何重大决策，更不能直接影响军队，这支不断成民壮大的军队完全是梁的私人武装，建立在一帮骨干铁杆弟兄

（朱预道等人）对他的效忠关系上。在小说中，李文彬因偷情被俘，叛变投敌，张普景则僵硬地坚持所谓原则，虽然小说对他的人格、原则性也给予了一定的赞赏，但事实上派定给他一个悲剧性的角色（在小说中被人戏称为"张克思"）。凹凸山特委中那些搞政治工作的委员们（窦玉泉、江占碑等）往往只是些善于搞内部政治斗争的人物，他们大都有私利考虑，特别关心自己的政治利益甚至个人恩怨。

梁大牙我行我素，不断做一些革命纪律所绝不能容的违纪行为，如以大队长的身份，深入敌人后方为义父（时任日占区维持会卡）祝寿，并挪用本来就捉襟见肘的军费作寿礼。但面对争议，特委和军分区领导杨庭辉一再在这些原则性问题上妥协，坚持保护并重用梁必达，唯一的原因是他能带兵打仗。所以，梁大牙的违纪没有受到任何来自党委的严肃批评，因为怕影响他的战斗力和积极性。党委已完全失去了提供政治方向的意义。即使梁大牙听从了组织的安排，也是以他的逻辑对上级政策进行领会。在《亮剑》中，李云龙更是一意孤行，大多情况下都是军事冒险，政委由于实际上对军队无领导权，亦无法阻止。但有意思的是，他总是能歪打正着，带来意想不到的胜利，功过相抵，最后只是象征性地背了个处分了事。比如，为救被山本特种分队抢走的新婚妻子秀芹，李云龙不顾上级命令与整个战局，在军事上擅自行动，不惜伤亡，强攻守备严密的县城。有意思的是，这场鲁莽的冒险却让人始料未及地引发了一系列的意外连锁反应，导致了对整个西北战局有利的结果，也就抹去了李云龙决策的失误和轻率。

经典的"革命历史小说"的最具权威性的人物形象往往都是政委，他们构造着一支军队的灵魂，也实际上控制着军队或军事指挥权。尤其是在以草莽英雄为群体的英雄传奇小说中，政委更具有改造、引领义军前进方向的重大意义。如《铁道游击队》中的李正即担负着这种使命，进山整训就是以革命的理想和纪律重新改造这支草莽义军。否则，单纯的战斗力是没有意义的，最关键的是，没有这种整训与改造，军队也是不可能有真正的战斗力的⑫。相比较而言，那些带有草莽气息的英雄，关键时刻还是要靠政委设计方案，甚至力挽狂澜。军队如一旦遭遇暂时挫折，多半是由于指挥员在政委不在的情况下一意孤行的结果。在《铁道游击队》中，大队长刘洪为替战友报仇，与敌人硬拼，使游击队面临全军覆灭的危险，此时正好赶到的政委李正向刘洪下了命令："老洪，快撤！这是党的命令！"，这声来自"党的命令"使刘洪惊醒过来，"使他的头脑清醒了一些。因为他是党员，知道党领导的部队的任务……"。这种小说模式是基于一条重要的党指挥枪的原则。

党指挥枪是人民军队的一个基本原则，中共党史与建军史上许多重要的会议如古田会议等确立的正是这一原则。将草莽义军转变成一支有明确社会政治方向的"人民军队"，明白作战的意义、自己的使命与政治目标，并在此基础上建立起铁的组织纪律，这建构了红军以来的军队本质。党的中心地位在于它被认为能够提供这样一种精神。在红军以来的革命历史的语境中，它是革命军队和旧军队的本质区别，也是其战斗力的最深刻源泉，它由精神力量转变成了物质力量即战斗力，是"我军"能战胜军事装备等方面强于自己的敌人并取得最终胜利的根本原因。这种观念是"十七年"革命历史小说最重要的原则之一。这也是那一时代反对军事个人主义的原因。

正因如此，军队政治工作和政委的地位必然突显。1958年，《红日》遭受批评，理由就是小说忽略了军队政治工作的重要地位，"团长刘胜讲怪话，政委刘坚不敢挺身而出进行原则批判，连长石东根闹情绪，指导员罗光跟着跑，甚至军长沈振新的心里也有一个'暗淡的影子'等等。这些问题如何正确地解决，我们从作品中还得不到明显的深刻的印象。政治工作人员在这些思想问题面前，如何起他应有的作用，作者描写的未免有些逊色"[13]。

在新革命历史小说中，和刘洪、杨子荣具有同样地位与叙事功能的人物成了绝对的领导者，这种变化意味深长。[14]

# 六、对1949年以后的历史书写

有人要问：在中国历史上，李云龙式的草莽英雄，包括一些高层将领，不也是一种普遍的现实存在吗？其实，我并不是说"新革命历史小说"所讲述的不是事实，或事实的一面；而是说，这种新的讲法背后的意义表达值得注意。历史上的此类草莽英雄形象的确是一种普遍的存在，或许比"十七年"时期的英雄更具普遍性。这不是问题的关键，问题的关键在于：为什么以前不讲这种事实，现在只讲这种事实？其实，高明的意识形态从不说谎，它只是有选择地讲述一部分事实。这种讲故事方式的转向背后无疑是历史观念的运作。我这里所做的只是一种事实的描述和比较，并非一种美学的分析，更不是一种对于写作水平高下的判断。

正是在这一意义上，我们特别需要注意二者之间的一些意味深长的区别。比如，"新革命历史小说"都大篇幅书写了1949年后的历史，而"十七年"革命历史小说虽然有一种将历史与现实时时相联系的意识，但一般只讲述革命历史本身。"新革命历史小说"的传奇类作品则用几乎同样长度的笔墨讲述了革命战争后的生活，尤其是重点讲述了"文革"中老将领们的悲剧性遭遇。这是为了进一步消解作品前半部分意义可能有含混性的革命历史的意义。这一部分几乎都采用了相近似的处理方式：反思革命的压抑性，反思革命的激进主义。

《亮剑》的前后两部分叙事风格截然不同，由激情四溢、情绪高昂到低落沉闷。对比小说的前后两部分，李云龙的性格出现了巨大的变化，从一个热衷暴力杀伐的欢乐英雄走向了对革命理想进行反思的哈姆雷特。但这却比较符合小说自身的内在逻辑。小说对"反右"运动（主要通过田墨轩、沈丹虹的命运）、"文革"及李云龙、赵刚悲剧性结局的叙述反思了中国革命及其历史后果。在这里，我们不难看到小说更多地还是借用自由主义的思想资源来进行对所谓全能主义的批判：当初的革命理想与乌托邦追求作为"致命的自负"，鬼使神差地铺就了"通往奴役之路"。给赵刚带来厄运的最后的发言将这一点说得非常清楚："我赵刚1932年参加革命，从那时起，我就没有想过将来要做官，我痛恨国民党政府的专制和腐败，追求建立一种平等、公正，自由的社会制度。如果我以毕生精力投身的这场革命到头来不符合我的初衷，那么这党籍和职务还有什么意义呢？"或许这种批判意识在田墨轩这个知识分子身上体现得最为鲜明了，小说浓墨重彩将他塑造成一个反专制的文化英雄。从这里，依稀能看出1990年代以来反激进主义、反道德理想主义和自由主义在小说中留下的投影。

《历史的天空》显然把"文革"等历史悲剧简单地看成张普景所坚持的理想与原则所导致的，或由它必然引申出的历史结果。张普景的变疯意味深长。其实在小说中，他所代表的那套生活理念，原本就是一种历史的非理性或疯狂。《我是太阳》也有类似的表达。

新革命历史作品在新时代的语境中也具有复杂而暧昧的意义。

中国已日渐告别旧日的社会理想目标，但市场经济所产生的一系列社会问题在1990年代以后越发明显。社会的中下层，承受现代化发展代价的社会群体对现实秩序开始产生不满。于是，旧有的革命历史题材的文学资源在当下语境中就勾连起了社会主义的经典价值（公平、平等、人民当家做主），新革命历史题材作品也就潜在地具有了某种批判性潜能。"红色经典"热清晰地显露了这种历史意味。它是一种深刻的历史征候，折射的是普遍的社会焦虑与民众潜在的政治诉求。这构成了新革命历史小说的政治潜意识，书写革命历史就必然会带出这种潜意识。它无疑具有潜在地质疑现实秩序的意味。

而这两种互相冲突的因素恰好构成了1990年代以来革命历史题材作品阅读快感的重要根源，也是它具有潜在商业价值的原因之一。

**注释：**

①革命历史小说研究领域有代表性的论述参见洪子诚、黄子平、董之林、李杨等人的著作。

②如《铁道游击队》先后被改编为电影《飞虎队》和电视连续剧《铁道游击队》，《烈火金钢》也有同名的电影和电视连续剧版本。持续数年的红色经典的重拍热及新的改编方式，也引发了热烈的讨论和争鸣。

③《历史的天空》获第六届茅盾文学奖，《亮剑》发行量巨大，根据这两部小说改编的同名电视剧在中央一套黄金剧场播出，创下极高收视率，《亮剑》还创下了当年度电视剧收视纪录，《我是太阳》也是畅销书，近年的一部热播的电视剧《激情燃烧的岁月》即与《我是太阳》在故事框架与人物塑造上相近。由于这三部电视剧作品的巨大影响，在一些报纸、网络媒体上出现了"人民军队影视新三杰"（指李云龙、梁大牙和石光荣）的说法。

④莫里斯·迈斯纳指出，毛泽东的时代持续地存在的社会主义目标与现代化目标之间的张力，而后毛泽东时代则逐渐把现代化、发展作为最重要的目标。见其《毛泽东的中国及其发展》，张瑛等译，社会科学文献出版社1992年版，及《马克思主义、毛泽东主义与乌托邦主义》，张宁、陈铭康等译，中国人民大学出版社2005年版。

⑤革命英雄传奇的称谓在50年代即已有人使用，在目前的当代文学研究中董之林对这一概念并对这一类型做过专门研究，见其《追忆燃情岁月——五十年代小说艺术类型论》（河南人民出版社，2001年）及其有关论文。

⑥史诗类作品多以内战、国共两党的斗争为主要表现领域，革命英雄传奇则多以表现抗日战争为主。究其原因，前者更关涉到中国社会的性质问题，更能体现"历史的规律"或历史辩证法。政权为何顺应天意民心地被共产党所有，这是主流意识形态最根本的命题。而抗战则比较单纯，相对而言，意识形态的负担较轻，从而给英雄传奇留下了更多的闪转腾挪的自由空间，而且侠客化的锄恶，杀戮，英雄奇迹，用在侵略者

那里也更具快感与道德的合法性。

⑦关于革命历史小说中的成长主题与成长小说模式，见李杨《50—70年代文学经典再解读》，山东教育出版社2003年版。

⑧在革命历史创作中，普通战士和指挥员的形象的存在价值，主要在于几个方面：一是营造战争年代生动的日常氛围，二是表现人物的人性化色彩，再有就是通过普通战士的牺牲隐喻人民与党为赢得新中国所付出的代价，并用他们的生死爱欲反思战争。

⑨这一书写方式和帝王戏的风行恰成对照，事实上二者之间确有某种潜在联系，《雍正王朝》《康熙帝国》《汉武大帝》等作品，的确与新革命历史作品分享了某些共同的历史观念。

⑩在当时文学评价中，英雄传奇在价值上低于史诗类作品："即使是其中最好的作品，像《林海雪原》《野火春风斗古城》，也并没有超过其他优秀作品的思想艺术水平"（李希凡《革命英雄的传奇和革命英雄的形象》，《文史哲》1961年复刊号）。

⑪新革命历史小说的暴力美学特征及其与"十七年"同类作品的差别，参见笔者另外的论文，《新革命历史小说的身体修辞》，《文化研究》第五辑，广西师范大学出版社2005年版，《从欢乐英雄到历史受难者》，《文艺理论与批评》2005年6期。

⑫"革命历史小说"中的英雄传奇基本上都具有这样的线索，样板戏《杜鹃山》可能表达最有特色，一帮土匪劫法场，为的是"抢一个共产党领路向前"。

⑬平凡：《〈红日〉所体现的毛主席的战略思想》，《文学研究》1958年第2期。

⑭将革命历史英雄还原为土匪式英雄形象并颠覆"十七年"时期的政委形象，1980年代的新历史主义小说早已经有过尝试，如《灵旗》《红高粱》等，但在当时新历史主义小说有解构过去历史观念的挑战性。这与当前一部分"主旋律"的新革命历史小说有极大的不同。

原载《文学评论》2006年第6期

# 颠覆与消解的历史言说

## ——新历史主义小说创作特征论

李阳春　伍施乐

　　新历史主义小说①的创作自20世纪80年代末兴起，90年代前期形成高潮，至今仍有余波，在十几年的时间里掀起了一股蔚为壮观的新历史主义文学大潮。被划归到其创作阵营的作品也随着理论界、评论界的讨论和推动而范围不断扩大，大致为评论家们所认同并基本达成一致的作品有莫言的《红高粱》、乔良的《灵旗》、周梅森的"战争与人系列"（包括《大捷》《冷血》《军歌》《国殇》）、格非的《迷舟》《青黄》《敌人》、须兰的《宋朝故事》《月黑风高》、李晓的《叔叔阿姨大舅和我》、刘震云的"故乡系列"（包括《故乡相处流传》《故乡天下黄花》《温故一九四二》）、苏童的《米》《妻妾成群》《我的帝王生涯》《一九三四年的逃亡》《罂粟之家》、叶兆言的"夜泊秦淮系列"（包括《状元境》《追月楼》《半边营》《十字铺》）、张炜的《古船》《家族》、余华的《鲜血梅花》《活着》、周大新的《第二十幕》、陈忠实的《白鹿原》等。这些作品在一定程度上有着相似或相近的思想内涵和审美旨趣，进而表现出作为一股创作潮流的共同的基本特征，即叙事立场的民间化、历史视角的个人化、历史进程的偶然化、解读历史的欲望化和理想追求的隐寓化等。本文将从具体的作品文本出发来评析新历史主义小说文学思潮的这些鲜明的创作特征。

# 一、叙事立场的民间化

对于正史的正襟危坐的庄严姿态，新历史主义总表现出对于它的怀疑和漠视。因为按照新历史主义的观点，历史真实只存在于观念构造之中，"历史事件在变成史料时就受到了权力关系和话语虚构性的建构"②，由此新历史主义的代表人物之一海登·怀特提出了处理史料时的一些策略。"1.'精简'手中的材料；2.将一些事实'排挤'到边缘或背景的位置，同时将其余的移近中心位置；3.把一些事实看作是原因而其余的为结果；4.聚拢一些事实而拆散其余的，使历史学家本人的变形处理显得可信……"③新历史主义的这些颠覆正史的意图、策略在许多新历史主义小说的创作中与作者不谋而合，并首先表现在叙事立场的民间化上。

中国的传统文学里历来有着与"正史"相对的"野史"一面的存在，几经曲折之后，"野史"的精神在新历史主义小说这里重又得到了继承与张扬。加之90年代早期欧美新历史主义理论的传入与迅速传播的影响，新历史主义小说的叙事立场迅速向民间化靠拢，"民间视角的融合性、整体性、中和性、非功利性的审美特性消除了单一立场上的片面性，而更接近历史的本然状态"④。坚定的民间叙事立场使其在一定程度上消减了浮躁和功利的色彩，回复到了文学的本身，更使作品"获得了温馨、实在、动人的民间品格"⑤。

首先，新历史主义小说在叙事时采取中立的立场，着意模糊、涂改、忽略作品人物之间的阶级界限，从民间视角关照国民的精神生存状态。与传统的革命历史题材小说中红军的绝对正面化与国民党军队的绝对反面化形象不同，一些作品开始尝试打破绝对的阶级观念，将笔触伸及红军历史的阴暗面与国民党军人的闪光点。

乔良的《灵旗》发表于1986年，是最早触及红军历史阴暗面的历史题材小说，讲述的是红军长征过程中的湘江之战的内容。虽然"在整体叙事格局上小说并没有多少的突破，湘江之战仍然不过是整个革命的一个挫折，而且屠杀红军的人后来竟然都遭到了报应"⑥，但小说中写到了红军内部因党内斗争而展开的自相残杀，首次将以往回避的红军历史上的阴暗面展露在世人面前，从而引发了人们对历史真实的再思考。而周梅森的"战争与人系列"则以国民党军队为主要表现对象，描写了在抗日战争时期国民党军人的经历遭遇，小说不再以阶级斗争和"敌我路线"来为人物定性，而是从人性、人本的角度出发，将国民党军人作为具有普遍意义的还原的、历史的、本真的人来表现。既塑造了充满人性光辉的正面人物，如《军歌》中一心为弟兄们寻求生路的孟新泽、外表凶悍而极讲义气的田德胜，《冷血》中为让爱人吃饱而选择死亡的齐志钧，《国殇》中为保全部队而发出投降令却蒙羞自杀的军民，等等，又赤裸裸地描写了人性的丑恶与阴毒，如《军歌》中在暴动出逃失败之时，挖煤的战俘们竟争先恐后地要以交出领头的人而换取自己的苟活，《大捷》中的国军收编本地民团用以置放在日军的炮火之中而保全自己，《国殇》中的副军长在部队存亡的生死关头仍只顾争权夺利，等等。另外，莫言的《红高粱》、刘震云的"故乡系列"、陈忠实的《白鹿原》等作品在这一点上也纷纷偏离甚至背弃了以往的阶级观念，回到了人性的标准上来。

在新历史主义小说中，共产党党史中的污点与国民党军人的光亮已不再是无人敢涉足的禁区。以阶级意识来塑造、划分人物的观念已被抛弃，作家们集体归附到了人道主义的立场，将人本、民本的观念贯穿到了作品的创作中，以人性的善恶来划分人物，使小说呈现出不同于以往历史题材小说一味为中共党史唱赞歌的千篇一律的新的面貌。

其次，新历史主义小说在叙事时将目光从传统历史题材小说的宏大叙事转向对历史的局部与细部的描摹，着力表现"家族村落的兴衰荣枯以及平民百姓的小小悲欢"[⑦]，完成了从宏观向微观的叙事转变。众多作家纷纷从历史的局部着眼，选择了以家族史、村落史来作为历史讲述的对象，以中性的、非功利的历史叙事来表达其民间立场。刘震云的《故乡天下黄花》描写的是马村这个村庄的血腥历史，张炜的《古船》展现的是洼狸镇在几十年的历史风云变幻中的人事际遇与起落沉浮，苏童的《妻妾成群》写的是陈家大院里一群姨太太之间的明争暗斗，周大新的《第二十幕》则主要以一百年来以丝织为生的尚家几代人为织出艺盖天下的"霸王绸"而付出的心血与做出的牺牲及由此而承受的命运遭际为表现对象。

更进一步的，许多作品开始着力于表现平民百姓、普通人物的人生际遇、悲欢离合，以精准细致的描摹勾勒出小人物在历史长河、时代风云中的生存状态，表达中和的民间历史观。苏童的《米》描写的是一个从乡下逃荒到小镇上的青年五龙的一步步走向阴戾邪恶的人生经历，余华的《活着》写的是老人福贵及其家人一生的生老病死与悲欢离合，而叶兆言的"夜泊秦淮"系列则以民国时期秦淮河畔的寻常人事为表现对象，以充满世俗风情意味的笔调徐徐展开了一幅民国时期江南小镇的市井生活画卷。《状元境》写的是懦弱、卑俗的张二胡与沈姨太婚后的生活，《十字铺》写的是秀云、士新和真珠三人之间阴差阳错的人生经历，《追月楼》写的是丁老先生一家在日军入侵时的遭遇，《半边营》写的是华家的家庭悲欢。

家族、村落的兴衰荣枯与普通百姓的悲欢离合成了新历史主义小说关注的重点，作家们津津乐道于历史局部与细部的描摹而将宏大、正统的历史叙事的意识淡化、消解，以日益坚定的中和的、非功利化的民间化叙事立场表达对人本身的精心关照，表现出对正史的反叛。

## 二、历史视角的个人化

新历史主义认同克罗齐"一切历史都是当代史"的论断，认为人首先是历史的阐释者。所谓的历史作为一个客观存在是已经消逝了的，现有的作为史料的"历史"都是人的主体意识介入的结果，根本就不存在所谓历史的"本质"。而历史只存在于人们对它的讲述，因而"每一部历史都必然呈现为叙述话语形式和历史文本，人们只能在叙述形式之中而不能在它之外把握历史"⑧，由此，他们"把过去所谓单线大写的历史（Histoty），分解成众多直线小写的历史（histories）；从而把那个'非叙述、非再现'的历史（history），拆解成了一个个由叙述人讲述的历史（his-stories）"⑨。而新历史主义小说在关照历史时所采取的个人化、主体化姿态恰恰契合了这一理论观点。

新历史主义小说的创作多从个人化、主体化的历史视角切入，对于历史事件的讲述不是不作参与、不作判断的附和，而是力图消解历史客观性，在历史的讲述过程中显露自己的声音，从而建立自己个人化、主体化的历史视角。在新历史主义小说中，历史不再是一成不变的既定的客观实在，而是能随着讲述主体的变换而不断产生新意与惊喜的"万花筒"，作家们不断翻动的手腕决定了我们所看到的五彩缤纷的历史。

新历史主义小说的个人化历史叙事视角的选取首先表现在作家喜欢以第一人称来叙述历史，以"我"的个人观点来讲述事件的发生。莫言的《红高粱》以"我"的视点来讲述"我奶奶"与土匪余占鳌的传奇经历；苏童的《一九三四年的逃亡》以"我"的回忆讲述了"我大伯""我父亲""我祖母"的故事；《我的帝王生涯》更是将"我"放置到一个年代不详、地点不详的王国中去，过了一世由君王到走索艺人再到僧人的传奇人生；余华的《活着》也是采取老人福贵对自己人生遭遇的回忆讲述的视点，等等。为数众多的新历史主义小说中采用的是第一人称"我"的叙述视角，配以在故事的讲述中夹杂着大量的心理独白，让人在不知不觉中便进入了作家在文本中所设置的叙述情境，以为自己已处在了历史真实的旋涡之中。

而有的作家已不仅仅满足于以"我"的口吻来讲述历史，强烈的阐述个人历史观的意图还使他们迫不及待地频频亮相于故事之中，常常运用"我想""我以为"等语汇对历史故事加以自己的评论，甚至插入一些不相干的讲述，使作品个人化的历史意识愈发显得浓烈。最明显的例子莫过于刘震云的《温故一九四二》在故事的开篇，"我"便一再交代是被一位自己所敬重的朋友用一盘黄豆芽和两只猪蹄打发去调查一九四二年的河南大灾荒的，然后在调查过程中对调查对象的表现做出不厌其烦的评价与解释，不断地引用新闻报道、档案记录等材料以做出种种猜测与推断，并再三要求读者设身处地地站在小说中当事人的角度来思考问题。历史叙事的庄严感与神秘感在作家的嬉笑怒骂与挖苦嘲讽之中被消解殆尽，历史叙事的个人化意识也突显得愈加明显。类似的现象在新历史主义小说的其他一些作品中也有体现。

有学者认为新历史主义的意义就在于"它将旧历史主义的'我注六经'改写为新历史主义的'六经注我'，而提供了一种阐释历史的新的可能性"⑩。新历史主义作家们在作品的历史叙事中的强劲的主体意识与个人姿态使似有定论的客观历史在不同层面上有了被再认知、再解读、再阐释的多种切入视角，从而也具有了更为丰富、复杂的多重历史意蕴。

### 三、历史进程的偶然化

新历史主义对历史本质的怀疑和对历史必然性的否定导致了其对历史碎片与偶然的迷恋。海登·怀特曾经指出，新历史主义"尤其表现出对历史记载中的零散插曲、逸闻趣事、偶然事件、异乎寻常的外来事物、卑微甚至简直是不可思议的情形等许多方面的特别兴趣"⑪。与此相呼应的，几乎所有的新历史主义小说都表现出了对偶然性的强烈兴趣。

新历史主义小说热衷于以偶然性作为作品关键性情节或人物性格发展的决定因素与推动力量，往往将人物的命运遭际、历史的风云转换都置于偶然性的控制之下，以一个偶然的因素或事件的发生来改变人物的命运或历史的方向，由此表达出对人生的无常与历史的不确定性的难以掌控的慨叹。

格非的《迷舟》即是一个以偶然性取胜的故事。1928年的春天，旅长萧在与北伐军的对峙中偷闲回到了驻地对岸的村落家中为父亲奔丧，却无意中与旧日的爱慕女子杏重遇，萧于是不顾杏已与三顺结婚而与她重温鸳梦，却导致杏遭到三顺的毒打之后被送回了娘家榆次。萧趁夜去看望杏却在路上遇到了三顺及其同伴的阻截，三顺却出人意料地放弃了杀死萧的机会。萧得以回到家中，却被警卫员在三步远的地方以六发子弹击毙，原因在于他被怀疑与榆次城中驻守的北伐军中的哥哥暗谋。命运狠狠地跟萧开了一个玩笑，让他逃过了情敌的劫杀却仍逃不过死亡的归宿，历史的偶然以一个极其荒诞可笑的理由宰杀了束手无策的主人公，更以情节的急转直下令人感受到人生的荒谬与命运的无常。

苏童的《我的帝王生涯》里的许多推动故事发展的关键性情节基本是由偶然性来充当的。少年端白遵照父亲的遗旨登上了王位，却在祖母皇甫夫人临终时被告知是皇甫夫人为了更好地控制王位而跟男人们开的玩笑。统治国家八年之后，因大哥端文的叛乱，端白被夺去王位后赶出皇宫，又是因为在位时的偶然经历的影响，端白出宫后选择了做一个高空走索的艺人，并逐渐发展起了规模庞大的民间杂耍团。最后在国家被邻国灭亡之后，端白皈依了佛门，在青灯古寺中靠走索与读《论语》而独度余生。偶然性在关键时刻发挥的两次魔力决定了端白的人生轨迹，也改变了一个国家的兴衰存亡的历程。

余华的《活着》更是一部靠偶然性连接起来的作品。青年时的福贵因为好赌而输光了家产沦为贫奴，却因此躲过了解放初期的土改而没被枪毙。但福贵一家的苦难却由此开始了。爹娘死了，女儿凤霞也在一次高烧后变成了哑巴；好不容易熬过了三年自然灾害时期，儿子有庆却因为县长老婆生孩子需要输血而被活活抽血抽死；女儿好不容易嫁了一个歪脖女婿后又因为产后大出血而死去，妻子于是也跟着过世了。剩下的祖孙三人一心一意地想好好过日子，歪脖女婿却又在工地上被水泥板夹死了，唯一的外孙苦根也因为看到平时难以吃到的豆子而胡吃海塞以致活活胀死。于是老年的福贵成了孤身一人，整日牵着一头与他一样老的牛在田地里了却余生。苦难似乎一直不肯放过福贵一家，并且总是以极其残忍与荒唐的方式来不断打击他们、摧毁他们的心灵，令人在同情感慨的同时却无处归结我们的怨愤。

偶然性在历史进程中的重大作用在刘震云的《故乡天下黄花》、苏童的《米》、叶兆言的《十字铺》《状元境》、须兰的《宋朝故事》等新历史主义小说中也有着较为明显的表现。

新历史主义小说对偶然性的迷恋与执着"常使文学中的'历史'弥撒为一种迷雾般偶然无定、随风飘浮的历史尘埃"[12]，作品由此而多出了几分捉摸不定、难以把握的飘忽感与无常感。新历史主义作家们在对历史进程偶然性的频繁使用中获得了一种颠覆正史、消解崇高、否定历史必然性、嘲弄历史本质的叙事快感，但也由此削减了作品对历史关照与反思的深度与力度。

## 四、解读历史的欲望化

"文本的历史性与历史的文本性"观念的提出[13]与对历史真实的追求，使新历史主义产生不断探究、解释历史动因的兴趣。"历史是一个延伸的文本，文本是一段压缩的历史。历史和文本构成生活世界的一个隐喻"[14]，这种对历史与文本关系的理解，解除了作家们对历史膜拜的禁锢，使他们可以"自由驰骋于历史原野，甚至通过叙事话语操纵和戏弄历史"[15]，由此而在探寻历史发展与人物命运的动因时，不约而同地将目光转向了人的欲望。

新历史主义小说侧重于表现人性与文化范畴中的历史，因而在探究人物性格发展与历史前进方向的动因时，多从人性本源与传统文化的角度来展开分析。而源自生命本能的欲望的人性与文化在现实的逼压下往往表现出晦暗与劣根的一面，这就不可避免地造成了人物命运与历史进程的悲剧。

新历史主义小说往往将人的欲望作为人物命运与历史发展的动因。在深入挖掘人性与传统文化中的生存欲、情欲、权力欲、嫉妒、家族意识等在人物性格发展与历史前进方向中的推动作用与决定性地位的同时，更表达了对人的本身与民族文化的关照与反思。

周梅森"战争与人系列"中的《冷血》将生存欲在人物命运发展中的动因

作用展现得淋漓尽致。小说以1942年国民党缅甸远征军某残部一万七千人跨越野人山转移印度的历史事件为背景，着重描写了政治部上校副主任尚武强一组人穿越原始丛林的经历。丛林密布、野兽出没的崇山峻岭与严重不足的给养使作品中的人物均处于一个十分严峻与恶劣的生存环境中，人性的善与恶也就由此形成了鲜明的对比。有为了不拖累其他人而自杀的伤兵，有为了让爱人吃饭而活活饿死的情人，但也有为求生存而不择手段的恶人，且主要表现在该部的最高长官尚武强身上。尚武强以勇敢刚强的面目出场，却在恶劣的生存环境中逐渐显露了他人性丑恶的一而，他蛮横、霸道、心狠手辣、占有欲强，更为了生存下去而让其他人尝食毒果并施计甩掉恋人，为了独食狼崽肉而差一点开枪将恋人打死。人性的阴暗与丑恶在生存欲的激发下完全爆发出来，使原本英伟勇武的尚武强的面目瞬时变得狰狞与可怕。

新历史主义小说对情欲与性在人物命运与历史发展中的动因作用是较为看重的，几乎所有的作品都或多或少地涉及了这一内容，私通、偷情、野合的描写大量地存在于小说中。刘震云的《故乡相处流传》中曹操与袁绍挥师百万发动的战争只不过是为了一个小寡妇，张炜的《古船》中无论正面反面的人物均在情欲的推动下运行着自己的人生轨迹，格非的《迷舟》中主人公死亡的结局源于他对情欲的放纵，莫言的《红高粱》中土匪余占鳌与"我奶奶"在高粱地里的野合更是已经成为文学中的经典描写。肉欲的疯狂与放纵往往促使小说中的主人公做出一些令人不可思议的举动，他自身也就由此而陷入了欲望的旋涡而不可自拔。

新历史主义小说对权力欲在人物命运与历史发展中的动因作用的关注在许多作品中都有涉及，而在深入开掘上最为出色的当数刘震云的《故乡天下黄花》。小说以中原地区的马村从民国初年到"文革"后期的历史为表现对象，主要描写了孙家与李家为了争夺村长的位置而进行的残酷的斗争。整个村庄近百年的历史就是两家不择手段的斗争的历史，有争吵、有打斗、有谋杀、有无辜村民的流血牺牲。在权力的面前，一切冠冕堂皇的战争、革命、政治都只是用以争斗的借口，只有夺权掌权才是真正的目的，历史只不过是权力斗争的舞台与竞技场。

在人性的欲望中，生存欲、情欲和权力欲往往交织在一起，只是在人物的不同人生阶段所处的位置有显隐之分，而苏童的《米》则将三者集中为一体，在主人公五龙身上引发了一场人性欲望的大爆发。五龙是揣着一把生米从乡下逃荒到江南小镇上来的，他首先面对的是如何生存下去的困境，在半胁迫半哀求地得到米店老板的收留后温饱问题得到了解决，他便开始寻求性欲的满足。他施计除去了黑帮打手阿保，占有了米店老板的女儿织云，接着又在占有米店老板另一个女儿绮云的同时霸占了整个米店，完成了从逃荒农民向心狠手辣的米店老板的转变。然而权力欲的膨胀又促使他加入黑帮，凭着恶毒的手段当上了整个小镇的黑帮老大。在花柳病缠身不再能得到兄弟们的尊敬之时，五龙又借其他黑帮之手除去了跟随自己多年的帮会弟兄，最终用溃烂的身子带着一火车皮白米往故乡驶去。五龙的一生是各种欲望不断衍生、滋长的一生，人性恶的因子的膨胀推动着他不断向罪恶的深渊坠落，而心理早已扭曲变态的他却在这场自身与周围的人的共同毁灭中感受到了疼痛的快意。

除此以外，新历史主义小说中还存在着其他类型的欲望动因。苏童的《妻妾成群》中造成陈家悲剧频频发生的，是众多姨太太之间相互争宠、争斗的嫉妒心理；叶兆言的《半边营》中与张爱玲笔下的金锁一般阴戾怪僻的华太太对儿女的操控与摆布更加速了家族的枯朽灭亡；周大新的《第二十幕》中促使尚家五代人为了丝织而自甘牺牲的是家族的意识与使命……

新历史主义小说中普遍存在的将欲望动因化的意图使其显著地区别于以往的历史题材小说，并呈现出颠覆正史、消解历史崇高感的趋势。在将"一切历史都是阶级斗争的历史"转变为"一切历史都是欲望的历史"的同时，新历史主义小说也对人性本身做出了深刻的思考与解读。

## 五、理想追求的隐寓化

新历史主义对文学的政治功能及其运作方式的关注使其对文学的揭露、批判和反抗的功能十分地彰显。而新历史主义作家们在运用文学这一武器对现实、历史、人性等进行批判与反思的同时，也有意无意地流露出对于理想人性与生存状态等的期待与憧憬。作家们往往将自己的理想隐寓在作品之中，以不同的形式表现着共同的精神追求。

新历史主义作家对理想的隐寓首先表现在作品中对具有优秀品质的正面人物的塑造上。这些人物往往正直、宽容、坚忍，有着宽大的胸襟与顽强的毅力，始终展示着人性中善与光明的一面。这正是作者着力赞颂与宣扬的对象。如张炜的《古船》中的隋抱朴始终对洼狸镇人的生存与命运充满着忧患意识，终生都在为全镇人的共同幸福的生活理想而不懈努力。周梅森的"战争与人系列"中塑造了多位充满人性闪光点的国民党军人：《国殇》中的孟新泽勇而有谋，把带领四百多名战俘从日军的煤矿里逃出去再打鬼子作为自己生存的目标，他始终记挂着全体战俘的生存，即使在被他们出卖而九死一生后仍不忘过问他们的安危；《冷血》中的齐志钧深爱着曲萍，却为了成全曲萍与尚武强而选择独自上路，在生存的困境中，他扶助伤残的弟兄，善待路遇的撣族祖孙，在重遇饥饿的曲萍后毫不犹豫地将自己所剩无几的米全部下锅让曲萍吃了顿饱饭，而自己却悄悄死在了她的身边。新历史主义作家在作品中所塑造的这些正面人物的身上寄寓了作家对于人性的期盼和对于社会的理想，也传递着古老民族文化与精神的精髓。

新历史主义作家对理想的隐寓还表现在作品中对人性恶的展露与批判。新历史主义小说大量地触及人性晦暗丑恶的角落，甚至对此作大规模、多视角的展示，通过对人性与文化的反思，在展露令人触目惊心的丑恶人性与历史真实的同时，表达自己的批判、讽刺之意，从而显露出对现实与人性的关怀情愫和对理想价值的追求。刘震云的《故乡天下黄花》里马村几代人之间为争权夺利的恩怨仇杀，苏童的《米》中五龙所遭受的戕害以及他所施加给其他人的十倍之余的报复，周梅森的"战争与人系列"中众多人物为求自保而出卖、加害他人的自私行为……新历史主义作家对人性与民族文化进行了重新的关照与审视，在对丑恶的剖析与展示中，作家们寄寓了自己对于善与理性的向往与追求。

作家在作品中借人物形象所表达出来的平和、乐观、坚忍的人生态度也是新历史主义小说中隐寓理想的表现，余华的《活着》是其中最典型的例子。小说中的福贵一家自始至终遭受着生活的厄运，贫穷、病痛、死亡一直笼罩在他们的头上，直至家庭成员一个接一个地死去，只剩下年迈体衰的福贵一人。而更加加剧悲剧气氛的，是小说中浓浓的温情气息。福贵一家人始终对生活抱着平和、乐观、坚忍的态度。妻子家珍是县城里米行老板的女儿，在福贵败光家产后仍一心一意跟着福贵生儿育女、操持家务而毫无怨言；儿子、女儿、女婿、外孙都在艰苦的条件下生存着并能为生活中一点点的小事而开心不已；福贵在失去所有亲人后仍能达观地与老耕牛为伴度过余生。福贵一家抱定了一个信念：只要家人在一起继续地生活，那就是幸福的日子。他们不怨天尤人，不好高骛远，一心埋头过自己的日子，在苦难面前仍能保持平和、坚忍的心态，这其中便包含了作家对于理想人格与人的生存境遇的期待。

新历史主义作家虽然通常以颠覆正史、消解崇高的反叛姿态出现，但他们对构建理想人格与理想社会的期待却仍会不时在作品中流露出来。文学固然是他们反抗正统意识形态的武器，也是他们心灵依托的圣地。

总之，叙事立场的民间化、历史视角的个人化、历史进程的偶然化、解读历史的欲望化和理想追求的隐寓化是新历史主义小说创作所表现出来的鲜明的特征。时至今日，新历史主义的文学思潮已由90年代初期的汹涌大潮化为如今的涓涓细流，但它以丰厚的创作实绩必然在当代文学史中占有重要的一席之地。

**参考文献：**

①理论界有"新历史小说"与"新历史主义小说"的命名之争。主张前者的认为这一创作现象与欧美历史主义理论没有直接关系；主张后者的则认为其"与新历史主义保持着某种精神上同气相求的亲缘性和方法策略上彼此彰显的通约性"［张进. 新历史主义文艺思潮的思想内涵和基本特征. 文史哲：2001（5）. ]。笔者取后说。

②⑨⑪⑫⑬⑭⑮陆贵山主编. 中国当代文艺思潮. 中国人民大学出版社，2002：323，321，323，325，318，319，320。

③④姚清华. 十年新历史主义文学思潮回顾. 钟山：1998（4）.

⑤⑥曹文轩. 20世纪末中国文学现象研究. 北京大学出版社，2002：218，220.

⑥赵稀方. 当代文学中的历史叙述. 东南学术：2003（4）.

⑦张进. 新历史主义文艺思潮的思想内涵和基本特征. 文史哲：2001（5）.

⑧刘进军. 还原历史的语境——论新历史主义小说《米》. 山东省青年管理干部学院学报：2005（1）.

⑨王岳川. 新历史主义的理论盲区，广东社会科学：1999（4）.

原载《中国文学研究》2007年第2期

# 论后革命时期的革命书写

陶东风

## 引　言

本文所谓"后革命"时期，是指从20世纪70年代末、80年代初开始一直到今天这个历史阶段。称之为"后革命"首先是因为从70年代末开始，"文化大革命"结束，党中央做出"大规模的疾风暴雨式的群众性阶级斗争基本结束"，"全党工作的着重点应该从1979年转移到社会主义现代化建设上来"的重大决策，标志着中国进入了以经济建设为中心的"新时期"。[①]同时，执政党逐步放松了对私人领域[②]的限制，不再进行大规模的社会动员，放弃"政治挂帅""阶级斗争为纲"的口号，在进行市场化改革的同时，尝试有限度、灵活的政体改革；积极弘扬传统文化，扶持、鼓励大众文化。其次，上述自上而下的"后革命"转向也在民间和知识分子中得到了呼应，知识精英和普通大众一致厌恶了长期的阶级斗争，转而关心国家的经济建设或自己日常生活的物质享受。

因此，"后革命"除了分期的含义之外还有反思、告别乃至不同程度、不同方式地修正、解构、消费"革命"的含义。"后革命"不仅是指我所考察的关于革命的书写在时间上发生在"后革命"时代，而且也意在突出这种书写在价值取向或叙述方式上是非革命的（虽然不能说是反革命的）。

本文标题中的"革命书写"一词也需要进行简单的界定。首先，"革命书写"有两个基本含义：一是革命化的书写叙事，或站在革命立场上的书写叙事；二是对革命（括革命史、革命英雄、革命文化、革命文学等等）的书写、叙述、再现和表征。对于革命的叙事可能是革命化的或站在革命立场上的，也可能是非革命化的。显然，传统的（这里的"传统"，指的是与"后革命时期"相对的革命时期）革命叙事既是关于革命的叙事，也是革命化的叙事，即为革命提供合法性、正当性的叙事，而后革命时期的革命叙事则不同。无论在价值立场还是叙事方式上，它都不同程度地具有反思革命、修正革命、重新定义革命甚或解构革命、消费革命、戏说革命的特点。后革命时期的革命叙事是一种瓦解传统革命叙事的叙事。其次，由于中国20世纪大部分历史就是革命的历史，所以，历史叙事（特指现代历史叙事）与革命叙事即使不是完全重合的同义词，至少也是大部分重合的近义词。我们难以想象不涉及革命的现代史书写，同样也难以想象对于革命的重新书写会不牵连到历史观的变化。

第三，需要指出的是：本文的"革命叙事"既包含那些关于重大历史事件的大历史叙事，也包含以历史事件为背景，重在表现人，特别是普通人的人生境遇的小历史叙事。大量新历史小说实际上就是属于后者。这些小说虽然不是重在再现重大革命历史事件，但却从一个侧面揭示了革命作为激进的、全方位的社会变革给人，特别是普通人带来的深刻影响。只要他们的小历史发生在革命的大背景下并表达了对革命的思考，那就属于本文分析的"革命叙事"的范畴。

最后，由于在"后革命"时代书写革命的那些作家绝大多数没有经历过革命，或者只在儿童时期经历过"文革"，他们所书写的"革命"基本上不是亲身经历的革命事件，而是"纸上的革命"，是作为文本的历史或文本化的历史，因此，这种对革命/历史的书写绝大多数是对此前业已存在的革命文本③的改写、重写、翻写，属于书写的书写或二度书写④。

"后革命"时代的"革命书写"大致经历了三个阶段，同时分别产生了三种基本的书写类型。第一种出现在70年代末、80年代初所谓"新启蒙"时期，也可以称之为"历史修复主义"时期，在类型上属于对革命的人性化书写，其核心是赋予革命以人性和人道主义的维度，以便修复革命叙事而不是彻底否定革命；第二种出现在80年代后期，在类型上属于解构式书写，其特点是把人的原始欲望和本能当作革命的动力，以轮回、循环的观念代替进步、进化的概念，属于对革命的倒退式书写；第三个阶段是犬儒主义或历史虚无主义阶段，类型上属于对革命的调侃、戏谑式书写，戏说革命是其基本特征。

# 一、新启蒙语境中人性化的革命书写

最先出现的后革命时代的革命书写是80年代初中期新启蒙思潮下对革命的人性化书写，对革命境遇中"人"的丰富性和复杂性的挖掘。这一书写和当时的思想解放运动紧密相关，特别是受到人道主义思潮的深刻影响。在新启蒙的社会思想背景下，人道主义、人性论等命题在文学界获得空前强烈的共鸣，它所质疑的是革命时期那种被不断激进化的"斗争"哲学。

在马克思、列宁和毛泽东的经典叙事中，革命是无产阶级对资产阶级的暴力斗争。毛泽东说过，革命是暴动，是一个阶级推翻另一个阶级的暴力行动。这种阶级之间的血腥暴力革命当然不能讲普世的人道主义。受此规约，文学领域的革命叙事总是在阶级斗争的框架中理解和阐释革命，革命和人性、社会主义与人道主义变得势不两立。革命者身上不能有常人的那种人性和人情，以及由此带来的复杂性和丰富性[5]。

综观革命时期的革命书写史，可以清晰地发现一条与革命进程相伴随的"革命"概念越来越窄化，"革命者"形象越来越"纯化"的演化轨迹，许多原来的革命"同盟者"逐渐变成了革命对象。这个"清理""纯化"的过程是通过一系列越来越严格的区分和排除进行的。在旧革命叙事中被包含的人性元素，越来越多地成为新革命叙事精心剔除的对象。《青春之歌》的改写很典型地说明了这种"排除""纯化"的压力之下的叙事困境，它反映的是新的历史时期对"革命"与"反革命"进行进一步区分的要求。极度纯粹的"革命叙事"所要排除的主要"杂音"就是革命者身上的所谓"人性"（因为人性因素的掺入总是使得"革命叙事"复杂化甚至"混乱"不堪），最终发展到"文化大革命"时期的"过度纯化"和"过度区分"，导致彻底非人化的"高大全"革命英雄独自在革命的舞台上演戏。

在我看来，新启蒙语境中的革命书写就是对原先革命书写中过分纯化的"革命叙事"的一个反拨。它修正了原先不断激进化的革命叙事，把原先被驱逐出"革命者"队伍的革命"同路人"重新"拉回来"，并从人性和人道主义的角度重写革命，修复革命叙事。

方之的《内奸》（《北京文学》1979年第3期）之所以在新时期文学中受到肯定，很大程度上是因为它对解放后历次政治运动压抑革命"同路人"的做法进行了反思，这种反思把此前不断强调激进化的革命叙事定性为极"左"话语，借此不仅为自己的反思提供了合法性，而且也顺应了新的主流意识形态要求而成为"拨乱反正"的一部分。小说按时间顺序分上、下两部分，分别讲述了解放前后两个阶段的故事。解放前，小说主人公田玉堂作为一个榆面商人在看到家有万贯的大地主少爷严赤（原名"严家驹"，为了表示自己的革命立场而改为"严赤"）变卖家产、积极抗日、加入共产党后，感受到了共产党的巨大魅力，不再像躲避土匪和日军那样躲避新四军了。共产党的代表、老红军黄司令也把他当作革命的同路人，为了打消他的畏惧心理，黄司令说："当前，打鬼子要紧，我们要联合一切民主力量共同抗日。"而且还希望他继续做他的商人，做买卖和搞革命并不矛盾。后来田玉堂不仅为新四军提供了许多药品，而且在日军围剿时冒险掩护了即将临产的严赤的妻子杨曙——也是一个背叛了自己的大资本家家庭参加革命的"千金小姐"，并通过自己的关系找到了大夫让她顺利生下了孩子。解放后，严赤在某地任装甲兵司令员，杨曙在当地的轻工业局当局长。他们的女儿小仙成了一个著名歌舞团的演员，黄司令升任一个省的军区司令员，田玉堂也作为对革命有功的"民主人士"而成了政协委员，当上了一个县蚊香厂的厂长。但"文革"开始后，田玉堂从爱国民主人士变成了"牛鬼蛇神"，严赤、杨曙、黄司令也都成了"走资派"并被怀疑是日本人的"内奸"，造反派希望田玉堂出来做伪证，但田玉堂本着"良心"不肯冤枉好人而招来一顿毒打，他的所谓"良心"被斥为资产阶级"人性论"。愤慨之下田玉堂对拷打他的造反派说："冤死我一个不要紧，今后打起仗来，还有谁会掩护你们工作同志呢？"

　　这就是曾为革命同路人的小资产阶级向革命者提出的较为尖锐的发问。在田玉堂看来，对待革命"同路人"的这种做法伤害了他与革命的合作关系。他作为一个商人，尽管不曾出于信仰而加入共产党，但的确因为对这个组织的好感而参与了共产党人的事业。他觉得自己有理由分享革命成功的果实。然而随着革命区分的进一步纯化，他以及那个曾变卖家产参加革命的地主少爷，却被划分到革命阵营之外。所以，他感到自己冤，在梦中发出"毛主席哎——我冤啊——！"的呼喊。小说的结尾安排了意料之中的"拨乱反正""平反昭雪"等情节，使小说对革命的反思和重写最终没有走向对于革命的否定，而是对于革命叙事的修复：激进时期被排除出"革命阵营"的小资产阶级重新成为革命者的同路人和合作者。更值得注意的是，《内奸》中那个修复革命话语的主体仍然是党（具体通过作品中曾经蒙冤后来得到平反和提升的黄司令来象征）。这篇小说在1979年获得全国优秀短篇小说奖，表明其对革命话语的修复得到了主流话语的充分肯定。

相比于方之的《内奸》，张笑天的《离离原上草》（《新苑》1982年第2期）和江雷的《女俘》（《江南》1982年第4期）这两部小说努力修正建国后特别是"文革"时期确立的对于革命和人性关系的理解模式，其偏离传统革命叙事的程度要超过《内奸》。《离离原上草》和《女俘》的作者都声称要为"革命"输入"人道主义"内容，证明革命也应该讲良心、道德、人性。但他们同样没有否定革命本身，也不是直接颠覆革命的权威，而是要否定原先的革命叙事模式。他们强调自己的人道主义是"革命"的人道主义。如果说传统的革命叙事是通过"无产阶级／资产阶级""社会主义／资本主义"等二元对立的概念，把社会生活的方方面面整合进简单化的革命文本中。那么，这两部作品似乎就是要打破这种简单机械的革命话语模式，增加革命话语的人性维度以便突出其"复杂性"。《离离原上草》中以杜玉凤为代表的近乎宗教式的普遍之爱充分显示出自己超阶级、超派别的力量，它是可以化解一切仇恨的"世界上最炽热的力量"。

说启蒙主义和人道主义对于革命的重新书写并不是要彻底否定革命，是因为启蒙主义和人道主义本身并不是革命的绝对他者。的确，新启蒙的革命叙事虽然不同于"文革"版本的革命叙事，但是两者却分享着诸多现代性的预设（比如线性进化的时间观和目的论的历史观）。新启蒙话语规约下的"革命书写"并没有否定革命的现代性诉求（自由、民主、平等、正义等），而把那些执着于激进的阶级划分和阶级"纯化"的所谓的"革命"划入"左"倾主义、全权主义或封建主义名下。事实上，80年代初中期的中国新启蒙知识分子沉浸在现代性的理想光环中，充满信心地投身思想解放和现代化事业，而在他们看来，思想解放的重要组成部分就是清算"文革"中的非人性倾向。

"文革"式的"阶级斗争"在他们看来已经不是真正的现代革命了。在某种程度上可以说，这个时期小说中对"革命"的书写与当时的"伤痕文学""反思文学"等一样，是精英知识分子在新的主流话语的支持和领导下对现代性话语，包括革命话语的一次修复，而不是从根本上质疑现代性及其内在蕴含的革命意味。革命叙事作为一种现代性叙事，必然遵循现代性的线性进化逻辑和历史发展的必然性神话，把革命的起源、性质和目的纳入到一个宏大、连贯的历史理性之中。这是革命叙事的基本逻辑。这个进化论和必然性的思维方式和叙事框架本身在新启蒙的革命叙事中并没有被抛弃，只是注入了不同的内涵而已，因为新启蒙本身就是典型的现代性话语。《离离原上草》的情节虽然凄惨，但结局却一片光明，申公秋、苏岩和杜玉凤等人全部借助改革开放的春风得到了平反昭雪。改革开放开启了一个真正的"新时期"，历史绕了一点弯路又开始高歌猛进。

正是这一点使得新启蒙的革命书写和80、90年代之交"新历史小说"的解构革命模式迥然有别。只有在80年代后期出现的新历史主义小说的革命叙事中，作为现代性标志的进化的时间观和目的论的历史观才被彻底解构，这是因为新历史主义不但是反"文革"的，也是反启蒙的，它整个就是反现代的。

## 二、新历史小说中解构式的革命书写

关于"新历史小说"，大陆学术界并没有非常清晰的理论界定，但是对其出现的时间和内涵有大体一致的看法。比如，浙江文艺出版社1993年出版的"当代中国最新小说文库"就包括《新历史小说选》，选评者王彪这样界定了"新历史小说"："1986年前后，中国文坛上出现了一批写往昔年代的、以家族颓败的故事为主要内容的小说，表现了强烈的追寻历史的意识。但是这些小说与传统的历史小说不同，它往往不是以还原历史的本来面目为目的，历史背景与历史时间完全虚化了，也很难找出某位历史人物的真实踪迹。事实上，它以叙说历史的方式分割着与历史本相的真切联系，历史纯粹成了一道布景。"⑥这个界定突出了叙事对象（家族颓败故事）与叙事方式（虚化历史事件，使之成为"虚化的背景"），但却没有深层次挖掘出新历史小说对历史理性的激进解构姿态。也有人使用进口的"新历史主义小说"这样的命名，并认为最早出现的新历史主义小说是莫言发表于1985年的《红高粱》。这样的界定同样有自己的困难，因为我们很难想象也无法证实中国大陆的新历史小说是西方新历史主义影响的产物。

但是，新历史小说对历史的态度的确与西方的新历史主义有类似之处。

作为一种历史观或看待历史的视角，新历史主义具有明显的后现代色彩。它怀疑单一、大写的"历史"，寻求历史叙述的多种可能性，质疑历史发展的"必然性"和"规律性"抹杀文学和历史的差异，认为历史叙事也是一种虚构，本质上和文学虚构没有差别。很明显，中国大陆的新历史小说受到了西方引入的后现代思潮的深刻影响，其对历史的书写——包括其革命史书写——同样明显地体现出后现代的特征，它所消解的正是现代性的核心——历史必然性的逻辑，不但是经典革命文学中的必然性逻辑，也包括新启蒙文学中的必然性逻辑⑦。在新历史小说中，历史的过程和结局充满了偶然和荒诞，历史发展的动力不是人类的伟大理想，而是人性的卑琐欲望或邪恶动机。于是，现代性话语中的解放、进步的动力学在新历史小说中被改写为私欲的动力学，历史发展的必然性被不可知的偶然性或神秘的宿命论取代。这样，新历史小说对"革命"的书写，不仅旨在揭示革命话语遮掩下的卑下动机，同时也消解了具有"进步"意义的主流革命话语，建构起一套不但与主流话语而且与新启蒙知识分子的革命叙事都迥异的革命书写模式。不仅激荡在样板戏中的革命斗争的浩然正气没有了，而且闪耀在新启蒙文学中的革命人道主义的光芒也消失了，取而代之的是卑琐的私欲、仇恨，是围绕权力展开的阴谋诡计、血腥残杀，是孤独、不幸、无助的个体在"革命"中的迷茫、颠沛、辗转、无奈（参见余华的《活着》），是在种种神秘主义、宿命论、偶然性支配下历史的迷失和人性的丑陋（比如刘震云的《故乡天下黄花》）。可以说，"革命"在新历史小说中似乎没有正义性、合法性可言，也似乎不是沿着进步、进化的轨迹展开，"革命"似乎成为一群痴狂的民众在欲望的激荡下从事的血腥暴动，国家—民族—阶级解放的革命动力学被改写为个人的私欲动力学。与新启蒙时期的修复式革命书写不同，在新历史小说中，革命被彻底解构了。

余华写作于1986年年底的小说《十八岁出门远行》讲述的是一个少年的一次神秘的出行经历。父亲准备了"红色"背包（革命遗产或革命先辈的嘱托？）让他出门，但是这次目的地不明的远行充满了偶然、荒诞的邂逅。搭陌生人的车远行的主人公自述道："我不知道汽车要到什么地方去，他（驾驶员，引者按）也不知道。反正前面是什么地方对我们来说无关紧要，那就驶过去看吧。"这是叙事者的姿态，也是叙述本身的特征。这没有目标、没有终点、荒诞不经的"远行"，无疑是一种隐喻，深刻地颠覆着我们熟悉的历史目的论。在经典的革命叙事中，叙事过程与历史过程总是沿着明确的道路共同指向一个明确的归宿。但余华小说的叙事者从父亲手中接过"红色的背包"踏上"征途"后，却哪里都不曾到达，在经历了荒诞的事件后，"我"再次坐上陌生人的汽车折了回来。神秘的循环取代了线性的进化。在乔良的《灵旗》（发表于1986年）中，经历了半个世纪历史沧桑、目睹红军长征途中湘江之战的青果老爹发出这样的感叹："世道就是这么回事，变过来，又变回去。只有人变不回去，人只朝一个方向变。变老。变丑。最后变鬼。"

新历史主义小说虽然同样拿所谓"人性"做文章，但是这里的"人性"却已经不是杜玉凤身上体现的那种圣母般的、具有化解阶级仇恨和派别对立的神奇力量的伟大人道主义，而是卑劣低下的食色本能和贪婪无耻的权力欲望，正是这种本能和欲望成为所谓"革命者"的革命动机。"革命"似乎就是被无法遏制的欲望（比如占有地主的姨太太或小姐的肉体）鼓动的民众暴动。在北村的《长征》中，匪气十足的陶将军之所以向革命军队投诚，是想借助打土豪分田地的革命来报复与地主吴清风偷情的老婆吴清德。在刘恒的《苍河白日梦》中，二少爷曹光汉参加革命的动力是因为自己的性无能。为了缓解性无能造成的自卑和压力，他开办了火柴厂，通过折磨残疾的个人实现自我心理安慰。得知妻子与大路通奸后，一方面性无能的生理现状使他没理由惩戒妻子，但是内心的痛苦要求他必须确立一个替代性的宣泄目标。他所选定的目标是整个社会，于是把火柴厂变成革命的炸弹厂。神圣的革命愿望竟源自难以言说的性无能，实在是绝大的反讽。作品似乎在暗示革命者之所以选择革命人生，起初未必都建立在纯粹、崇高的革命信念之上。在格非的《大年》中，作为革命引路人的唐济饶为了满足自己的性欲、得到乡绅丁伯高的二姨太，设计了一个"革命"的阴谋：先把仇视丁伯高的乡村二流子豹子引进革命队伍，并诱使他用革命名义杀掉丁，然后再以二豹子杀死"开明绅士"的罪名将其铲除掉，最终得到了玫的身体。

此外，新历史主义框架中的后革命书写还热衷于用前现代性质的非理性家族斗争，来改写被原先的革命叙事赋予了进步色彩的阶级斗争。刘震云的《故乡天下黄花》用家族权力斗争的法则消解了阶级斗争的经典模式，并将阶级斗争叙事中常见的未来指向和进步主义，替换为中国传统的循环史观。这部小说可以说是新历史小说革命叙事的代表性文本。小说分为四部分，每部分都截取中国近百年历史中的一个时期——辛亥革命、抗日战争、土地改革和"文化大革命"——作为小说的背景，来书写马村的历史。马村的所谓"革命"史实际上是围绕着孙、李两个大家族及其追随者的私人恩怨而展开的一系列厮杀，无论是推翻清政权的辛亥革命，还是抗日战争，以及后来的第二次国内革命战争、土地革命和"文化大革命"。似乎马村的人都积极地参与了宏大历史的书写，但这些在教科书中被赋予了"进步"意义的历史变迁，在马村却都成了家族厮杀的缘由，革命的风云变幻在马村只不过表现为敌对家族之间反反复复的权力转移。马村"革命者"的"革命"动力全部是一样的：为了家族利益和本能欲望的满足。新历史主义小说家笔下的"家族斗争"和革命小说家笔下的"阶级斗争"的区别在于后者被纳入了进化论的框架，不同的阶级代表不同的历史阶段，而在不同的家族之间，却不存在这样的先进与落后的等级划分。这样，与革命文学中的阶级叙事相对应的现代的历史进步论，就被"后革命"家族叙事中的历史循环论所取代。小说对革命的几个阶段以及革命者的不同信念和目标没有进行任何区分，而是把它们全部纳入了相同的本能欲望叙事和权力斗争叙事。这也证明此类革命叙事已经不再是对革命话语的修复，而是对革命话语的颠覆。

如果说新启蒙把人道主义引入革命叙事并不能从根本上动摇革命的合法性的话，那么，对于历史发展的必然性和进步论的遗弃无疑是对"革命"的严重质疑。如上所述，人道主义作为一种现代价值并不与现代革命构成必然冲突。只要革命的性质是公平和正义的实现，那么，革命叙事完全可以"笑纳"人道主义。"革命"只是在被过度"纯化"和"窄化"、变成狭隘的阶级复仇之后才变得和人道主义不能相容。但是对于历史必然性、规律性和进步性的怀疑却不同。这是对革命的釜底抽薪之举。

### 三、走向历史虚无主义的戏谑式革命书写

90年代以降，作为市场经济产物的大众文化异军突起，消费主义意识形态极度高涨，文学艺术的消费性和商品性被极大激发。无论是从西方引入的流行文化，还是大陆新生的大众文化，似乎都还无法满足大众文化消费的巨大胃口。于是，历史遗产，包括现当代革命史的遗产，成为消费文化急于攫取和盗

用的对象。文学经典，包括革命的"红色经典"，成为文化工业打造文化快餐的新材料。与此同时，后全权语境使得80年代的新启蒙话语受到限制，知识分子无法再理性反思革命的得失。就在这样的后全权消费主义语境中，出现了由大众消费主义和后全权主义共同催生的戏谑式革命叙事，这种革命叙事从形式上看采用了戏说、无厘头的大话式话语方式，但是其实质是一种犬儒主义和历史虚无主义意识的深刻体现。这是和主流革命叙事与新启蒙知识革命叙事都迥然有别的革命叙事模式，同时也因其突出的商品性、娱乐性而不同于新历史主义的革命叙事。这类叙事在文体上的最大特点是属于90年代的所谓"大话体"，通过无厘头方式戏仿原先的革命话语，将之戏谑式地改写为消费主义快乐大本营中的搞笑故事或艳俗色语。盗用、改写、戏仿革命符号（如绿军装、红宝书、忠字舞）、革命经典（如样板戏）的情况一时风起云涌，成为蔚为大观的"大话文艺"思潮中的一支主力军。

比如《样板戏之〈宝黛相会〉》《新版白毛女》等网络文学直接拿曾经神圣不可一世的"样板戏"开刀，前者对"文革"批斗场景进行了滑稽模仿，把焦大当作地主批斗，而贾母、王熙凤等反而成为造反派[8]；后者把阶级复仇这个中国现代革命史的经典叙事改造为当代商场的恩爱情仇[9]。而在轰动一时的所谓"红色经典"影视剧改编中，则出现了杨子荣等英雄人物的"桃色"事件[10]。情色化书写和大话式书写的结合正是后全权式消费主义语境下革命叙事的突出特征。

对革命文化的这种戏仿式改写，最早大约见于王朔的所谓"痞子文学"。以下是我随便在王朔小说中找到的一些戏仿毛泽东语录的例子："一个人做点好事并不难，难的是一辈子做好事——关键是夹起尾巴做人。""我是主张文学为工农兵服务的，也就是说为工农兵玩文学。""敌进你退，敌退你进，敌住你扰，敌疲你打。《诱姐大全》上就这么写着。""现在我已经成为毛主席所说的那二种人，一个高尚的人，一个脱离了低级趣味的人，一个有益于人民的人，也就是一个没有正经的人。"在王朔的小说中甚至还有对于政府机构以及其他社会组织的滑稽模仿，比如所谓"中麻委"（麻将委员会）、"捧人协会"等，借以对这些机构进行巧妙的冒犯。

如果说王朔的大话式革命书写还带有比较浓重的政治寓意，相比之下其情色化程度却大大不足，那么，此后的红色经典改编则大大加重了情色成分（以至于变为所谓的"桃色经典")而减少了政治寓意。在根据60年代红遍一时的电影《红色娘子军》改编的小说《红色娘子军》中，随处可以发现类似艳情小说的色语："阿牛抱住她（红莲），不让她走却就势拉下了她的裤子，阿牛跪在地上，环手抱住红莲的腰身，把脸伏在她的腰间。红莲又急又羞，连忙挣扎着推开阿牛。阿牛却疯了一般，把红莲扑倒在地，他整个地圈住红莲、把嘴往红莲身上乱啃。红莲开始还奋力挣扎，慢慢地她反紧紧抱住阿牛。她哭着，却兴奋得大叫，她不顾一切地剥去阿牛的衣服，反转身来，把阿牛压在身下。本来就疯狂异常的阿牛，让红莲突如其来的举动给镇住了，这不是他认识的红莲。红莲骑在他身上，咬他、掐他，把阿牛弄得异常兴奋。"⑪

与80年代启蒙主义语境中的革命书写不同，这种性描写虽然也打着恢复革命者"人性"的旗号，却缺少精英式的新启蒙文学的那种严肃性。精英式的后革命书写虽然也经常涉及革命者的性，但是却不是以色欲挑逗为目的，而是要借此来反思革命。性描写因此被纳入了启蒙主义和人道主义的话语框架，肩负起思想解放的使命。而在对于革命的消费式、大话式书写中，性已经不再载负这种沉重的使命，变成了赤裸裸轻飘飘的色语。同时，这种色语也缺少新历史小说中欲望话语的那种探索性和试验性，如果说它也在解构着历史理性，那么这也只不过是犬儒主义背景下娱乐文化的一种附带效应而已。正如赵牧指出的："革命之所以能被当做调侃的对象，是因为它不再占据国家权威意识形态的主导而成为了充分历史化或者说资源化的事件。就是说，它已不再处于国家舆论机器严格规约的核心，但同时还没有退出民间的集体记忆。只有排除了前者，才有调侃的自由，只有具备了后者，才有调侃的市场。"⑫

大话化、情色化的对"革命"的消费性书写，在吸引了大批读者的眼球，赢得可观的市场份额的同时，也经常与主流话语发生矛盾、冲突，或激发起"革命者"的亲属、战友或者老乡的义愤。依据革命经典《芦荡火种》、样板戏《沙家浜》改编创作的大话小说《沙家浜》出版后，以"抗日英雄"的故乡而骄傲的沙家浜镇政府曾以"小说不仅严重侵犯了原剧作者的知识产权，同时也伤害了沙家浜人民的感情"为由向法院提起诉讼。小说《沙家浜》以及其他红色经典改编电视剧的命运表明，即使在大众消费时代，大话式的革命叙事虽然大行其道，但还是要受到主流话语的限制。平心而论，"红色经典"改编被批评者指认的那些"问题"（歪曲历史、误导观众等），在程度上并没有超出新历史小说的革命叙事。比如，批评者认为："改编者要么将抽象化人性凌驾于一切之上，与爱国主义、理想主义、集体主义、奉献精神等对立起来；要么将人性卑微化、卑俗化，将人性等同放纵，等同人格缺陷。在他们眼里，经典成了教条。由于价值观的变异，他们在改编时去红色、去革命化、去积极健康、去爱国主义、去英雄主义，使原作的基本精神变质。这样做的结果，就会毁了我们的精神长城。"

但实际上，鼓吹普世的人道主义以便纠正传统革命话语的狭隘性是新启蒙已经完成的使命，而把革命者的人性卑俗化则是新历史小说的拿手好戏。因此，在通过所谓人性改写革命方面，红色经典改编实在没有提出更多的东西，它们毋宁是在消费新启蒙和新历史的革命叙事的现成"成果"而已。它们遭遇到来自主流话语的批评之所以远远超出了对新启蒙和新历史的革命叙事的批评，根本的原因是它直接挑战了既成的革命话语，而不是把革命当成模糊的背景，是仍然活在主流话语和"人民"（比如老干部）记忆中的革命英雄（虚构的或真实的），而不是面目不清的"我奶奶""我爷爷"。事实上，主流话语根本就没有批评过新历史小说中的革命叙事，虽然在某种意义上说它对革命的解构更为彻底。实际上，作为大众消费文化特定类型的大话式戏谑式革命叙事并没有自己的对于革命的特定信念或态度（不管是支持的反思的还是否定的）。大众文化遵循的是"有奶便是娘"的实用主义逻辑。如果完全本真地翻录和复制"十七年"时期的革命经典不但能够得到主流话语的嘉奖而且能够赢得利润，那么，大众文化的制作者仍然会不顾一切地拥抱这个原汁原味的革命叙事。所有问题的本质再简单不过：时代不同了，不经过戏说、性说的革命叙事不卖钱了。

上述对于三种后革命叙事模式的梳理是极为粗浅的，让它变得丰满细腻至少还需要一倍以上的篇幅（前提是本文的基本框架可以成立）。最后我要说明的是，本文的梳理采取了历史和逻辑结合的方式，即三个历史阶段代表了三种叙事模式。但是历史和逻辑的吻合从来不是天衣无缝的，我还不至于幼稚到认为80年代初期和中期所有关于革命的书写全部是新启蒙式的，或者90年代以后新启蒙和新历史主义的革命书写模式就齐刷刷地销声匿迹了。但是历史的变化，包括文学史的变化以及革命的叙事模式的变化，总还是可以概括出主导范式的演变轨迹，哪怕这种概括是非常粗糙的。

新历史小说研究资料

**注释：**

①参见《中国共产党第十一届中央委员会第三次全体会议公报》，载《三中全会以来重要文献选编》，人民出版社1982年版第1页。

②我在阿伦特的意义上使用私人领域和公共领域的划分，私人领域大致相当于经济和物质—消费领域，公共领域大致相当于政治领域。

③这里的"革命文本"含义极为宽泛，举凡以符号形式存在的、与革命相关的一切全部包含在内，它不仅包括革命领袖如毛泽东的著作，中国共产党的革命文献，各种形式的革命史、革命教科书、革命文学，而且包括和革命有关的其他各种革命符号、革命表征，如革命歌曲、革命绘画、革命雕塑乃至日常生活中的革命物品，如绿军装、红领巾等等。

④英文或许可以翻译为the re-writings on revolutionary writings。同时，"后革命时代的革命书写"这个标题不是笔者的发明，而是赵牧硕士论文的标题。

⑤当然，即使是在革命时期，革命书写也并不总是那么纯粹，总有一些作品会溢出规范的革命叙事所划定的边界，比如路翎的《洼地上的战役》、茹志鹃的《百合花》以及宗璞的《红豆》等。它们试图表现英雄人物性格中的"复杂性"因素，这种努力虽然因为模糊了革命语法中革命与反革命之间黑白分明的界限而屡遭压抑，却不是一下子被彻底清除的。只有到了"文革"时期的样板戏和《金光大道》《艳阳天》等革命小说，与革命不和谐的人性"杂音"才被彻底压抑下去。

⑥参见《新历史小说选》第1页，浙江文艺出版社1993年版。

⑦这种具有后现代色彩的新历史意识最先出现在1980年代中、后期的"先锋小说"中。实际上，"新历史小说"和"先锋小说"（或"实验小说"）的概念很难区分清楚，它们常常交叉。比如王彪选评的《新历史小说选》就选了著名先锋小说家苏童的《迷舟》《妻妾成群》、余华的《鲜血梅花》等作品，这些小说在其他的选本中常常被纳入"先锋小说"或"实验小说"的名下。大概"先锋小说"或"实验小说"等概念的使用者主要着眼于叙事形式等层面，而"新历史小说"这个概念似乎更多地着眼于历史意识和作者对于历史的态度。正因为这样，本文所说的新历史小说是一个很宽泛的概念，举凡体现了对历史的后现代解构姿态的小说，都在本文"新历史小说"的范围之内。

⑧参见水杯子作《样板戏之〈宝黛相会〉》，http//culture163.com/edit/000825/000825__40899. html

⑨参见culture163.com/edit/001019/001019-42469. html;www.shuwu.com/ar/chinese/107981. html

⑩关于红色经典的更详细的讨论请参见陶东风《红色经典：在革命和商业的夹缝中求生存》，《中国比较文学》2004年第4期。

⑪郭晓冬、晓剑：《红色娘子军》，花城出版社2004年版，第17页。

⑫参见中山大学研究生赵牧的硕士论文《后革命时代的革命书写》。

# 解构历史：新历史小说与穿越小说

陶春军

20世纪80年代中后期，我国文坛出现了一批新历史小说，这类小说表现对历史的追寻，但不是实写历史的真实，而是模糊历史背景，边缘化历史事件，甚至虚构历史人物。在这类小说中，历史仅作为叙述的背景和某种视角，它所试图表现的仍是现代人的历史[1]。陈思和认为："新历史小说由新现实小说派生而来……大致是包括民国时期的非党史题材。从文学史的源流看，党史题材与非党史题材的根本区别，不在取材，而在创念与创作视角"[2]。也有学者提出，新历史小说更多的是平民立场，反映的是平民文化心理[3]。新历史小说代表作品主要有莫言的《红高粱》《丰乳肥臀》，苏童的《妻妾成群》《我的帝王生活》以及"枫杨树系列"，叶兆言的"夜泊秦淮"系列，须兰的《宋朝故事》《武则天》，阿来的《尘埃落定》，周梅森的"战争和人系列"，李洱的《花腔》，陈忠实的《白鹿原》，王安忆的《长恨歌》，周大新的《第二十幕》，刘震云的《故乡天下黄花》《故乡相处流传》《故乡面和花朵》《温故一九四二》，方方的《祖父在父亲心中》等。

穿越小说即穿越时空小说，也有人称之为架空历史小说，穿越小说的情节通常是描述一个当代青年遭逢变故，或在机缘巧合下，进入古代，以在场的方式参与见证种种众所周知又知之不详的历史事件。穿越小说在2003年初露头角，2007年达到巅峰，拥有众多写手，主要受到18—35岁之间的女学生和女白领的追捧。其中比较出名的有金子的《梦回大清》、李散的《独步天下》、波波的《绾青丝》、桐华的《步步惊心》、晓月听风的《清宫 情空 净空》、之之的《望天》以及被作家出版社以百万高价签下的"四大穿越奇书"——海飘雪的《木槿花西月锦绣》、天夕的《鸾：我的前半生，我的后半生》、夜安的《迷途》、晓月听风的《末世朱颜》等。历史本来是个什么样子，谁也没去过，因而有更大的想象空间，21世纪初的穿越小说是现代人按照自己对历史的理解，对于历史作出的带有个性的想象。

毫无疑问，新历史小说与穿越小说都与历史元素有关，但历史已仅仅作为一种符号和背景出现。新历史小说与穿越小说解构了传统的历史小说与革命历史小说，但在解构的过程中，它们又存在区别，表现在：

## 一、传统历史的解构：颠覆历史与想象历史

20世纪二三十年代的中国文坛，历史的叙写不再局限于客观历史，而是在历史空白处加进许多作家主观的虚构，甚至对所谓的传统历史进行解构，对以后创作较有影响的作品当推鲁迅的《故事新编》。《故事新编》中对传统历史采用"新"的方式，首创了中国现代历史小说两种基本范式。其一，博考文献，言必有据，即虚构不违背史书记载或传说原貌。如《铸剑》《非攻》《采薇》等。《铸剑》基本情节取自《列异传》，作者"只给铺排，没有改动"。所谓"铺排"即将"赤鼻"改成了"眉间尺"；将"客"改成了"宴之敖"；将"楚王"改成了"王"，赋予了更大的内涵；增添了"干瘪脸少年""众多妃子""侏儒"等次要人物；设计了金鼎沸水中三头搏斗场面。其二，只取一点因由，随意点染，敷成一篇，即不拘泥史实，并在历史故事框架中掺入一部分现代生活的语言和细节。如《补天》《奔月》《理水》等。《理水》中将艰苦实干的大禹与崇尚空谈的"大员""学者"作比较，古人古事与今人今事置于同一时空中。"文化山"系作者杜撰，文化山上学者的英语及"禹是一条虫"的高论都来自现实。鲁迅随意点染、古今杂糅、滑稽幽默、讽喻现实，这在传统的历史小说与革命历史小说中是很少出现的。但《故事新编》在虚构的基础上仍追求基本历史的真实性（即史书中有记载的），避免出现过于演义而导致"世无信史"的弊病。

到了20世纪80年代中后期的新历史小说，历史的概念越来越模糊，其解构历史的实质就是颠覆历史，这主要是受西方新历史主义文艺批评的影响。新历史主义文艺批评是20世纪70年代末期以来世界范围内文艺批评"历史转向"总体趋势的中坚力量。1982年，美国加州大学伯克利分校英文系教授格林布拉特

在《文类》杂志一期专刊的前言中，将与自己志同道合者的文艺批评笼统地概括为"新历史主义"（New Historicism）。代表人物有格林布拉特、海登·怀特、多利莫尔、蒙托斯、维勒等。新历史主义通过一些既往正史或难以发现，或识而不察，或不屑一顾的历史碎片、零散插曲、逸闻逸事、偶然事件、异乎寻常的外来事物、卑微甚至不可思议的边缘题材的发掘来为文艺作品构设话语语境。尽管有论者认为新历史小说不能等同于新历史主义，如论者张清华认为新历史小说与新历史主义是有区别的概念，"它们应当分为互相联系又互相区别的'中心'与'边缘'的两个部分，其边缘部分是与'旧的历史小说'相对立的'新历史小说'，其中心部分则是与旧的历史方法与历史观对立的具有'新历史主义'倾向的小说"。新历史主义小说则主要指一批接受西方新潮理论的新锐作家所写的"反映了一种具有'新历史主义'倾向的历史观"的历史小说[4]。但新历史小说的创作毫无疑问契合了新历史主义的某些主张。我国许多新历史小说家践行着新历史主义创作理念，颠覆传统历史，甚至一部分论者认为他们纯粹是一种游戏历史、消费历史的狂欢。"以游戏历史、消费历史为创作冲动的新历史小说，仅仅把历史当作一道幕布、一道风景，在历史的遮羞布下尽情宣泄性与暴力、乱伦史与家族史，历史只不过是一个被掏光了的空壳，人们欲望宣泄后被遗忘了的狂欢。"[5]当然评论新历史小说不能仅仅这样停留在认识的表面，性、暴力、家族乱伦等是不能概括新历史小说全部的，但一个不争的事实是，在新历史小说家笔下，"历史纯粹成了一道风景"[6]。传统历史小说与革命历史小说所强调的历史真实及历史本质的真实被新历史小说从历史客体与历史观念两方面双重颠覆。新历史小说一方面重构客观存在的历史客体，另一方面重构历史观念，从而在面对历史时，表现出与传统历史小说与革命历史小说的根本不同。《故事新编》力图避免的"世无信史"，在新历史小说这儿，恰好被它奉为圭臬。另外，从读者阅读文本时的先验性角度来看，读者更多的时候把新历史小说虚构的东西当成真实。其中原因不排除新历史小说家叙述故事的能力，他们设置逼真的圈套让读者入瓮，还有一个原因即是读者宁愿相信或者说更认可这种具有传奇性和私密性带有人性张力的文本。

　　总而言之，新历史小说对历史本体存在的真实性是怀疑的。而近年来在网络上畅销走红的穿越小说，对历史尽管也是解构的，但不同的是这种解构不是对历史本体的质疑。穿越小说无意于质疑这种历史的真实性，也不否定历史价值立场，其解构历史的实质是想象历史。20世纪80年代、90年代出生的年青作者对于历史，更多的是想象，穿越小说中所表现的历史，是他们心目中的历史，或者说是想象的历史，历史已成为他们心灵休憩的场所。作品中很多历史人物、历史事件、历史场景都是按他们自己对历史的想象来设计的。以《美人殇》中的历史人物董卓为例。在《三国演义》中，董卓是一个"灭国弑君，秽乱宫禁，残去生灵，狼戾不仁，罪恶充积，上欺天子，下虐生灵，罪恶贯盈，人神共愤"，外表脑满肠肥的家伙。而在《美人殇》中，董卓摇身一变，变成了能屈能伸、重情重义的汉子，即使心性凉薄、手段毒辣，也是为了在冷漠的乱世存活。同时，小说作者更是煞费苦心，将董卓所有的恶行都归因于：为了保护想要保护的人。有了这顶光环，董卓的任何行为都变得合理、悲壮甚至感人。又如《独步天下》中骄傲、深情的褚英形象。历史上的褚英为人张狂、独断、专横霸道，很不得人心，但是作者给他的一切行事都找了个为爱情的理由，从而颠覆了他的历史形象。这里小说作者所写的董卓与褚英形象是他们心目中理想的形象，这种历史想象的目的，是让人们在千篇一律的文字之外，能找到新鲜的感觉。这种想象服从于两个原则：一是要起到一般言情小说娱乐的作用；二是能够反映现代人需要减压的特殊心理，它要让现代人借着穿越的形式到古代去完成一场离奇的"白日梦"。那么，现代人的梦为什么要放到古代去实现呢？因为社会竞争日趋激烈，人们徘徊在工作和情感之间，承受着各种压力，诸多的社会心理因素如工作的不顺、爱情的困惑……常常使他们处于莫名的紧张状态。在现实生活中，他们畏首畏尾，矛盾着，挣扎着，找不到实现梦想的出路，于是，他们想找一个陌生却又能在自己掌握之中的地方来实现自己的"白日梦"。未来本身就是未知，无法预料，不在自己能力范围之内，过去发生过的事已经记载在册。现代人所掌握的技能比那个时代的人强，在过去实现自己的梦想最有可能。看着书中另一个自己在另一个时空的成功就成为对在现实中无法成功的补偿，因而穿越小说基本上都是穿越回古代而很少穿越到未来，即使穿越回古代，大多也是穿越到我们熟知的朝代。这种历史想象还是热播历史剧与畅销历史小说影响现代人的结果。热播的历史剧与畅销的历史小说带给现代人无穷尽的想象，使他们在幻想中穿越时空，经历传奇的遭遇并体验两个时空文化的碰撞。《梦回大清》中的主人公会计小薇由于"最大的爱好就是到各个古建筑景点参观"，或许以格格为主题的电视剧看得太多的缘故，也可能以格格身份更能进入统治阶级上层，小薇在故宫里打了个盹儿就穿越回古代（身份为镶黄旗户部侍郎英禄的女儿雅拉尔塔·茗薇）。此外，这种历史想象还是一种"亚文化"的体现。所谓"亚文化"即非主流文化。现代人，特别是现代青年人，不愿按历史教科书去解读历史，或者说不愿去接受主流文化给他们既定的历史模式，下面就以《梦回大清》中的四阿哥形象为例来说明这个问题。

一时间，只有四爷的冰凉与火热包围着我，脑子里晕晕的，什么也想不起来。"你是我的，只是我的……"四爷喃喃地在说些什么[7]。

四爷的嘴角硬得如同一条线，额上的青筋突突地跳着，眼中一阵发狠、一阵软弱，终是叹了一口气，轻轻地将我抱进怀里："算了。"哑哑的两个字轻轻地飘了出来，却重重地砸在我的心上，我下意识地紧拥了四爷一下，四爷腰身一硬，转而更用力地拥住了我[8]。

四阿哥（爱新觉罗·胤禛，即后来的雍正皇帝）是一位十分复杂而矛盾的历史人物，关于他的争议集中两点：一是继位之谜，二是铁腕统治。就是这样一位毁誉兼备甚至毁大于誉的雍正皇帝，也能表达出最强烈的爱，尽管简短却很真挚。作者金子想象中的四阿哥是一位外表内敛、内心情厚的男人。

## 二、宏大叙事的解构：私人叙事与青春叙事

新历史小说消解正史，书写作家个人心中的历史，具有新的历史意识。新历史小说指涉的对象是生活的世界，它们的历史世界是作家根据历史流传性而想象、虚构的世界。卡尔·波普尔曾说："不可能有一部'真正如实表现过去'的历史，只能有各种历史的解释……因此每一代人都有作出自己的解释。"[9]在新历史小说中，作家进行主体自我意识的建构，历史是个外壳，新历史小说在某种程度上变成作家平民化立场的私人叙事，这种私人叙事受到后现代主义、寻根文学、先锋叙事、新写实主义等影响。"在新历史小说的写作者看来，历史作为人类生活的过程，从某种意义上是无法确认和无法解释的一种非理性存在，写作者如果想摆脱史书的观念，恢复历史的生活实景，就需要加入个人的历史体验"[10]。苏童就对自己这种独特叙事角度作了说明："按自己的方式记录这个世界这些人群，从而使你的文字有别于历史学家记载

的历史，有别于报纸上的社会新闻或小道消息，也有别于与你同时代的作家和作品。"[11]李锐不相信文学可以还原为一个真实的历史，他选择"一意孤行地走进情感的历史，走进内心的历史"[12]。苏童还肯定了私人叙事中的虚构："它为个人有限的思想提供了新的增点，它为个人有限的视野和目光提供了更广阔的空间。"[13]例如，苏童在《我的帝王生涯》中，虚构出一个燮国，燮国中充斥着宫廷争斗的血腥，尽管这些不是史书记载的，但读者仍觉得事件有与正史相似的真实，这种真实不是史料中历史事件与历史人物的真实，而是作者内心的"真实"。

私人叙事解构了传统历史小说与革命历史小说的宏大叙事，正史中已有定性的、打上标签的"是非善恶"在新历史小说作家那里不再重要，而作为平民的"人"及"人性"，却成了新历史小说探讨的主题。新历史小说中赤裸的"人"及"人性"，嘲讽、消解、颠覆了所谓的历史，甚至让传统历史守护者瞠目结舌、匪夷所思。例如，苏童的《碧奴》中，孟姜女被塑造为有自虐倾向的碧奴。陈忠实的《白鹿原》中，革命的白灵，竟被革命同志当作潜伏敌人处以"活埋"，而反革命的鹿兆海因死在进犯边区上，竟被当作抗日烈士厚葬。黑娃的生命历程则富有戏剧性和传奇性，先是参加农民运动，投身革命，后落草为寇，投靠国民党，最后又转为共产党。刘震云的《温故一九四二》中，一批日本鬼子向灾民放粮以至于受到军民的热烈拥护。李锐的《传说之死》中的六姑婆，成了银城第一个女共产党员，参加革命的目的不是为了自己坚定信念，而是为了帮助弟弟。刘震云的《故乡相处流传》中，慈禧出巡，不是暗访民情、整顿吏治，竟是为了寻找旧情人；曹操、袁绍为了一个小寡妇开战；千里大移民，只是朱元璋玩弄的一出骗局。苏童在《红粉》中对"妓女改造"这一革命历史的宏大叙事进行拆解，文本通过小萼的口说出做妓女的原因是"怕吃苦"而不是受旧社会压迫，妓女也是自己养活自己的职业，妓女的肉体和精神并未受伤害，"鸨母没有打过我，嫖客也没有打过我"，还可有些金银细软，倒是妓院被封、妓女改造时苦不堪言："我缝不完三十条麻袋，除了死我没有办法""妓女们一起大声恸哭起来……死也不让死，哭也不让哭，这种日子怎么过？不如把我们枪毙了吧。"很显然，小说不是写妓女"不思改造"的悲剧，对妓女并没有批判，小萼弄不清也不想弄清改造的意义，作家也没有打算让读者弄清妓女改造的意义。可以说，《红粉》是想摆脱宏大叙事的控制，

中国当代文学史资料丛书

用自己的话语方式叙述另外一种"历史",一种为正史所筛出、为宏大叙事所覆盖的"历史"。这种以妓女口吻的私人叙事,旨在向读者述说,做妓女比摆脱妓女生涯更幸福,沦落比新生更合理,从而展示出生存的压力冲破一切道德与理想的残酷。这里的妓女形象不再是革命历史小说中的阶级符码,而是服从于世俗和生存的人性的符码。

总而言之,在私人叙事中,很难找到以前正史的神圣叙事和描述,也很难找出历史教科书中规律性和类型化的共性特征,而大多是私人性的东西,又以服从于平民化的"人"及"人性"为中心。

为了私人叙事的方便,作家在文本中往往选定一个视角,或安排一个独特的叙事者"我"。例如,莫言曾经在他的《红高粱》里成功地运用了童年视角,故意拉开时空距离和心理距离,以未成年人的目光感受掩映在红高粱丛中灵魂的心史,在余占鳌身上所骚动的男性的力感和雄气。而深受祖辈移民意识影响的苏童,因无法摆脱对虚幻"故乡"的眷恋和描绘,在"枫杨树系列"里总是以第一人称"我"来叙述这种逃亡情结。刘震云《故乡相处流传》中的"我"是"当代中国一个写字的",他能够在历史间自由穿行,任意拼凑剪辑般地叙述。毫无疑问,"私人叙事"因个人视野的羁囿使叙述者看到的仅是历史的片段,从传统眼光来看,肯定是有局限的。例如,刘震云的《温故一九四二》中,那场河南的自然灾害的灾难者对那场灾难的回忆,都从自己的记忆和理解的角度出发对历史事件进行筛选,具有唯一性和特殊性。影响不深的或许被淡化或遗忘,记忆的也可能是零碎和残缺的,有的甚至与事实真相相左。叙述者也说自由的采访是零碎的,夹杂许多当事人的记忆错乱和本能地按个人兴趣的添枝与减叶。刘恒的《苍河白日梦》中的"耳朵"地位卑下,"只配爬房顶,拿眼睛看""蹲在老福居的茶馆里喝茶,拿耳朵听",他看到的听到的只是社会隐秘角落里的生活碎片,这些生活碎片,有时又看不清楚,有时看见了也不知是怎么回事,弄不清楚的地方就只能由想象作补充。但需要强调的是,新历史小说家无意于看清生活的整体结构和发展历史,他们认为光天化日之下难见的隐秘,是未经掩饰的真实,这正是正史的"盲点"这种从生活缝隙中透出的隐秘和私情或许才是生活的真相。

与新历史小说的私人叙事不同,穿越小说对历史宏大叙事解构的策略是采用青春叙事。青春叙事是青年人在日复一日单调而快节奏的生活压力下的一种释放和表达，这种释放和表达是心理的内在需求，是现代人情感的独特阐释。穿越小说中的青春叙事在文本中主要体现为大量运用诙谐幽默、机智风趣的青春流行词语。例如，"同志"一语虽最早见于东汉许慎所著《说文解字》："同志为友"，但是"同志"作为称谓，最早出现在辛亥革命时期反帝反封建的革命组织内部，以后才广泛被接受、运用。不少穿越小说都会称呼古人为"同志"，例如，称康熙为"老康同志"，这就让人忍俊不禁。这种语言幽默也是穿越小说"吸引读者的一大原因"[14]。因为穿越小说最大的作者群与读者群是现代年轻女性，所以作者在展开青春叙事时，未忘记使用现代女性的思辨方式，让现代文化与历史文化相碰撞。现代女青年可以在历史人物面前尽情展示她们的生存智慧，并可惬意地体味现代人在历史面前的优越性。譬如《梦回大清》中茗薇与四福晋关于女人地位的对话就很能体现茗薇作为现代女性在古人面前的生存智慧。

> "男人的事儿咱们女人不懂，都说兄弟如手足，妻子如衣服，这衣服不穿也罢了，女人对他们而言，也不过如此，是不是？"四福晋面带笑意却目光炯炯然地看住了我，我用手指揉了揉耳边的翡翠坠子，若有所思地说："是呀，所以我早就决定做胤祥的裤子了。"
>
> "什么……"四福晋一愣，不明所以地看着我。我呵呵一笑："衣服可以不穿，裤子总不能不穿吧。"[15]

四福晋认为"女人如衣服"衣服是经常可以换的，女人的地位是从属的，这是封建时代的女性地位观。同时，也是在警示茗薇，你若想跟了四阿哥，命运就如衣服一样。茗薇四两拨千斤，以"决定做胤祥的裤子"回之，寥寥数语，恰如其分，拿捏得当，不但轻松化解了女人之战针锋相对所带来的尴尬，而且茗薇的这一番无意于四阿哥的委婉表白也调节了氛围。读者在虚惊一场后，深深为茗薇娟秀灵慧、玲珑宛然所折服。茗薇的女性地位观显然是现代人的女性地位观，即女性不是男性的附属，而是互补的、对等的、必不可少地存在于男性面前，茗薇思辨时拥有的智慧显然来自现代女性比古人优越的生存智慧。

## 三、历史时空的解构：时空的虚拟与时空的交错

　　跟传统历史小说的写作相比，新历史小说作家不必翻阅大量的历史文献资料，以竭力缩小历史真实与文本叙述之间的差距。尤其在时空的虚拟性上更能体现这一点，如苏童的《一九三四年的逃亡》、余华的《四月三日事件》等。在《一九三四年的逃亡》中，苏童虚拟了1934年这个灾祸之年作为时间背景。在"枫杨树系列"中，很多人从枫杨树乡村逃了出去，逃往南方有一条街叫"香椿街"的城市；在《白鹿原》中，各种势力争斗"折腾"的"烙烧饼的鏊子"——"白鹿原"。"香椿街""白鹿原"，更恰切地说，是作者用自己的方法拾起的已成碎片的历史进行缝补缀合而成的一个地理符号。此外，还有《飞越我的枫杨树故乡》中，"50年代初"、阴森瑰丽的"罂粟花地"等虚拟的时空："直到五十年代初，我的老家枫杨树一带还铺满了南方少见的罂粟花地。"须兰所喜欢的历史朝代带有很大的模糊性，她曾说："有几个我爱好的年代：汉、魏晋六朝、唐、宋。这个好感的概念是相当笼统的，不牵涉到任何政治性的东西，只是觉得这些遥远的年代比较神秘，比较怪——才气纵横又有点醉生梦死，繁华中透着冷清——比较适合我对小说的口味。"[16]苏童的长篇小说《我的帝王生涯》叙述遥远而未有确定时间的"过去"一个"莫须有"的国家——燮国国王荣辱浮沉的一生，实质上是对历代王朝宫廷权力斗争与刀光剑影的一个提取式的"浓缩"。在这里，小说完全悬置了关于"历史时空真实"的概念，叙述的纯粹是自己的历史体验。苏童自己也说《我的帝王生涯）："是我随意搭建的宫廷，是我按自己喜欢的配方勾兑的历史故事，年代总是处于不详状态，人物似真似幻"[17]。这些虚拟的时间、空间，在小说的文本中起到的是背景的作用，它只是把小说中的人物和事件定格在已过去的某个时空中而已。在这些文本中，时间、空间已经失去了真实的历史意义，而仅仅是一个方便叙述的代码和符号。

　　与新历史小说构建虚拟时空不同，在穿越小说里，更多的是时空的交错，主要体现在两个方面。一方面，时空转换，主人公在不同时空自由穿越，既可以灵魂穿越，也可以身体穿越。粗略统计一下目前网络的穿越小说，三国、唐朝、宋朝、清朝是穿越最多的朝代，这几个朝代为青年人所熟知。特别是清朝，甚至还形成了一个固定的称谓"清穿"，其中又以写雍正的居多，如欣情

的《梧桐锁清秋》、蓉蓉的《水晶帘卷近秋河》、沧海月明的《尘世羁》等，写十三阿哥胤祥的也不少，如《梦回大清》《红牡丹》等，写八阿哥胤禩的如《瑶华》《绝梦瑶》等，这些小说的作者被读者亲切地称为"四爷党""十三爷党"和"八爷党"。另一方面，在时空转换的同时，穿越小说文本注入不同时代流行的元素，特别是现代社会流行的生存与竞争的技能，让主人公在心里已熟知的古代社会生活起来游刃有余。例如，波波的《绾青丝》中，女主角穿越后误入青楼，却把流行的现代歌舞搬出来，让从未看过现代歌舞的古人们为之着迷，从此女主角一举成名，英俊潇洒的公子少爷们也都围着她转；犬犬的《第一皇妃》中女主角利用现代医疗技术妙手回春，得到皇帝的重视；《绾青丝》中的卡门，穿越回古代后，一开始作为艳妓不被人接受，但她的卡通绒毛玩具、旗袍、吉他、火锅等无一不刺激着古代人的感官享受。再如，《穿越成为霸道少爷的小丫头》中现代少女艾小萌穿越成富家二少爷王梓枫的通房丫头小叶，小叶的现代女性思想、独立人格意识以及坚忍不拔的精神越来越吸引王梓枫，逐渐改变了王梓枫的爱情观。如果说这种时空转换仅是现代人穿越到古代变成了具有现代思维的古代人，那么同一个人的前世与今生都能出现在古代，更是令人称奇。如《鸾：我的前半生，我的后半生》中的女主角在前半生穿越到苏麻喇姑身上，和康熙发生缠绵的爱情，后半生以自己的本来面目出现在康熙面前，同样赢得康熙的爱怜，甚至比苏麻更胜一筹。穿越小说的这种时空交错可以给读者带来新奇感和刺激。时空穿梭也成为一些热播影视，如电影《时间机器》《大话西游》、电视剧《魔幻手机》等的卖点。

在新历史小说的发展过程中，过分的先锋与实验就不可避免地走向一个误区：滑向纯粹技巧化，把文学仅仅看作一种主观私语化的表达和充斥着实验性和先锋性的语言狂欢。新历史小说家或新历史小说理论支持者可以理直气壮地说，解构与先锋恰恰是新历史小说的特点，这一特点在文学上的合理性与合法性无可指责。但需要强调的是，用流行的"历史"外表讲述一个沉痛的故事，应该是新历史小说较高境界的追求，新历史小说同样需要人文精神和价值关怀。

而穿越小说从本身发展情况来看，它的前景并不乐观。起初，它给人们带来了新奇的感觉，让人们在闲暇时度过了愉快的时光，它瞬时拥有了相当数量的读者。穿越小说盛行的背后隐藏着现代青年人的心理，乃至整个社会的心理。然而，由于作者自身条件的限制（仅限于青年人的阅历和经验），穿越小说并没有能保持住它新奇的特色，加之跟风抄袭现象严重，穿越小说的质量开始下降，社会上对这类小说也有了不满的反映。为了迎合读者口味和社会评论，不少写手对这类小说进行生硬的改动和模仿，如对于"穿越"章节的处理：刚开始的穿越小说处理"穿越"时，往往靠媒介（玉佩、翡翠等）或是跳楼身死或在梦中穿越到古代，如《寻秦记》中项少龙被一台用来做时空实验的时光机器送回了古代；《穿越时空的爱恋》中主人公借助于游梦仙枕开始穿越之旅；《梦回大清》中茗薇是游故宫时睡着了，穿越回清朝，这些尚在人们的接受范围之内。但穿越小说的创作越往后越荒谬，不考虑读者的接受程度，甚至连打个喷嚏都能穿越，千奇百怪，让人啼笑皆非，总之只要穿越过去就行了，令小说的逻辑性和合理度愈发不着边际。此外，还有青少年对穿越小说过分痴迷，经常幻想着"这样的穿越什么时候会发生在我的身上"这些消极影响也不容忽视。

**参考文献：**

［1］［6］王彪. 新历史小说选. 导论［M］. 杭州：浙江文艺出版社，1993.

［2］陈思和. 关于"新历史小说"［A］//鸡鸣风雨. 上海：学林出版社，1994.

［3］刘志权. 平民文化心理与新历史小说［J］. 当代作家评论，2009（3）.

［4］张清华. 十年新历史主义文学思潮回顾［J］. 钟山，1998（4）.

［5］赵梦颖. 新历史小说叙事的限度与可能［J］. 云南社会科学，2008（3）.

［7］［8］［15］金子. 梦回大清［M］. 北京：朝华出版社，2007：115，292，174.

［9］朱立元. 当代西方文艺理论［M］. 上海：华东师范大学出版社，1999：394.

［10］朱文斌，曾一果. 新历史小说新论［J］. 汕头大学学报（人文社会科学版），2003（4）.

［11］苏童. 虚构的热情［M］. 南京：江苏文艺出版社，2003：219.

［12］李锐. 关于《旧址的回答》［J］. 当代作家评论，1993（6）.

［13］苏童. 虚构的热情［A］. 纸上的美女［C］. 北京：人民日报出版社，1998.

［14］萧飒等. 幽默心理学［M］. 上海：上海人民出版社，1989：4.

［16］须兰小说选［C］. 上海：上海文艺出版社，1995.

［17］苏童. 后宫序言［A］//苏童文集. 武汉：长江文艺出版社，1994：1.

原载《广西社会科学》2010年第5期

# 附录
## 新历史小说研究资料索引

李星：《新历史神话：民族价值观念的倾斜——对几部新历史小说的别一解》，《当代文坛》1988年第5期。

赵一凡：《什么是新历史主义》，《读书》1991年第1期。

陈晓明：《历史颓败的寓言——当代小说中的"后历史主义"意向》，《钟山》1991年第3期。

洪治纲：《新历史小说论》，《浙江师大学报》1991年第4期。

王彪：《与历史对话——新历史小说论》，《文艺评论》1992年第4期。

陈思和：《略谈"新历史小说"》，《文汇报》1992年9月2日

黄景忠、陈东晓：《如何评价苏童新历史小说》，《韩山师专学报》1993年第2期。

吴义勤：《"历史"的误读——对1989年以来一种文学现象的阐释》，《文艺评论》1993年第4期。

钟本康：《新历史题材小说的先锋性及其走向》，《小说评论》1993年第5期。

刘笑天：《走出失落与复归的双重谷地》，《滨州师专学报》1993年第Z1期。

雷达：《一九九三年的"长篇现象"》，《当代作家评论》1994年第1期。

旻乐：《赝品时代——关于"陕军东征"及当代文化的笔记》，《文艺评论》1994年第3期。

廖全京：《平实中的深邃——1993年短篇小说管见》，《当代文坛》1994

年第3期。

茵：《新历史小说的几种观念》，《戏剧艺术》1994年第3期。

蔡翔：《历史话语的复活》，《文艺评论》1994年第4期。

吴声雷：《论新历史主义小说》，《小说评论》1994年第4期。

韩毓海：《"和平年代"——走向一种"新历史主义"》，《当代作家评论》1994年第5期。

吴戈：《新历史主义的崛起与承诺》，《当代作家评论》1994年第6期。

张宽：《后现代的小时尚——关于"新历史主义"的笔记》，《读书》1994年第9期。

卢颜：《重铸历史——关于"新历史小说"的断想》，《南都学坛》1995年第1期。

李洁非：《九〇年代的文学价值和策略》，《上海文学》1995年第1期。

欧阳明：《历史的眼睛在这里格外明亮——新历史小说略论》，《晋阳学刊》1995年第2期。

吴戈：《新历史主义的崛起与解读》，《广西社会科学》1995年第2期。

郭宝亮：《"历史亡灵"复活的意味及其批判——近年历史题材文艺作品热现象思考》，《文艺评论》1995年第2期。

郭宝亮：《文化工业枕边的"历史亡灵"——近期历史题材文艺作品热现象思考》，《张家口师专学报（社会科学版）》1995年第2期。

李洁非：《1994小说扫描》，《中国图书评论》1995年第3期。

傅翔：《文坛的祭礼》，《文艺评论》1995年第3期。

张易、孙法星、辛延良：《新历史小说：一种新的历史文本——读〈白鹿原〉》，《枣庄师专学报》1995年第3期。

张应中：《论苏童小说的叙事模式》，《安徽师大学报（哲学社会科学版）》1995年第3期。

方长安：《从一维到多元——新时期十八年文艺鸟瞰》，《武当学刊》1995年第3期。

张侯：《灵魂的回归》，《小说评论》1995年第4期。

宋晓萍：《把玩旧瓶的游戏——"新历史小说"之我见》，《华中师范大学学报（哲学社会科学版）》1995年第4期。

黄先禄：《主体意识与政治意识的变奏效应》，《怀化师专学报》1995年第4期。

肖云儒：《被拷问的中国人文精神》，《社科信息文荟》1995年第5期。

陈思和：《民间的还原——"文革"后文学史某种走向的解释》，《文艺争鸣》1995年第5期。

张清华：《走向文化与人性探险的深处——作为"新历史小说"一支的"匪行小说"论评》，《理论学刊》1995年第5期。

吴秀明、周保欣：《历史追忆中的多层次掘进——论近年国内"反法西斯主题"的抗战文学创作》，《文艺研究》1995年第5期。

孙先科：《当代文学历史话语的意识形态特征》，《文艺理论研究》1995年第5期。

南帆：《故事与历史》，《文学评论》1995年第6期。

周晓燕：《论新时期文学的多元化格局》，《北方论丛》1995年第6期。

林焱：《二十世纪中国文学与民族文化精神》，《文艺评论》1996年第1期。

周晓燕：《平民化与平俗化——当前文学发展的两种趋向》，《北京师范大学学报（社会科学版）》1996年第1期。

刘成友、徐清：《新历史小说的哲学困境》，《理论与创作》1996年第1期。

丁柏铨、王树桃：《九十年代小说思潮初论》，《江苏社会科学》1996年第1期。

姜云飞：《审美批评的流失与期待》，《中文自学指导》1996年第2期。

贺仲明：《独特的农民文化历史观——论刘震云的"新历史小说"》，《当代文坛》1996年第2期。

张清华：《历史话语的崩溃和坠回地面的舞蹈——对当前小说现象的探源与思索》，《小说评论》1996年第3期。

张清华：《历史的坚冷岩壁和它燃烧着激情的回声——读张炜的〈家族〉》，《理论与创作》1996年第4期。

邹平：《长篇小说的艺术继承和创新》，《小说界》1996年第4期。

吕红莹、李金林：《对当代文学的创作主体内在精神的反思》，《丝路学刊》1996年第4期。

邓玉环：《新历史小说：历史时空中的反叛与寻求》，《湛江师范学院学报》1996年第4期。

严三九：《文学要坚守大地——关于目前文学的价值、走向的思考》，《晋阳学刊》1996年第5期。

蔡毅：《让理想之光照彻文学》，《云南学术探索》1996年第6期。

赵联成：《历史母题的解构——新历史题材小说泛论》，《当代文坛》1997年第1期。

林明：《历史的喻象和喻象的历史——试论新历史小说的比喻结构与动机》，《福建论坛（文史哲版）》1997年第1期。

林明：《试论新历史小说的比喻结构与动机》，《学术研究》1997年第1期。

李洁非：《新生代小说（一九九四—）（续）》，《当代作家评论》1997年第2期。

王卫红：《面对历史的凭吊与对话——评苏童的新历史小说》，《山东师大学报（社会科学版）》1997年第2期。

季水河：《世纪末文学：创作主体性的沉沦》，《理论与创作》1997年第2期。

颜敏：《破碎与重构——绪言：界定、语境、方法》，《创作评谭》1997年第2期。

林舟：《写作：生命的摆渡——叶兆言访谈录》，《花城》1997年第2期。

旷新年：《"后现代"神话》，《北京文学》1997年第3期。

王世城：《"新历史小说"的当代嬗变》，《晋阳学刊》1997年第3期。

胡良桂：《新历史小说的创造性变异》，《求索》1997年第3期。

颜敏：《破碎与重构——第四章颓败的历史景观：新历史主义小说》，《创作评谭》1997年第3期。

颜敏、姚晓南：《新历史主义小说的文化批判》，《广东教育学院学报》1997年第4期。

毛克强、袁平：《当代小说叙述新探》，《宜宾师专学报》1997年第5

期。

盛兴军：《艺术真实的困境与出路》，《文艺评论》1997年第5期。

柏定国：《九十年代文学背景批评及时代确认》，《理论与创作》1997年第5期。

舒也：《新历史小说：从突围到迷遁》，《文艺研究》1997年第6期。

马知遥、陈靖：《九十年代中国小说，谁主沉浮》，《走向世界》1997年第6期。

谢廷秋：《一场白日梦——从叙述角度看新历史小说〈苍河白日梦〉》，《贵州大学学报（社会科学版）》1998年第1期。

缪俊杰：《世纪之交话长篇》，《创作评谭》1998年第1期。

范钦林：《"新历史小说"的艺术维度》，《南通师专学报（社会科学版）》1998年第1期。

陈辽：《从开放现实主义到理性现实主义——读'97部分中短篇小说》，《南京社会科学》1998年第2期。

刘圣宇：《历史与小说写作——对"新历史小说"现象的反思》，《艺术广角》1998年第2期。

郭术兵：《评新历史小说的先锋特质》，《文艺评论》1998年第3期。

毕新伟：《生存者的"游戏"——格非小说〈敌人〉新解》，《河南师范大学学报（哲学社会科学版）》1998年第3期。

高扬、颜敏：《晦暗的人性与不定的命运——论新历史主义小说》，《天中学刊》1998年第3期。

曾艳兵：《新历史主义与中国历史精神》，《国外文学》1998年第5期。

陈美兰：《创作主体的精神转换——考察中国新时期文学的一种思路》，《文学评论》1998年第5期。

杨建国：《可能——新历史小说运思的逻辑源点》，《小说评论》1998年第5期。

杨建国：《可能——新历史小说运思的逻辑源点》，《当代文坛》1998年第6期。

马相武：《历史之钟的当代回声——九十年代的新历史小说》，《南方文坛》1998年第6期。

中国当代文学史资料丛书

黄科安：《九十年代新历史小说的审美取向——兼与鲁迅〈故事新编〉比较论》，《泉州师专学报》1998年第S2期。

孙先科：《"新历史小说"的叙事特征及其意识倾向》，《文艺争鸣》1999年第1期。

周国栋：《从"新历史小说"看近年来整个社会历史观念的变动》，《山东大学学报（哲学社会科学版）》1999年第1期。

颜敏、梅琼林：《晦暗的人性与不定的命运——论新历史主义小说》，《山东社会科学》1999年第1期。

汪晓云：《九十年代：抵抗与守护的一种写作》，《福建论坛（文史哲版）》1999年第1期。

董英：《新时期小说的流向》，《语文学刊》1999年第2期。

沈梦瀛：《余华的"冷酷"：抉发人类本性——论余华小说的自然主义倾向》，《武汉交通科技大学学报（社会科学版）》1999年第2期。

石恢：《"文化研究"与新历史主义》，《艺术广角》1999年第3期。

王文初：《解构与还原——池莉新历史小说的"预谋"》，《孝感师专学报》1999年第3期。

凤群：《历史的变奏——当代小说回顾与发展之一》，《五邑大学学报（社会科学版）》1999年第3期。

王岳川：《90年代文化研究的方法与语境》，《天津社会科学》1999年第4期。

刘泓福：《历史意义的消解——略论新历史小说创作之一》，《语文学刊》1999年第4期。

黄伟林：《论晚生代》，《文艺争鸣》1999年第4期。

张劲松：《刘震云小说研究综述》，《江西广播电视大学学报》1999年第4期。

陈松青：《历史母题的悖论式解构——新历史主义小说泛论》，《涪陵师专学报》1999年第4期。

周兴华：《站立在世纪之交的文学"骄子"——读长篇小说〈骄子传〉》，《牡丹江师范学院学报（哲学社会科学版）》1999年第4期。

毕新伟：《论新历史小说的哲学精神》，《中州学刊》1999年第5期。

曾艳兵：《新历史主义与中国历史精神——兼及文学史的重塑》，《山东师大学报（社会科学版）》1999年第5期。

王岳川：《重写文学史与新历史精神》，《当代作家评论》1999年第6期。

李东雷：《论新历史小说的叙事角度》，《内蒙古社会科学（汉文版）》1999年第6期。

袁仕萍：《论新历史小说的三种型态》，《襄樊学院学报》1999年第6期。

王宏图：《透视90年代》，《南方文坛》1999年第6期。

张学昕：《世纪风景的沉重演绎——评长篇小说〈第二十幕〉》，《南方文坛》1999年第6期。

王成君、石晶：《超然与失重（上）——论新历史小说的文本所指与演化》，《通化师范学院学报》1999年第6期。

石恢：《"新历史小说"与"新历史主义小说"辨》，《社会科学》1999年第11期。

何明：《九十年代小说语言状态的哲学思考》，《写作》2000年第1期。

潘凯雄：《为什么逃避》，《当代作家评论》2000年第1期。

梁旭东：《论新历史小说的话语意义与审美特征》，《浙江师大学报》2000年第1期。

吴矛：《论"新历史小说"对历史的重构》，《江汉大学学报》2000年第1期。

贾广惠：《先锋体验与创作迷失——论苏童"新历史主义"小说》，《中国矿业大学学报（社会科学版）》2000年第1期。

张冬梅：《生命中不能承受之轻》，《黑龙江教育学院学报》2000年第2期。

宗元：《当代文学中的民间走向》，《济宁师专学报》2000年第2期。

石恢：《"新历史小说"与"新历史主义小说"》，《小说评论》2000年第2期。

石恢：《当代处境与问题视域中的相遇——"新历史主义"与"新历史小说"》，《辽宁教育学院学报》2000年第2期。

石恢：《"新历史小说"与"新历史主义小说"辨》，《南京社会科学》2000年第2期。

王育松：《厚重与灵动兼备的诗化文本——试论〈尘埃落定〉的文体创新》，《武汉交通科技大学学报（社会科学版）》2000年第2期。

路文彬：《"少数话语"的权力／欲望化言说——"新历史主义"小说的历史叙事策略》，《艺术广角》2000年第3期。

邵明：《新历史主义小说的社会历史观》，《安庆师范学院学报（社会科学版）》2000年第3期。

陈自然：《论刘震云小说的批判精神》，《唐山师专学报》2000年第4期。

刘忠：《论新时期历史小说的审美表现》，《学习与探索》2000年第4期。

梅惠兰：《历史的生命感与生命的历史感——评周大新的长篇新作〈第二十幕〉》，《中州大学学报》2000年第4期。

刘忠、杨金梅：《无望的救赎与皈依——"新历史小说"再评价》，《河南师范大学学报（哲学社会科学版）》2000年第5期。

王凌：《浅谈新历史主义小说》，《山东教育学院学报》2000年第5期。

边敬国：《〈故乡天下黄花〉解读——兼论新历史小说》，《高等函授学报（哲学社会科学版）》2000年第5期。

王成君、石晶：《超然与失重（下）——论新历史小说的文本所指与演化》，《通化师范学院学报》2000年第6期。

徐兰君：《历史：情感的宿命和心灵的景观——读须兰的小说》，《小说评论》2000年第6期。

翟慧清：《九十年代女性写作中的"新历史"景观》，《当代文坛》2000年第6期。

王彪：《模糊与缺失》，《长江文艺》2000年第10期。

梁永安：《长篇小说走势如何？》，《文学报》2000年11月2日。

张进：《在"文化诗学"与"历史诗学"之间——新历史主义的命名危机与方法论困惑》，《甘肃社会科学》2001年第1期。

吴义勤、贺彩虹、刘永春、郑鹏、白浩、田广文：《历史·人性·叙述——新长篇讨论之一：〈满洲国〉》，《小说评论》2001年第1期。

张冬梅：《消解与构建——论新历史小说的话语意义》，《沈阳师范学院学报（社会科学版）》2001年第2期。

梁振华：《宿命与承担——市场经济浪潮中人文知识分子的角色选择》，当代文坛》2001年第2期。

索晓海：《〈我是太阳〉之英雄再造》，《江汉大学学报》2001年第2期。

路文彬：《游戏历史的恶作剧——从反讽与戏仿看"新历史主义"小说的后现代性写作》，《中国文化研究》2001年第2期。

宋世明、国丽芸：《20世纪90年代小说思潮概论》，《徐州师范大学学报》2001年第2期。

姜振昌：《〈故事新编〉与中国新历史小说》，《中国社会科学》2001年第3期。

宗元：《走向民间——对当代文学的一种现象描述》，《小说评论》2001年第3期。

王又平：《反"史诗性"：文学转型中的历史叙述（上）》，《荆州师范学院学报》2001年第3期。

曹流、周志雄：《理想神话与人性乌托邦——读熊正良的小说〈匪风〉》，《中州大学学报》2001年第3期。

刘忠：《无望的救赎与皈依——"新历史小说"再评价》，《文艺评论》2001年第4期。

吴秀明：《历史题材小说的转型》，《小说评论》2001年第4期。

刘志一、耿艳娥：《新世纪小说发展的两种态势》，《当代文坛》2001年第4期。

王又平：《反"史诗性"：文学转型中的历史叙述（下）》，《荆州师范学院学报》2001年第4期。

张进：《新历史主义文艺思潮的思想内涵和基本特征》，《文史哲》2001年第5期。

陈平辉：《当代小说表述的困顿与哲学启迪的误区》，《创作评谭》2001年第5期。

张桃洲：《"中国现代文学传统"国际学术研讨会综述》，《文学评论》2001年第6期。

刘传霞：《女性视域中的历史——评迟子建的〈伪满州国〉》，《当代文坛》2001年第6期。

宋丹：《民间的写作立场与审美价值取向——解读〈地母〉》，《当代作家评论》2001年第6期。

王爱松：《新历史小说与现代史的另一面》，《首都师范大学学报（社会科学版）》2001年第6期。

刘中顼：《新历史小说创作的严重迷误》，《文艺报》2001年10月20日。

赵静蓉：《颠覆和抑制——论新历史主义的方法论意义》，《文艺评论》2002年第1期。

路文彬：《历史话语的消亡——论"新历史主义"小说的后现代主义情怀》，《文艺评论》2002年第1期。

韩琛：《历史的挽歌与生命的绝唱——论莫言长篇新作〈檀香刑〉》，《小说评论》2002年第1期。

田美丽：《新历史小说：解构传统历史理解的写作》，《中南民族学院学报（人文社会科学版）》2002年第1期。

贺仲明：《历史的深沉与文学的浪漫》，《南京师范大学文学院学报》2002年第1期。

魏天真：《新生代历史叙述：被播弄的人与是非》，《文艺评论》2002年第2期。

韦器闳：《傻眼看世幻语写史——评阿来的长篇小说〈尘埃落定〉》，《中山大学学报论丛》2002年第2期。

李晓宁：《〈金瓦砾〉：历史文化追溯中显现的新意》，《漳州职业大学学报》2002年第2期。

吴智斌：《历史的"当下"性：论新历史小说的当代品格》，《安庆师范学院学报（社会科学版）》2002年第3期。

傅书华：《晋商世界近代风云个体生命——〈白银谷〉人物形象系列论析》，《当代作家评论》2002年第3期。

潘延：《心灵深处的迷惘——新历史小说评析》，《常熟高专学报》2002

年第3期。

桂蔚：《历史边界的最后晚餐——从〈红高粱〉到〈檀香刑〉》，《浙江工商职业技术学院学报》2002年第3期。

魏庆培：《历史的荒诞与生命的执著——读虹影的长篇小说〈饥饿的女儿〉》，《社科与经济信息》2002年第3期。

傅书华：《历史真实 人的存在 叙事策略——新历史小说研究述评》，《太原师范学院学报（人文科学版）》2002年第3期。

李仰智：《以个人名义进入历史书写——关于李洱长篇小说〈花腔〉及相关问题的对话》，《作家》2002年第4期。

王春林：《智性视野中的历史景观——评李锐长篇小说〈银城故事〉》，《小说评论》2002年第5期。

尤凤伟、王尧：《一部作品应该有知识分子立场》，《当代作家评论》2002年第5期。

傅书华：《近期新历史小说研究述评》，《理论与创作》2002年第5期。

黄发有：《世纪之交中国文学的历史迷惘》，《学习与探索》2002年第5期。

陈纯洁：《试论20世纪90年代小说创作形态》，《内蒙古大学学报（人文社会科学版）》2002年第6期。

江红英、魏新刚：《为"新历史小说"正名》，《山东行政学院山东省经济管理干部学院学报》2002年第6期。

王确、张树武：《关于文学新历史主义的思考》，《吉林大学社会科学学报》，《文艺评论》2002年第6期。

黄忠顺：《长篇历史小说：90年代的两个极端》，《江西社会科学》2002年第8期。

朱盈蓓：《20世纪小说文体的历史境遇》，《西南师范大学学报（人文社会科学版）》2003年第1期。

洪安瑞、张清华：《20世纪的一个文化寓言——对4部新历史主义小说的讨论》，《文艺争鸣》2003年第1期。

何敏：《别样风情：女性作家笔下的新历史主义小说》，《福建师范大学学报（哲学社会科学版）》，2003年第1期。

付建舟：《个体的凸现和叙事的狂欢——评李洱的长篇新作〈花腔〉》，《平顶山师专学报》2003年第1期。

刘思谦：《新历史小说的"历史诗学"——以〈花腔〉为例》，《郑州大学学报（哲学社会科学版）》2003年第1期。

傅书华：《个体生命的去蔽与敞亮》，《郑州大学学报（哲学社会科学版）》2003年第1期。

李仰智：《真实性：另一种解读》，《郑州大学学报（哲学社会科学版）》2003年第1期。

李少咏：《新历史小说的叙事策略》，《郑州大学学报（哲学社会科学版）》2003年第1期。

刘思谦：《走进历史隧洞的女性写作》，《周口师范学院学报》2003年第1期。

张兵娟：《将一束光带进历史的暗区——评赵玫的3部女性历史传记小说》，《周口师范学院学报》2003年第1期。

沈红芳：《英雄与母亲的另一面》，《周口师范学院学报》2003年第1期。

付建舟：《"历史"的嬗变与"人"的凸现》，《周口师范学院学报》2003年第1期。

赵同军：《转型及其代价——从苏童的新历史小说到"直面人生"》，《文教资料》2003年第2期。

靳新来：《"形式的意识形态"——论新历史主义对"重写文学史"的方法论意义》，《文艺评论》2003年第2期。

张冬梅、胡玉伟：《历史叙述的重组与拓展——对新历史小说与"十七年"历史小说的一种比较诠释》，《当代文坛》2003年第2期。

唐永泽：《论90年代小说创作中的民间意识》，《曲靖师范学院学报》2003年第2期。

周新民：《个人历史性维度的书写——王安忆近期小说中的"个人"》，《小说评论》2003年第3期。

付建舟：《"新历史"小说诸种概念辨析》，《新乡师范高等专科学校学报》2003年第3期。

巫晓燕：《来自民间的神话——简评田中禾的长篇小说〈匪首〉》，《平顶山师专学报》2003年第3期。

靳新来：《颠覆与重构——新历史小说片谈》，《郴州师范高等专科学校学报》2003年第3期。

邱艳：《对历史的解构与重铸——论新历史主义的理论特征及对中国二十世纪后期文学产生的影响》，《涪陵师范学院学报》2003年第3期。

黄海琴：《徜徉在思与诗之间——试论新历史小说的历史观念与艺术策略》，《新疆石油教育学院学报》2003年第3期。

张兵娟：《历史场景的重新书写——女性新历史小说概览》，《职大学报》2003年第3期。

孟繁华：《如何重返想象的历史》，《文艺报》2003年4月8日。

方玉彪、吴静瑜：《飞翔中坠落——试论苏童小说中的男性形象》，《南昌大学学报（人文社会科学版）》2003年第4期。

吴秀明：《论90年代的历史题材小说创作》，《社会科学战线》2003年第4期。

黄铁：《论20世纪80～90年代历史小说创作》，《山西大学学报（哲学社会科学版）》2003年第4期。

朱文斌、曾一果：《新历史小说"新"论》，《汕头大学学报》2003年第4期。

王启凡：《也谈新历史小说》，《辽宁大学学报（哲学社会科学版）》2003年第4期。

吴刚、徐丹丽：《从颠覆历史到取媚世俗——论莫言新历史小说的审美趋势》，《湖北省社会主义学院学报》2003年第4期。

程悦：《对〈红高粱〉创作的历史文化境遇及策略的思考》，《牡丹江教育学院学报》2003年第4期。

刘旭：《"史诗结构"的消解——"新历史小说"的结构意识》，《濮阳教育学院学报》2003年第4期。

韩玉洁：《新历史主义和新历史小说》，《郑州航空工业管理学院学报（社会科学版）》2003年第4期。

周兰桂：《论新时期文学主体性的回归——历史理性与人文关怀之间的张

力》，《武汉科技大学学报（社会科学版）》2003年第4期。

巫小黎：《"新历史小说"论》，《文艺评论》2003年第5期。

张兵娟：《一道奇异的历史风景线——女性新历史小说及其批评概览》，《中州学刊》2003年第5期。

刘宏志：《英雄的消隐——论革命历史小说和新历史小说中人物形象的嬗变》，《中州学刊》2003年第5期。

陈国庆：《论新历史小说叙事特点及其解构倾向》，《贵州师范大学学报（社会科学版）》2003年第5期。

黄海琴：《新历史小说研究综述》，《当代文坛》2003年第5期。

黄维敏：《在社会边缘随风飘荡——评苏童〈蛇为什么会飞〉》，《当代文坛》2003年第6期。

张学昕：《现实的"还原"和历史的"重构"——评于晓威的小说创作》，《当代作家评论》2003年第6期。

汪慧萍：《新历史主义作家历史意识论》，《江西社会科学》2003年第7期。

钟梦姣：《小说人物的命名》，《书屋》2003年第8期。

李仰智：《历史的一种读法——以死亡为线索》，《周口师范学院学报》2004年第1期。

李红秀：《民族化与九十年代中国小说》，《求索》2004年第1期。

陈义报：《〈故事新编〉与新历史小说比较论》，《重庆邮电学院学报（社会科学版）》2004年第1期。

路文彬：《作为修辞的历史感——"新历史主义"小说之后的历史叙事》，《文学评论》2004年第2期。

薛忠文：《"新历史小说"历史观刍议》，《齐鲁学刊》2004年第2期。

贾艳艳：《"新历史小说"的历史意识》，《晋阳学刊》2004年第2期。

霍巧莲：《心灵与历史的高度契合——苏童〈米〉中的人与世界》，《文山师范高等专科学校学报》2004年第2期。

常玉荣、郭秀丽、李金玲：《蛇会飞向哪里——评苏童的长篇小说〈蛇为什么会飞〉》，《河北建筑科技学院学报（社科版）》2004年第2期。

廖锋：《20世纪历史小说创作观念的演变》，《云南电大学报》2004年第

2期。

潘艳慧：《儒家文化认同与自然人性的冲突——论〈白鹿原〉中白嘉轩的人格悖缪》，《榆林学院学报》2004年第2期。

吴秀明：《历史文学底线原则与创作境界刍议》，《文学评论》2004年第3期。

胡全章：《个体生命意识的去蔽与敞亮——〈银城故事〉的历史观透视》，《新乡师范高等专科学校学报》2004年第3期。

陈连锦：《新历史小说的后现代审美取向》，《贵州师范大学学报（社会科学版）》2004年第3期。

詹先琦：《"小历史"对"大历史"的改写——对新历史小说的一种解读》，《沙洋师范高等专科学校学报》2004年第3期。

任现品：《模式解构的极致与限度——论新历史小说对民国时代的叙述》，《烟台大学学报（哲学社会科学版）》2004年第3期。

詹先琦：《新历史小说虚构、想象的历史》，《宁德师专学报（哲学社会科学版）》2004年第3期。

黄勇：《全知叙述人与宏大叙事——新时期小说的叙事规范及文化释义》，《开封教育学院学报》2004年第3期。

秦方奇：《超越时空的契合——〈故事新编〉与新历史主义小说》，《辽宁师范大学学报》2004年第4期。

付艳霞：《冰与火的缠绵——毕飞宇论》，《石家庄师范专科学校学报》2004年第4期。

秦方奇：《〈故事新编〉与新历史主义小说的叙事方式》，《沈阳师范大学学报（社会科学版）》2004年第4期。

于永顺：《当代主流文学话语形态概观》，《辽宁工学院学报（社会科学版）》2004年第4期。

任现品：《中国当代小说中民国叙事的语境、演变、局限》，《深圳大学学报（人文社会科学版）》2004年第4期。

徐英春：《文学、历史与时代精神——革命历史小说与新历史小说比较研究》，《华东理工大学学报（社会科学版）》2004年第4期。

吴义勤：《新生代长篇小说论》，《文学评论》2004年第5期。

吴颖：《当代语境下新历史小说的文本写作和民间立场》，《阜阳师范学院学报（社会科学版）》2004年第5期。

刘人锋：《论新历史小说的审美取向》，《湖南税务高等专科学校学报》2004年第5期。

徐英春：《一种故事两种说法——革命历史小说与新历史小说比较研究》，《学习与探索》2004年第6期。

贾艳艳：《穿行在历史潜流中的家族精神——读周大新的〈第二十幕〉兼谈与〈白鹿原〉的比较》，《中州学刊》2004年第6期。

孙宗美：《新历史主义视角下的"民族秘史"——关于〈白鹿原〉的一种解读》，《宜宾学院学报》2004年第6期。

夏俊华：《批判与坚守——论民间文化在革命历史小说和新历史小说中的不同命运》，《河南社会科学》2004年第6期。

梦云：《文学概念三十年（1）》，《吉林日报》2004年10月27日。

黄云霞：《历史想象与人性批判——新历史主义视域中的王小波小说》，《中国历史文学的世纪之旅——中国现当代历史题材创作国际研讨会论文集》2004年12月。

姚晓雷：《"新历史小说"应该向传统历史小说学习什么》，《中国历史文学的世纪之旅——中国现当代历史题材创作国际研讨会论文集》2004年12月。

吴晓、吴智斌：《从先锋作家历史叙事看新历史小说接近文学本体的方式——以苏童创作为例》，《中国历史文学的世纪之旅——中国现当代历史题材创作国际研讨会论文集》2004年12月。

何换生：《历史理性光照下的追记与反思——评何顿长篇小说〈抵抗者〉》，《当代文坛》2005年第1期。

杨剑龙：《经典解构与历史戏说——关于当代文学中历史言说新倾向的讨论》，《周口师范学院学报》2005年第1期。

刘进军：《还原历史的语境——论新历史主义小说〈米〉》，《山东省青年管理干部学院学报》2005年第1期。

杨鹏飞：《新历史主义小说的人性视域》，《沈阳师范大学学报（社会科学版）》2005年第1期。

郭剑敏：《〈将军底头〉与〈迷舟〉的互文性研究——兼论新历史小说的本土艺术渊源》，《西南交通大学学报（社会科学版）》2005年第1期。

曹瀚文：《论苏童小说的独特艺术空间》，《北京联合大学学报（人文社会科学版）》2005年第1期。

杨珺：《突入历史间隙的女性言说——试论女性新历史小说》，《南都学坛》2005年第2期。

管淑花：《语言的狂欢——浅评新历史小说的叙事策略》，《当代文坛》2005年第2期。

杨红旗：《写在羊皮纸上的历史》，《当代文坛》2005年第2期。

张清华：《莫言与新历史主义文学思潮——以〈红高粱家族〉、〈丰乳肥臀〉、〈檀香刑〉为例》，《海南师范学院学报（社会科学版）》2005年第2期。

刘传霞：《女性视阈中的革命历史——论〈英雄无语〉兼及革命历史题材写作》，《泰山学院学报》2005年第2期。

刘传霞：《女性视阈中的革命历史——论〈英雄无语〉兼及革命历史题材写作》，《青岛大学师范学院学报》2005年第2期。

王俊忠、陈连锦：《新历史小说的后现代历史观》，《钦州师范高等专科学校学报》2005年第2期。

王俊忠、陈连锦：《新历史小说的后现代价值取向》，《漳州师范学院学报（哲学社会科学版）》2005年第3期。

孙莹：《重估传统儒家文化与重建历史真实——解读新历史小说〈白鹿原〉》，《海南大学学报（人文社会科学版）》2005年第3期。

张兵娟：《重塑女性的历史——新历史主义视界中的女性历史传记系列丛书〈花非花〉》，《周口师范学院学报》2005年第4期。

吴义勤：《新生代长篇小说论》，《当代作家评论》2005年第4期。

孙俊红：《油滑中的严正——〈故事新编〉与新历史主义小说》，《名作欣赏》2005年第4期。

旷新年：《莫言的〈红高粱〉与"新历史小说"》，《杭州师范学院学报（社会科学版）》2005年第4期。

严红兰：《"新历史小说"的叙事方式》，《江西教育学院学报（社会科学）》2005年第4期。

权雅宁：《日常生活与民间——90年代小说的民间化审美论略》，《文艺争鸣》2005年第5期。

王启凡：《新历史小说——众语喧哗下解构主义精神的独语》，《辽宁大学学报（哲学社会科学版）》2005年第6期。

王晓丽：《〈第二十幕〉：对历史和人的民间书写》，《新乡师范高等专科学校学报》2005年第6期。

崔志远：《新历史小说的"碎片写实"》，《海南师范学院学报（社会科学版）》2005年第6期。

菲戈：《"新历史小说"？》，《世界》2005年第12期。

王启凡、宿丰：《在传统与后现代文化间升腾与坠落的"新历史小说"》，《内蒙古社会科学（汉文版）》2006年第1期。

于永顺、张洋：《新历史主义诗学的年第三种立场——论当代新历史主义小说的精神求索》，《渤海大学学报（哲学社会科学版）》2006年第1期。

吴景明：《论新历史主义小说对传统历史小说的反拨》，《长春师范学院学报》2006年第1期。

雷鸣、马景文：《历史的哗变与圣者的遁逸——论新历史小说的革命叙事》，《河北学刊》2006年第1期。

舒欣：《试论新历史小说对传统革命话语的解构》，《长沙大学学报》2006年第1期。

杨承磊：《无法远行的冒险之旅——中国新历史主义小说创作》，《山东文学》2006年第1期。

高继海：《历史小说的三种表现形态：论传统、现代、后现代历史小说》，《浙江师范大学学报》2006年第1期。

许娟：《复杂的白嘉轩》，《黄山学院学报》2006年第1期。

王慧：《在整体性视野中建构个体性——论20世纪90年代文学中的欲望书写》，《台州学院学报》2006年第1期。

秦剑英：《从〈我的帝王生涯〉看苏童的自我耽溺》，《商丘师范学院学报》2006年第1期。

赵吉祥：《〈圣天门口〉与〈白鹿原〉比较谈》，《吕梁高等专科学校学报》2006年第1期。

　　秦楠、石云龙：《人性在"颠覆"和"抑制"中突显——〈京华烟云〉的新历史主义解读》，《北京邮电大学学报（社会科学版）》2006年第1期。

　　王启凡：《主观意志下历史的有序与无序——再谈新历史小说》，《社会科学辑刊》2006年第2期。

　　张均：《"现代"之后我们往哪里去？》，《小说评论》2006年第2期。

　　黎筝：《横看成岭侧成峰——新历史主义视野下〈骆驼祥子〉和〈米〉的比较研究》，《贵州大学学报（社会科学版）》2006年第2期。

　　张文东、杜若松：《颠覆与重建：苏童小说中的历史记忆》，《吉林师范大学学报（人文社会科学版）》2006年第2期。

　　温宗军：《历史：现在与过去之间的凝视和对话——中国当代新历史小说研究》，《广西师范大学学报（哲学社会科学版）》2006年第2期。

　　方曙：《历史原生态的发现和还原——〈历史的天空〉中梁大牙形象评析》，《铜陵学院学报》2006年第2期。

　　黄勇：《"历史"的介入与还原——论尤凤伟的土改小说写作》，《中国文学研究》2006年第2期。

　　李艳梅：《对中国新历史主义文学的思索》，《学习与探索》2006年第3期。

　　曹书文、郭昕晖：《当代家族小说的历史书写》，《河南社会科学》2006年第3期。

　　汪政：《苏童：一个人与几组词》，《海南师范学院学报（社会科学版）》2006年第3期。

　　乔春雷：《新历史主义小说中的西方形象》，《广东广播电视大学学报》2006年第3期。

　　唐宇：《新历史小说：定义、理论背景及文学渊源》，《北京工业大学学报（社会科学版）》2006年第3期。

　　张鸿声：《时态呈现与历史观的表达——对中国现当代历史文学的一种考察》，《福建论坛（人文社会科学版）》2006年第4期。

　　沈嘉达：《欲望的年代——20世纪末中国小说叙事范式透视》，《湖北经济学院学报》2006年第4期。

曹金合：《莫言小说创作的独特心理机制探寻——顽童心态、先锋意识、民间立场的和谐统一》，《当代文坛》2006年第4期。

张志云：《"秘密"：细节大于题材——论何大草近年来的小说创作》，《当代文坛》2006年第4期。

黄发有：《虚无主义与中国当代文学》，《文艺争鸣》2006年第4期。

姚朝文：《当代中国大陆小说创作观念的新衍变》，《佛山科学技术学院学报（社会科学版）》2006年第4期。

朱海霞：《论新历史小说的空间化叙事》，《海南师范学院学报（社会科学版）》2006年第4期。

王少栋：《〈白鹿原〉新历史主义解读》，《商丘师范学院学报》2006年第4期。

汤红：《论二十世纪八十年代以来当代小说中的历史叙事》，《内蒙古农业大学学报（社会科学版）》2006年第4期。

李正仁：《浅论新历史主义小说的精神诉求》，《青岛大学师范学院学报》2006年第4期。

李建国：《"新历史小说"的内涵和外延》，《山东社会科学》2006年第5期。

张春红：《冤结孽缠的生命轮回——解读莫言的长篇小说〈生死疲劳〉》，《现代语文》2006年第5期。

旷新年：《"当代文学"的建构与崩溃》，《读书》2006年第5期。

王红：《回应与反响：新历史小说多重叙事方式探析》，《当代文坛》2006年第5期。

李遇春：《庄严与吊诡——评长篇小说〈圣天门口〉》，《南方文坛》2006年第5期。

陈连锦：《新历史小说的存在主义因素》，《重庆职业技术学院学报》2006年第5期。

崔志远：《文学，应有精神的升腾》，《文艺理论与批评》2006年第5期。

罗礼太、吴尔芬：《故事的价值》，《当代文坛》2006年第6期。

刘复生：《蜕变中的历史复现——从"革命历史小说"到"新革命历史小

说"》，《文学评论》2006年第6期。

吴秀明、尹凡：《"新故事新编"：当代历史题材小说的另类写作——兼谈"故事新编"文体的历史流变及其现代生成》，《学习与探索》2006年第6期。

王杰：《悲壮的英雄和英雄的悲剧》，《运城学院学报》2006年第6期。

苏占兵：《新历史主义小说的衰退与落潮——细读余华〈兄弟〉》，《现代语文》2006年第7期。

耿娴：《"父亲""关照"下的历史感叙述——文革结束以降小说中的父亲形象》，《当代经理人》2006年第8期。

王健：《试论"新历史小说"的失语症状》，《现代语文》2006年第10期。

李自国：《论新历史小说年第一人称叙述》，《文教资料》2006年第28期。

刘复生：《历史幽灵的复现：从革命历史小说到新革命历史小说》，《中国当代文学研究》2006卷。

唐凡茹、刘永志：《多元鼎立的话语时代——"后新时期文学"思潮的话语类型解读》，《天府新论》2006年第S1期（增刊）。

肖朵朵：《新历史主义视域下的人性书写与影像呈现——论苏童和李碧华的"新历史小说"及电影改编》，《电影文学》2007年第1期。

黄发有：《油腔滑调的"艺术"》，《文艺争鸣》2007年第1期。

吴圣刚：《论新时期文学观念的嬗变》，《信阳师范学院学报（哲学社会科学版）》2007年第1期。

陈晓润：《为谁而战——论新历史小说的战争观念》，《南京工业职业技术学院学报》2007年第1期。

陶汝崇：《关于新历史主义与新历史小说》，《临沧师范高等专科学校学报》2007年第1期。

陈绪石：《另一种历史——评王小波的〈红拂夜奔〉》，《名作欣赏》2007年第2期。

李阳春、伍施乐：《颠覆与消解的历史言说——新历史主义小说创作特征论》，《中国文学研究》2007年第2期。

郭莹：《浅论苏童新历史小说的美学追求》，《山东电大学报》2007年第2期。

刘进军：《历史的"福音"——评长篇小说〈圣天门口〉》，《小说评论》2007年第2期。

明亮：《新历史主义在中国当代文学的变异》，《世界文学评论》2007年第2期。

李静：《新时期中国文学民族性建构之鸟瞰》，《燕赵学术》2007年第2期。

李宝华：《从〈许三观卖血记〉看新历史小说的文本特征》，《佳木斯大学社会科学学报》2007年第3期。

陈娇华：《新历史主义与女性历史小说创作》，《阜阳师范学院学报（社会科学版）》2007年第3期。

李舫：《历史虚无主义的文化表征》，《文艺理论与批评》2007年第3期。

周欣荣：《论新历史小说对历史的颠覆与重构》，《绍兴文理学院学报（哲学社会科学版）》2007年第3期。

陈乐：《书写历史与历史书写：〈马桥词典〉与新历史小说之异同》，《中国文学研究》2007年第3期。

张路安：《中国新历史小说创作中历史观念的逻辑探析》，《时代文学（理论学术版）》2007年第3期。

董雪梅、欧阳可惺：《审美期待受挫——从接受美学的角度看新历史小说》，《乌鲁木齐成人教育学院学报》2007年第3期。

雷鸣：《一场革命的"哗变"——新历史小说与革命历史小说的革命叙事比较》，《中国矿业大学学报（社会科学版）》2007年第3期。

肖严：《从〈古船〉到〈刺猬歌〉——张炜的叙事美学与超历史的话语方式》，《出版广角》2007年第4期。

刘洪霞：《文学史对苏童的不同命名》，《文艺争鸣》2007年第4期。

史万红：《人的历史——试评迟子建〈伪满洲国〉对历史的叙述》，《安徽文学（下半月）》2007年第4期。

肖严：《张炜的"超历史"叙事美学》，《中华读书报》2007年4月18

日。

欧阳艳：《囚鸟的飞翔——论〈我的帝王生涯〉中的形象悖论》，《职业圈》2007年第5期。

邓金洲：《论莫言"新历史小说"中历史的民间想象的倾向》，《邵阳学院学报（社会科学版）》2007年第5期。

赵玮：《论新历史小说的变异性》，《怀化学院学报》2007年第6期。

晁霞：《苏童小说的哥特特征》，《当代小说（下半月）》2007年第6期。

胡健：《肃穆与消解肃穆——从传统型历史小说到新历史小说》，《新疆大学学报（哲学人文社会科学版）》2007年第6期。

徐英春：《感性表达与理性反思——革命历史小说与新历史小说比较》，《学习与探索》2007年第6期。

肖敏、张志忠：《新历史主义之后的当代革命叙事——以〈银城故事〉〈人面桃花〉〈花腔〉和〈圣天门口〉为例》，《小说评论》2007年第6期。

张立群：《文化转型与重写历史之后——重读"新历史小说"》，《天津社会科学》2007年第6期。

王兰伟：《从〈尘埃落定〉的叙事风格看其新历史主义色彩》，《十堰职业技术学院学报》2007年第6期。

陈超：《解读新历史小说中的"意义问题"》，《世纪桥》2007年第7期。

刘川鄂、王贵平：《新历史主义小说的解构及其限度》，《文艺研究》2007年第7期。

曹克颖：《新历史主义的颠覆与抑制——以都梁的长篇小说〈亮剑〉为例》，《传承》2007年第7期。

刘起林：《开拓红色记忆的审美新阶段》，《文艺报》2007年8月9日

段斌、胡红梅：《艰难的救赎——〈米〉的新历史主义意蕴》，《重庆社会科学》2007年第10期。

马友平：《新历史主义小说创作的文化审视》，《文艺争鸣》2007年第10期。

申丽娟：《浅析新历史小说的叙事特征》，《阅读与写作》2007年第11

期。

张旭东：《论新历史小说的叙事类型》，《怀化学院学报》2007年第11期。

余艳平：《"新历史小说"的文本策略——以苏童作品为例》，《小说评论》2007年S1期。

陈超、尹彦卿：《缪斯在张望——论新历史小说中的诗性发现》，《科技信息（科学教研）》2007年第18期。

乔相军、王会：《审视当代文学命名现象》，《文艺报》2007年12月29日。

陶东风：《论后革命时期的革命书写》，《当代文坛》2008年第1期。

陈娇华：《暧昧不明的主体性——论新历史小说中的主体性呈现》，《理论与创作》2008年第1期。

毕文君：《女性·历史·书写——当代女性家族叙事的历史内涵与文学表征》，《石家庄学院学报》2008年第1期。

施津菊：《新历史小说：从解构历史到游戏历史》，《天津师范大学学报（社会科学版）》2008年第1期。

李瑞萍：《"宫廷"中的女人——论苏童新历史小说中的女性形象》，《商丘职业技术学院学报》2008年第1期。

祝亚峰：《当代家族小说的叙事与性别》，《东方丛刊》2008年第1期。

杨世宇：《〈故事新编〉与新历史小说比较论》，《文学教育（下）》2008年第1期。

黄彩金、乔丽丽：《个人记忆下的历史——〈重温一九四二〉中的记忆》，《安徽文学（下半月）》2008年第2期。

牙运豪：《女人的迷宫——格非新历史小说的一种解读》，《康定民族师范高等专科学校学报》2008年第2期。

宋宝伟：《新历史主义小说的范本——小说〈花腔〉的叙事分析》，《时代文学（双月上半月）》2008年第2期。

徐英春：《"为政治服务"与"为人民服务"——革命历史小说与新历史小说比较研究》，《华东理工大学学报（社会科学版）》2008年第2期。

刘丹博、王雅：《个人生存状态的探求——〈家族〉的新历史主义表现》，《商丘职业技术学院学报》2008年第3期。

苏卫平、马红娟：《〈受活〉与新历史主义》，《沧桑》2008年第3期。

王姝：《现代性重审与革命历史叙事的精神重构》，《当代文坛》2008年第3期。

何言宏：《当代中国文学的"再政治化"问题》，《当代作家评论》2008年第3期。

胡俊飞：《建构与拆解：新中国"四十年"文学的历史叙述》，《太原师范学院学报（社会科学版）》2008年第3期。

俞敏华：《史传传统的突破与形式革命的突进——论"新历史小说"的叙事经验》，《海南师范大学学报（社会科学版）》2008年第3期。

张立群：《切入"历史"后的视点——论"新历史小说"的叙事角度》，《青岛科技大学学报（社会科学版）》2008年第3期。

谢刚：《〈山河入梦〉：乌托邦的辩证内蕴》，《文艺争鸣》2008年第4期。

刘起林：《改革开放30年红色记忆审美的意义范型多元化趋势》，《理论与创作》2008年第4期。

沈河清：《无望的追寻伤感的逃离——从〈我的帝王生涯〉透视苏童理想生命模式的建构》，《平顶山学院学报》2008年第4期。

张磊：《革命历史叙事的另一重书写——兼评长篇小说〈草生草长〉》，《长江工程职业技术学院学报》2008年第4期。

汪双英：《浅析苏童新历史主义小说"性恶论"的历史叙事》，《内江师范学院学报》2008年第5期。

李跃庭、沈月明：《在历史与"新历史"之间——论李锐小说〈银城故事〉历史叙事的困境》，《长春师范学院学报（人文社会科学版）》2008年第5期。

沈河清：《刘震云早期小说创作指向》，《求索》2008年第5期。

陈娇华：《解构中蕴涵着怀旧——从爱情书写角度考察叶兆言的新历史小说》，《当代文坛》2008年第5期。

张立群：《"历史叙事"的形式呈现——论"新历史小说"的结构特质》，《石家庄学院学报》2008年第5期。

张立群：《“历史”叙事的文本呈现——论“新历史小说”的语言特质》，《广东广播电视大学学报》2008年第5期。

胡怿：《新历史主义与孙甘露小说的后现代叙事》，《重庆科技学院学报（社会科学版）》2008年第6期。

刘玉芳：《心灵的创造——论新历史小说中“为人生”的文学理想》，《南华大学学报（社会科学版）》2008年第6期。

杨世宇：《新历史小说的审美特征——兼与鲁迅〈故事新编〉比较论》，《湖北广播电视大学学报》2008年第7期。

王姝：《改革开放30年历史文学与现代民族认同建构》，《浙江社会科学》2008年第7期。

马玲丽：《从突围到沦陷——试论新历史小说的几个问题》，《乐山师范学院学报》2008年第7期。

邓小霞：《论苏童〈米〉的审丑艺术》，《现代语文（文学研究版）》2008年第8期。

亓丽：《论新历史主义文学彰显作家主体性的叙述策略》，《山东文学》2008年第8期。

李天福：《论新历史主义小说的文化思想走向》，《求索》2008年第8期。

李娟：《历史的隐匿与逃亡——论新历史主义小说艺术特色》，《安徽文学（下半月）》2008年第9期。

周敏：《对历史本真的追寻和重构——论虹影小说中的历史观照》，《大众文艺（理论）》2008年第9期。

卞策：《审视历史的一双冷眼——读刘震云〈故乡天下黄花〉》，《黑龙江教育学院学报》2008年第10期。

关昕：《拆解与重构——评苏童的新历史小说》，《黑龙江教育学院学报》2008年第10期。

刘东方：《新历史主义文学思潮的“流”与“源”》，《文艺争鸣》2008年第10期。

李雪：《一个人的历史——评苏童所搭建的历史舞台》，《哈尔滨学院学报》2008年第10期。

杨安升：《言说的历史和历史的言说——论叙事策略在中国当代新历史小说中的意义》，《常熟理工学院学报》2008年第11期。

宋启立：《新历史主义小说中历史偶然化书写探析》，《作家》2008年第12期。

胡俊飞：《新历史之后：20世纪90年代以来长篇小说疯癫叙事的历史意识》，《福建论坛（社科教育版）》2008年第12期。

黄鹄：《论仿史小说的消解意味——以李洱〈花腔〉为例》，《语文学刊》2008年第13期。

廖峻澜：《她们的"时间"——论90年代女性"家族叙事"中的"空间文化"主题》，《作家》2008年第14期。

牙运豪：《穿越女人的尝试——格非80年代新历史小说解读》，《山花》2008年第15期。

陈超：《后现代主义与新历史主义小说》，《世纪桥》2008年第18期。

王琦：《以新历史主义的维度解读〈白鹿原〉的象征意义和人物精神的现实启迪》，《科技信息（学术研究）》2008年第19期。

夏康达：《一种文体的崛起——中篇小说三十年》，《名作欣赏》2008年第19期。

李媛媛：《历史的尘埃——浅析新历史主义小说〈尘埃落定〉》，《科技信息（学术研究）》2008年第20期。

胥秋菊：《简析李洱小说中新历史主义的立场》，《文教资料》2008年第21期。

徐英春：《表现必然与展示偶然——革命历史小说与新历史小说比较研究》，《华夏文化论坛》2008年第二辑

皇甫风平：《从家族叙事村史叙事——新时期文学村史叙事及其探源（二）》，《黑龙江史志》2008年第20期。

陈娇华：《"大踏步撤退"与莫言的新历史小说创作》，《苏州科技学院学报（社会科学版）》2009年第1期。

温德民：《"相识"未必能"相知"——"新历史小说"与"新历史主义"关系辨》，《湛江师范学院学报》2009年第1期。

张立群：《"历史"与"时代"的共构及其言说指向——论"新历史小

说"的叙事观念》，《湛江师范学院学报》2009年第1期。

陈连锦：《新历史主义诗学与新历史主义小说》，《四川理工学院学报（社会科学版）》2009年第1期。

李胜清、周立琼：《新历史小说的"反英雄化倾向"分析》，《邵阳学院学报（社会科学版）》2009年第1期。

陈娇华：《论新历史小说的革命书写》，《当代文坛》2009年第2期。

王健：《日常生活叙事》，《长江师范学院学报》2009年第2期。

孙国亮：《挣脱"创伤性记忆"的怀抱》，《郑州航空工业管理学院学报（社会科学版）》2009年第2期。

蹇洁：《叙事话语的颠覆——从"十七年"历史小说与新历史小说比较谈起》，《聊城大学学报（社会科学版）》2009年第2期。

杨祝媛：《女性新历史书写》，《职大学报》2009年第2期。

张立群：《从"历史"和"叙事"出发——"新历史小说"研究问题概说》，《宁波广播电视大学学报》2009年第2期。

李振红：《90年代新历史小说探析》，《济南职业学院学报》2009年第3期。

刘志权：《平民文化心理与新历史小说》，《当代作家评论》2009年第3期。

杨利景、孙春平：《一个小说家与生活的亲密接触》，《当代作家评论》2009年第3期。

佟超：《〈尘埃落定〉释读》，《文教资料》2009年第3期。

邵波：《"全球化"背景下民族历史文化的再反思——论〈檀香刑〉中新历史主义的"启蒙叙事"》，《边疆经济与文化》2009年第3期。

刘小玲、李博文：《探析〈罂粟之家〉中主要的父子或父女关系》，《时代文学（下半月）》2009年第3期。

胡俊飞：《置疑与重建——20世纪90年代长篇小说疯癫叙事的历史意识》，《吉首大学学报（社会科学版）》2009年第3期。

徐英春：《传统文化与现代观念的有机融合——再读新历史小说》，《文艺争鸣》2009年第4期。

何炜：《文化休克下的民国历史文学造影——田闻一宏大历史叙事和新历

史小说浪潮后的四川作家群》，《当代文坛》2009年第4期。

陈娇华：《试论新历史小说创作艺术的古典回潮》，《湖南文理学院学报（社会科学版）》2009年第4期。

范静：《论毕飞宇小说的历史观》，《时代文学》2009年第4期。

傅元峰：《传说重述与当代小说叙事危机》，《小说评论》2009年第4期。

何平：《重提作为"风俗史"的小说——对迟子建小说的抽样分析》，《当代作家评论》2009年第4期。

宫珮珊：《"史诗"模式的追求与突破——以刘醒龙〈圣天门口〉为个案》，《时代文学（下半月）》2009年第5期。

刘新慧：《中国20世纪80至90年代家族小说的历史情结》，《西北师大学报（社会科学版）》2009年第5期。

陈娇华：《叙述形式探索与历史题材小说创作裂变》，《内蒙古社会科学（汉文版）》2009年第5期。

温德民：《论〈苍河白日梦〉的叙事空间艺术》，《理论与创作》2009年第5期。

王侃：《新历史主义：小说及其范本》，《浙江师范大学学报（社会科学版）》2009年第5期。

刘阳：《重建历史语境的努力及其实践——读苏童的〈碧奴〉》，《石家庄学院学报》2009年第5期。

马英群：《以死亡观照历史——对〈温故一九四二〉〈银城故事〉〈花腔〉的一种解读》，《小说评论》2009年第5期。

白海君、隋福利：《论中国新历史主义观念形成的内生资源》，《鞍山师范学院学报》2009年第5期。

栾雪梅：《历史、身体与媚俗》，《沧桑》2009年第5期。

李青梅：《封建社会崩溃的寓言——解读〈我的帝王生涯〉》，《青年文学家》2009年第6期。

徐英春：《审视中国文化传统的一个现代视角——读新历史小说》，《社会科学战线》2009年第6期。

余钢：《重写历史语境中的历史题材小说》，《毕节学院学报》2009年第

6期。

　　李钧：《新什么历史，而且主义——新历史主义小说流变论》，《东岳论丛》2009年第6期。

　　刘立群：《革命的哗变——对一种革命叙事模式的精神分析》，《当代小说（下半月）》2009年第6期。

　　罗小红：《"无底之谜"的新历史主义观解读——简论格非的长篇小说〈敌人〉》，《怀化学院学报》2009年第6期。

　　徐英春：《解构神圣革命历史——新历史小说研究》，《学习与探索》2009年第6期。

　　谢林娜：《在新历史主义视阈下论〈活着〉、〈兄弟〉》，《内蒙古电大学刊》2009年第6期。

　　王余：《简论20世纪90年代的小说创作》，《赤峰学院学报（汉文哲学社会科学版）》2009年第8期。

　　魏天无：《小说·历史·真实——李洱〈花腔〉与小说文体》，《平顶山学院学报》2009年第8期。

　　赵云华：《〈故乡天下黄花〉与新历史主义文学思潮》，《当代小说（下半月）》2009年第8期。

　　吕新禄：《1976年–2000年开放时期文学世纪末"人"的重建、解构和消解》，《语文学刊》2009年第9期。

　　梁丽、胡玉娟：《女性视角与历史陈述——试论女性新历史小说》，《北方经贸》2009年第9期。

　　黄发有：《本土文学资源的激活与重铸》，《探索与争鸣》2009年第9期。

　　黄发有：《从政治主导到多元对话》，《中国社会科学报》2009年9月29日。

　　曹书文：《论新时期家族小说创作的泛化现象》，《文艺争鸣》2009年第10期。

　　刘阳：《家族、历史、性爱叙事的困境——读苏童〈罂粟之家〉有感》，《安徽文学（下半月）》2009年第10期。

　　吴琳：《陈忠实文艺思想与20世纪中国当代文艺思潮》，《安徽文学（下半月）》2009年第10期。

周家玉：《历史虚构的限度——〈温故一九四二〉中的历史叙事》，《绵阳师范学院学报》2009年第10期。

张玲：《新历史小说的文化建构——以苏童的〈妻妾成群〉为例》，《当代小说（下半月）》2009年第10期。

巫丹：《作为一种批评话语的新历史主义》，《理论界》2009年第11期。

马钰滢：《浅析〈妻妾成群〉的心理描写艺术》，《网络财富》2009年第13期。

陶富：《新历史主义视阈下的〈历史的天空〉》，《大众文艺（理论）》2009年第17期。

史庭宇：《略论刘震云系列小说中的世俗权力》，《广西教育》2009年第33期。

李谝博：《对历史创造"史诗"神话小说的颠覆——论〈尘埃落定〉的反"史诗"意识》，《陕西师范大学学报（哲学社会科学版）》2009年第S1期。

明艳：《新历史小说中解构式的革命书写》，《孝感学院学报》2009年第S1期。

徐洪军：《礼欲之间挣扎的灵魂——对〈白鹿原〉中女性人物形象的性心理分析》，《新乡学院学报（社会科学版）》2010年第1期。

李爱华：《"新历史主义小说"的历史观及其审美维度》，《当代教育理论与实践》2010年第1期。

陈娇华：《颓败历史中的家族寓言——对新历史小说家族叙事发展概况的一个描述》，《兰州学刊》2010年第2期。

赵倩：《虚构出的真实——浅论苏童新历史主义小说的创作特征》，《安徽文学（下半月）》2010年第2期。

关迪：《新历史主义小说的困境探讨》，《传奇·传记文学选刊（理论研究）》2010年第2期。

王玉：《文学的现实焦虑症》，《艺术广角》2010年第2期。

陈娇华：《新历史小说的概念流变》，《苏州科技学院学报（社会科学版）》2010年第2期。

曹多胜：《新历史小说的阐释与批判》，《合肥师范学院学报》2010年第

2期。

朱志云：《生存困境的意象化渲染——浅析新历史小说中的象征意象》，《鸡西大学学报》2010年第2期。

丹飞：《从"荒诞"中感悟新历史主义》，《出版参考》2010年2月

张文：《个体生命的历史叙事》，《文学界（理论版）》2010年第3期。

张立群：《"历史"的缩减与重构——论刘震云的"故乡系列小说"》，《青海民族大学学报（教育科学版）》2010年第3期。

黄健：《新历史小说的命名焦虑》，《集美大学学报（哲学社会科学版）》2010年第3期。

杨路宏：《论余华创作母题的转型》，《桂林师范高等专科学校学报》2010年第3期。

张立群：《先锋的延续、叙事的演绎及其历史化——论毕飞宇笔下的"历史叙事"》，《河北科技大学学报（社会科学版）》2010年第3期。

周保欣：《道德革命与"革命"的道德——新历史小说革命书写的思想检视与审美反思》，《文艺研究》2010年第4期。

张杰：《苏童小说的"新历史主义"解读》，《长城》2010年第4期。

胡军、陈敢：《"后革命氛围"中的革命历史叙事》，《广西社会科学》2010年第4期。

肖敏：《当代长篇小说中革命叙事的新变——兼与新历史主义小说对照》，《艺术广角》2010年第4期。

黄健：《否定与叛逆：新历史小说的精神姿态》，《吉首大学学报（社会科学版）》2010年第4期。

刘起林：《"戏说历史"的颠覆类型与叙事伦理》，《湖南社会科学》2010年第4期。

王增宝：《欲望与文明：乌托邦的命运——重读格非〈山河入梦〉》，《青年作家（中外文艺版）》2010年第5期。

何健：《论新历史小说对欲望的重新叙述》，《重庆理工大学学报（社会科学）》2010年第5期。

陶春军：《解构历史：新历史小说与穿越小说》，《广西社会科学》2010年第5期。

陈娇华：《论中国当代文学对新历史主义的接受与变异》，《理论与创作》2010年第5期。

王昕初：《〈伪满洲国〉——新历史主义小说的另类书写》，《山东教育学院学报》2010年第5期。

周婷婷：《论〈碧奴〉的叙事策略》，《西南农业大学学报（社会科学版）》2010年第5期。

朱志云：《浅论新历史小说悲剧创作的根源》，《兰州教育学院学报》2010年第5期。

周欣荣：《浅析新历史小说对历史的消解》，《现代语文（文学研究）》2010年第6期。

张成：《民间书写的放逐与回归——小议〈白鹿原〉的"父"、"子"关系以及回归模式》，《文学界（理论版）》2010年第6期。

陈超：《历史小说叙述策略的嬗变——对新历史主义小说与传统历史小说的一种比较研究》，《广西社会科学》2010年第6期。

王凤玲：《偶然性：新历史主义小说的一种叙事策略》，《通化师范学院学报》2010年第7期。

陈霞：《论刘恒新历史小说的"个人化视野"——以〈苍河白日梦〉为例》，《湖北广播电视大学学报》2010年第8期。

王克勇：《论新历史主义小说的本土艺术渊源以及文化症候》，《前沿》2010年第9期。

王森森：《论苏童"新历史主义"小说的二重性》，《安徽文学（下半月）》2010年第9期。

朱思远：《聚焦"红粉"命运——论苏童小说中的女性形象》，《传奇·传记文学选刊（理论研究）》2010年第10期。

丁雯：《对主流历史叙述的颠覆——论苏童新历史主义小说的艺术特色》，《青年作家（中外文艺版）》2010年第11期。

许道军：《论当代历史小说演进中子类型的消溃与激活现象》，《贵州社会科学》2010年第11期。

马艳艳：《新历史小说的"民间"类型解析》，《长城》2010年第12期。

茹巧凤：《解读毕飞宇〈玉米〉的新历史主义观》，《安徽文学（下半月）》2010年第12期。

李永新：《孤独的灵魂孤独的歌——论苏童小说的生存意识》，《名作欣赏》2010年第15期。

王卫华：《从新历史主义角度再看〈马桥词典〉》，《青年文学家》2010年第15期。

周萌萌：《新历史主义视角下的〈尘埃落定〉》，《作家》2010年第18期。

李遇春：《〈白鹿原〉之争：文化·历史·性》，《名作欣赏》2010年第24期。

刘凤：《论新历史主义历史观及对作家创作的影响》，《科技创新导报》2010年第28期。

蔡志成：《双重书写：解构主义与新历史叙事》，《人文杂志》2011年第1期。

陈连锦：《〈长恨歌〉与女性新历史小说》，《常州大学学报（社会科学版）》2011年第1期。

董长江：《〈白鹿原〉中的新历史主义锋芒》，《文学界（理论版）》2011年第1期。

毕文君：《"史传精神"与当代长篇小说的文学资源》，《甘肃社会科学》2011年第1期。

徐春浩：《叶兆言新历史小说民间视角审美意向浅析》，《河南理工大学学报（社会科学版）》2011年第1期。

张立群：《"漂移"的先锋——论苏童笔下的"历史叙事"》，《江汉大学学报（人文科学版）》2011年第1期。

黄健：《此在即真实——论新历史小说的女性立场》，《临沂大学学报》2011年第1期。

王卫：《论〈尘埃落定〉的反"史诗"意识》，《商洛学院学报》2011年第1期。

黄葵、胡怿：《新历史小说的非英雄化倾向》，《安徽文学（下半月）》2011年第2期。

李国、刘千秋：《"想象民间"与"再造历史"——试论莫言新历史小说创作》，《三峡大学学报（人文社会科学版）》2011年第2期。

董外平：《继承与超越——评红柯的新历史小说〈阿斗〉》，《济宁学院学报》2011年第2期。

王西强、张笛声：《新历史主义叙事的模范文本——〈丰乳肥臀〉叙事视角分析》，《陕西教育学院学报》2011年第2期。

游翠萍：《后新时期革命历史叙事：进化史观的消解》，《四川省干部函授学院学报》2011年第2期。

田新星：《新历史主义视角下的〈白鹿原〉》，《北方文学（下半月）》2011年第3期。

刘忠：《论苏童1990年代后的创作转型》，《淮南师范学院学报》2011年第3期。

陈家洋：《"游民"形象与新历史小说中的革命叙事》，《江苏社会科学》2011年第3期。

杜文娟：《简谈莫言〈生死疲劳〉对新历史主义的深化》，《现代语文（文学研究）》2011年第4期。

魏燕燕：《试析苏童的新历史小说》，《楚雄师范学院学报》2011年第4期。

黄健：《新历史小说的"无"中生"有"——以格非的〈迷舟〉为例》，《阅读与写作》2011年第5期。

关春芳：《变与不变之中的历史追问——再读刘震云的〈故乡相处流传〉》，《现代语文（文学研究）》2011年第5期。

李仰智：《死亡：历史的切片》，《南方文坛》2011年第5期。

陈连锦：《新历史主义小说诞生的内外语境》，《宝鸡文理学院学报（社会科学版）》2011年第5期。

朱志云：《存在主义处境策略的多维演绎——探析新历史小说的处境建构模式》，《泰州职业技术学院学报》2011年第5期。

陈芳：《试论新历史小说的叙事方式》，《晋中学院学报》2011年第5期。

柳思诗：《从新历史主义视角解读余华的〈活着〉和〈一个地主之死〉》，《科教导刊（中旬刊）》2011年第6期。

戴桂梅：《新历史主义视角下〈活着〉和〈一个地主之死〉的人道主义精神》，《科教导刊（中旬刊）》2011年第6期。

罗丽娜：《新历史主义语境下李锐〈厚土〉的美学价值》，《科教导刊（中旬刊）》2011年第6期。

黄强：《论格非的新历史小说〈敌人〉》，《时代文学（下半月）》2011年第6期。

王宛颖：《论新历史小说对"人"的悲剧性阐释》，《长城》2011年第10期。

伍茂源：《论〈妻妾成群〉的"新历史主义"》，《文学教育（上）》2011年第11期。

崔志远：《论中国地缘文化诗学》，《文艺争鸣》2011年第14期。

黄鹄：《历史：文学虚构与话语权力的结晶——从新历史主义论"历史"》，《语文学刊》2011年第15期。

张清华：《重审"90年代文学"：一个文学史视角的考察》，《文艺争鸣》2011年第16期。

杨喆：《革命神圣意义的消解——论〈故乡天下黄花〉》，《青年文学家》2011年第23期。

李杰：《海勒和莫言在新历史主义层面上写作对比》，《才智》2011年第25期。

菅伟薇：《从苏童作品看新历史小说创作》，《文学教育（上）》2012年第1期。

吴学丽、李秀金：《新历史主义的元历史叙事》，《江西社会科学》2012年第1期。

殷海芳：《试论苏童新历史小说的独特魅力》，《短篇小说（原创版）》2012年第2期。

王玮琼：《新历史小说的拼贴叙事技巧》，《群文天地》2012年第2期。

胡俊飞、李游：《疯癫叙事：20世纪中国文学历史意识的标本》，《吉首大学学报（社会科学版）》2012年第2期。

陈娇华：《论近年来新历史小说创作的转型与回归趋向》，《苏州科技学院学报（社会科学版）》2012年第2期。

华蓉：《析格非〈人面桃花〉中的新历史主义特色》，《语文学刊》2012年第3期。

吴茜：《浅谈新历史小说的革命叙事》，《文学教育（下）》2012年第3期。

陈佳萍：《光焰与迷失：新历史小说热反思》，《顺德职业技术学院学报》2012年第3期。

张云霞：《小说〈历史的天空〉人物形象解读》，《长春教育学院学报》2012年第4期。

吴道毅：《新历史主义小说的创作特点》，《湖北日报》2012年5月6日

刘广远：《文本的想象与历史的可能——以莫言小说为例》，《文艺争鸣》2012年第5期。

朱云才：《回归自身后的渐入佳境——八十年代中后期及九十年代文学创作梳理与扫描》，《绥化学院学报》2012年第5期。

舒允中：《破除定见发掘真相——李锐对革命的历史主义描绘》，《华文文学》2012年第5期。

刘卫东：《"史诗型"长篇小说问题何在》，《文学自由谈》2012年第6期。

孙斐娟：《革命历史的多元化书写——近年来革命历史叙事研究概观》，《重庆广播电视大学学报》2012年第6期。

吴茜：《由马克思主义文艺观看新历史小说之革命叙事》，《群文天地》2012年第7期。

杨瓅：《集体无意识视角下的〈故乡相处流传〉》，《科教文汇（中旬刊）》2012年第7期。

王珂：《历史的重塑——评〈妻妾成群〉的新历史主义特征》，《时代文学（下半月）》2012年第7期。

姜海龙：《八十年代中后期文学转折的意义》，《文学教育（下）》2012年第8期。

黄碧君：《话语叙述与故事叙述——从〈妻妾成群〉到〈大红灯笼高高挂〉叙述方式的改变》，《当代教育理论与实践》2012年第8期。

陈娇华：《试论新历史小说中线性完整叙事的回归趋向》，《常熟理工学

院学报》2012年第9期。

田文璐：《九十年代：多元崛起的文学世界》，《记者观察》2012年第11期。

张清华：《〈丰乳肥臀〉：通向伟大的汉语小说》，《山东文学》2012年第11期。

顾成华：《新历史主义叙事下的新世纪初文学》，《兰州学刊》2012年第11期。

张洪杰：《新历史小说的欲望化叙事》，《学术交流》2012年第12期。

石宁：《源自历史深处的绝响——浅谈新历史小说〈尘埃落定〉中个人化写作的运用》，《神州》2012年第18期。

刘大先：《想象白鹿原：史诗重建》，《大学生》2012年第21期。

王英杰：《论莫言小说的民间传奇化》，《神州》2012年第28期。

周琼：《90年代以来新历史小说边缘化的叙事姿态》，《文教资料》2012年第34期。

李冰洁：《论叶兆言新历史小说〈夜泊秦淮〉中篇系列》，《青年文学家》2013年第1期。

程苗苗：《严歌苓的新历史主义写作》，《金田》2013年第1期。

尹妩婧、林丹娅：《不同历史想象中的女性形象——论〈长恨歌〉与〈白鹿原〉叙事中的两性差异》，《中华女子学院学报》2013年第1期。

马艳艳：《新历史小说和"民间"》，《山花》2013年第2期。

李杨：《〈白鹿原〉故事——从小说到电影》，《文学评论》2013年第2期。

李钧：《新历史主义的立场和"作为老百姓的写作"——莫言荣获诺贝尔文学奖的深层原因探析》，《山东师范大学学报（人文社会科学版）》2013年第2期。

李丹：《民间历史的另类书写——以新历史小说为例》，《齐鲁师范学院学报》2013年第2期。

李晓筝：《论莫言小说〈蛙〉对历史的另类关注》，《短篇小说（原创版）》2013年第2期。

朱云：《莫言小说的历史叙事特质》，《安康学院学报》2013年2期。

新历史小说研究资料

李玲：《简论新历史小说的"非英雄主义倾向"——以苏童小说〈米〉为例》，《青年文学家》2013年第3期。

王细英：《以新历史主义角度解读〈活着〉和〈一个地主之死〉》，《青年文学家》2013年第3期。

邵艺：《论新历史小说的叙事时序》，《长春师范学院学报》2013年第3期。

邵艺：《从言到意的反讽——论新历史小说的反讽》，《长沙大学学报》2013年第3期。

李遇春：《莫言现象的文学还原》，《文学教育（上）》2013年第4期。

王布新：《论新历史小说的个人主义精神》，《哈尔滨师范大学社会科学学报》2013年第4期。

陈连锦：《浅谈新历史主义小说的困境》，《阜阳师范学院学报（社会科学版）》2013年第4期。

邱岚：《历史的颓败与个体生命的突显——评苏童的新历史主义小说》，《商丘师范学院学报》2013年第5期。

余中华：《虚无主义与近30年小说研究论纲》，《湖南城市学院学报》2013年第5期。

刘霞云：《虚构的纪实——多重视阈下的〈温故一九四二〉及〈一九四二〉》，《淮北师范大学学报（哲学社会科学版）》2013年第5期。

张洪杰：《新历史小说思潮批判》，《语文教学通讯·D刊（学术刊）》2013年第6期。

彭在钦、杨石峰：《刘恒新历史小说中的个人化视野》，《小说评论》2013年第6期。

阚小亚：《从历史反思视域下的女性视角谈池莉新历史小说》，《延安职业技术学院学报》2013年第6期。

丰杰：《民间视角中历史与现实的人性纠缠——1980年代以来新历史小说的价值观论评》，《创作与评论》2013年第10期。

赵淼：《〈红高粱〉人物形象分析》，《作家》2013年第10期。

谭光辉：《从必然世界叙事到可能世界叙事——对中国当代文学的一种考察》，《上海文学》2013年第11期。

谢建文：《论刘震云新历史小说的先锋性》，《山花》2013年第12期。

张福萍：《新历史主义文艺思潮解析》，《长城》2013年第12期。

马艳艳：《新历史小说的"民间"文化形态透视——以莫言、苏童作品为例》，《山花》2013年第14期。

王娟：《浅谈中国当代历史文学之史观》，《作家》2013年第16期。

陆玉娥：《莫言〈蛙〉对新历史小说的发展》，《作家》2013年第24期。

李寒梅：《通俗性与先锋性的奇妙糅合——简论苏童的〈我的帝王生涯〉》，《名作欣赏》2013年第27期。

曾心怡：《莫言的〈红高粱〉解读》，《青年文学家》2013年第34期。

陈崇正：《被赶下神坛的"革命"——从李锐〈旧址〉和〈银城故事〉中"革命"与革命者的关系看"革命"的消解》，《文教资料》2013年第34期。

陶沬：《〈红高粱家族〉读后感》，《青春岁月》2014年第1期。

王爱松：《重复与循环：中国当代小说的一种结构方式》，《中国现代文学研究丛刊》2014年第1期。

于沐阳：《谈长篇小说〈花腔〉对"革命"的重新想象》，《长春师范学院学报》2014年第1期。

黄勇：《当代文学中的"土改"主题写作论纲》，《扬子第1期。

彭澄：《新历史主义视角下评析莫言的文学王国》，《作期。

邢海霞：《继承与创新：王小波〈红拂夜奔〉创作谈》，《学报》2014年第2期。

陈子丰：《重写历史——新时期革命叙事中的"他者"》，丛刊》2014年第2期。

陈连锦：《"新历史"小说命名与发展流变》，《济宁学院学第2期。

陈连锦：《新历史主义小说的欲望化叙事》，《南京航空航天（社会科学版）》2014年第2期。

周薇：《"革命多余人"的复调和声——评刘醒龙的长篇小说口〉》，《新文学评论》2014年第2期。

张娜：《对英雄话语的解构——莫言的〈革命浪漫主义〉及其他》，《名作欣赏》2014年第3期。

张盼盼：《新历史主义视角下的〈温故一九四二〉》，《牡丹江教育学院学报》2014年第3期。

徐汀汀：《新历史小说特点在苏童小说〈米〉中的呈现》，《文学教育（下）》2014年第3期。

洪治纲：《主体意识的回归与文化身份的认同》，《文艺争鸣》2014年第3期。

冯妮：《先锋·历史·现实——多重视野下的苏童小说研究》，《当代文坛》2014年第4期。

陈娇华：《新历史小说研究的发展概述》，《苏州科技学院学报（社会科学版）》2014年第4期。

张慧敏：《莫言与"新历史主义"批评》，《南方论丛》2014年第4期。

陈佳莲：《从〈明朝那些事儿〉看新历史小说之"新"》，《湖北广播电视大学学报》2014年第5期。

——小说〈历史的天空〉中梁大牙的形象分析》，《参花

江评论》2014年　　　　　令历史叙事策略》，《文学教育

家》2014年第2　　　　　看王安忆的历史观》，《安康学院

湖南科技学院　　　　　——漫谈苏童小说的人物关系》，《安

《黑龙江民族　　　　　》，《电子科技大学学报（社科版）》

报》2014年　　　　　义文艺思潮》，《文学教育（上）》2014

大学学报　　　　　度下解读〈白鹿原〉》，《作家》2014年第8

〈圣天门　　　　　契合与逃遁——简评新历史主义和新历史小

新历史小说研究资料

谢建文：《论刘震云新历史小说的先锋性》，《山花》2013年第12期。

张福萍：《新历史主义文艺思潮解析》，《长城》2013年第12期。

马艳艳：《新历史小说的"民间"文化形态透视——以莫言、苏童作品为例》，《山花》2013年第14期。

王娟：《浅谈中国当代历史文学之史观》，《作家》2013年第16期。

陆玉娥：《莫言〈蛙〉对新历史小说的发展》，《作家》2013年第24期。

李寒梅：《通俗性与先锋性的奇妙糅合——简论苏童的〈我的帝王生涯〉》，《名作欣赏》2013年第27期。

曾心怡：《莫言的〈红高粱〉解读》，《青年文学家》2013年第34期。

陈崇正：《被赶下神坛的"革命"——从李锐〈旧址〉和〈银城故事〉中"革命"与革命者的关系看"革命"的消解》，《文教资料》2013年第34期。

陶沫：《〈红高粱家族〉读后感》，《青春岁月》2014年第1期。

王爱松：《重复与循环：中国当代小说的一种结构方式》，《中国现代文学研究丛刊》2014年第1期。

于沐阳：《谈长篇小说〈花腔〉对"革命"的重新想象》，《长春师范学院学报》2014年第1期。

黄勇：《当代文学中的"土改"主题写作论纲》，《扬子江评论》2014年第1期。

彭澄：《新历史主义视角下评析莫言的文学王国》，《作家》2014年第2期。

邢海霞：《继承与创新：王小波〈红拂夜奔〉创作谈》，《湖南科技学院学报》2014年第2期。

陈子丰：《重写历史——新时期革命叙事中的"他者"》，《黑龙江民族丛刊》2014年第2期。

陈连锦：《"新历史"小说命名与发展流变》，《济宁学院学报》2014年第2期。

陈连锦：《新历史主义小说的欲望化叙事》，《南京航空航天大学学报（社会科学版）》2014年第2期。

周薇：《"革命多余人"的复调和声——评刘醒龙的长篇小说〈圣天门口〉》，《新文学评论》2014年第2期。

张娜：《对英雄话语的解构——莫言的〈革命浪漫主义〉及其他》，《名作欣赏》2014年第3期。

张盼盼：《新历史主义视角下的〈温故一九四二〉》，《牡丹江教育学院学报》2014年第3期。

徐汀汀：《新历史小说特点在苏童小说〈米〉中的呈现》，《文学教育（下）》2014年第3期。

洪治纲：《主体意识的回归与文化身份的认同》，《文艺争鸣》2014年第3期。

冯妮：《先锋·历史·现实——多重视野下的苏童小说研究》，《当代文坛》2014年第4期。

陈娇华：《新历史小说研究的发展概述》，《苏州科技学院学报（社会科学版）》2014年第4期。

张慧敏：《莫言与"新历史主义"批评》，《南方论丛》2014年第4期。

陈佳莲：《从〈明朝那些事儿〉看新历史小说之"新"》，《湖北广播电视大学学报》2014年第5期。

曹艳峰：《蜕变——小说〈历史的天空〉中梁大牙的形象分析》，《参花（下）》2014年第5期。

王小明：《论〈白鹿原〉的现代革命历史叙事策略》，《文学教育（下）》2014年第5期。

高嵩颖：《从〈长恨歌〉和〈小鲍庄〉看王安忆的历史观》，《安康学院学报》2014 年第5期。

蓝瑞荣：《历史天空下的个人意识——漫谈苏童小说的人物关系》，《安徽文学（下半月）》2014年第6期。

陈连锦：《女性新历史小说略论》，《电子科技大学学报（社科版）》2014年第6期。

李露：《从苏童小说看新历史主义文艺思潮》，《文学教育（上）》2014年第7期。

张志慧：《从新历史主义维度下解读〈白鹿原〉》，《作家》2014年第8期。

吕娟霞：《历史和现实的契合与逃遁——简评新历史主义和新历史小

说》，《现代语文（学术综合版）》2014年第8期。

李慧慧：《〈第九个寡妇〉的新历史主义解读》，《青年文学家》2014年第9期。

王坤：《新历史主义视角下的〈温故一九四二〉》，《新乡学院学报》2014年第9期。

王布新：《论新历史小说中的罂粟意象》，《淮海工学院学报（人文社会科学版）》2014年第10期。

王坤：《颠覆与消解的历史——以〈丰乳肥臀〉为例》，《青年文学家》2014年第12期。

谢丽：《生命本位下的历史建构——解读刘震云的〈温故一九四二〉》，《创作与评论》2014年第14期。

江舟：《一个新历史主义小说文本的生成——以余华中篇小说〈一个地主的死〉为中心》，《名作欣赏》2014年第20期。

张艳红：《莫言小说民间写作立场的个性体现》，《作家》2014年第22期。

赵云洁：《民族历史的传奇化书写——莫言小说的文化软实力研究》，《青年文学家》2014年第24期。

王欢：《颠覆与重构——当代新历史小说的历史观》，《名作欣赏》2014年第29期。